Für Moni und Lea, meine beiden Fixsterne.
Und für meine Eltern, die jetzt zwischen den Sternen wohnen.

Marc Winter (Ps), geboren 1966 in Berlin, befasste sich vor einigen Jahren intensiv mit dem Schreiben. Das Fachwissen hierzu eignete er sich unter anderem bei Rainer Wekwerth an, der die konzeptionelle Entwicklung eines Romanprojektes begleitete. Von 2014 an nahm ihn die Agentur Schmidt & Abrahams mit seinen Romanprojekten unter Vertrag. Später wurde er eine Zeit lang von der CastleGate Agency in Heidelberg vertreten. Winter arbeitet derzeit in der Nähe von Lissabon an weiteren Projekten.

Die Weltenspringer

wolfStein

1. Auflage 2022

Originalausgabe: »INARI - Die Weltenspringer«
Copyright © 2022 WOLFSTEIN
in der Spielberg Verlag GmbH, Neumarkt
Korrektorat: Theresa Riedl
Umschlaggestaltung: © Ria Raven - *www.riaraven.de*
Umschlagmotive: © shutterstock.com
Herstellung: BoD - Books on Demand, Norderstedt
Alle Rechte vorbehalten
Printed in Germany

ISBN: 978-3-95452-764-9

www.spielberg-verlag.de

Danksagung

Für das erste Buch, das es zu einem Verlag geschafft hat, muss es einfach eine Danksagung geben. Nur wo fange ich an? Natürlich bei Susann Rosemann, einer Autorenkollegin, die bereits lange vor mir professionell schrieb und bei Verlagen veröffentlichte. Sie gab mir nicht nur wichtige Tipps, sondern wendete viel ihrer wertvollen Zeit auf, um meine Texte zu lesen. Ihre Kritik, ihre Verbesserungsvorschläge, aber auch ihr Lob, waren ungemein wertvoll für mich. Dann muss ich noch Rainer Wekwerth nennen, bei dem ich einen Kurs zur Konzeption eines Romanprojektes belegte und dessen Ratschläge und Methoden ich noch immer anwende. Ein sehr strenger, aber auch ein sehr gerechter Lehrer. Als Nächste folgt Julia Abrahams, meine damalige Agentin von Schmidt & Abrahams, die meinen ersten Roman im zweiten Anlauf in ihr Portfolio nahm. Dieses Erlebnis gab mir das Gefühl, ein richtiger Autor zu sein und versetzte mir einen weiteren Schub. Weiter geht es mit Harald Kiesel, meinem folgenden Agenten, der mit seinen Ideen und seiner Energie, die Initialzündung für ›Inari‹ gab. Vergessen darf ich natürlich nicht Richard Windmeißer, meinen Verleger, der den Mut hatte einen Roman von einem unbeschriebenen Autorenblatt wie mir zu veröffentlichen. Jeder, der das Resultat in den Händen hält, ahnt, wie viel Engagement, Arbeit und Liebe dort hineingeflossen sind. Schließlich danke ich meiner Frau und meiner Tochter für die Toleranz und Geduld, die sie für mein Schreiben aufbrachten, was wohl nicht immer ganz einfach war. Habe ich jemanden vergessen? Ja, meine liebste Schwiegermutter, die mit ihren strengen Kommentaren zu allen Lebenslagen dafür sorgte, dass ich mich in schwierigen Phasen nicht in Selbstmitleid auflöste und weiterschrieb. Das dürften erst einmal alle sein. Soll noch jemand sagen, ein Buch würde nur von einem Menschen alleine geschrieben.

KAPITEL 1

Die Stimme seiner Mutter, Liam hörte sie deutlich. Er blieb stehen, drehte sich um, doch der Gehweg lag verlassen da. Natürlich war da niemand, schließlich war seine Mutter verschwunden. Sie war nicht fortgegangen, wie das in anderen Familien manchmal vorkam, nein, sie war *richtig* verschwunden, besser gesagt verschollen. Vor einem halben Jahr hatte sie seinen Vater auf einer Forschungsreise in den Amazonas begleitet und war dort eines Abends nicht mehr im Lager aufgetaucht. Alle, die er kannte, hielten sie mittlerweile für tot, und wenn er ehrlich war, ging es ihm genauso. Sein Verstand hatte sich bereits damit abgefunden, nur sein Herz klammerte sich hartnäckig an die Hoffnung, sie könne doch noch am Leben sein. Eine Hoffnung, die allerdings mit jedem Tag ohne ein Lebenszeichen von ihr weiter schwand.

Die Ungewissheit war das Schlimmste. Es gab nicht einmal ein Grab mit einem Stein, auf dem ihr Name eingraviert war: Tanja Deckert. Solch einen Ort, an dem seine Trauer einen Fixpunkt gefunden hätte, gab es für ihn nicht. Sein Schmerz ging ungerichtet ins Nirgendwo, wie der Strahl einer Taschenlampe, der sich im Nachthimmel verlor. Und manchmal spürte er ihre Nähe, zumindest glaubte er das, so wie vor einer Minute.

Er verdrängte die Erinnerung an sie mit ein paar gelungenen Spielzügen aus dem Volleyballkurs, von dem er soeben kam, und ging weiter. Er war auf dem Weg von der Bushaltestelle zum Haus seiner Großmutter Dora, ein Fußmarsch von knapp zehn Minuten. Die Sporttasche geschultert, nahm er seine Umgebung nur am Rande wahr. Die Gärten der Einfamilienhäuser, die den Oberhofer Weg am Südrand Berlins säumten und in denen der Mai in allen Farben explodierte. Die Strahlen der Nachmittagssonne, die durch das Blätterdach der Straßenbäume stachen und Lichtflecke auf den Boden und die parkenden Autos tupften. Die Krähe, die ein Stück voraus versuchte eine Walnuss zu knacken, sie immer wieder in den Schnabel nahm und auf die Bordsteinkante schleuderte. All diese Eindrücke, die ihn früher mit Lebenslust erfüllt hatten, drangen jetzt kaum zu seinem Bewusstsein durch, das von einer dunklen Wolke umhüllt war.

Er überquerte gerade eine der menschenleeren Seitenstraßen, als er wieder die Stimme seiner Mutter hörte. Doch diesmal klang sie eindringlicher, wie eine Warnung, die als weit entferntes Echo in seinem Kopf widerhallte. Verlor er jetzt genauso den Verstand wie sein Vater?

»He, Zweiauge! Was geht ab?«, hörte er jemanden hinter sich rufen.

Er zuckte zusammen, blieb aber nicht stehen. Diese Stimme gehörte eindeutig nicht seiner Mutter, doch er kannte sie nur zu gut. Es war Nico Schilling, ein Typ in seinem Alter, mit dem er früher zur Grundschule gegangen war. Auf dem Gymnasium hatten sich ihre Wege getrennt, nachdem man sie in verschiedene Klassen gesteckt hatte.

Zweiauge war so etwas wie ein *Running Gag*, den Nico und dessen Kumpels ihm gegenüber gerne benutzten und den nur sie wirklich komisch fanden. Er spielte auf die unterschiedlichen Farben seiner Augen an, von denen eines blau und das andere braun war. Liam hatte sich erkundigt, man nannte dieses Phänomen Heterochromie, eine Laune der

Natur, die ihm schon oft den Spott der Kinder in seinem Umfeld eingebracht hatte. Doch aus irgendeinem Grund schmerzte es ihn besonders, wenn Nico sich darüber lustig machte. Vielleicht weil sie früher einmal so gute Freunde gewesen waren.

»He, du Freak! Hast du was auf den Ohren? Bleib gefälligst stehen, wenn wir mit dir reden!«

Lasse Claasen! Der war also auch dabei, was für eine Überraschung. Lasse und Nico gingen beide in die Parallelklasse, die 9b und waren wie siamesische Zwillinge. Wo der eine abhing, drückte sich auch der andere herum. Ihnen eilte der Ruf berüchtigter Abzieher mit einschlägigen Referenzen voraus. Hätte es dafür eine Anstecknadel gegeben, sie hätten sie sich angesteckt. Beide betrieben seit einiger Zeit Karate, zumindest behaupteten sie das. Liam glaubte nicht so recht daran, doch er hatte eine Ahnung, dass er die Wahrheit gleich herausfinden würde. Ohne seine Schritte zu verlangsamen oder sich umzudrehen ging er weiter und kam zu dem Bungalow, vor dem ein weißhaariger Rentner häufig den Gehweg fegte, als würde dieser zu seinem Garten gehören. Heute war von dem Mann nichts zu sehen, allerdings lehnte sein Besen neben dem offenen Tor am Jägerzaun.

»Ey, bist du taub?«, rief eine dritte Stimme, die Liam kurz stutzen lies. Paul! Auch das verwunderte ihn nicht. Sein Klassenkamerad war in letzter Zeit häufig mit den beiden unterwegs. Offenbar glaubte er, sein Ansehen dadurch steigern zu können, indem er sich mit ihnen herumtrieb.

Wie sich die Sache für Liam darstellte, stand der Ausgang dieses Treffens fest: Es würde Ärger geben. Er hatte nur die Wahl wie ein kleiner Junge davonzulaufen - was ihm schon einmal auf Kosten seines Stolzes gelungen war - oder hier und jetzt ein Zeichen zu setzen. Er entschied sich für Letzteres, auch wenn es ihm eigentlich zuwider war und blieb neben dem Besen stehen. Langsam drehte er sich um.

»Siehste, geht doch!«, rief Nico und grinste schief, was wohl cool wirken sollte. In Wirklichkeit sah es einfach nur dämlich aus.

»Was wollt ihr?«, fragte Liam mit fester Stimme, obwohl er die Antwort bereits kannte.

Die Drei waren keine zehn Meter von ihm entfernt ebenfalls stehen geblieben und grienten ihn an. Ihre Körperhaltung wirkte allerdings angespannt. Nico überragte nicht nur Liam um einen halben Kopf, sondern auch Lasse und Paul, die links und rechts neben ihm standen. Er trug Jeans, T-Shirt und darüber eine blaue Stoffjacke, unter der eine grobgliedrige Silberkette schimmerte. Ein schwarzrotes Basecap der *Bulls* hatte er sich schräg auf den an den Seiten kahlgeschorenen Schädel gesetzt.

Lasse wiederum hatte sich die Kapuze seiner schwarzen Joppe über den Kopf gezogen.

Paul trug keine Kopfbedeckung. Mit seinem Polohemd unter einem blaugemusterten Pullunder und den schräg über die Stirn gekämmten Haaren wirkte er neben den beiden anderen ziemlich deplatziert. Liam spielte mit dem Gedanken ihm das zu sagen, verkniff es sich aber. Er wollte seine Gegner nicht unnötig provozieren. Paul stand zwar nicht auf der äußerst kurzen Liste seiner Freunde, doch dass er ihm zusammen mit diesen beiden Idioten auflauern würde, hätte er nie gedacht.

»Paul meint, du hättest seit kurzem ein neues Handy, ein neues iPhone«, sagte Nico mit aufgesetzter Freundlichkeit. »Das möchten wir uns gerne mal ansehen.«

Das Handy, was sonst. Dora hatte es ihm vor drei Tagen geschenkt. ‚Ich weiß, es ist nur ein Stück Technik, aber sieh es als kleinen Trost an‘, hatte sie gesagt und ihm die weiße Schachtel in ihrer altersfleckigen Hand überreicht, wobei ihr Blick keinen Widerspruch duldete. Danach hatte er lange überlegt, ob er das Handy mit in die Schule nehmen sollte. Schließlich hatte er es auf Doras Drängen hin doch getan und nun bekam er die Quittung präsentiert.

»Warum willst du mein Handy sehen?«, fragte er mit gespielter Unschuld. »Du hast doch selbst ein *Apple*.«

Nico ließ sich nicht aus der Reserve locken, noch nicht. Er betrachtete eingehend seine Fingernägel, als ob er darunter etwas Interessantes entdeckt hätte.

»Mag sein, aber meins ist schon älter«, erwiderte der. »Wollte mal deins sehen.«

»So, so, nur mal sehen. Verstehe!«

»Korrekt! Du begreifst schnell.«

Nicos Grinsen geriet zu einer Fratze.

Das Geplänkel war also vorbei. Ohne den Blick von den Dreien abzuwenden, ließ Liam die Sporttasche von der Schulter gleiten und stellte sie neben sich auf den Boden. Sein Herz schlug ihm bis in den Hals hinauf, doch er zwang sich, gelassen zu wirken. Dennoch zitterte seine Hand ein wenig, als er rechts von sich zum Besen griff und diesen aufrecht vor sich hinstellte.

Verwirrung erfasste die der Drei und wischte für einen Moment das dämliche Grinsen aus ihren Gesichtern. Doch dieser Zustand hielt nur wenige Sekunden an, dann lachten Nico und Lasse laut auf. Paul warf den beiden einen verunsicherten Seitenblick zu, blieb aber stumm. Immer noch glucksend zeigte Lasse auf den Besen.

»Alter, was soll das?«, fragte er. »Machst du jetzt einen auf Harry Potter und willst mit dem Ding wegfliegen?«

»Vorsicht, der kann Kendo«, zischte Paul, dessen Unsicherheit für eine Sekunde auf die Gesichter der beiden anderen übersprang.

»Na und?!«, versetzte Nico. »Machst du dir jetzt in die Hose, weil der vielleicht ein wenig mit nem Stock herumfuchteln kann?« Er griff in die Innentasche seiner Jacke und brachte einen länglichen Gegenstand zum Vorschein, aus dem im nächsten Moment mit metallischem Klicken eine blitzende Klinge hervorsprang. »Ich hab das hier.«

Liam hielt unwillkürlich die Luft an. Ein Klappmesser, er hatte so etwas befürchtet. Als er sich gegen eine Flucht entschlossen hatte, war er von einer harmlosen Rauferei ausgegangen. Nun aber wurde es Ernst. Unzählige Male hatte er sich schon gefragt, ob er seine beim Kendo-Training erlernten Techniken im Ernstfall richtig einsetzen könnte oder ob die Angst ihm vorher das Gehirn leerfegen würde. Zu seiner Überraschung war er jetzt so konzentriert und von einer Ruhe erfüllt, wie bei einer Trainingsstunde.

Seine Gegner unverändert im Visier, setzte er den Fuß auf das Querholz mit den Borsten und begann ohne Hast, den Stiel aus dem Gewinde zu schrauben. Mit Genugtuung beobachtete er, wie das Quietschen Nico offenkundig an den Nerven zerrte. In diesem Augenblick spürte er ein Brennen auf der Brust. Es schien von dem Saurierzahn zu kommen, den er seit seinem zehnten Geburtstag als Talisman um den Hals trug, ein Geschenk seiner Mutter. Doch bevor er einen Gedanken daran verschwenden konnte, war der Schmerz verschwunden.

»Lass den Quatsch und rück dein Handy raus, du Loser!«, bellte Nico mit vorgehaltenem Messer.

»Komm und hol's dir«, versetzte Liam kühl, hob den Stiel und nahm die Grundstellung zum Kämpfen ein, in dem er den rechten Fuß nach vorne schob, die linke Hacke leicht anhob und den Rücken durchdrückte. Der Bewegungsablauf kam ihm in seinen *Nikes* ungewohnt vor, da Kendo ausschließlich barfuß praktiziert wurde. Er packte den Besenstiel mit beiden Händen und hielt ihn schräg nach oben geneigt vor sich, wobei das vordere Ende auf Nicos Kehle zeigte.

»Der Idiot macht Ernst«, sagte Lasse, aus dessen Stimme jegliches Selbstbewusstsein gewichen war.

»Komm lass gut sein«, meldete sich Paul zaghaft zu Wort. »Wir sollten lieber ...«

»Schnauze! Alle beide!«, brüllte Nico mit bebendem Kinn. »Was glaubt dieser Penner eigentlich, wer er ist. Los, den machen wir platt!«

Er gab Lasse einen Wink und im nächsten Moment setzten sich beide in Bewegung, Nico mit dem Messer, Lasse mit geballter Faust. Liam regte sich nicht. Stattdessen peilte er Nico als erstes Ziel an, da dieser mit der Waffe die weitaus größere Gefahr darstellte. Er wartete, bis die beiden in Reichweite des Besenstiels kamen, dann startete in seinem Kopf ein Programm, das in jahrelangem Training schon unzählige Male abgespielt und verfeinert worden war. Zuerst versetzte er Nico ansatzlos einen *Kote*, einen Schlag auf das Handgelenk. Ein dumpfes Knacken ertönte und das Messer flog in hohem Bogen über den Jägerzaun. Sofort danach führte Liam eine leichte Körperdrehung in Kombination mit einem Seitschritt aus und verpasste Lasse einen *Men*, einen Hieb mitten auf die Stirn. Die gesamte Abfolge hatte nicht mehr als eine Sekunde gedauert, doch die Wirkung war durchschlagend.

Etwas Unverständliches krächzend hielt Nico sich das Handgelenk und sackte auf die Knie. Lasse hingegen taumelte mit weit aufgerissenen Augen nach hinten, presste sich eine Hand auf die Stirn und fiel rücklings zu Boden. Derweil nahm Liam erneut die Ausgangsstellung ein und fixierte Paul, der stehen geblieben war und auch jetzt offenbar keine Anstalten machte den Helden zu spielen.

»Du hast mir das Handgelenk gebrochen«, wimmerte Nico mit vornübergebeugtem Oberkörper. Tränen tropften von seinem Kinn auf die Pflastersteine. »Alter, ich mach dich fertig!«

»Das würde ich mir an deiner Stelle gut überlegen«, erhob sich in diesem Moment eine fremde Stimme. Ohne den Stiel zu senken, sah Liam aus dem Augenwinkel den alten Mann, der in dem Bungalow wohnte. Er stand im Durchgang des Jägerzauns und hielt ein Handy in der Hand.

»Was willst du denn, Opa?«, keuchte Nico, der sich mühsam wieder auf die Füße stemmte.

»Ich will, dass ihr hier verschwindet und nicht mit Messern auf Unschuldige losgeht. Und ich will euch nicht noch einmal hier sehen. Klar soweit?«, erwiderte der Mann und zeigte auf das Handy. »Im Übrigen ist *Opa* ein pensionierter Kriminalbeamter und gibt euch ein Versprechen: Ein Anruf und in zehn Minuten wünscht ihr euch eure Mamis hierher.«

Auch Lasse rappelte sich jetzt auf und starrte den Mann mit einer Mischung aus Wut und Verunsicherung an. Auf seiner Stirn leuchtete ein roter Fleck.

»Kommt, verpissen wir uns«, sagte er.

Nico hielt sich immer noch das Handgelenk, während er rückwärts zu Lasse torkelte.

»Scheiße tut das weh …«

»Ich kann dir gerne einen Krankenwagen rufen«, sagte der Mann und führte schon den Zeigefinger zum Display seines Handys. »Dann werdet ihr allerdings einige Fragen beantworten müssen.«

»Los! Hauen wir ab!«, presste Nico hervor und wandte sich mit schmerzverzerrtem Gesicht zum Gehen, nicht ohne einen wütenden Blick zurück auf Liam zu werfen. »Wir sehen uns wieder!«

»Ja, aber nicht vor meinem Grundstück!«, versetzte der Mann.

Liam schaute den Dreien nach, die sich wie die Überlebende einer verlorenen Schlacht davon machten, senkte den Stab aber erst, als sie um die nächste Ecke verschwunden waren.

»Vielen Dank«, sagte er zu dem Mann.

»Wofür?«, gab der mit einem Lächeln zurück.

»Ohne einen Zeugen hätte ich vielleicht noch Ärger bekommen«, sagte er.

»Von denen? Wohl kaum. Jedenfalls nach meiner Erfahrung.« Er reichte Liam die Hand. »Max Krüger.«

»Liam Deckert.«

»Freut mich.«

»Stimmt es, dass Sie bei der Kripo waren?«, fragte Liam, während er den Besenstiel wieder in sein Gewinde schraubte.

»Ja, vierzig Jahre.« Der Mann musterte ihn mit hochgezogener Augenbraue. »Das war übrigens sehr mutig von dir. Allerdings auch reichlich dumm. Sowas kann auch mal schiefgehen, du hättest weglaufen sollen.«

»Habe ich schon zu oft gemacht.«

Der Mann nickte.

»War jedenfalls ziemlich beeindruckend, was du da mit dem Besenstiel veranstaltet hast«, sagte er. »Ich wollte noch dazwischengehen, aber du warst einfach zu schnell. Was war das? Kendo?«

»Ja. Ich trainiere es, seit ich sechs bin«, sagte Liam und reichte dem Mann den Besen, der ihn mit einem Augenzwinkern entgegennahm.

»Wenn du willst zeige ich die Burschen an«, sagte er. »Ich stelle mich als Zeuge zur Verfügung, wenn du das machst. Vernünftig wäre es, immerhin haben sie dich mit einem Messer angegriffen, das ist keine Bagatelle. Und wie ich diese Typen einschätze, war das nicht das erste Mal.«

Liam schüttelte den Kopf.

»Nein, die haben genug abbekommen«, sagte er. »Aber Sie können natürlich tun, was Sie für richtig halten. Die Namen kann ich Ihnen gerne geben.« Er hob seine Sporttasche vom Boden auf und warf sie sich über die Schulter. »Ich muss weiter. Hat mich gefreut, Sie kennenzulernen. Und danke nochmal.«

»Keine Ursache«, gab der Mann zurück, hob zum Abschied die Hand und verschwand mit Besen und Handy hinter dem Tor.

Liam setzte seinen Weg fort. Er überquerte eine weitere Kreuzung und bog dann nach links in den Oberhofer Platz ein, der um eine riesige Backsteinkirche herum angelegt war. Inmitten der Mehrfamilienhäuser und alten Villen war Liam der Bau immer so deplatziert vorgekommen, wie ein Elefant auf einer Hamsterparty. Uralte Linden reckten ringsum ihre knorrigen Äste in den Himmel und in den Vorgärten hinter schmiedeeisernen Zäunen entfachten Fliederbüsche ein violettes Feuerwerk.

Überall in den Sträuchern und Bäumen wimmelte es von Vögeln, doch ihr Gesang drang nur sporadisch durch das Dröhnen der Autos, die über das Kopfsteinpflaster rollten.

Liam bekam von all dem nur unbewusst etwas mit, da sich in seinem Kopf der gerade überstandene Kampf, wie in einer Endlosschleife wiederholte. Die Beine fühlten sich wackelig an, als wären die Bänder in den Knien ausgeleiert und sein Puls ging immer noch schneller als normal.

Er fragte sich, ob er die Drei nicht vielleicht doch anzeigen sollte, verwarf den Gedanken aber wieder. Er hatte auch so schon genug Probleme, auf Stress mit der Polizei oder irgendwelchen Anwälten konnte er getrost verzichten. Außerdem würden die Drei in der nächsten Zeit bestimmt einen großen Bogen um ihn machen, und das genügte ihm. Allerdings schien er Nico ziemlich schwer verletzt zu haben, was ihm sogar ein wenig leidtat. In seiner Anspannung hatte er den *Kote* zu heftig angesetzt, doch die Gewissheit, es nicht mit Absicht getan zu haben, milderte seine Schuldgefühle.

Er war so sehr in seine Gedanken vertieft, dass er beinahe am Haus seiner Großmutter vorbeigegangen wäre. Er durchquerte das Tor mit den rostigen Eisenstäben, schritt über den gepflasterten Weg, der durch den Vorgarten führte, und stieg die Treppe hinauf, die rechts zum Eingang der Landvilla hinaufführte.

Das verwinkelte Haus stand seit über hundert Jahren inmitten eines inzwischen verwilderten Gartens, der mit seinen Sträucher und uralten Bäumen den perfekten Drehort für einen Gruselkrimi abgegeben hätte. Vorne links sprang ein Erker über beide Etagen hervor, der nach oben hin mit einem Spitzgiebel abschloss. Mehrere Schornsteine ragten aus dem Dach empor und drängten sich wie Schiffbrüchige auf einem Floß aneinander. Die Wände waren verklinkert und die Fensterstürze mit Stuck verziert.

Obwohl das Gemäuer etwas Verwunschenes an sich hatte, mochte Liam das Haus. Seit über einem halben Jahr lebte er hier mit seinem Vater und seiner Großmutter zusammen. Wäre der Grund seines Aufenthaltes hier nicht so traurig gewesen, hätte er womöglich gerne hier gewohnt.

Auf dem Treppenabsatz angekommen, kramte er den Schlüssel aus der Sporttasche und stieß einen Seufzer aus. Wenn er Dora von der Sache eben erzählte, würde er sich was anhören können.

KAPITEL 2

Ich bin da!«, rief Liam und ließ die schwere Eingangstür hinter sich ins Schloss fallen. Sogleich empfing ihn der Geruch von Staub, altem Holz, gebratenem Fleisch und Curry. Viel Curry.

Er stand in der Diele, in der sich links eine Treppe mit rotem Spannläufer in den ersten Stock emporwand. Ihr Holz war ebenso dunkel, wie das der Wandvertäfelung und drückte zusammen mit dem schwarzroten Orientteppich am Boden auf seine Stimmung. Mit schnellen Schritten durchquerte er den Raum und betrat den Flur. Hier nahm der Essensgeruch an Intensität zu und überdeckte schließlich sogar die sonst allgegenwärtige Duftnote unzähliger Räucherstäbchen. Offenbar hatte Dora mal wieder etwas Orientalisches gekocht.

Links zur Straße hin ging das ehemalige Arbeitszimmer seines verstorbenen Großvaters ab, das jetzt als Lesezimmer genutzt wurde und dahinter folgte das Wohnzimmer. Rechts befanden sich das Gäste WC, die Küche und am Ende das Gartenzimmer, das über eine Terrasse nach draußen führte.

Kurz vor der Küchentür ließ Liam die Sporttasche von der Schulter zu Boden gleiten, wo sie wegen der Schulbücher mit einem dumpfen Schlag auf den Dielen landete.

»Junger Mann!«, drang Doras Stimme aus der Küche. »Wenn du unbedingt deine Sachen durch die Gegend schmeißen willst, dann tue das bitte in deinem Zimmer. Am schönsten wäre es natürlich, du ließest es ganz bleiben.«

Mit einem Seufzen hob Liam die Tasche wieder auf. Er hörte das Knistern von brutzelndem Fett und das Klappern eines Topfdeckels. Als er um die Ecke spähte, sah er Dora mit einem Wok am Herd hantieren. Aus zwei Edelstahltöpfen stieg Dampf auf. Im Hintergrund stand das Fenster zum Garten offen, durch das die Sonne drei Gedecke auf dem Esstisch davor beschien.

Dora trug eine dunkle Bluse zu ihrer ausgewaschenen Jeans und hatte die grauen Haare wie immer zu einem Zopf geflochten, der ihr bis knapp über den Gürtel reichte. Und natürlich hing die Holzkette um ihren Hals, an der ein Medaillon mit dem Bild seines Großvaters Günther baumelte. Sie war schlank und hochgewachsen, so dass sie mit ihrer legeren Kleidung wie Anfang fünfzig und nicht wie eine Mittsiebzigerin wirkte.

Die Jahre hatten ihr zwar die Jugend aus dem Gesicht gestohlen, nicht aber aus ihren wasserblauen Augen, an deren Rändern sich tiefe Lachfalten eingegraben hatten, die ihre Lebensfreude bezeugten.

Während sie den Wok rüttelte und darin mit einer Kelle rührte, drehte sie den Kopf zu Liam und fixierte ihn mit durchdringendem Blick.

»Wie war es in der Schule?«

»Wie immer«, sagte er und versuchte seinen Tonfall beiläufig klingen zu lassen. Es stimmte ja auch, in der *Schule* war schließlich nichts Besonderes passiert.

Doch seine gespielte Unbekümmertheit konnte Dora offenbar nicht täuschen, denn sie zog eine Augenbraue hoch und ließ damit ein Gefühl der Beklommenheit in ihm aufsteigen.

»Irgendwas ist doch gewesen. Du siehst ein wenig blass um die Nase aus«, bemerkte sie und wandte sich wieder dem Wok zu.

Für den Bruchteil einer Sekunde wollte die ganze Geschichte aus seinem Mund herausspringen, doch er presste die Lippen zusammen und schüttelte den Kopf.

»Es ist wirklich nichts«, sagte er. »Ich bin nur ein bisschen fertig.«

Sein Blick fiel auf ein Glas Wasser und eine angebrochene Schachtel Aspirin neben dem Herd, was ihn stutzen ließ. Dora war eine eingeschworene Anhängerin der Homöopathie und lehnte es für gewöhnlich ab, *sich mit Chemie vollzustopfen*, wie sie es ausdrückte. Wenn es so weit gekommen war, musste sie wirklich heftige Kopfschmerzen haben. Für ihn bot sich damit die Gelegenheit, das Thema von sich abzulenken.

»Aber *du* scheinst nicht richtig fit zu sein oder was haben die Tabletten da zu bedeuten?«, fragte er und reckte das Kinn in Richtung Schachtel.

Sie zuckte ein wenig zusammen, sah aber nicht vom Herd auf und drehte einen der Regler herunter.

»Nur ein bisschen Kopfschmerzen«, sagte sie. »Muss das Wetter sein, hab die ganze letzte Nacht schlecht geschlafen.«

»Hmm, tut mir leid, hoffentlich geht es dir bald wieder besser«, sagte Liam, wobei ein Anflug von Besorgnis wie ein kalter Luftzug um seinen Nacken strich. »Wo ist Dad?«

Sie setzte den Wok scheppernd auf der Ceranplatte ab und warf ihm einen verärgerten Blick zu.

»Du weißt, dass ich es hasse, wenn du ihn so nennst«, versetzte sie. »Wir sind hier nicht in Chicago.«

Liam seufzte. Er liebte Dora, doch ihre Ablehnung allem Angelsächsischen gegenüber ging ihm manchmal gehörig auf die Nerven. Dabei war er sehr früh zweisprachig erzogen worden, weil sein Vater aufgrund seiner beruflichen Reisen in die USA sehr gut Englisch sprach ... oder besser gesagt: gesprochen hatte. Jetzt war davon außer ein paar einfachen Vokabeln wie *Table* oder *Dog* nicht mehr viel übrig geblieben.

»Also schön: Wo ist Papa?«

Seit sich der Zustand seines Vaters vor ein paar Monaten so dramatisch verschlechtert hatte, quälte sich dieses Wort wie ein Greis über seine Lippen. Doch Dora zuliebe versuchte er, es sich nicht anmerken zu lassen.

»Im Garten«, sagte sie. »Bei dem schönen Wetter wollte er draußen sein.«

Sie fummelte an den Einstellungen des Herds herum.

»Das Essen ist gleich fertig. Kannst du mir helfen den Tisch zu decken, bitte?«, fragte sie.

»Was gibt's denn?«

»Riechst du das nicht? Lammcurry mit Reis und Gemüse.«

»Toll«, sagte er mit gespielter Freude. Dora kochte mit Begeisterung orientalische Gerichte und das auch gut, aber leider auch sehr oft. »Ich bringe nur schnell die Tasche hoch.«

Sie entließ ihn mit einem Knurren.

Er ging zurück in die Diele und stieg die Treppe hinauf, deren Stufen bei jedem Schritt mit einem Knarzen protestieren.

Oben verlief ein weiterer Flur durch das Haus, an dessen Wänden Doras Fotos mit Motiven aus Indien hingen, die sie während ihrer Zeit als Korrespondentin dort aufgenommen hatte. Überwiegend Porträts von Gesichtern, die zum Teil unglaubliche Schicksale widerspiegelten. Dora hatte ihm jedes Einzelne mit journalistischer Ausführlichkeit vorgestellt.

Gleich vorne links zur Straße hin lag ihr Schlafzimmer und dahinter das seines Vaters. Auf der rechten Seite gingen die vordere Tür ins Bad und die nächste in sein Zimmer. Als er es betrat, stand das Fenster ihm gegenüber offen. Die Strahlen der Nachmittagssonne stachen durch das Blattwerk des Magnolienbaums vor dem Fenster und malten ein lebendiges Muster auf das Fischgrätparkett. Die Äste des Baumes reichten bis nahe ans Fenster heran und dienten Inari als Ausstieg in den Garten.

Die schneeweiße Katze mit den saphirblauen Augen schien gerade auf Wanderschaft zu sein, denn ihr Lieblingsplatz, der Lesesessel, war verwaist. Seine Mutter hatte sie ihm wenige Wochen vor ihrem Verschwinden aus ihrer Tierarztpraxis mitgebracht, eine Streunerin, die ihr jemand gebracht hatte. Seither war sie ihm nicht mehr von der Seite gewichen, außer wenn der Jagdinstinkt sie nach draußen lockte, was vorzugsweise nachts der Fall war. Manchmal kam es ihm so vor, als hätte seine Mutter ihr Schicksal geahnt und ihm deshalb eine Weggefährtin an die Seite gegeben, die ihm wenigstens zeitweise ein wenig Trost spenden konnte. Was natürlich Blödsinn war, dennoch war er dankbar Inari in seiner Nähe zu haben, auch wenn er vorher eigentlich kein ausgesprochener Katzenfreund gewesen war.

Er warf seine Tasche auf das Ledersofa, das zusammen mit dem massiven Kleiderschrank in der Ecke schon vor seinem Einzug hier gestanden hatte. Aus dem Haus seiner Eltern hatte er lediglich seinen Schreibtisch mit Glasplatte, den stoffbezogenen Lesesessel und sein Bett mitgebracht. Zudem hatte er an den weißgestrichenen Wänden noch einen Kunstdruck aufgehängt, der zwei berühmte japanische Kendokas im Kampf zeigte und darunter hing sein Trainingsschwert aus Bambus. Zusammen mit dem selbstgebauten Modell einer Dampfmaschine auf einem Regalbrett bildeten sie den einzigen Schmuck in dem Zimmer, von der Stuckdecke einmal abgesehen. Und natürlich der Urkunde für den zweiten Platz im Bundesfinale bei *Jugend forscht* Wettbewerb vor zwei Jahren, der in seiner Altersgruppe noch *Schüler experimentieren* hieß. Doch dieses Dokument stellte für ihn viel mehr dar, als bloß eine Zierde an der Wand. Es erinnerte ihn an einen der schönsten Tage seines bisherigen Lebens und daran, wie stolz seine Eltern ausgesehen hatten, als man ihm die Urkunde bei einem Festakt in einem vollbesetzten Saal überreichte.

Auf ein Bücherregal hatte er verzichtet, da Dora ihm im Lesezimmer einen Bereich für seine Romane und Hefte freigeräumt hatte. Das hatte dazu geführt, dass es seine Marvel Comics in die unmittelbare Nachbarschaft einer ledergebundenen Originalausgabe der *Buddenbrooks* geschafft hatten.

Sein Blick fiel auf den noch nicht fertig zusammengebauten sechsbeinigen Roboter auf dem Schreibtisch, der über ein Kabel mit dem Laptop daneben verbunden war. Er hatte ihn auf der Grundlage eigener Pläne entwickelt und sich dabei am Vorbild der Ameisen orientiert. Er spielte mit dem Gedanken, ihn bei *Jugend forscht* Wettbewerb als Projekt einzureichen. Zuvor würde er ihn beim Physikworkshop vorstellen, der einmal in der Woche nach dem Unterricht in seiner Schule stattfand. Die Teilnahme daran hatte seinen Ruf als verschrobener Sonderling bei den meisten Mitschülern nur noch weiter zementiert, was ihn aber inzwischen nicht mehr störte. Beim Anblick der technischen Bauteile überkam ihn sofort wieder der Drang sich an den Tisch zu setzen und weiterzutüfteln, doch er riss sich zusammen, da er Dora ja versprochen hatte ihr zu helfen.

Eine Stimme drang von draußen ins Zimmer und er ging zum Fenster, wo er an den Magnolienblüten vorbei in die hintere Ecke des Gartens spähte. Im Schatten zweier Fichten stand ein bemooster Brunnen, aus dessen Mitte eine marmorne Frau mit antiken Gewändern und einer Vase auf der Schulter aufragte. Wasser floss daraus schon lange keines mehr, so dass sich in der kreisrunden Auffangschale Nadeln und Blätter angesammelt hatten. Auf dem Rand saß ein Mann in T-Shirt und Jeans und stocherte mit einem Stock im Laub herum, während er mit der freien Hand Inari streichelte, die neben ihm hockte. Die Bewegungen wirkten linkisch, und die rabenschwarzen, an den Schläfen allmählich ergrauenden Haare, standen in Büscheln von seinem Kopf ab. Der Mann war sein Vater, vor nicht allzu langer Zeit ein angesehener Wissenschaftler, der sich in ein neunundvierzig Jahre altes Kind verwandelt hatte. Der Anblick versetzte Liam einen Stich ins Herz und ließ ihn gegen die aufsteigenden Tränen ankämpfen.

Im vergangenen Herbst war sein Vater völlig verstört von einer Reise zurückgekehrt und hatte vom mysteriösen Verschwinden seiner Frau im Dschungel gestammelt. Bereits zu diesem Zeitpunkt schien er einen Großteil seiner geistigen Fähigkeiten eingebüßt zu haben. Ständig hatte er von einem Schlüssel geredet und einem Sammler, der hinter ihm her sei, was Liam für sich alleine schon gruselig gefunden hatte. Doch es sollte noch schlimmer kommen. In den darauffolgenden Tagen setzte sich der geistige Verfall seines Vaters ungebremst fort. Wie Wasser aus einem löchrigen Eimer war ihm der Verstand aus dem Kopf getröpfelt.

Nach einer Woche war er, den Aussagen der behandelnden Ärzte in der Charité zufolge, auf den Stand eines Sechsjährigen zurückgefallen, ein bis dahin international angesehener Professor für Geophysik mit einem Lehrstuhl an der Technischen Universität. Schließlich war der zerstörerische Prozess zwar zum Stillstand gekommen, aber sein Zustand hatte sich seitdem nicht mehr gebessert. Die grundlegenden Dinge beherrschte er noch. Er konnte alleine aufs Klo gehen, manierlich Essen, sich selber anziehen und auch normal sprechen. Allerdings redete er wie ein Kind, da er nur noch über einen entsprechend geringen Wortschatz verfügte. Von seinem früheren Wissen mit den geologischen Fachausdrücken und den mathematischen Formeln war nichts übrig geblieben. Jetzt las er nicht mehr englische Artikel in Fachzeitschriften über die neuesten seismischen Methoden in der Lagerstättenforschung, sondern Liams alte Kinderromane: *Jim Knopf*, das *Sams* und *Die drei Fragezeichen*. Dora hatte es sich zwar zum Ziel gesetzt, ihm sein Wissen in einer Art Privatunterricht Stück für Stück zurückzugeben, doch ihr Bemühen glich bei allem Einsatz einem Kampf gegen Windmühlen.

Irgendwann hatte Liam akzeptiert, dass sein Vater wohl niemals wieder der Alte werden würde, da auch die Ärzte keine Erklärung für dessen Zustand hatten. Für ihn war die Ursache hingegen klar: Das Verschwinden seiner Mutter hatte all das ausgelöst. Ihr offensichtlicher Tod hatte ihm den Vater geraubt und dafür so etwas wie einen kleinen Bruder zurück gelassen. Was für ein mieser Tausch.

»Junger Mann, du wolltest mir helfen, den Tisch zu decken!«, hallte es von unten durch die offene Zimmertür herein.

Liam ließ noch ein paar Sekunden lang den Blick auf seinem Vater ruhen, dann riss er sich von dem Anblick los, wischte sich eine Träne aus dem Auge und ging in die Küche.

* * *

Die Sonne war bereits untergegangen, als Liam an seinem Schreibtisch saß und sich gelangweilt durch *Snapchat* klickte. Auch sein Kendo Verein hatte auf *Facebook* nichts Neues zu vermelden und da sich die Zahl seiner Bekannten, - von echten Freunden ganz zu schweigen, - ohnehin an den Fingern einer Hand abzählen ließ, hatte er sich schnell auf dem Laufenden gehalten.

Während er das von ihm geschriebene Programm zur Steuerung des Roboters startete, schaute er über den Bildschirm hinweg durch das offene Fenster.

Das letzte Glühen der längst abgetauchten Sonne ließ den wolkenlosen Himmel in einem geheimnisvollen Indigoblau leuchten. Eine kühle Brise wehte von draußen ins Zimmer und irgendwo im Garten sang eine Amsel. Er hatte nicht auf die Uhr geschaut, doch es musste ungefähr neun Uhr abends sein.

Mittlerweile hatte sich seine Angst gelegt, dass jeden Augenblick die Polizei an der Tür klingelte, um ihn mit aufs Revier zu nehmen, wo man ihm Nico mit dessen Eltern und vielleicht noch einem Anwalt gegenüberstellte. Offensichtlich hatte dieser Idiot noch so viel Verstand besessen, um sich zuhause eine Ausrede für die verletzte Hand einfallen zu lassen.

Dafür plagte Liam sein schlechtes Gewissen, weil er Dora noch immer nicht den Vorfall gebeichtet hatte. Zuerst hatte er Rücksicht auf ihre Kopfschmerzen vorgeschoben und nun war sie mit ihren Yoga-Übungen beschäftigt, bei denen sie nicht gestört werden wollte. Doch er hatte sich fest vorgenommen, ihr den Vorfall später zu beichten.

Hinter ihm ertönte ein vertrautes Maunzen, und als er sich umdrehte, sah er Inari, die sich nach ihrem Abendmahl auf dem Sofa räkelte und gähnte. Dora hatte ihr diesmal die Reste vom verspäteten Mittagessen gegeben, denn Dosen- oder Trockenfutter rührte diese Katze nicht an. Fleisch, nie roh, Fisch immer gebraten und sogar gekochtes Gemüse, mit etwas anderem brauchte man ihr erst gar nicht zu kommen. Zu Beginn hatte Liam in seiner Unkenntnis einmal versucht ihr Fertigfutter vorzusetzen und dafür einen Blick voller Verachtung und Ekel geerntet. Er wunderte sich, dass Inari in dieser lauen Nacht noch nicht draußen unterwegs war, aber wer verstand schon Katzen.

Inzwischen war das Programm mit all seinen Routinen hochgefahren und Liam begann mit den Tests, bei denen er nacheinander die Metallbeine des Roboters ansteuerte. Tags zuvor hatte er einen neuen optischen Sensor eingebaut und er wollte gerade damit beginnen, die Schnittstelle dafür zu programmieren, als hinter ihm plötzlich die Tür aufging. Er wandte sich um und sah seinen Vater in einem blauweiß gestreiften Pyjama im Zimmer stehen und ein Blatt Papier in der Hand halten.

»Schau mal Liam, was ich gemalt habe«, verkündete er.

Liam versuchte, sich seine Beklemmung nicht anmerken zu lassen. Inari hatte sich aufgesetzt, spitzte die Ohren und schnüffelte mit gespreizten Barthaaren in Richtung Tür. Gleich darauf hopste sie vom Sofa, sprang auf das Fensterbrett und verschwand im Geäst der Magnolie, wo sie sich wie ein Geist in den Schatten auflöste.

»Du bist noch auf?«, fragte Liam.

»Ja, solange Dora ihr Yoga macht, darf ich noch aufbleiben«, sagte sein Vater und streckte ihm das Blatt entgegen. »Schau mal. Ich glaube, diesmal habe ich ihn besonders gut hinbekommen.«

»Wen?«

»Na den Schlüssel.«

Liam konnte ein Seufzen gerade noch unterdrücken. Er stand vom Stuhl auf, setzte sich auf das Sofa und bedeutete seinem Vater sich neben ihn zu setzen. Wieder dieser Schlüssel! Es verging kaum ein Tag, an dem er nicht davon redete. Liam war bisher nicht dahintergekommen, ob es sich dabei um den Rest einer alten Erinnerung, einen glattpolierten Stein im Fluss des Vergessens, oder doch nur um ein Hirngespinst handelte. Sein Vater kam angelaufen, sprang übermütig auf das Sofa und hielt ihm das Blatt unter die Nase. Liam stutzte.

Er hatte das Werk eines Sechsjährigen erwartet, so wie all die anderen Zeichnungen, die sein Vater in den letzten Monaten fabriziert hatte: Formen aus ungelenken Strichen, mit wilden Schraffuren ausgemalt. Doch diesmal sah der Gegenstand auf dem Papier fast so realistisch aus, wie ein Foto. Es schien sich tatsächlich um einen Schlüssel zu handeln, allerdings für ein Schloss, das noch erfunden werden musste.

Auf eine gewisse Weise ähnelte er jenen klobigen Exemplaren, mit denen Freibeuter in Piratenfilme ihre eisenbeschlagenen Schatztruhen öffneten. Gleichzeitig aber verliehen ihm die exakte Verarbeitung und die merkwürdigen Schriftzeichen aus Punkten und Strichen auf dem Schaft einen modernen Anstrich. Dieser Eindruck wurde durch den zackenlosen Bart und die darin eingelassene Kristallkugel zusätzlich verstärkt. Noch mehr verwunderte Liam allerdings, was sein Vater in der krakeligen Schrift eines Sechsjährigen unter die Zeichnung geschrieben hatte:

7025647
BH Bd. 3-8.

Er zog die Augenbrauen zusammen.

»Das ist der Schlüssel?«, fragte er.

»Ja, toll nicht?!«

»Ich wusste gar nicht, dass du so gut zeichnen kannst, … Andreas.« Während er bei seiner Großmutter keine Probleme damit hatte, sie beim Vornamen zu nennen, musste er sich bei seinem Vater immer noch überwinden.

»Ich auch nicht«, erwiderte der strahlend. »Es war ganz merkwürdig, wie Zauberei. Als wenn irgendein Zauber meine Hand geführt hätte. Verstehst du?«

Liam betrachtete die Zeichnung eingehend.

»Ehrlich gesagt, nein«, sagte er. »Was ist das für ein Schlüssel? Und was bedeuten die Zahlen und Zeichen?«

»Weiß nicht«, gab sein Vater zurück, der angefangen hatte, mit den Füßen zu wippen.

»Aber du hast diesen … Schlüssel so genau gezeichnet, du musst ihn doch schon mal gesehen haben.«

»Nö.«

Liam runzelte die Stirn.

»Ist nicht dein Ernst. Das kannst du dir doch unmöglich ausgedacht haben.«

»Doch …« Liams Vater gestikulierte unbeholfen mit den Händen. »Na ja, irgendwie ist das Bild immer da. Wenn ich träume, aber auch wenn ich wach bin und die Augen schließe. Einfach immer.«

Bei den letzten Worten war die Unbekümmertheit aus seinem Blick gewichen. Dafür hatte seine Miene eine Ernsthaftigkeit angenommen, die Liam von früher von ihm kannte, die ihn jetzt aber frösteln ließ. Was auch immer mit seinem Vater geschah, es war gespenstisch.

»Und du bist dir sicher, dass du diesen Schlüssel nicht schon irgendwo einmal gesehen hast? In echt, meine ich. Und die Zahlen sagen dir auch nichts?«

Sein Vater schürzte die Lippen und starrte zu einem unbestimmten Punkt in der Ferne, als stünde dort die Antwort geschrieben.

»Ich ... ich weiß nicht.« Seine Gesichtszüge verhärteten sich, wie unter einer gewaltigen Anstrengung. »Ich weiß es wirklich nicht. Es ist alles so verschwommen, und wenn ich doch mal eine Erinnerung zu fassen kriege, dann löst sie sich zwischen meinen Fingern auf wie nasser Sand und ist für immer weg. Deshalb will ich mich schon gar nicht mehr an irgendwas erinnern.«

Sein Kinn kräuselte sich wie Wasser unter einer Windböe, während ihm Tränen in die Augen traten. Liam schluckte gegen einen Kloß im Hals an und legte zögerlich seine Hand auf die seines Vaters. Er rang um irgendwelche tröstenden Worte, als ihn ein dumpfes Poltern aufhorchen ließ.

Der Lärm war aus Doras Schlafzimmer gekommen, und noch bevor er einen klaren Gedanken fassen konnte, stieg bereits eine düstere Ahnung in ihm auf.

»Was war denn das?«, fragte sein Vater mit kindlicher Unbedarftheit.

»Ich weiß nicht«, sagte Liam und stand auf. »Ich gehe mal nachsehen.«

»Ich komme mit!«

»Nein!«

Liam wies ihn mit einer Handbewegung sitzenzubleiben.

»Ich gehe allein.«

»Ooch, menno!«

»Keine Diskussion!«, sagte Liam. Und dann versöhnlicher: »Es ist bestimmt nichts Spannendes passiert.«

Oh doch, und ob es das ist!, meldete sich eine Stimme in seinem Kopf.

Er versuchte die Besorgnis abzuschütteln, die von ihm Besitz ergriffen hatte. Was sollte schon passiert sein, Dora wird bei ihren Verrenkungen bloß einen Stuhl umgeworfen haben. Er ging in den von einer Deckenlampe beleuchteten Flur und sah, dass die Tür zum Schlafzimmer seiner Großmutter verschlossen war. Mit wenigen Schritten hatte er sie erreicht und legte die Hand auf die Klinke, hielt dann jedoch inne. Schließlich wollte er Dora nicht in einer peinlichen Situation überraschen, so etwas mochte sie überhaupt nicht. Und er noch viel weniger.

Also klopfte er an.

Keine Antwort.

Er klopfte nochmal.

Wieder nichts.

»Alles Okay, Dora?«

Stille.

Sein Herz begann zu rasen.

»Ich komme jetzt rein!«, sagte er, atmete einmal tief durch, drückte die Klinge herab und öffnete die Tür.

Es war tatsächlich ein Stuhl umgekippt, nur leider nicht allein. Vor dem Fußende des Doppelbettes lag Dora in ihrem Jogging-Anzug auf dem Rücken, die Arme und Beine merkwürdig verdreht. Sie bewegte sich nicht, die Augen waren geschlossen.

Vielleicht ist das nur eine ihrer komischen Entspannungsübungen, dachte er. *Schwachsinn!*

»Großmutter?«, rief er. Seine Stimme zitterte.

Er ging langsam auf sie zu. Sie regte sich immer noch nicht. Panik kroch in ihm empor und schnürte ihm die Kehle zu.

Ihr Gesicht sah merkwürdig wächsern aus und der Brustkorb bewegte sich kaum. Mit zwei weiteren Schritten war er bei ihr und kniete sich neben sie. Als er ihre Hand nahm, fühlte die sich kalt an und ihre Lippen hatten einen Blaustich.

»Großmutter! Oh Mist! Dora, wach auf!«, keuchte er und rüttelte an ihrer Schulter.

Doch Dora rührte sich nicht.

KAPITEL 3

Liam saß im Wartebereich vor der Intensivstation der Charité auf einem orangefarbenen Plastikstuhl und starrte die Fotos an, die in ihren Billigrahmen die Angehörigen der Kranken ein wenig ablenken sollten. Diese hier erreichten bei ihm genau das Gegenteil, denn es handelte sich um Aufnahmen eines *Holi*, eines Farbenfestes in Indien, dem Land, in dem Dora viele Jahre als Korrespondentin gearbeitet hatte. Die gekonnt festgehaltenen Farbexplosionen ließen seine Gedanken erst recht um seine Großmutter kreisen.

Sie hatte ihm oft von ihren Erlebnissen in Indien erzählt, wohl auch deshalb, weil sie dort seinen Großvater kennengelernt hatte, der damals einen Kongress für Neurochirurgie besuchte. Liam stellte sich Dora vor, wie sie über und über mit knallbunter Farbe bestäubt ein Teil der wogenden Menschenmenge geworden war, wie sie tanzte, lachte und dabei wie eine Besessene fotografierte. Ein Energiebündel, aufgeladen mit Vitalität und Lebenslust und nun lag sie wie ein gestrandetes Wrack in einem Krankenhausbett hinter einer dieser weißgetünchten Wände. Wenn er bloß wüsste, wie es ihr jetzt ging. Es war wieder diese Ungewissheit, die ihn zermürbte und die Wut in ihm aufwallen ließ. Sollte er nicht bald Antworten bekommen, würde er sich den Erstbesten schnappen, ob nun Krankenpfleger oder Arzt und ihm seine Fragen ins Gesicht schleudern.

Er seufzte resigniert. Natürlich würde er das nicht tun.

Der Moment, als er Dora auf dem Fußboden fand, drängte

sich wieder in sein Bewusstsein. Im Nachhinein staunte er darüber, dass er nicht die Nerven verloren hatte. Stattdessen hatte er sie in eine stabile Seitenlage gebracht, - dem Erste-Hilfe-Kurs in der Schule sei dank - und anschließend den Rettungsdienst angerufen. Gleich darauf hatte er sich bei seinem Onkel Peter gemeldet, dem Bruder seines Vaters und praktizierender Arzt und ihn um Hilfe gebeten. Dieser war bereits kurz nach der Ankunft des Rettungswagens erschienen und hatte ihn zur Charité mitgenommen, wohin man seine Großmutter brachte. Bis vor wenigen Minuten hatte sein Onkel zusammen mit ihm im Vorraum gewartet, doch dann war ein Mann in blauem Kittel und mit besorgter Miene aufgetaucht, offenbar ein Arzt, hatte ihn zu sich gewunken und war mit ihm verschwunden.

Mittlerweile war es kurz vor Mitternacht und trotz der Aufregung drückte ihn die Müdigkeit wie eine Bleiweste in den Sitz. Außerdem fühlte sich seine Kehle an, als hätte ihm jemand eine Hand voll Sand in den Hals geschüttet. Sein Blick blieb an dem Getränkeautomaten in der Ecke hängen, doch dann fiel ihm ein, dass er kein Geld dabei hatte, was ein Abtasten der Jackentaschen bestätigte. Mit einem erneuten Seufzen ließ er sich in die Hartplastikschale des Sitzes zurücksinken, lehnte den Kopf gegen die Wand und starrte zu den Neonröhren an der Decke empor. Er versuchte die Gedanken an seine Zukunft zu unterdrücken, aber es gelang ihm nicht.

Was wenn Dora nicht mehr gesund wurde oder wenn sie gar ... Sein Verstand sperrte sich gegen diese Vorstellung. Sie musste einfach zurückkommen, musste wieder die drahtige Frau werden, die nichts und niemand erschüttern konnte. Und was, wenn nicht? Was geschah dann mit ihm und seinem Vater?

Das Quietschen der Räder eines Rollwagens, den eine Schwester durch den Flur schob, riss ihn aus seiner Grübelei. In diesem Moment bog sein Onkel um die Ecke. Sofort war Liam hellwach und sprang auf.

»Wie geht es ihr? Was hat sie? Kann ich zu ihr?«, brach es aus ihm heraus.

Sein Onkel trat vor ihn und sah ihn mit ernster Miene an. Das Neonlicht modellierte die Ringe unter seinen Augen deutlich heraus, doch er wirkte jetzt nicht mehr so angespannt, wie noch auf der Hinfahrt. Er kratzte sich seine schütter werdenden schwarzen Haare, als müsse er sich die richtigen Worte erst zurechtlegen.

»Setz dich!«, sagte er mit müder Stimme.

»Aber ...«

»Setz dich! Bitte!« Jetzt klang es energisch.

Nur widerwillig kam Liam der Aufforderung nach. Sein Onkel nahm neben ihm Platz und Liam starrte ihn erwartungsvoll an.

Was? Was?! Nun sag es schon!

Das Schweigen seines Onkels schien sich ewig in die Länge zu ziehen. Schließlich sagte er:

»Deine Großmutter hatte einen Schlaganfall.«

Obwohl Liam etwas in der Art befürchtet hatte, wirkte dieser Satz auf ihn wie ein Schlag in die Magengrube. Ein Schlaganfall! Er hatte das Wort zwar vernommen, die volle Bedeutung drang jedoch nur langsam bis zu seinem Verstand durch. Er hörte das Blut in seinen Ohren rauschen und versuchte etwas zu sagen, aber die Worte wollten sich einfach nicht zu einem sinnvollen Satz aneinanderreihen. Sein Onkel erlöste ihn, indem er ihm die Hand auf die Schulter legte und sagte:

»Sie ist bei Bewusstsein, das ist die gute Nachricht.«

Liam schluckte.

»Und was ist die Schlechte?«

Sein Onkel sah ihm unverwandt in die Augen.

»Es scheint leider so, als hätten ihre Hirnfunktionen ein wenig Schaden genommen.«

»Ein wenig Schaden? Was bedeutet das«, fragte Liam mit rauer Stimme.

»Ihr Sprachzentrum und auch der Teil des Gehirns, der für den Bewegungsapparat zuständig ist, wurden in Mitleidenschaft gezogen.«

Liam spürte, wie sich seine Kehle zusammenzog.

»Was ... was bedeutet das?«, brachte er hervor.

Sein Onkel hob beschwichtigend die Hand.

»Beruhige dich! Es ist wohl nicht so schlimm, wie der behandelnde Arzt zunächst befürchtete. Er glaubt, dass sie nach ein paar Monaten Reha fünfundneunzig Prozent ihrer früheren Leistungsfähigkeit wiedererlangen kann. Ich halte ihn für einen äußerst kompetenten Kollegen und vertraue daher seiner Prognose.«

Liam wandte den Blick von seinem Onkel ab und starrte auf den grauen Linoleumboden. Sein Kopf glich einem ausgebrannten Zimmer voller Fragen, die wie kalter Rauch darin herumwaberten.

»Wenn Dora mehrere Monate zur Reha muss, was wird dann aus mir und meinem Vater?«

Sein Onkel antwortete nicht sofort.

»Um dich werden Simone und ich uns vorerst kümmern. Du weißt, dass ich neben Dora der zweite Erziehungsberechtigte für dich bin?«

Liam nickte. Seine Großmutter hatte es ihm gesagt. Sie hatte diese Maßnahme offenbar in weiser Voraussicht in die Wege geleitet. Jetzt zahlte sich das aus, was sie damals als eine Formalität bezeichnet und worüber er sich kaum Gedanken gemacht hatte. Für ihn stand immer fest, dass sie mit neunzig noch gesund sein würde und nun hatte ihm das Schicksal gezeigt, dass die Zukunft keine feststehende Größe war.

»Werde ich jetzt zu euch ziehen?«, fragte er.

»In ein paar Tagen, ja«, erwiderte sein Onkel. Das Lächeln, das er aufsetzte, sollte wohl aufmunternd wirken, doch es misslang ihm gründlich. »Zuerst müssen wir in unserem Haus noch ein wenig umräumen. Lisa und Lars wohnen ja noch bei uns und wir leben schließlich nicht in einem Palast. Für ein paar Tage, bis wir alles vorbereitet haben, organisieren wir jemanden für dich. Ich meine, du bist ja zum Glück kein kleines Kind mehr. Daher vertraue ich darauf, dass du in der Zeit zur Schule gehst und keinen Blödsinn anstellst. Um die täglichen Besorgungen und das Essen kümmert sich die Person, die wir für dich engagieren. Simone und ich würden das auch gerne erledigen, aber sie ist Anwältin und ich habe eine Arztpraxis. Ich hoffe, du verstehst, dass wir das für eine kurze Übergangszeit so machen müssen.«

»Ja«, sagte Liam. »Und ich werde keinen Mist bauen, versprochen.«

Er schaute seinen Onkel gerade ins Gesicht.

»Werde ich irgendwann wieder zu Großmutter können?«

Sein Onkel ließ sich mit der Antwort Zeit. Schließlich sagte er:

»Vielleicht. Aber ich denke, du solltest dich nicht darauf verlassen.«

Liam schluckte.

»Und was wird aus meinem Vater?«

Sein Onkel wandte kurz den Blick ab und sah ihn dann wieder an. Eine waagerechte Falte hatte sich in seine Stirn gegraben.

»Das ist etwas komplizierter«, sagte er. »Wir können ihn nicht bei uns aufnehmen, davon abgesehen haben wir auch nicht die Zeit uns angemessen um ihn zu kümmern. Und selbst wenn Dora wieder gesund werden sollte, glaube ich nicht, dass sie auf Dauer dieser Belastung gewachsen sein wird.«

»Er kommt doch nicht in ein Heim?!«, platzte es aus Liam heraus.

»Eine Pflegeeinrichtung, ja.«

Liam drehte sich mit einem Ruck von seinem Onkel weg.

»Das geht nicht, das könnt ihr nicht machen«, stieß er hervor. »Er ist mein Vater, er ist nicht verrückt.«

Er spürte, wie sein Onkel ihm die Hand auf die Schulter legte, schüttelte sie aber mit einer heftigen Bewegung ab.

»Verrückt ist er nicht, aber du weißt selbst, dass er sich nicht alleine versorgen kann und wenn deine Großmutter nicht mehr dazu in der Lage ist, dann ...«

»Nein, das lass ich nicht zu!«, versetzte Liam. Er fuhr herum und wollte seinem Onkel irgendetwas ins Gesicht schreien, doch die Niedergeschlagenheit in dessen Blick ließen ihn innehalten.

»Du weißt, ich hab dich gern, aber ich fürchte, es liegt nicht in deiner Macht, das zu bestimmen, Liam.«

»Ich werde mich um ihn kümmern.«

Sein Onkel schenkte ihm ein trauriges Lächeln.

»Das ist keine Option, du bist noch nicht volljährig. Bitte glaube mir, deinem Vater wird es besser gehen, wenn er professionell betreut wird. Er ist gerade einmal neunundvierzig und ansonsten kerngesund. Willst du ihn die nächsten dreißig oder vierzig Jahre pflegen?«

Liam wollte zuerst etwas erwidern, sah dann aber ein, dass sein Onkel recht hatte. Also schwieg er.

»Ich habe Simone bereits angerufen«, fuhr sein Onkel fort. »Sie hat deinen Vater bereits zu uns nach Hause gebracht. Morgen werde ich versuchen, einen Platz in einer geeigneten Einrichtung zu finden. Weil es so kurzfristig ist, werde ich wohl ein paar Beziehungen spielen lassen müssen.«

Liam ballte die Fäuste. Tränen stiegen ihm in die Augen und trübten seinen Blick. Er hatte seine Mutter von einen auf den anderen Moment verloren und nun nahm man ihm auch noch seinen Vater. Irgendetwas mussten die Ärzte doch für ihn tun können. Vielleicht hatten sie etwas übersehen, ein neues Medikament, eine Therapie, die seine Krankheit heilen konnte. Er musste mit Dora reden, auf *sie* würde man hören.

»Kann ich zu Großmutter?«, fragte er und wischte sich mit dem Jackenärmel das Gesicht trocken.

»Heute nicht, auf keinen Fall! Der Arzt hat Besuche strikt untersagt«, gab sein Onkel zurück.

»Aber morgen?«

»Eher übermorgen. Wir gehen sie zusammen besuchen, okay?«

Liam schloss die Augen und nickte. Die Müdigkeit, die ihn bereits vorhin befallen hatte, kehrte nun mit aller Macht zurück.

Dann eben übermorgen, dachte er und konnte ein Gähnen nicht mehr unterdrücken.

»Ich glaube, ich will jetzt ins Bett«, sagte er. »Ich bin hundemüde.«

»Meinst du nicht, es wäre besser, wenn du diese Nacht zu uns kämst?«, fragte sein Onkel.

»Nein, ich will nach Hause ...« Er stockte.

Ein Gefühl der Beklemmung legte sich auf seine Brust. Doras Villa war nicht sein Zuhause, irgendwie schon und dann doch wieder nicht. Mit voller Wucht wurde ihm bewusst, wie wenig ihm von seinem früheren Leben geblieben war. Eigentlich nichts.

Sein Onkel stieß ein Seufzen aus.

»Gut, ich verstehe«, sagte er. »Aber morgen früh hole ich dich ab und bringe dich in die Schule. Und keine Widerrede. Wann beginnt dein Unterricht?«

»Um acht Uhr«, brummte Liam. Es machte keinen Sinn, gegen die Pläne seines Onkels zu argumentieren. Wenn der sich etwas in den Kopf gesetzt hatte, brachte ihn nichts mehr davon ab, kein wilder Löwe, kein Tornado, kein Weltuntergang. Diese Eigenschaft kam aus dem Familienzweig seines Vaters. Dora war ein weiteres Beispiel. Von den Vorfahren seiner Mutter stammte diese Sturheit wohl nicht, obwohl er von denen eigentlich nicht viel wusste, da sie schon sehr früh Waise geworden war.

Wie ich, schoss es ihm durch den Kopf und er lächelte bitter.

»Dann lass uns gehen«, sagte sein Onkel. »Wir können beide ein wenig Schlaf gebrauchen.«

Sie verließen die Klinik und liefen zum Parkplatz, wo sie den Audi abgestellt hatten. Der Mond hing als knöcherne Scheibe am Sternenhimmel und überzog die wenigen Autos, die um diese Uhrzeit dort standen mit einem silbernen Schimmer. Während der zehnminütigen Fahrt zu Doras Haus redeten sie kein Wort miteinander. Liam schaute aus dem Seitenfenster, wo Häuser und Bäume wie eine Filmkulisse an ihm vorbeirauschten. Sein Kopf fühlte sich so leer an, wie die Straßen, die sie entlangfuhren.

Endlich hielten sie vor der Villa, die in abweisender Dunkelheit dalag. Als Liam aussteigen wollte, legte sein Onkel ihm die Hand auf den Unterarm.

»Morgen früh um halb acht hole ich dich ab«, sagte er. »Versuch ein wenig zu schlafen. Und bitte sei pünktlich.«

»Geht klar«, erwiderte Liam und stieg aus dem Auto. Er sah kurz dem Wagen hinterher, der sich ratternd über das Kopfsteinpflaster entfernte, und ging dann durch das Tor. Im Vorgarten schaute er am Haus empor in der verrückten Hoffnung, jeden Moment ein Licht hinter einem der Fenster aufleuchten und dahinter Doras Silhouette zu sehen. Doch es blieb alles dunkel.

Als er das Haus betrat, hing immer noch ein schwacher Currygeruch in der Luft. Das einfallende Mondlicht tauchte die Diele und die Treppe in einen gespenstischen Dämmer. Liam schloss die Tür hinter sich ab und schleppte sich ohne das Licht einzuschalten hinauf in sein Zimmer. Dort zog er sich aus, schlüpfte in T-Shirt und kurze Hose und legte sich ins Bett. Auf die Ellenbogen gestützt suchte er den Raum nach Inari ab, doch er konnte sie weder auf dem Sofa noch auf dem Lesesessel entdecken. Ihm fiel auf, dass das Fenster immer noch einen Spalt breit offenstand und er vermutete, dass sie sich irgendwo draußen in der Vollmondnacht herumtrieb. Also schloss er es nicht, zumal die hereinwehende Luft ihn angenehm erfrischte. Mit einem Gähnen sank er das Kopfkissen zurück und war im nächsten Moment eingeschlafen.

***

Ein Geräusch riss ihn aus dem Schlaf. Er richtete sich auf, sah sich um und hätte beinahe laut aufgeschrien, denn direkt neben dem Bett ragte ein Schatten auf. Sein Herz drohte ihm aus der Brust zu springen.

»Ganz ruhig, ich tue dir nichts«, sagte eine helle Stimme, die ihm völlig unbekannt war.

Er wollte etwas erwidern und biss sich in seiner Aufregung prompt auf die Zunge. Den Schmerz ignorierend, schob er sich an die Wand und hielt dabei den Blick auf den Schemen gerichtet.

Die Gestalt drehte den Kopf ein wenig, wodurch das hereinfallende Mondlicht die zarten Gesichtszüge eines Mädchens offenbarte: Feine Brauen bogen sich über großen, mandelförmigen Augen, zwischen denen die Nase geradezu klein wirkte. Die Wangenpartie war absolut ebenmäßig und das Kinn sprang weder zu weit vor, noch floh es zurück. Ihre vollen Lippen besaßen kühne Schwünge und mündeten seitlich in Grübchen, die Liams Blick wie Magneten anzogen. Auf ihrer Stirn sah er einen Fleck, doch im Zwielicht war nicht zu erkennen, worum es sich handelte. Vielleicht ein Tattoo. Sie mochte in seinem Alter sein, allerdings konnte die Dunkelheit auch trügen.

Ihre schneeweißen Haare schimmerten wie Silberfäden und waren zu Rasterzöpfen geflochten, in denen Hunderte von Perlen glänzten. Ihr Körper wirkte unter der Kleidung zierlich. Sie trug enge Hosen, schwarz glänzende Reitstiefel, eine Weste und darüber eine Art Gehrock, wie er bei Männern im achtzehnten Jahrhundert in Mode war. Die Schöße waren mit silbernen Borten versehen, ebenso die weit geschnittenen Ärmelaufschläge, unter denen ein mit Spitze besetztes Hemd hervorlugte. Ihre barocke Aufmachung hätte aus einem Piratenfilm stammen können, nur dass dies kein Film war. Doch noch etwas anderes war merkwürdig: Alles an ihr, die Kleidung, die Haare und sogar die Haut, schien zu leuchten wie eine Wolke neben dem Vollmond. Liam schluckte. Er träumte noch, das war die einzige vernünftige Erklärung.

»Wer ... wer bist du?«, stammelte er und drückte sich noch enger gegen die Wand.

Er ließ sie nicht aus den Augen, während sie den Schreibtischstuhl heranzog, sich setzte und die Beine mit der Grazie einer Prinzessin übereinanderschlug.

»Ich habe dir viel zu erzählen und das meiste davon, - eigentlich alles -, wird dir sehr merkwürdig vorkommen«, begann sie. »Doch egal, was ich dir jetzt sagen werde, ist die Wahrheit.«

Sie betonte die S-Laute, so wie er es bei Norwegern oder Schweden schon gehört hatte.

»Wie ... Was ... Wahrheit? Wie bist du hier hereingekommen?«, krächzte er.

»Sag *du* zu mir, schließlich kennen wir uns seit einer ganzen Weile. Sehr gut sogar möchte ich meinen.«

Trotz der Dunkelheit glaubte Liam, ein Lächeln in ihrem Gesicht auszumachen.

»Ich weiß zum Beispiel, dass du ein talentierter Ingenieur bist und darüber hinaus ein beeindruckender Schwertkämpfer«, bemerkte sie. »Seit deinem sechsten Lebensjahr kämpfst du in einem Stil, den ihr Kendo nennt, was ursprünglich eine Idee deiner Mutter war. Inzwischen hast du den höchsten *Kuy-Grad* erreicht und laut deinem Trainer bist du schon längst reif für den ersten *Dan,* zu dessen Prüfung du aber erst mit fünfzehn antreten darfst. Und ich weiß, dass du heute zwei Jungs, die dich angegriffen haben, mühelos abgewehrt hast. Soll ich noch mehr erzählen?«

Er starrte sie mit offenem Mund an.

»Woher weißt du das alles? Ich habe dich noch nie gesehen«, versetzte er.

»Oh doch, das hast du«, erwiderte sie. »Ich bin es, Inari.«

Ihre Worte verkeilten sich in seinem Kopf und brachten ein paar Sekunden lang seinen Verstand zum Erliegen. Er lachte ein nervöses Lachen, obwohl er nichts an dieser Situation komisch fand.

»Inari. Meine Katze?! Blödsinn!«

Das Mädchen lächelte immer noch, erwiderte aber nichts. Seine oberflächliche Heiterkeit machte wieder der dumpfen Angst Platz, die darunter schwärte.

»Du behauptest also allen Ernstes Inari zu sein, meine Katze, die hier jeden Tag in der Küche aus ihrem Napf gefressen hat.«

»Was nicht gerade angenehm war«, bestätigte das Mädchen. »Und erst das Katzenklo. Was glaubst du wohl, wie unangenehm es ist, wenn dir alle dabei zugucken.«

Er schnaubte und schüttelte den Kopf. Egal wer dieses Mädchen auch war und wo sie herkam, sie hatte offensichtlich nicht mehr alle Latten am Zaun, wie Dora zu sagen pflegte. Was, wenn sie gefährlich war, eine entlaufene Irre, die wahllos Leute umbrachte? Sein Blick wanderte auf der Suche nach der echten Inari durch das Zimmer, doch er konnte sie nirgends entdecken. Dann sah er das offene Fenster. Natürlich, so war die Verrückte in sein Zimmer gekommen. Sie musste den Magnolienbaum hochgeklettert sein, ein Kinderspiel. Allerdings gab es noch eine viel einfachere Möglichkeit: Dies war doch alles nur ein Traum. Er richtete den Oberkörper auf, lehnte sich mit dem Rücken gegen die Wand und zwickte sich unauffällig in den Arm. Den Schmerz spürte er, aber zu seinem Leidwesen geschah nichts.

»Du träumst nicht«, sagte sie mit belustigtem Unterton.

Also doch eine Irre, schoss es ihm durch den Kopf. Was sollte er jetzt nur machen? Zunächst wäre es wohl das Beste, auf Distanz zu ihr zu bleiben und sich einfach anzuhören, was sie zu sagen hatte. Das würde sie vielleicht ruhig halten und ihm etwas Zeit verschaffen, um einen Ausweg aus dieser Situation zu finden.

»Gut, ich träume nicht«, sagte er. »Und du bist meine Katze, auch gut. Du wolltest mir etwas sagen, also bitte!«

Sie nickte langsam.

»Ich hätte nicht gedacht, dass du das so einfach wegsteckst, aber um so besser«, sagte sie.

Von wegen, sie kennt mich gut, dachte Liam. *Ich mache mir hier vor Angst fast in die Hose. Aber wenigstens scheint sie es nicht zu merken.*

»Nochmal, ich bin deine Katze«, fuhr das Mädchen fort. »Natürlich ist das nur eine der Formen, die ich annehmen kann, denn ich bin eine Gestaltenwandlerin, eine Magierin und ich stamme aus einer anderen Welt. Doch was ich dir zu sagen habe, betrifft nicht mich, sondern deine Eltern, und du musst wissen, dass ich damit ein Gelübde breche. Ich bin felsenfest davon überzeugt, dass deine Mutter noch am Leben ist und sie braucht unsere Hilfe. Und außerdem glaube ich einen Weg zu kennen, wie wir deinen Vater heilen können.«

Liam schluckte. Es war weniger ihr wirres Gerede über ihre magischen Fähigkeiten und ihr Wissen über ihn, als vielmehr die Tatsache, dass sie offenbar vom Schicksal seiner Eltern Kenntnis hatte, was ihm eine Heidenangst einjagte. Wie konnte das sein? Wie konnte sie als Fremde, die offensichtlich gerade erst in sein Zimmer geklettert war, all das wissen? War sie eine Stalkerin? Wohl kaum, denn in ihrem Aufzug wäre sie ihm garantiert aufgefallen. Und dann blitzte ein Gedanke in seinem Verstand auf. Was, wenn dieses merkwürdige Mädchen wenigstens zum Teil die Wahrheit sagte? War seine Mutter vielleicht tatsächlich noch am Leben?

Er schüttelte den Kopf. Nein, das war zu verrückt! Ein Schauder kroch ihm über den Rücken. Verlor er jetzt genauso den Verstand wie sein Vater?

KAPITEL 4

W er ... wer bist du wirklich?«, keuchte Liam.

»Das sagte ich schon und jetzt hör mir weiter zu, ich bin noch nicht fertig«, versetzte das Mädchen. »Du musst wissen, dass du ein *Halbblut* bist, denn deine Mutter ist eine Magierin aus meiner Welt, so wie ich. Genau genommen ist sie meine Meisterin. Sie wurde vor über zwanzig Jahren in diese Welt geschickt, um den *Torks* zu bewachen. Das ist ein Artefakt, das vor langer Zeit einem sehr gefährlichen Wesen gehörte, dem *Sammler*. Um ihre wahre Identität zu verbergen und hier ihren Lebensunterhalt bestreiten zu können, studierte sie und wurde Tierärztin. Zwischendurch ist sie immer wieder zurück in meine Welt gereist, denn sie ist bis zuletzt ein Mitglied des Hochrates unseres Ordens gewesen.

Dann lernte sie hier deinen Vater kennen und irgendwann muss sie ihm ihr Geheimnis anvertraut haben. Gemeinsam besuchten sie meine Welt, während sie in dieser hier vorgaben, verreist zu sein. Drüben habe ich deinen Vater zum ersten Mal kennengelernt. Ich mag ihn sehr, daher betrübt es mich zu sehen, was mit ihm passiert ist. Ich glaube, der Sammler ist dafür verantwortlich.«

Liam starrte das Mädchen fassungslos an. Das war alles zu viel für ihn. Was sie ihm über seine Eltern sagte, klang in seinen Ohren wie blanker Hohn, der eine Mischung aus Wut und Trauer in ihm aufsteigen ließ. Er wollte nur noch weg von dieser Fremden und da Gewalt für ihn keine Option darstellte, blieb ihm nur die Flucht. Wenn es ihm wenigstens gelänge, eine Tür zwischen sie und ihn zu bringen, hätte er viel gewonnen. In diesem Moment bellte draußen ein Hund und das Mädchen wandte sich dem Fenster zu.

Jetzt!

Blitzschnell stieß er sich von der Wand ab, glitt aus dem Bett an dem Mädchen vorbei, riss die Tür auf und rannte in den Flur. Ohne sich umzusehen, hastete er ins Zimmer seines Vaters und schlug dort die Tür hinter sich zu. Mit zittrigen Fingern tastete er in der Dunkelheit nach dem Schlüssel, der dort immer steckte, fand ihn endlich und drehte ihn herum. Der Riegel schnappte ins Schloss und er atmete auf. Mit dem massiven Eichenholz zwischen sich und der Verrückten fühlte er sich um einiges wohler.

Die Hände und das rechte Ohr an das Türblatt gelegt lauschte er in die Stille hinein, die vom Hämmern seines Herzens zerteilt wurde. Plötzlich hörte er Schritte. Sie klangen merkwürdig dumpf und dann drang ein Knurren zu ihm, so tief und bösartig, dass ihm schauderte. Im nächsten Moment scharrte etwas von außen über das Holz, als würden lange Fingernägel darüber kratzen und er wich zurück. Er hielt den Atem an, stand eine Weile da und starrte die Tür an, die sich vor ihm als dunkles Rechteck im Zwielicht abzeichnete. Das Knurren ging kurz in ein Fauchen über, dann entfernten sich die Schritte. Eine Weile lag das Haus still da und er hätte nicht sagen können, wie lange er flach atmend vor der Tür verharrt hatte.

Endlich wagte er es, sich zu bewegen. Er überlegte, ob er nicht besser die Polizei rufen sollte, doch dann wurde ihm klar, dass es in diesem Raum kein Telefon gab. Das Nächste stand in Doras Schlafzimmer. Und sein Handy steckte in der Jacke und die lag in seinem Zimmer. Doch um dahin zu gelangen, hätte er wieder in den Flur gemusst und dazu fehlte ihm nach den seltsamen Geräuschen der Mut. Er beschloss, den Rest der Nacht auf dieser Seite der Tür zu verbringen und wach zu bleiben. Im Ernstfall konnte er so vielleicht den Durchgang verbarrikadieren und aus dem Fenster flüchten.

Er wandte sich von der Tür ab und sah das Bett seines Vaters als Schemen vor der Wand stehen. Da er keine Schuhe anhatte und das Zimmer eine einzige chaotische Spielkiste war, tastete er sich Schritt für Schritt darauf zu. Trotz der Vorsicht bohrte sich ein Legostein schmerzhaft in seine Ferse. Er biss die Zähne zusammen, um einen Fluch zu unterdrücken und rollte sich schließlich auf das Bettzeug. Eine Weile lauschte er nach auffälligen Geräuschen, doch er hörte nichts. Obwohl er dagegen ankämpfte, fielen ihm irgendwann die Augen zu und er glitt in eine traumlose Dunkelheit.

* * *

Das Klingeln der Haustür riss ihn aus dem Schlaf. Mit einem Ruck saß er aufrecht im Bett und rieb sich die Augen. Die tiefstehende Sonne schickte ihre Strahlen durch das Fenster und überflutete das Zimmer mit goldenem Licht. Im ersten Moment wunderte er sich, warum er im Bett seines Vaters geschlafen hatte. Es dauerte ein paar Sekunden, dann tauchte die Erinnerung an die Geschehnisse der vergangenen Nacht aus seinem Unterbewusstsein auf und mit ihr die Angst, die er dabei empfunden hatte. Hatte er einen Albtraum gehabt? Aber warum lag er dann im Bett seines Vaters?

Ein erneutes Klingeln riss ihn aus seiner Verwirrung und er entsann sich mit Schrecken, dass ihn sein Onkel um 7:30 Uhr abholen wollte, um ihn zur Schule zu bringen. Verflucht, der Wecker stand im anderen Zimmer. Was war nur los mit ihm?

Er schwang sich aus dem Bett und ging zur Zimmertür. Als er daran zog, stellte er fest, dass sie abgeschlossen war. Natürlich, er hatte sie ja in der Nacht verriegelt. Aber wie konnte das sein? Hatte er am Ende doch nicht geträumt? Nein, Unsinn, dafür war das Erlebnis zu bizarr gewesen. Dann gab es da noch die Möglichkeit, dass er geschlafwandelt hatte. Immerhin war das schon einmal passiert, kurz vor dem Tod seiner Mutter.

Leider weigerte sich ein Teil seines Verstands, diese einfache Erklärung zu akzeptieren. Diese Erscheinung hatte sich ganz anders angefühlt, als jeder Traum, an den er sich erinnern konnte. Es war ihm alles so real vorgekommen, das Mädchen, das Knurren, das Kratzen ... Ihm schauderte und er atmete tief durch. Er zählte langsam bis zehn und endlich kam sein Verstand wieder ein wenig zur Ruhe.

Er schloss die Tür auf, öffnete sie vorsichtig, lugte nach beiden Seiten in den Flur und zuckte zusammen. Im Durchgang zu seinem Zimmer hockte seine Katze, die ihn wie eine Sphinx mit unergründlichem Blick anstarrte. Er atmete auf. Natürlich war Inari nur eine ganz normale Hauskatze und würde auch nie etwas anderes sein. Das Ganze war wohl doch nur ein Traum gewesen, bei dem er ins Zimmer seines Vaters geschlafwandelt war. Dies war die einzige logische Erklärung. Zum Glück hatte niemand aus der Klasse seine alberne Reaktion gesehen.

Ein erneutes Klingeln riss ihn aus seinen Gedanken. Er hastete die Treppe hinab in die Diele, öffnete die Eingangstür und schaute in das sichtlich genervte Gesicht seines Onkels.

»Sag mir nicht, du hast noch geschlafen«, brummte der. »Ich

klingle hier schon seit fast zehn Minuten. Hast du mal auf die Uhr geschaut? Ich hab' mir schon Sorgen gemacht.«

»Tut mir leid, ich hab wohl ein wenig verschlafen«, erwiderte Liam.

Die Miene seines Onkels entspannte sich etwas.

»Schon gut, es war ja gestern auch ganz schön viel für dich. Wie geht's dir heute?«

Eine Sekunde lang wollte Liam dem Impuls nachgeben und seinem Onkel über den sonderbaren Traum berichten, doch er beherrschte sich. Irgendwie war es nicht der richtige Zeitpunkt, um ihm mit solchen Geschichten zu kommen. Sollte sich so etwas wiederholen, konnte er sich ihm immer noch anvertrauen. Und wie sein Onkel schon sagte: Es war gestern ein aufwühlender Tag für ihn gewesen. Vermutlich hatten ihm nur seine überlasteten Nerven einen Streich gespielt. Kein Grund, deswegen alle verrückt zu machen.

»Komm rein«, sagte er und trat zur Seite. Sein Onkel marschierte an ihm vorbei in die Diele und schaute sich in alle Richtungen um, als würde er eine fremde Person erwarten oder irgendein Chaos. Als er nichts dergleichen vorfand, nickte er und Liam schloss die Tür hinter ihm.

»Simone hat gestern Abend übrigens noch jemanden finden können, der sich um dich kümmert, bis du zu uns ziehen kannst. Sie heißt Gabi, ist eine Bekannte und hat zwei Söhne in deinem Alter. Sie will nicht einmal Geld dafür haben, weil sie der Meinung ist, Simone nach einem gewonnenen Rechtsstreit etwas schuldig zu sein. Da haben wir natürlich nicht *nein* gesagt.«

»Und was genau soll sie tun?«, fragte Liam misstrauisch. Das hier war immerhin Doras Reich und er wusste, dass sie es nicht mochte, wenn eine fremde Person ihre eigene Vorstellung von Ordnung mit ins Haus brachte.

»Nur ein paar Kleinigkeiten, was halt so anfällt«, sagte sein Onkel, der die Jacke öffnete und den Schal abnahm. »Sie wird für dich einkaufen, kochen, die Wäsche waschen und die Wohnung in Schuss halten. Ist doch nett oder?«

»Ja, nett«, brummte Liam. »Wann kommt sie?«

»Vermutlich wird sie schon hier sein, wenn die Schule vorbei ist. Apropos Schule, du solltest langsam schauen, dass du in die Spur kommst. Es ist schon Viertel vor acht. Ich warte so lange im Wohnzimmer.«

Liam nickte, rannte nach oben, duschte, zog sich an und tauschte ein paar Bücher für den Unterricht in seiner Sporttasche aus. Er suchte Inari, die jedoch verschwunden war. Diesmal schloss er das Fenster in seinem Zimmer und kontrollierte danach alle übrigen in der Wohnung. Zwanzig Minuten später ging er wieder in die Diele hinab, wo sein Onkel ihn schon mit einem Blick auf die Armbanduhr erwartete.

∗ ∗ ∗

Während des gesamten Unterrichtes hatte Liam Mühe, sich auf den Stoff zu konzentrieren, denn seine Gedanken kreisten andauernd um seine Großmutter. Und dann war da natürlich noch diese merkwürdige Sache von letzter Nacht, die sich einfach nicht aus seinem Kopf verdrängen ließ. Ein Teil von ihm hielt verbissen an der Erklärung fest, dass er alles nur geträumt hatte, aber da war auch eine ebenso hartnäckige Stimme, die ihm sagte, dass es nicht so war.

In den Pausen versuchte er mehrmals mit Paul zu sprechen, doch der ging ihm bewusst aus dem Weg.

Da er seinen Onkel nach hartem Kampf davon überzeugt hatte, dass er nicht abgeholt zu werden brauchte, fuhr er nach dem Unterricht wie jeden Tag mit dem Bus nach Hause. Nico, Lasse und Paul liefen ihm diesmal nicht über den Weg, was ihn nicht überraschte.

Als er bei Doras Haus eintraf und die Tür hinter sich ins Schloss drückte, nahm er zuerst den ungewohnten Geruch nach gebratenem Hühnchen und Pommes frites wahr.

»Hallo«, rief er in den Flur im Erdgeschoss hinein.

Ein Schatten erschien in der Tür zur Küche und gleich darauf kam ihm eine Frau entgegen, deren Aussehen sich drastisch von Doras oder dem seiner Mutter unterschied. Sie wischte sich gerade mit einem Geschirrtuch die Hände ab und lächelte ihn von unten her an, denn sie war mindestens einen Kopf kleiner als er. Ihr Rollkragenpullover aus dünnem Stoff spannte sich unvorteilhaft unter den Achseln und verbarg weder die üppige Oberweite noch eine Reihe von Fettpölsterchen oberhalb der Jeans. Die halblangen, dunkel gelockten Haare, in denen schon die eine oder andere graue Strähne schimmerte, hatte sie mit einem Haarreif gebändigt. Liam musste sich widerwillig eingestehen, dass sie mit ihren braunen Augen, der Stupsnase und dem Ansatz eines Doppelkinns, einen sympathischen Eindruck auf ihn machte. Sie schien ein lebensfroher Mensch zu sein und etwas von ihrer positiven Energie sprang sofort auf ihn über.

Mit einem gewinnenden Lächeln trat sie auf ihn zu und streckte ihm die Hand entgegen.

»Ich bin Gabi und du wirst dann wohl Liam sein.«

»Ja, freut mich«, sagte er und schlug ein. Ihre Finger fühlten sich weich und immer noch ein bisschen feucht an. Bevor die Berührung für ihn unangenehm wurde, ließ sie seine Hand wieder los und warf sich das Geschirrtuch wie einen erlegten Hasen über die Schulter.

»Pass auf, ich will hier keine große Welle schieben und dir nicht auf die Nerven gehen. Simone ... deine Tante ... sagte mir, dass du gestern einen ziemlichen Tiefschlag einstecken musstest. Daher werde ich dich, so weit es geht, in Ruhe lassen. Ich mache hier mein Ding und du sagst mir Bescheid, wenn du etwas brauchst. Nur das Katzenklo, das wirst du selber machen. Kommst du damit klar?«

Liam musste unvermittelt lächeln. Er mochte diese Art von Ansagen, bei denen nicht lange um den heißen Brei herumgeredet wurde. Er hatte den Eindruck, dass Gabi mit ihrer Familie schon oft wie ein Tanker durch stürmische See gestampft war und sowas konnte ihm in seiner Situation nur gut tun.

»Sonnenklar!«, antwortete er und Gabis Lächeln wurde zu einem Grinsen.

»Sehr schön, ansonsten hätte ich dir nämlich den Marsch geblasen mein junger Freund«, sagte sie.

Liam grunzte.

»Kann es sein, dass es gleich was zum Essen gibt?«, fragte er. Sie hob eine Augenbraue.

»Kommt gleich zur Sache, der Herr. Ja, Hühnchen mit Pommes Frites und Salat«, verkündete sie. »Ich hoffe, du magst Gurken und Tomaten.«

»Ja, absolut«, sagte er. »Ich bring nur schnell meine Tasche rauf.«

»Mach das«, sagte Gabi, wandte sich ab und hielt kurz inne, weil ihr offenbar etwas eingefallen war. Sie drehte sich noch einmal zu ihm um und ihre Miene hatte jetzt einen ernsten Ausdruck angenommen.

»Fast hätte ich es vergessen«, sagte sie. »Dein Onkel hat angerufen. Ich soll dir ausrichten, dass er eine Einrichtung für deinen Vater gefunden hat, gleich hier in der Nähe. Es soll dort sehr schön sein. Er hat vorgeschlagen, dich morgen Nachmittag um sechzehn Uhr abzuholen und dann zuerst deine Oma und danach deinen Vater zu besuchen. Ist das in Ordnung für dich?«

Liam schluckte.

»Ja, klar«, versetzte er mit gespielter Leichtigkeit. In Wahrheit graute es ihm davor, doch das wollte er Gabi gegenüber nicht zeigen.

Die nickte bloß und watschelte zurück in die Küche.

Nach dem Mittagessen kam sein Onkel kurz vorbei, um, wie er sagte, nach dem Rechten zu sehen. Er bestätigte, was Gabi bereits ausgerichtet hatte und fügte noch hinzu, dass es Dora schon deutlich besser gehe, besser sogar, als die Ärzte zuvor prognostiziert hätten. Die Nachricht ließ neue Hoffnung in Liam aufkeimen. Vielleicht würde er doch bald wieder zusammen mit seinem Vater und Dora in diesem Haus leben können.

Danach drängte Gabi seinem Onkel noch einen Kaffee und selbstgebackene Kekse auf und bombardierte ihn mit Fragen, die er ein wenig kurz angebunden beantwortete.

Als sein Onkel schließlich gegangen war, bereitete Liam sich auf die Mathearbeit in zwei Tagen vor, während Gabi sich daranmachte, das Zimmer seines Vaters aufzuräumen. Als er mit dem Lernen fertig war, quälte er sich noch ein paar Seiten durch Goethes *Faust*, über den sie demnächst einen Aufsatz schreiben mussten, und las danach etwas, was ihn wirklich interessierte. Ein Programmierhandbuch zur Erschaffung von Algorithmen für künstliche Intelligenz.

Eigentlich hätte er am späten Nachmittag Training gehabt, doch er sagte es ab, weil er sich immer noch so aufgewühlt fühlte, dass er sich nur schwer auf seine Übungen hätte konzentrieren können.

Gegen Abend verabschiedete auch Gabi sich, nachdem sie den Katzennapf aufgefüllt und ihm das Abendessen bereitgestellt hatte. Es gab Brot mit diversen Sorten von Aufschnitt. Nach dem Essen sah er noch das Champions League Halbfinale Dortmund gegen Madrid, das zu seinem Ärger nur unentschieden ausging.

Die ganze Ablenkung führte dazu, dass er nur noch selten an das Vorkommnis von vergangener Nacht dachte und auch nicht bemerkte, dass Inari den ganzen Tag nicht aufgetaucht war. Erst als er sich zum Schlafen gehen bereit machte, fiel ihm ihre Abwesenheit auf. Er wunderte sich zwar darüber, vermutete aber, dass die Katze noch nicht mit der fremden Person im Haus klarkam und deshalb ihre Gegenwart tagsüber gemieden hatte. Da er aber damit rechnete, dass sie im Laufe der Nacht zurückkommen würde, machte er das Fenster einen Spalt breit auf, legte sich ins Bett, las noch ein wenig über KI Algorithmen und schlief dann mit dem Buch auf dem Bauch ein.

* * *

Jemand rüttelte an seiner Schulter. Als er die Augen aufschlug, brannte ihm die Leselampe wie eine kleine Sonne ins Gesicht und beleuchtete eine Gestalt direkt neben dem Bett. Es war das Mädchen von vergangener Nacht! Er zuckte zusammen und konnte gerade noch einen Schrei unterdrücken.

Sie trug dieselbe Kleidung wie beim letzten Mal und ihre weißen Rastazöpfe flossen wie ein Wasserfall aus Silber an ihr herab. Der Fleck, den er auf ihrer Stirn gesehen hatte, entpuppte sich im Lampenschein tatsächlich als Tattoo. Es zeigte den Kopf einer Raubkatze von vorne mit aufgerissenem Maul.

Das Mädchen hielt ihm ein Blatt Papier entgegen und er drückte sich einmal mehr mit dem Rücken gegen die Wand. Sein Herz raste und er wollte irgendetwas sagen, doch dann sah er die Zeichnung und stutzte. Er hatte sie schon fast vergessen, erkannte sie aber sofort wieder. Es handelte um den merkwürdigen Gegenstand, den sein Vater tags zuvor gemalt hatte.

Die Augen des Mädchens funkelten wie Feueropale, als sie sich zu ihm herunterbeugte und ihm das Bild direkt vor die Nase hielt.

»Wer hat das gezeichnet?«, zischte sie.

»M ... Mein Vater«, stammelte er.

Sie runzelte die Stirn und zog das Papier von ihm weg, um es selbst zu betrachten.

»Dein Vater. Das erklärt einiges«, sagte sie und sah ihn durchdringend an. »Wann war das?«

Liam schluckte einen Kloß im Hals hinunter.

»Gestern. Er hat es mir gezeigt, nachdem du verschwunden warst.«

Sie deutete mit dem Finger auf die Zeichnung.

»Dann ist *er* also doch hier irgendwo?«

Ihm wurde schwindelig. Jetzt ging das alles schon wieder los. Das Mädchen, ihre merkwürdigen Erklärungen ... was geschah mit ihm? Und was fand sie bloß an der Zeichnung seines Vaters so besonders?

Spiel mit!, durchzuckte es ihn. *Spiel einfach mit!*

»Meinst du mit *er*, das Ding da?«, fragte er vorsichtig.

»Ja, wo ist *er*?«

Ihr Ausdruck wirkte so angespannt, dass die ebenmäßigen Gesichtszüge der letzten Nacht entstellt waren.

»Ich habe keine Ahnung, wo dieses Ding da ist. Ich weiß ja nicht einmal, was das sein soll«, erwiderte er. »Mein Vater sagte, er habe es aus dem Gedächtnis gezeichnet.«

Sie wandte sich kurz ab und stieß einen Fluch in einer Sprache aus, die er nicht verstand. Dann sah sie ihm wieder gerade in die Augen, doch nun wirkte sie verunsichert.

Allmählich verfestigte sich in ihm die Erkenntnis, dass er nicht träumte. Schließlich hatte er noch nie zweimal hintereinander das Gleiche geträumt und außerdem kam ihm das Mädchen für einen Traum einfach zu real vor. Vielleicht litt er doch unter Wahnvorstellungen. Er hatte mal darüber gelesen, dass psychisch Kranke sich Dinge einbildeten, die für sie absolut real waren. Aber warum sollte das bei ihm immer nur nachts geschehen? Ihm kam das unwahrscheinlich vor.

Wenn aber seine Besucherin kein Hirngespinst war, wie verhielt es sich dann eigentlich mit *ihrer* geistigen Verfassung? Zumindest glaubte er zu spüren, dass sie ihm nichts antun wollte, also beschloss er, sich ruhig zu verhalten und ihr erst einmal zuzuhören. Denn eine Frage hatte sich seit vergangener Nacht in sein Unterbewusstsein eingenistet: Was wenn das, was sie über seine Eltern gesagt hatte der Wahrheit entsprach? Sicher, das Klang verrückt, doch andererseits ...

Er deutete mit dem Finger auf die Zeichnung, die das Mädchen vor sich hielt.

»Erklär mir, was das ist und was daran so wichtig ist. Vielleicht kann ich dir dann helfen«, sagte er.

Sie maß ihn mit kritischem Blick, als würde sie ihm seine Unwissenheit nicht abnehmen. Mit ausgestrecktem Arm hielt sie ihm die Zeichnung entgegen.

»Das ist der *Tork*«, sagte sie. »Wenn wir deine Eltern retten wollen, müssen wir ihn finden.«

KAPITEL 5

Der *Tork*?«, fragte Liam unsicher. Er erinnerte sich bruchstückhaft an ihre Ausführungen aus der ersten Nacht. »Ist das nicht dieses Artefakt von diesem ...«

Er schaute das Mädchen fragend an.

»Dem Sammler«, gab sie zurück.

»Sammler. Ja, richtig.« Er musste sich immer noch ein wenig zwingen, ihre Worte ernst zu nehmen. »Wer oder was ist das?«

Sie lächelte und wirkte erleichtert. Offenbar gefiel es ihr, dass er jetzt endlich auf ihre Erklärungen einging.

»Ein uraltes Wesen, von dem keiner weiß, woher es ursprünglich stammt«, sagte sie. »Früher bereiste es mit Hilfe des *Torks* viele Welten und sammelte Wissen. Wissen, das es anderen aus den Köpfen stahl. Einige Gelehrte unseres Ordens behaupten, er benötige es, um am Leben zu bleiben.«

Orden? Liam blinzelte. Vermutlich war es besser, wenn er seine Fragen nacheinander abarbeitete. Sein Gehirn drohte auch so schon zu platzen.

»Dieser *Tork* ... Was macht der eigentlich?«

Ihre Miene verdüsterte sich.

»Der *Tork* ist ein mächtiger Gegenstand, der in den falschen Händen eine große Gefahr darstellt. Es ist eine Art Schlüssel, der Portale in andere Welten öffnet. Deine Mutter war seine Hüterin und jetzt, wo sie nicht mehr hier ist, habe ich ihren Platz eingenommen. Doch ich kann nicht über ihn wachen, wenn ich nicht weiß, wo er ist. Du musst mir dabei helfen, ihn zu finden. Dein Vater muss der Letzte gewesen sein, der ihn gesehen hat, und zwar nachdem er hierher zurückgekommen war. Ich habe einen Verdacht, wo ich suchen muss, aber ich schaffe das nicht alleine.«

Liam zuckte die Achseln.

»Ich habe keine Ahnung, wo dieser *Tork* sein könnte.«

Unvermittelt beugte sie sich vor und fasste ihn am Oberarm, woraufhin ein warmes Kribbeln seinen Körper durchlief, irritierend, aber nicht unangenehm. Gleichzeitig spürte er, wie ihm das Blut in die Wangen schoss. Sie schenkte ihm ein Lächeln und sein Herz begann zu rasen. Für einen Augenblick löste sich sogar seine Anspannung.

»Ich kann mir vorstellen, dass dies alles sehr verwirrend für dich sein muss«, sagte sie und zog ihre Hand wieder weg. »Aber alles was ich dir gesagt habe entspricht der Wahrheit. Du solltest das endlich akzeptieren.«

»Na ja«, versetzte Liam. »Du behauptet meine Katze zu sein, dass du meinen Vater mit Hilfe eines uralten Artefaktes heilen könntest und dass meine Mutter in Wirklichkeit eine Magierin aus einer anderen Welt sei und wir sie dort retten müssten ... Das klingt schon ziemlich verrückt.«

»Das kann ich verstehen«, sagte das Mädchen. »Daher werde ich dir jetzt etwas zeigen, dass dich hoffentlich davon überzeugen wird, dass ich die Wahrheit sage.«

Sie legte das Blatt aufs Bett, trat ein Schritt zurück, schloss die Augen und berührte ihre Schläfen mit den Fingerspitzen. Ströme violetten Lichtes sprossen wie glühende Wurzeln aus ihren Unterarmen, wanden sich um die Hände und drangen in ihren Kopf ein. Im nächsten Moment blendete ein gleißender Blitz Liams Augen, und als er wieder klar sehen konnte, war sie verschwunden. Jedenfalls dachte er das zuerst. Ein paar Sekunden lang rührte er sich nicht, doch als er sich dann zaghaft aufrichtete und über die Bettkante spähte, sah er auf dem Boden seine Katze sitzen. Er starrte sie mit aufgeklapptem Mund an, unfähig etwas zu sagen.

Im nächsten Moment stellte sich Inari auf die Hinterbeine und führte die gleichen Bewegungen aus, wie zuvor das Mädchen, was äußerst grotesk aussah. Wieder glühten die Lichtstränge, wieder durchzuckte ein Blitz den Raum, und am Ende hatte sie ihre menschliche Erscheinungsform zurückerlangt. Sie sah ihn erwartungsvoll an, doch anstatt etwas zu sagen, ließ er sich mit einem Ächzen zurückfallen und schlug mit dem Hinterkopf gegen die Wand.

»Ich habe es dir gesagt: Ich bin eine Gestaltenwandlerin, genau wie deine Mutter«, sagte sie.

»Wow!«, entfuhr es ihm und er rieb sich den Schädel.

Sie schaute ihn durchdringend an.

»Und? Glaubst du mir jetzt?«

Er kämpfte gegen einen erneut aufkommenden Schwindel an.

»Ich, äh ... na ja, das sah schon verdammt echt aus, aber ich weiß nicht ...«

Sie legte die Stirn in Falten und tippte sich mit dem Zeigefinger rhythmisch gegen das Kinn. Dann fragte sie unvermittelt:

»Was wäre, wenn du den *Tork* fändest? Würdest du mir dann helfen?«

Liam wandte den Blick zum Fenster und suchte in dem Chaos seiner Gedanken nach einer Antwort. So verrückt sich die Geschichte des Mädchens im Moment auch anhören mochte, sie ließ auch einen Anflug von Hoffnung in ihm aufkeimen. Mehr hatte ihm im Augenblick niemand zu bieten, also warum nicht?

»Ja, ich würde dir helfen«, sagte er zaghaft.

Ihre Miene hellte sich auf.

»Sehr gut!«, sagte sie. »Ich werde dich jetzt in Ruhe lassen, denn mir ist klar, dass das alles ein wenig viel für dich sein muss. Außerdem hilfst du mir unausgeschlafen nicht.«

Bevor er etwas erwidern konnte, tippte sie ihm mit dem Zeigefinger auf die Stirn und verwandelte sich unter erneutem Lichtspektakel in die Katze, um dann mit ein paar Sätzen auf das Fensterbrett zu springen und draußen in der Dunkelheit zu verschwinden.

Einige Sekunden lang starrte er ihr hinterher, unfähig sich zu bewegen, während sich zwischen seinen Augen ein taubes Gefühl ausbreitete. Eine bleierne Müdigkeit befiel ihn, dennoch versuchte sein Gehirn, das eben Erlebte zu verarbeiten.

Sollte es tatsächlich wahr sein? War seine Mutter doch noch am Leben und gab es eine Möglichkeit seinen Vater zu heilen? Der Gedanke ließ etwas in ihm zerbersten. Es kam ihm vor, als risse eine Kette, die sich seit dem Verschwinden seiner Mutter um seine Brust gelegt und ihn am Atmen gehindert hatte.

Die zunehmende Müdigkeit überdeckte langsam seine Aufgewühltheit. Er schaffte es gerade noch die Leselampe auszuknipsen, bevor sein Kopf auf das Kissen sackte und er in einen traumlosen Schlaf fiel.

* * *

Gleich zwei Dinge weckten ihn auf: ein energisches Klopfen und die Stimme einer Frau. Durch den Nebel des Halbschlafs hindurch registrierte er, dass hinter beidem Gabi steckte.

»Liam! Steh auf! Du bist zu spät«, rief sie. »Herr Gott, Junge, hast du letzte Nacht 'ne Party gefeiert? Gut, dass ich heute schon so früh hierhergekommen bin.«

Mühsam richtete er sich auf, worauf ein mörderischer Schmerz in seinem Kopf explodierte. Er öffnete die Augen, alles drehte sich.

»Shit, mein Kopf!«, presste er hervor und drückte sich die Handballen gegen die Schläfen.

»Was ist mit dir?«, fragte Gabi, diesmal mit besorgtem Unterton. Sie stand in der geöffneten Tür. »Ist dir nicht gut?«

»Kopfschmerzen«, sagte er. »Keine Ahnung, wo die herkommen.«

Und dann fiel es ihm wieder ein. Das Mädchen! Es hatte ihm vor seinem Verschwinden mit dem Finger auf die Stirn getippt und kurz darauf war er wie ein Toter eingeschlafen. Er schaute sich im Zimmer um, bedächtig, denn bei jeder Bewegung kam es ihm vor, als bohrte sich eine Glasscherbe durch sein Gehirn. Er suchte Inari und ertappte sich dabei, dass er sich in Wirklichkeit danach sehnte, das geheimnisvolle Mädchen wiederzusehen.

Inzwischen glaubte er nicht mehr daran, dass er sich alles nur eingebildet hatte, zumal sich diese Kopfschmerzen verdammt echt anfühlten. Und hatte sich das Mädchen nicht vor seinen Augen in eine Katze und wieder zurückverwandelt? Er besaß zwar eine relativ ausgeprägte Vorstellungskraft, aber diese Vorführung übertraf seine Phantasie deutlich.

Mit einem Mal fiel ihm eine Begebenheit ein, kurze Zeit, nachdem seine Mutter Inari ins Haus gebracht hatte. Eines Nachts hatte er nicht schlafen können und war aufgestanden. Er war zum Fenster gegangen und er erinnerte sich noch genau daran, wie er bei dem bizarren Anblick draußen im Garten zusammengezuckt war. Seine Mutter hatte in einem antik anmutenden, weißen Gewand halb im Schatten der Bäume gestanden. Neben ihr hockte eine riesige Katze, deren getigertes Fell im Mondlicht silbern schimmerte. Er glaubte damals zu schlafwandeln und war auf der Stelle wieder in seinem Bett verschwunden. Heute bekam dieser sonderbare Vorfall eine ganz andere Bedeutung. Was hatte das Mädchen gesagt? Seine Mutter hätte es ausgebildet? War es das, was er beobachtet hatte? Der Gedanke war zu verlockend und ließ zum ersten Mal seit Wochen so etwas wie Hoffnung in ihm aufsteigen. Hoffnung, dass sich sein Leben wieder zum besseren wenden würde.

Allmählich verschwanden die Kopfschmerzen und er schwang die Beine aus dem Bett.

»Ich bin gleich fertig«, sagte er zu Gabi, die ihn mit Sorgenfalten auf der Stirn musterte.

»Wirklich?«, fragte sie. »Wenn du krank bist, solltest du vielleicht besser zu Hause bleiben. Dein Onkel schreibt dir garantiert eine Entschuldigung ...«

Er winkte ab.

»Nein, ist schon in Ordnung«, sagte er. »Ich fühle mich schon viel besser. Vielleicht das Wetter. Liegt in unserer Familie.«

»Na, wenn du meinst«, erwiderte sie. »Dann beeil dich mal, es ist schon zehn nach sieben.«

Er stellte einen neuen Rekord beim Duschen, Anziehen und Packen der Tasche auf, wobei er die Zeichnung seines Vaters mit einsteckte. In der Küche stopfte er sich auf die Schnelle noch ein von Gabi mitgebrachtes Mandelhörnchen in den Mund und stand um zwanzig vor sieben in der Diele.

»Ich fahre dich hin«, sagte Gabi, die dort schon wartete. »Zum Glück bin ich mit dem Auto gekommen. Vielleicht schaffen wir es noch pünktlich bis zum Unterrichtsbeginn.«

»Einen Moment! Eine Sache muss ich noch mitnehmen«, sagte Liam.

Er ging zu einem Brett neben der Tür, wo die Schlüssel zum Haus seiner Eltern immer noch hingen. Nun zahlte es sich womöglich aus, dass Dora bisher nicht die Zeit und die Kraft gefunden hatte, das Einfamilienhaus, das nur ein paar Straßen weiter stand, zu verkaufen. Mindestens einmal pro Woche war sie hinübergegangen, um zu lüften und nach dem Rechten zu sehen. Manchmal hatte Liam sie begleitet, wenn er noch irgendetwas aus seinem alten Zimmer in Doras Villa mit herübernehmen wollte. Allerdings hatte es ihm jedes Mal einen Stich ins Herz versetzt, das verlassene Haus zu betreten.

Er nahm den Schlüsselbund vom Haken, steckte ihn sich in die Jackentasche und ging an Gabi vorbei, die schon die Tür für ihn aufhielt. Sein Plan war, dem Haus nach der Schule einen Besuch abzustatten. Es hatte sich eine Idee in seinem Kopf eingenistet und der musste er nachgehen, damit er endlich Gewissheit bekam. Hatte das Mädchen nicht gesagt, sie hätte einen Verdacht, wo der *Tork* sich befände. Nun, den hatte er jetzt auch und mit etwas Glück …

* * *

Die Schule war an diesem Tag eine Marter für ihn. Die Mathematikarbeit, bei der er sich nicht eine Sekunde lang auf die Aufgaben konzentrieren konnte, bildete dabei den negativen Höhepunkt. Er wusste bereits beim Abgeben, dass er sie hoffnungslos verhauen hatte. Doch hätte er sich früher tagelang darüber geärgert, so berührte es ihn dieses Mal kaum. Er hatte ein sehr viel wichtigeres Rätsel zu lösen und daher fieberte er dem Ende des Unterrichts mit jeder Minute mehr entgegen. Als der Gong schließlich ertönte, hatte er seine Sachen bereits gepackt.

Ohne sich von jemandem zu verabschieden, sprang er auf und lief nach draußen, wo die Mittagssonne auf ihn herabbrannte. Der Sommer hatte mit dreißig Grad einen Vorboten geschickt. Der völlig überhitzte Bus brachte ihn bis kurz vor das Haus seiner Eltern. Sein T-Shirt klebte ihm schweißnass auf der Haut, als er endlich ausstieg. Die von Ein- und Mehrfamilienhäusern gesäumte Straße lag rund einen halben Kilometer südlich von Doras Villa am Stadtrand. Zwei Blöcke weiter begannen bereits die Äcker Brandenburgs.

Vor dem Grundstück mit dem weißen Holzzaun angekommen, krampfte sich einmal mehr sein Herz zusammen. Nichts hatte sich hier seit ihrem Umzug verändert. Die azurblauen Dachziegel glänzten in der Sonne und die Rhododendronbüsche blühten Pink und Lachsfarben, wie ein eingefrorenes Feuerwerk. Wären die Rollläden nicht heruntergelassen gewesen, hätte er fast damit gerechnet, seine Mutter auf dem Balkon vor dem großen Giebelfenster sitzen zu sehen. Mit einem Seufzer öffnete er das Tor und ging den gepflasterten Weg zum Eingang hinauf.

Doch unvermittelt schob der Grund für seinen Besuch die Schwermut beiseite. Der *Tork!* Wenn er ihn fände, wäre alles, was das Mädchen ihm gesagt hatte wahr. Dann könnte er seine Mutter finden, seinem Vater helfen und er hätte bewiesen, dass er nicht den Verstand verlor. Und wenn es diesen Schlüssel doch nicht gab? Er verdrängte den Gedanken und öffnete mit frischem Elan die Haustür. Als er die im Dämmerlicht liegende Diele betrat, brachte ihm der vertraute Geruch für eine Sekunde die Beklommenheit zurück. Er wischte auch diese Anwandlung beiseite, schaltete das Licht an, stellte die Tasche auf den Boden und zog die Zeichnung seines Vaters heraus.

Er betrachtete das Bild und überlegte, was die Kombination aus Ziffern und Zeichen darunter bedeuten konnte. Nach dem, was das Mädchen ... Inari ihm gesagt hatte, war sein Vater mit dem *Tork* aus der anderen Welt hierhergekommen. Sein geistiger Verfall war zu dem Zeitpunkt noch nicht so weit fortgeschritten gewesen, so dass er das Artefakt vielleicht noch hatte verstecken können. Sollte das zutreffen, kam dafür nur ein Ort in Frage: dieses Haus! Davon war er absolut überzeugt. Aber wo genau hatte er ihn versteckt?

Liam konzentrierte sich auf die untere Zeichenfolge und schickte seinen Verstand zur Suche nach Assoziationen auf die Reise. Dort stand BH Bd. 3-8. Die Buchstaben *Bd* kannte er als Abkürzung für Bände ...

Natürlich, Band 3 bis 8, schoss es ihm durch den Kopf.

Bücher also, damit war er zumindest einen Schritt weiter. Wovon besaßen seine Eltern mindestens acht Bände? Nach kurzem Überlegen fiel ihm der Brockhaus ein, die Enzyklopädie, welche sein Vater als dreißigteilige Ausgabe angeschafft hatte. Das war es, nur das konnte mit der Abkürzung *BH* gemeint sein.

Er eilte ins Arbeitszimmer, marschierte im Halbdunkel über den quietschenden Laminatboden zum Fenster, das zur Straße ging, zog die Jalousie hoch und wandte sich dem Bücherregal zu, das die rückwärtige Wand einnahm. Ziemlich in der Mitte beanspruchte der Brockhaus zwei ganze Regalbretter. Die mit Gold eingeprägten Lettern auf den Buchrücken glänzten im einfallenden Sonnenlicht wie die Dublonen eines Piratenschatzes.

Er stellte sich davor und zog den dritten Band hervor. Das Buch wog schwer in der Hand, daher ging er zum Schreibtisch und legte es dort zusammen mit der Zeichnung ab. Er leckte sich über die Lippen und schlug den Buchdeckel auf, in der Hoffnung darin irgendeinen Hinweis zu finden, wo sein Vater den Schlüssel versteckt haben könnte. Aber er fand nichts, keinen Zettel, keine handschriftliche Notiz nur die endlos vielen Seiten mit Abbildungen und Text. Er blätterte jede davon einzeln um, jedoch ohne Erfolg. Doch so schnell wollte er nicht aufgeben. Er holte sich den vierten Band und wiederholte die Prozedur, aber auch diesmal wurde seine Mühe nicht belohnt. Erneut betrachtete er das Bücherregal und kratzte sich am Kopf. Irgendetwas hatte er übersehen, nur was? Noch gab es laut der Zeichnung vier weitere Teile, die einen Hinweis enthalten konnten; wenn das Gekritzel seines Vaters überhaupt etwas zu bedeuten hatte. Zweifel begannen an ihm zu nagen, hatte er sich am Ende doch alles nur eingebildet? Vielleicht verfolgte er auch eine völlig falsche Spur. Nein, er beschloss, die Suche fortzusetzen, ging zum Regal, zog den fünften Band heraus und stutzte.

Hinter der Buchreihe, dort wo nur wenig Licht hinschien, zeichnete sich an der Wand ein dunkles Rechteck ab. Verwundert legte er das Buch auf den Boden und zog nacheinander drei weitere Bände heraus, bis sich ihm schließlich das Geheimnis hinter dem Regal offenbarte: ein Tresor. Seine Eltern hatten ihm nie davon erzählt! Die Tür hatte ungefähr die Abmessungen eines DIN A3 Blattes und besaß auf der Oberseite ein Zahlenschloss mit sieben nebeneinander angeordneten Rädchen, auf denen Ziffern eingeprägt waren. Es erinnerte Liam an sein Fahrradschloss, nur dass es hier um ein Vielfaches mehr an Kombinationen gab. Daneben ragte ein Kipphebel aus der Oberfläche hervor, wie am Schott eines Schiffes. Er hatte es sich also doch nicht eingebildet, die Kritzeleien seines Vaters ergaben einen Sinn. Jetzt musste nur noch der *Tork* in dem Tresor liegen. Wenn er nur wüsste, wie die richtige Zahlenkombination ...

Plötzlich sprang die siebenstellige Zahlenfolge auf der Zeichnung in sein Bewusstsein. Er hastete zum Schreibtisch, nahm das Blatt, ging damit wieder zum Tresor zurück und begann die Ziffern auf den Rädchen von links nach rechts einzustellen. Er spürte den Puls in seinen Ohren hämmern, als er den Hebel herabdrückte und daran zog. Ohne Widerstand glitt die Tür auf und gab den Blick auf einen Beutel im Halbdunkel dahinter frei. Liam nahm ihn und besah ihn sich im Licht. Der dunkelblaue Stoff war mit silbernen Symbolen bestickt, die er noch nie zuvor gesehen hatte. Seine Finger zitterten, als er die Schleife des Lederbands, mit dem der Beutel verschlossen war, öffnete. Er fuhr mit der Hand hinein, ertastete kühles Metall und zog den Gegenstand heraus. Der *Tork*! Es bestand kein Zweifel. Der im Sonnenlicht schimmernde Schlüssel sah genauso aus, wie auf der Zeichnung. Liam erkannte die winzige Kristallkugel im Bart und die eingravierten Zeichen am Schaft sofort wieder. Erst jetzt bemerkte er, dass er die ganze Zeit nicht geatmet hatte, und stieß die Luft mit einem Pfeifen aus. Inari hatte die Wahrheit gesagt. Der *Tork* existierte, er hatte nicht den Verstand verloren und vielleicht konnte er sogar seine Familie wiederbekommen. Er hielt den Gedanken ebenso fest, wie den Schlüssel in seiner Hand und genoss den Moment.

Inari!, schoss es ihm unvermittelt durch den Kopf.

Er musste sofort zu ihr und von seinem Fund berichten. Der Gedanke an sie ließ ihn lächeln. Gestern hatte er sie noch für eine Ausgeburt seines überanstrengten Verstands gehalten und jetzt war sie für ihn so real wie Dora.

Er wollte sich gerade zum Gehen wenden, als seine Finger einen weiteren Gegenstand in dem Stoffbeutel ertasteten. Da er keine Hand frei hatte, legte er den *Tork* und die Zeichnung auf dem Schreibtisch neben den Büchern ab und griff abermals in das Säckchen. Zu seiner Überraschung zog er eine feingliedrige Silberkette hervor, an der ein linsenförmiger, violetter Stein von der Größe einer Walnuss hing. Trotz der Helligkeit im Zimmer hätte Liam schwören können, dass der Anhänger von innen heraus glühte. Noch ein Rätsel.

Er fragte sich, warum seine Eltern ihn nie in ihre Geheimnisse eingeweiht hatten. Waren sie der Ansicht gewesen, er sei noch nicht reif dafür? Oder hatten sie ihn vor irgendwelchen Gefahren beschützen wollen, die mit diesen Gegenständen und ihren offenbar regelmäßigen Ausflügen in die andere Welt verbunden waren? Vermutlich beides, mutmaßte er. Hatte Inari nicht von einem uralten Wesen berichtet, dem der *Tork* ursprünglich gehörte? Am besten er fragte sie, vielleicht kannte sie den Grund für die Verschwiegenheit seiner Eltern. Er musste jetzt los, die Zeit drängte.

Hastig steckte er den Schlüssel und die Kette zurück in den Beutel, ließ Bücher und Zeichnung auf dem Schreibtisch liegen und zog das Rollo herunter. Dann marschierte er in die Diele, stopfte seinen Fund in die Tasche, warf sich diese über die Schulter und verließ das Haus, das er gewissenhaft hinter sich abschloss. Er freute sich schon auf Inaris Gesicht, wenn er ihr den *Tork* zeigte.

KAPITEL 6

Mit raumgreifenden Schritten eilte er in der Gluthitze zum Haus seiner Großmutter und schloss die Tür auf. Die Wanduhr in der Diele zeigte Punkt fünfzehn Uhr an. Schon bald würde sein Onkel ihn abholen, doch inzwischen hatte sich bei ihm auch die letzte Motivation für irgendwelche Krankenbesuche verflüchtigt. Bis vor ein paar Minuten hatte er Dora und seinem Vater lediglich durch seine Gegenwart helfen können. Jetzt aber bestand eine echte Chance für ihn, die Dinge komplett zum Guten zu wenden. Doch dazu musste er mit Inari sprechen.

Gabi war jedenfalls da, denn er hörte Topfgeklapper aus der Küche und in der Diele roch es nach Gebratenen. Doch er verspürte weder Hunger noch Lust auf eine Diskussion mit ihr, daher steuerte er sofort auf die Treppe zu, um ungesehen in sein Zimmer zu gelangen. Gabi kam ihm jedoch zuvor. Offenbar hatte sie gehört, wie er die Tür geöffnet hatte, denn sie stand unvermittelt mit umgebundener Schürze im Flur.

»Hallo Liam! Wenn du willst, kannst du etwas essen. Es gibt Schnitzel mit Salat.«

»Danke, ich habe keinen Hunger«, gab er zurück und begann die Treppe hinaufzusteigen.

Gabi trat in die Diele.

»Kommt nicht in Frage, junger Mann«, versetzte sie mit ernstem Ton. »Du musst etwas essen. In einer Stunde holt dich dein Onkel ab. Er hat gerade eben angerufen und es noch einmal bestätigt. Hallo, hörst du mir zu?«

Liam blieb stehen und versuchte sich seine Ungeduld und den Ärger über Gabis Auftauchen nicht anmerken zu lassen.

»Tut mir leid, ich hatte etwas Stress in der Schule«, log er.

»Was Schlimmes?«, fragte Gabi mit gerunzelter Stirn.

»Nein, nur ein ätzender Typ in der Klasse. Nichts Ernstes. Ich bringe nur schnell meine Tasche rauf.«

»Ist gut.«

Sie wollte sich schon abwenden, hielt dann aber inne.

»Sag mal, was ganz anderes«, sagte sie. »Ich habe in deinem Zimmer vorhin Schritte gehört und dachte schon, du seist früher aus der Schule gekommen. Als ich nachschauen ging, war da aber niemand, außer deiner Katze, doch sie kann das unmöglich gewesen sein. Ein hübsches Tier übrigens. Hast du eine Erklärung dafür?«

Liam schluckte.

»Nein, keine Ahnung«, sagte er beiläufig und ging weiter die Treppe hinauf, damit sie nicht sah, wie ihm das Blut in die Wangen stieg.

Gabi zuckte die Schultern.

»Dann habe ich es mir wohl nur eingebildet. Aber ich hätte schwören können, dass ich da oben Schritte gehört habe. Offenbar spukt es bei euch. Zum Glück bin ich nur tagsüber hier.«

Kopfschüttelnd und vor sich hin murmelnd ging sie in die Küche zurück.

Wenn du wüsstest, dachte Liam. Als er die Tür zu seinem Zimmer öffnete, sah er Inari in ihrer Mädchengestalt und in der Kleidung der vergangenen Nacht auf dem Sofa sitzen. Ihre Erscheinung löste Freude und Erleichterung bei ihm aus und ihr Lächeln brachte sein Herz für ein paar Sekunden aus dem Rhythmus. Ein wohliger Schauer rann über seinen Rücken. Er ahnte, was der Grund dafür war und drängte den Gedanken daran ein wenig beklommen zur Seite. Sie legte den Zeigefinger auf die Lippen und bedeutete ihm mit einer Handbewegung die Tür zu schließen, was er umgehend tat. Er konnte nicht den Blick von ihr abwenden und erst jetzt bei Tageslicht fiel ihm auf, in welch intensivem Kobaltblau ihre Augen leuchteten. Zusammen mit ihrem silberglänzenden Haar und der mit Ausnahme der Reitstiefel weißen Kleidung entsprach ihr Aussehen genau dem, was sie auch war, einem Wesen aus einer anderen Welt.

»Ich habe dich unten sprechen gehört«, bemerkte sie. »Du siehst glücklich aus. Zum ersten Mal seit Monaten.«

»Das bin ich auch«, gab er zurück. »Ich habe ihn! Ich habe den *Tork* gefunden!«

»Ich weiß«, sagte Inari.

Liam stutzte.

»Wie?«

Sie gluckste und wies zum offenen Fenster. Sein Blick folgte ihrem Fingerzeig und er zuckte zusammen. Auf dem Fensterbrett hockte eine ausgewachsene Nebelkrähe und fixierte ihn mit einem ihrer Obsidianaugen. Sein Mund klappte auf, als ihm bewusst wurde, was Inari ihm damit sagen wollte.

»Der Vogel? Aber ...«

Sie nickte.

»Neben der Fähigkeit meine Gestalt zu ändern, beherrsche ich auch die Sprache der Tiere. Ihr nennt diese Vögel glaube ich Nebelkrähen, bei uns heißen sie *Kalibvögel*. Sein Name ist *Alderim* und ich habe mich im Laufe der letzten Monate mit ihm angefreundet. Er hilft mir, wenn ich ihn darum bitte. Auf meinen Wunsch hin hat er dich heute die ganze Zeit begleitet, seit du aus der Schule gekommen bist und er hat auch deine Prügelei vorgestern beobachtet.«

Liam kam es so vor, als würde der Vogel ihn angrinsen und ein Schwindel überkam ihn. Er ließ die Tasche fallen und setzte sich auf sein Bett. In diesem Moment durchzuckte ihn ein Gedanke, der ihm noch gar nicht gekommen war, dabei war er die logische Konsequenz aus all dem, was Inari bisher gesagt hatte:

Sie war meine Katze und ich habe mich unzählige Male vor ihr ausgezogen. Sie hat mich nackt gesehen ... Oh nein!

Die Erkenntnis ließ ihn erstarren. Eine Sekunde lang dachte er daran, sie deswegen anzusprechen, verwarf die Idee aber sofort wieder. Die Tatsache, dass sie es beide wussten, war peinlich genug. Ihre Stimme holte ihn aus seiner Grübelei zurück.

»Bitte zeige mir den *Tork*«, sagte sie. Ihr Lächeln war einem feierlichen Ausdruck gewichen.

Liam nickte. Er holte den Beutel aus der Tasche und zog den Schlüssel hervor. Das Metall fühlte sich merkwürdig kalt an.

Inaris Augen weiteten sich. Sie stand vom Sofa auf und kam mit ausgestreckter Hand auf ihn zu.

»Gib ihn mir«, sagte sie.

Liam hielt ihr den Tork hin. Sie nahm ihn und betrachtete ihn von allen Seiten. Schließlich nickte sie und drückte den Schlüssel mit beiden Händen gegen die Stirn. Mit geschlossenen Augen murmelte sie etwas in einer Sprache, die Liam nicht verstand. Es kam ihm wie ein Dankesgebet vor und es wirkte auf ihn so feierlich, so magisch, dass er nicht einmal zu atmen wagte, um keinen Laut von sich zu geben.

Als sie fertig war, öffnete sie die Augen und sah ihm gerade ins Gesicht. Ein Lächeln umspielte ihre Lippen.

»Meine Welt ist dir zu großem Dank verpflichtet«, sagte sie. »Und deine ebenso, obwohl sie davon nicht einmal etwas ahnt.«

Sie ließ den Schlüssel in die Innentasche ihres Rocks gleiten.

»Wenn du nichts dagegen hast, werde ich den *Tork* fortan verwahren, denn ich bin nun seine Hüterin, bis wir deine Mutter gefunden haben«, sagte sie.

Liam starrte sie an, während unzählige Fragen in seinem Kopf darum kämpften, zuerst losgelassen zu werden. Eine setzte sich schließlich durch.

»Du sagtest, dass dort, wo du herkommst, meinem Vater geholfen werden könnte und dass meine Mutter möglicherweise noch am Leben sei. Stimmt das?«

Er fixierte ihre Augen, glaubte darin aber nichts als Aufrichtigkeit zu erkennen.

»Ja, alles was ich dir gesagt habe entspricht der Wahrheit«, erwiderte sie. »Glaubst du mir etwa immer noch nicht?«

Liam hob beschwichtigend die Hand.

»Doch, doch. Es ist nur ..., wenn es tatsächlich so ist, dann ...«

Ein Kloß in seinen Hals schnitt ihm die Worte ab.

»Ich weiß, wie du dich fühlst«, sagte Inari. »Ich habe meine Mutter auch verloren. Aber im Gegensatz zu dir erhielt ich nie eine Chance, sie noch einmal zurückzubekommen. Es war der Sammler, der sie mir genommen hat.«

»Das tut mir leid. Du vermisst sie bestimmt sehr.«

»Ja«, bestätigte Inari, deren Augen unter einem Ansturm von Tränen glänzten. »Ich trage eine Kette mit einem Anhänger bei mir, in dem ich eine Haarsträhne von ihr aufbewahre. Er erinnert mich an sie und darüber hinaus ist er ein Glücksbringer.«

»Genau wie der Saurierzahn, den meine Mutter mir geschenkt hat«, bemerkte Liam.

Inari bedachte ihn mit einem unergründlichen Blick, sagte aber nichts.

In diesem Moment fiel ihm der andere Gegenstand ein, den er im Tresor seines Vaters gefunden hatte, und er zog ihn aus dem Beutel.

Mit gerunzelter Stirn betrachtete Inari das Amulett, das an der Silberkette von seiner Hand baumelte.

»Ein *Indir-Stein*«, sagte sie. »Wo hast du den her?«

»Ich habe ihn zusammen mit dem Schlüssel im Haus meiner Eltern gefunden«, erklärte er.

Sie nickte bedächtig.

»Dann ist meine Vermutung also richtig gewesen. Wo war er versteckt? Ich habe den *Tork* dort auch unzählige Male gesucht, ihn aber nie gefunden.«

Liam verkniff sich die Frage, wo sie sich in den letzten Monaten noch überall ohne sein Wissen herumgetrieben hatte und sagte stattdessen:

»Was ist das für ein Ding dieser *Indi-Stein*?«

»*Indir*«, versetzte sie belustigt. »Ein *Sprachenversteher*. Den hat deine Mutter offenbar deinem Vater gegeben, damit er sich mit den Bewohnern meiner Welt verständigen konnte.« Sie tippte sich an die Brust. »Ich trage auch einen, obwohl ich eure Sprache schnell gelernt habe und ihn eigentlich nicht mehr brauche. Dass du nun auch einen besitzt, macht es sehr viel einfacher.«

Liam stutzte.

»*Es*?«, fragte er und legte die Kette neben sich auf das Bett.

Sie sah ihn verständnislos an, als hätte er eine einfache mathematische Aufgabe nicht lösen können.

»Wir werden in meine Welt gehen, und zwar sofort«, sagte sie. »Jetzt, wo wir den *Tork* haben, dürfen wir keine Zeit mehr verlieren.«

Liam glaubte, sich verhört zu haben. Seit er den Schlüssel gefunden hatte, war ihm diese Möglichkeit zwar schon in den Sinn gekommen. Doch von Inari so unverblümt ausgesprochen, verursachte sie in seinem Bauch ein Gefühl, wie kurz vor dem ersten Sprung von einem Zehn-Meter-Turm. Unzählige Fragen wirbelten durch seinen Verstand, von denen er nur einige zu fassen bekam.

Würde er auf der anderen Seite etwas zum Anziehen finden? Konnte er die Luft atmen und das Essen zu sich nehmen, ohne tot umzufallen? Und was würden sein Onkel und Gabi sagen, wenn er plötzlich verschwand?

Er lächelte irritiert.

»Jetzt? Das ist nicht dein Ernst ... oder?«

»Doch, absolut.«

»Aber ich kann nicht einfach so ... Mein Onkel kommt in ein paar Minuten vorbei, Gabi erwartet mich gleich zum Essen ... Ich muss ihnen wenigstens Bescheid geben, irgendetwas sagen ...«

Sie schenkte ihm einen verständnislosen Blick.

»Und was willst du ihnen sagen? *Bin kurz in eine andere Welt gereist, um meine Mutter zu suchen?!*«

Doch ihre Ironie verfing bei ihm nicht.

»Ich werde nicht gehen, ohne eine Nachricht zu hinterlassen«, beharrte er, woraufhin sie mit den Augen rollte.

Wie auf ein Stichwort hin hörte er in diesem Moment Gabi nach ihm rufen. Sie schien in den oberen Flur hinaufgekommen zu sein.

»Alles in Ordnung Liam? Du wolltest doch gleich zum Essen herunterkommen.«

Liam presste die Kiefer aufeinander. Es kostete ihn einige Mühe, ihr zu antworten.

»Ich komme gleich, ich habe nur einen spannenden Tweet auf Twitter entdeckt.«

Er hörte sie einen Seufzer ausstoßen.

»Ihr mit eurem Internet und diesem ganzen ... Social Network«, rief sie. »Aber vergiss das Essen nicht und deinen Onkel. Der kommt nämlich gleich.«

»Jaaahaaaa!«

Ihre Schritte entfernten sich. Er sprang auf und setzte sich auf den Stuhl vor dem Schreibtisch. Aus einer Schublade des Unterstellschranks holte er einen Block und einen Filzschreiber hervor, zog die Kappe vom Stift und wollte eine Nachricht aufschreiben, aber dann hielt er inne. Den Filzer in der Hand fuhr er herum und sah Inari an.

»Wie soll das überhaupt funktionieren?«, fragte er. »Wir können doch nicht einfach so aus dem Haus marschieren, ohne dass Gabi uns und vor allem dich sieht. Und gleich kommt auch noch mein Onkel. Sollen wir etwa aus dem Fenster klettern? Wäre es nicht besser bis zur Nacht zu warten?«

Sie lächelte auf eine Art, wie er es als Sechsjähriger bei seiner Mutter gesehen hatte, wenn er eine naive Frage gestellt hatte.

»Wir klettern nirgendwo hin«, sagte sie, schaute an ihm vorbei zum Fenster und nickte. Er folgte ihrem Blick, sah die Krähe, die ihn immer noch beäugte, und schaute Inari fragend an. Doch anstatt etwas zu sagen, stand sie auf und legte ihm eine Hand auf die Schulter, was erneut ein angenehmes Kribbeln auf seiner Haut auslöste. Dennoch entzog er sich reflexartig ihrer Berührung, was ein Teil von ihm gleich darauf bedauerte.

»Ich kann mir vorstellen, wie durcheinander du bist«, sagte sie. »Aber wenn wir deinen Eltern helfen wollen, müssen wir jetzt gehen. Wem auch immer du noch eine Nachricht hinterlassen möchtest, jetzt wäre der geeignete Zeitpunkt dafür. Solltest du allerdings beschließen, lieber hier zu bleiben, dann werde ich das akzeptieren und die Reise alleine antreten. Ich kann dich nicht zwingen. Allerdings weiß ich nicht, ob ich die Aufgaben, die auf der anderen Seite auf mich warten, ohne dich bestehen werde.«

In seinem Kopf rangen die Gedanken miteinander, doch am Ende blieb eine Frage übrig: War er schon so weit, diesen Schritt zu gehen? Zumindest hatte sich alles, was sie bisher gesagt hatte als wahr erwiesen, warum sollte er ihr nicht auch jetzt vertrauen? Natürlich war bei seinen Überlegungen auch Angst im Spiel, da machte er sich nichts vor. Andererseits regte sich der Forscherdrang in ihm. Was mochte es alles in dieser anderen Welt zu entdecken geben, welche Wunder würde er dort sehen? Außerdem gab es für ihn dort mehr zu gewinnen als hier. Während auf dieser Seite sein Leben in Trümmern lag, hatte er drüben die Chance seine Mutter zu finden und seinen Vater zu heilen. Im Grunde stand die Antwort fest.

Vor einiger Zeit hatte er sich ein wenig mit der Chaostheorie beschäftigt und dabei erstaunliche Parallelen zu seinem Leben festgestellt. Für gewöhnlich verlief es in geordneten Bahnen, geprägt durch sich wiederholende Abläufe. Tage, an denen nichts oder nur wenig Neues passierte und die sich wie Glieder einer Kette aneinanderreihten. Diese Phasen im Leben hatte sich Liam immer als eine Linie vorgestellt. Irgendwann erreichte diese Gerade einen bestimmten Punkt, manchmal vorhersehbar, ein andermal unerwartet, doch immer einschneidend. Dann schlug das Leben unvermittelt einen anderen Weg ein und es öffnete sich ein neues Kapitel. Ein solcher Moment war nun gekommen.

»Ich schreibe nur noch schnell eine Nachricht«, sagte er. »Dann können wir gehen.«

Inari nickte und schenkte ihm ein strahlendes Lächeln.

»Gut! Ich freue mich!«

Er überlegte kurz, riss ein Blatt vom Block und schrieb folgende Worte darauf:

Hallo Gabi, hallo Onkel Peter,

wundert euch bitte nicht, wenn ihr mich nicht findet. Ich bin nicht abgehauen, sondern habe eine Chance bekommen, alles wieder in Ordnung zu bringen. Es würde mich zu viel Zeit kosten, euch alles zu erklären. Davon abgesehen würdet ihr es ohnehin nicht glauben. Daher belasse ich es bei dieser kurzen Mitteilung. Seid mir bitte nicht böse. Ich tue das, weil ich helfen und weil ich mein früheres Leben wieder zurückhaben will. Und bitte schaltet nicht die Polizei ein, das hätte überhaupt keinen Sinn. Mir geht es gut. Ich melde mich.

Viele Grüße

Liam

@Onkel Peter: Sag bitte Großmutter nichts davon, bis ich wieder da bin. Ich will nicht, dass sie sich unnötig Sorgen macht.

Als er fertig war, holte er eine Rolle Tesafilm aus einer der Schubladen und klebte die Nachricht an den aufgeklappten Monitor seines Laptops.

»So, wir können!«, sagte er und sah zu Inari auf, die die ganze Zeit neben ihm gestanden hatte. Seine Handflächen fühlten sich feucht an und sein Herz raste, aber er zwang sich zu einem Lächeln.

»Gut, dann lass uns loslegen«, sagte sie und gab der Krähe ein Zeichen, die daraufhin einen Satz machte, dicht an Liams Kopf vorbeiflog und sich auf ihre Schulter setzte. Verblüfft und ein wenig angewidert schaute er zu, wie Inari dem Vogel einen Kuss aufs Gefieder hauchte.

»Aber womit legen wir los?«, fragte er. »Du hast mir immer noch nicht erklärt, wie wir in die andere Welt gelangen.«

»Stimmt, hab ich nicht«, versetzte sie schulterzuckend. »Komm einfach her und schau zu.«

»Aber ...«

Sie rollte erneut die Augen.

»Nun komm schon, du wirst staunen.«

Zögernd stand er auf und kam sich in diesem Moment furchtbar unvorbereitet vor. Sollte er nicht doch vorher eine Tasche mit den nötigsten Dingen packen? Schließlich wusste er nicht, wie lange er fort sein würde. Vielleicht war es dort kalt.

Inari bemerkte sein Zaudern, worauf ihr Gesicht einen genervten Ausdruck annahm.

»Wenn du nicht gleich hier bist, springe ich doch noch alleine rüber.«

»Springen? Aus dem Fenster?«

»Bei den Göttern!«, raunte sie und streckte ihm mit einer energischen Bewegung den Arm entgegen.

»Stell dich hier neben mich und nimm meine Hand.«

Liam schluckte, doch in ihren Augen loderte etwas und so kam er ihrer Aufforderung lieber nach. Als er zugriff, spürte er wieder das Kribbeln. Schweiß brach ihm aus, doch sie schien seine Gefühlsaufwallung nicht zu bemerken. Mit ihrer freien Hand griff sie in die Innentasche ihres Rockes, zog den *Tork* heraus und hielt plötzlich inne.

»Das hätte ich fast vergessen«, sagte sie erschrocken und reckte das Kinn in Richtung Bett, wo noch die Kette aus dem Tresor seines Vaters lag. »Hol dir den *Indir-Stein* und hänge ihn dir um den Hals.«

Liam nickte, tat wie ihm geheißen und nahm wieder ihre Hand.

»Er wird dir noch gute Dienste leisten«, bemerkte sie.

Er schaute an sich herab und stellte fest, dass der Anhänger nun ein intensives violettes Licht ausstrahlte. Er wollte Inari darauf hinweisen, kam aber nicht mehr dazu.

»Bist du bereit?«, fragte sie.

Seine Knie schienen sich in Gelee verwandelt zu haben, doch er nickte.

KAPITEL 7

Inari hielt den Schlüssel vor sich, als wolle sie eine unsichtbare Tür aufschließen. Unvermittelt wandte sie den Kopf zu ihm und sah Liam durchdringend an.

»Egal was passiert oder wie du dich fühlst, ob dir schlecht wird oder du Angst bekommst, lass niemals meine Hand los. Hast du verstanden?«

Liam leckte sich über die Lippen.

»Ja!«

»In Ordnung. Es funktioniert folgendermaßen: Der Träger des *Torks* ist in der Lage, durch pure Konzentration und Vorstellungskraft an einen realen Ort in einer anderen Welt zu gelangen.«

»Könnte ich das genauso?«, fragte Liam.

Inari musterte ihn mit unverhohlener Skepsis.

»Theoretisch schon, aber selbst für einen Magier ist diese Prozedur nur schwer zu erlernen. Ich hatte zum Glück deine Mutter, die mich in diese Kunst einwies.«

»Aber mein Vater hat es offensichtlich auch geschafft, sonst wäre er schließlich nicht zurück in diese Welt gekommen«, bemerkte Liam.

»Das stimmt«, sagte sie. »Er muss aber Jahre lang mit deiner Mutter geübt haben. Es grenzt an ein Wunder, dass er dazu in der Lage war.«

Sie schien kurz nachzusinnen.

»Darüber hinaus gibt es einen weiteren Grund, warum du den *Tork* nicht benutzen könntest«, sagte sie.

»Und der wäre?«

»Na ja, du warst noch nie in meiner Welt, womit du dir einen Ort auf der anderen Seite nicht vorstellen kannst. Das aber ist die Voraussetzung für einen Sprung.«

»Und wie ist dann meine Mutter von drüben das erste Mal hierher gelangt?«, fragte Liam.

»In der Bibliothek unseres Ordens gibt es uralte Aufzeichnungen früher Reisender. Sie haben Orte in deiner Welt auch mit Bildern detailgenau beschrieben«, erklärte Inari.

Liam runzelte die Stirn.

»Und wie sind die hierhergekommen?«

»Das wissen wir nicht«, sagte Inari achselzuckend. »Was das angeht, sind unsere Chroniken leider lückenhaft.«

»Aber ...«

»Willst du mir hier weiter Löcher in den Bauch fragen oder endlich nach deiner Mutter suchen?«, fragte sie.

»Schon gut.«

»Bist du bereit?«

»Ja.«

Sie nickte, schaute wieder geradeaus und schloss die Augen. Mehrere Sekunden verharrte sie so. Dann glomm wenige Zentimeter vor dem *Tork* ein hellblauer Lichtfleck auf, der rasch die Form eines Schlüssellochs annahm. Liam hielt den Atem an, während Inari die Augen wieder öffnete und den Schlüssel in den Fleck steckte.

Voller Erstaunen beobachtete er, wie der vordere Teil des *Torks* sich darin aufzulösen schien. Ein hoher Summton durchdrang mit einem Mal das Zimmer und führte dazu, dass sich seine Nackenhaare aufstellten.

Jetzt drehte Inari den Schlüssel erst im Uhrzeigersinn und danach in die entgegengesetzte Richtung. Liam hörte ein leises Klicken wie aus weiter Ferne, und gleich darauf ertönte ein Zischen, als würde Luft durch das Ventil eines Schlauchbootes entweichen. Im nächsten Moment erschien direkt vor ihnen ein durchsichtiges Rechteck, mit blau glühenden Rändern, so groß wie eine normale Tür. Liam unterdrückte den Impuls, sich die Augen zu reiben.

Inari zog den *Tork* ab und ließ ihn wieder in der Innentasche ihres Gehrockes verschwinden. Sie drückte seitlich gegen das Rechteck, das begleitet von einer lieblichen Tonfolge nach hinten schwenkte. Liam fühlte sich einen Moment lang an das Glockenspiel erinnert, das in seinem Lieblingsbuchladen über dem Eingang hing. Er starrte durch das Loch in seiner Welt, in einen blau leuchtenden, wabernden Nebel und hätte um ein Haar aufgeschrien.

Inari setzte einen Fuß auf die Schwelle, hielt kurz inne, warf ihm einen grimmigen Blick zu und zog ihn, bevor er etwas sagen oder unternehmen konnte mit sich. Sie löste sich vor ihm wie ein Geist in dem Licht auf, dessen Intensität ihn instinktiv die Augen schließen ließ. Trotzdem drang die Helligkeit noch als fleischiges Rot durch seine Augenlider. Und nun erfasste ihn auch noch eine Kälte, so eisig, dass er mit den Zähnen zu klappern begann.

Das Summen, das er schon in seinem Zimmer vernommen hatte, schwoll nun zu einem Kreischen an, das ihm die Trommelfelle zu zerschneiden drohte. Er war kurz davor sich von Inari loszureißen und wieder zurückzugehen, in die warme Sicherheit seines Zimmers, doch bevor es dazu kam, waren der schrille Ton, die Kälte und das Licht verschwunden. Vorsichtig öffnete er die Augen und fand sich in einer Halle wieder, die anders als alles war, was er bisher gesehen hatte.

Sie war so riesig, dass ein Kreuzfahrtschiff ohne Probleme hineingepasst hätte. Er stand in einem Gang, der den Saal auf halber Höhe umlief und der von einem Metallgeländer mit geschmiedeten Ranken gesichert wurde. Da er sich an einer der Längsseiten befand, beugte er sich etwas vor, um ihre komplette Ausdehnung erfassen zu können. Über und unter ihm existierten jeweils zehn weitere Umläufe, die in kurzen Abständen auf gusseisernen, ebenfalls mit Pflanzenornamenten verzierten Stützen ruhten. Auf jeder Ebene verbanden zwei geschwungene Stahlbrücken die Längsseiten miteinander, so dass sie die Halle in Drittel unterteilten. An den Wänden standen in lückenlosen Reihen Regale aneinander, in denen sich die ledernen Rücken unzähliger Folianten drängten. Ihre Zahl musste in die abertausende gehen, so dass es aussah, als würden die Mauern der Bibliothek aus Büchern bestehen.

Es gab keine Fenster, das einzige Tageslicht fiel von oben in die Halle. Liam musste sich noch ein Stück weiter über das Geländer beugen, um die Deckenkonstruktion überblicken zu können. Sie bestand aus regelmäßig angeordneten Glaselementen mit einem der Längsachse folgenden First, wie bei einem Gewächshaus. In mehreren Scheiben entdeckte er Löcher, die mit Brettern provisorisch abgedeckt worden waren.

Das Glasdach alleine hätte allerdings nicht ausgereicht, um den riesigen Raum auszuleuchten. Daher gab es unzählige Spiegel, die an den Stützpfeilern angebracht waren, um die einfallenden Lichtstrahlen auch bis in die entlegensten Winkel zu lenken. Liam stellte erstaunt fest, dass sich ein paar der Spiegel sogar bewegten. Allerdings schienen einige bereits zu fehlen, was er an den Lücken in der sonst regelmäßigen Anordnung erkannte.

Als er in die Tiefe schaute, wurde er kurz von einem leichten Schwindel erfasst. Weit unter ihm reihten sich Tische und Stühle in einer endlosen Abfolge aneinander. Er sah jedoch nicht mehr als zwanzig Personen dort unten sitzen, und als er den Blick hob und über die Galerien schweifen ließ, zählte er gerade mal ein weiteres Dutzend. Eine feierliche Stille lag über allem und die Luft war erfüllt vom Geruch nach Metall, Leder, Papier und Staub. Viel Staub.

Der Anblick fesselte ihn so sehr, dass er Inari erst wahrnahm, als sie sich rechts von ihm bewegte. Sie stützte sich mit den Händen auf das Geländer und ließ ihren Blick ebenfalls durch die Halle schweifen. Auf ihrer Schulter hockte die Krähe und schüttelte ihr Gefieder. Offensichtlich hatte der Übergang in die andere Welt auch den Vogel ein wenig mitgenommen.

»Wo sind wir hier?«, fragte er. Sein Mund fühlte sich so trocken an, wie die Bücher in den Regalen.

Inari wandte sich ihm zu und schenkte ihm ein müdes Lächeln. Ihm fiel auf, dass sich Ringe unter ihre Augen gegraben hatten, die vorher nicht da gewesen waren. Außerdem atmete sie schwer.

»In der Bibliothek meines Ordens«, presste sie hervor. »Geht es dir gut?«

Sie stützte sich immer noch mit einer Hand auf dem Geländer ab.

»Ja, aber was ist mit dir? Du siehst ... müde aus«, erwiderte Liam.

»Der Übergang kostet selbst den geübtesten Magiern immense Kraft und ich habe das noch nicht so oft gemacht«, sagte sie. »Aber zum Glück erholt man sich recht schnell davon.«

Sie musterte ihn eindringlich.

»Dir scheint der Sprung offensichtlich wenig ausgemacht zu haben. Du siehst erstaunlich frisch aus für deinen ersten Übergang. Wirklich bemerkenswert.«

Liam zuckte die Schultern.

»Tja, Naturtalent«, sagte er und versuchte dabei lässig zu wirken, merkte aber gleich an ihrem Blick, dass er bei ihr damit nicht ankam. Peinlich berührt wandte er sich ab und schaute wieder in die Halle hinab.

»Dein Orden muss mächtig sein und reich, wenn er sich eine solche Bibliothek leisten kann«, sagte er.

»Oh, das ist er, auch wenn er früher noch weitaus mächtiger war als heute«, gab sie zurück.

»Wenn dein Orden so reich ist, dann verstehe ich nicht, warum hier vieles offensichtlich nicht repariert wird«, bemerkte er.

»Das hat andere Gründe«, versetzte sie, wobei ein Schatten über ihr Gesicht huschte. »Aber davon wirst du noch früh genug erfahren. Jetzt müssen wir irgendwen finden, der uns anhört.«

»Gut, dann sollten wir los«, sagte er. »Ich meine, wenn es dir wieder gut geht.«

Auf seine Bemerkung hin drückte sie den Rücken durch und atmete einmal tief durch. Als sich ihre Blicke kreuzten, war das Lächeln in ihr Gesicht zurückgekehrt.

»Lass uns gehen«, sagte sie. «Mir fällt gerade ein, dass wir mit etwas Glück sogar hier schon jemanden finden, der uns weiterhilft.«

Sie setzten sich in Bewegung und marschierten den Umlauf entlang, wobei die Krähe wie der Papagei eines Piraten auf Inaris Schulter schaukelte. Der harte Klang ihrer Schritte auf dem Metallboden zerteilte die Stille im Saal. Der Gang war so schmal, dass sie gerade nebeneinander hergehen konnten. Die Buchrücken der Folianten rechter Hand bestanden aus Leder und sahen sehr abgegriffen aus. Merkwürdige Zeichenfolgen waren darauf eingeprägt. Für Liam waren diese eigentlich unbekannt, doch zu seiner Verblüffung stellte er fest, dass er ihre Bedeutung verstand. Er sah an sich herab und stellte fest, dass der Anhänger an seiner Kette jetzt noch intensiver leuchtete als zuvor, er glühte regelrecht.

Er blieb stehen und berührte Inaris Arm, die sich daraufhin zu ihm umwandte und seinem Blick zu dem Stein folgte. Voller Euphorie deutete er auf die Bücher.

»Ich kann die Schrift darauf lesen! Als wäre es meine Muttersprache!«

Inari schenkte ihm ein Lächeln bar jeder Überheblichkeit.

»Schön! Ich sagte doch, dass der Inri-Stein uns eine große Hilfe sein wird.«

»Ist das bei gesprochener Sprache auch so einfach?«

»Ja, die Verbindung zwischen dir und dem Stein ist jetzt hergestellt. Du darfst ihn nur nicht ablegen, denn dann wird der Zauber unterbrochen.«

»Werde ich nicht«, sagte er und stopfte die Kette unter das T-Shirt zu seinem Saurierzahn. »Ich werde gut darauf aufpassen.«

Inari nickte und sie liefen weiter den Gang entlang, auf dem sich außer ihnen niemand aufhielt.

Sie kamen an einer der Brücken vorbei, die zur gegenüberliegenden Seite führten, und näherten sich einer Ecke der Halle, bei der der Umlauf um neunzig Grad nach links zur Schmalseite abbog. In dem Knick verband eine stählerne Treppenkonstruktion die Umgänge sämtlicher Stockwerke miteinander. Geschmiedete Pflanzenranken, Blätter und Blütenkelche zierten auch hier das Geländer.

Inari begann die Stufen hinabzusteigen und Liam folgte ihr. Alles um ihn herum wirkte auf eine sonderbare Weise fremd und zugleich vertraut. Ihm kam der Eiffelturm in den Sinn, den er vor ein paar Jahren zusammen mit seinen Eltern in Paris besucht hatte und er erinnerte sich daran, wie er staunend an der gigantischen Stahlkonstruktion emporgeschaut hatte. Auch dort gab es Treppen, die sich schier endlos in die Höhe schraubten. Der Gedanke beschwor die Bilder seiner Eltern herauf und versetzte ihm einen Stich ins Herz. Er wischte die Erinnerung beiseite und spürte, wie wilde Entschlossenheit in ihm aufstieg. Während er die Stufen hinabschritt, gab er sich einen Schwur: Er würde seine Mutter finden und seinen Vater wieder gesund machen und dann mit ihnen noch einmal nach Paris fahren und gemeinsam im Restaurant des Eiffelturms ein Viergängemenü bestellen.

Sie erreichten den Boden, der in einem schachbrettartigen Muster aus Steinplatten unterschiedlicher Grautöne ausgelegt war. Inari ging an der Schmalseite der Halle entlang und Liam hatte Mühe ihr zu folgen. Er ließ seinen Blick durch den Saal schweifen, der aus dieser Perspektive noch eindrucksvoller wirkte, da die gegenüberliegende Seite vom Dämmer verschluckt wurde.

In einer der vorderen Reihen saßen ein Junge und ein Mädchen an zwei benachbarten Tischen. Sie schienen in Liams Alter zu sein und trugen die gleiche barocke Kleidung wie Inari und hatten ihre weißen Haare ebenfalls zu Rastazöpfen geflochten. Sie schauten kurz von ihren Folianten auf, die sie vor sich aufgeschlagen hatten und als ihre Blicke ihn trafen, gingen unwillkürlich ihre Augenbrauen in die Höhe. Im ersten Moment irritierte ihn diese Reaktion, aber dann wurde ihm klar, dass er mit seiner Jeans und dem T-Shirt wie ein exotischer Besucher aus einem fernen Land wirken musste. Im Grunde war er das ja auch. Er war froh, dass außer den beiden niemand in der Nähe war, der ihn wie ein Zootier angaffen konnte.

Inari steuerte nun auf einen massiven Eisentisch zu, der zentral vor der Wand der Schmalseite auf einem Podest stand. Dahinter saß ein Mann auf einem Stuhl aus genietetem Eisen und war in die Lektüre eines Folianten vertieft, während sich zu beiden Seiten weitere Bücherstapel auf dem Tisch türmten.

Liam schätzte sein Alter auf mindestens fünfzig Jahre. Auf seinem Schädel glänzte eine kahle Stelle, wodurch der ihm verbliebene Kranz geflochtener Haare wie Fransen an einem altmodischen Lampenschirm herabhing. Seine Augen saßen tief in den Höhlen und auch seine Wangen waren eingefallen, als würde in seinem Kopf ein ständiger Unterdruck herrschen. Die lange Nase verlieh ihm zusammen mit dem fliehenden Kinn etwas Vogelartiges, wobei die Haut so trocken und gelbstichig aussah, wie die Seiten des Buches, über dem er gebeugt saß. Im Gegensatz zu Inari trug er einen himmelblauen Rock mit silbernen Aufschlägen, der ansonsten aber den gleichen Schnitt aufwies. Und noch etwas hatte er mit ihr gemeinsam: Eine Tätowierung auf der Stirn, allerdings stellte seine einen Adler mit ausgebreiteten Schwingen dar.

Inari schritt die Stufen an der Frontseite des Podests zum Schreibtisch hinauf und Liam folgte ihr. Er stellte sich neben sie und betrachtete den Mann, der immer noch gebannt auf den handgeschriebenen Text in seinem Folianten starrte, als hätte er sie nicht bemerkt.

»Warum stört ihr mich?«, knurrte er, ohne aufzublicken und deutete mit dem knochigen Zeigefinger auf eine unbestimmte Stelle in der Halle. »Ihr wisst, wo die Kataloge stehen, erst wenn die euch nicht weiterhelfen, kommt ihr zu mir. Und zwar *nur* dann. Verstanden?«

Inari räusperte sich.

»Bruder Erban, ich komme nicht, um Euch nach einem Buch zu fragen«, sagte sie. »Ich habe Wichtigeres mit Euch zu besprechen. Ich brauche Eure Hilfe.«

Die verschatteten Augen des Mannes zuckten hoch, fixierten Inari und weiteten sich. Der Ärger in seinem Gesicht verflog und wich einer Mischung aus Erstaunen und Freude.

»Inari! Den Göttern sei Dank, du bist zurück!«

Erst jetzt fiel sein Blick auf die Krähe und auf Liam, woraufhin sich seine Miene verdüsterte.

»Wer sind die beiden? Was hat dieser hässliche *Kalib* auf deiner Schulter hier zu suchen? Und dieser Junge? Er ist seltsam gewandet.«

Der Vogel krächzte unvermittelt und Liam zuckte zusammen, was nicht an der Lautstärke lag. Er hatte ihn verstanden! Es hatte geklungen wie *Unverschämtheit*!

Sofort antwortete Erban, in dem er die Laute der Krähe verblüffend echt nachahmte und Liam begriff auch deren Sinn:

Halt den Schnabel, sonst lass ich dich ausstopfen.

Erbans Stirn legte sich in Falten.

»Du hast die beiden doch nicht etwa aus der anderen Welt hierher gebracht?!«, sagte er an Inari gerichtet.

»Doch ... hab ich«, gab sie ein wenig kleinlaut zurück, um dann gleich mit energischerem Ton hinzuzufügen: »Aber sie sind nicht ohne Grund hier.«

Der Bibliothekar schnaubte wütend.

»Ich wüsste keinen Grund, der es rechtfertigt, einen *Anderweltler* hierher zu bringen. Gerade du solltest das wissen, Elevin. Ich muss umgehend den Rat darüber informieren ...«

Er machte Anstalten aufzustehen.

»Er ist Tabanias Sohn«, sagte Inari schnell.

Erbans hielt inne und sackte auf den Stuhl zurück. Er starrte Liam mit großen Augen an und sein Mund klappte auf wie bei einem Nussknacker.

»Ihr *Sohn*? Das ist unmöglich«, murmelte er, den Blick wie versteinert weiter auf Liam geheftet.

Nach ein paar Sekunden kehrte Leben in sein Gesicht zurück und er fixierte Inari mit lauerndem Blick.

»Wenn ihr hier seid, dann habt ihr zwangsläufig auch den Tork bei euch«, sagte er. »Wo ist er? Gib ihn mir!«

Inari straffte ihre Haltung.

»Das kann ich nicht, Bruder.«

An Erbans Schläfen traten pulsierende Adern hervor und sein Gesicht lief rot an.

»Du weigerst dich, in mir zu geben?!«

Die Krähe hüpfte nervös auf Inaris Schulter auf und ab. Liam hielt die Luft an, sah aber aus dem Augenwinkel, dass Inari dem Blick des Bibliothekars standhielt und auch nicht zurückwich.

»Seit meine Meisterin verschollen ist, bin ich die rechtmäßige Hüterin des Tork«, erwiderte sie bestimmt. »*Du* solltet das wissen, Bruder.«

Ein Muskel zuckte unter Erbans linkem Auge. Offenbar kostete es ihn einige Anstrengung, die Fassung zu wahren.

»Das hat es in der Geschichte des Ordens noch nie gegeben, dass eine Elevin die Hüterin des Torks ist«, fauchte er. Die Hände hatte er flach vor sich auf den Tisch gelegt, als müsse er ihn am Abheben hindern. Nachdem er einen Moment lang so dagesessen hatte, entspannte sich seine Haltung wieder. Er lehnte sich zurück und setzte ein Lächeln auf, dem der Zwang anzusehen war.

»Nun, die Regeln des Ordens stehen in der Tat auf deiner Seite und ich habe mich ihnen zu beugen«, sagte er. »Nenn mir aber den Grund, warum du ... warum ihr gekommen seid.«

Auch aus Inari schien die Anspannung zu weichen. Die Hände, die sie zu Fäusten geballt hatte, öffneten sich.

»Wie du weißt, führte Tabina meine Ausbildung in der anderen Welt fort. Dann reiste sie mit ihrem Mann, dem *Gelehrten*, wie so oft hierher und kam nicht mehr zurück.«

Erban nickte und wies sie mit einer ungeduldigen Handbewegung weiterzureden.

»Der *Gelehrte* tauchte hingegen wieder in seiner Welt auf, aber er hatte den größten Teil seines Gedächtnisses verloren«, fuhr sie fort. »Leider hatte er den *Tork* gleich bei seiner Ankunft versteckt, und da sein Geist kurz darauf rasend schnell verfiel, konnte ich den Ort nicht mehr in Erfahrung bringen. Ich suchte überall, doch ohne Erfolg.«

Sie wies auf Liam.

»Erst mit seiner Hilfe ist es mir gelungen, den *Tork* zu finden. Sonst wäre er wahrscheinlich auf Jahre hin oder gar für immer verschollen geblieben.«

»Was nicht das Schlechteste gewesen wäre«, murmelte Erban mit düsterer Miene. Er musterte Liam abschätzig.

»Er ist also Großmeisterin Tabanias Sohn«, sagte er.

Liam musste sich erst an den Namen gewöhnen, den seine Mutter hier offenbar hatte. So wie dieser Erban sich benahm, schien sie eine sehr angesehene Persönlichkeit gewesen zu sein. Es fiel ihm immer noch schwer, sie sich als Ratsmitglied eines Magierordens vorzustellen. Es fühlte sich so unwirklich an.

»Ja«, gab Inari zurück. »Er ist ihr Sohn.«

»Du weißt, was das bedeutet«, bemerkte Erban schmallippig.

»Gewiss, er könnte der *Olandir* sein«, sagte sie. »Ich bin mir sogar ziemlich sicher, dass er es ist. Schau dir seine Augen an.«

»Die alleine sind kein Beweis«, sagte Erban. »Du kennst die Legende, ich habe sie dir und den anderen Eleven in den Geschichtsstunden erzählt, bevor du zu Meisterin Tabania in die andere Welt gegangen bist. Auf jeden Fall ist er das erste Halbblut, das seit dreitausend Jahren in diese Welt gekommen ist.«

Er musterte Liam durchdringend.

»Ja, er könnte der *Olandir* sein«, sagte er mit einem Anflug von Ehrfurcht in der Stimme. »Ich sollte Hochlord Talandur informieren.«

Liam hatte den beiden verdutzt zugehört. Von dieser Legende hatte Inari ihm nichts erzählt. Aber warum nicht? Aus welchem Grund? Er setzte zu einer Frage an, doch sie bemerkte es und bedeutete ihm mit einer Handbewegung zu schweigen.

»Eines musst du mir aber noch erklären«, sprach Erban weiter. »Warum seid ihr mit dem *Weltenschlüssel* hierhergekommen? Du weißt, wie gefährlich das ist. Auch wenn du ihn mir nicht aushändigen willst, so muss ich doch den Rat über seine Anwesenheit in Kenntnis setzen ...« Er sann kurz nach. »Vielleicht ist es besser, zuerst mit dem Hochlord unter vier Augen zu sprechen.«

Die letzten Worte hatte er mehr zu sich selbst gesprochen.

Er stieß einen Seufzer aus.

»Warum seid ihr nicht einfach auf der anderen Seite geblieben, dort wäre der *Tork* in Sicherheit.«

»Ich musste zurück«, sagte Inari. »Ich glaube, dass Meisterin

Tabania noch am Leben ist und ich will sie finden. Meinem Schwur gemäß bin ich sogar dazu verpflichtet, aber das weißt du besser als ich, Bruder.«

Erban stützte den Ellenbogen auf den Tisch und legte die Stirn zwischen Daumen und ausgestreckten Zeigefinger. Den Blick auf den Folianten gerichtet schien er nachzudenken. Schließlich hob er den Kopf und sah Inari an. Seine Augen schienen noch tiefer in ihre Höhlen gesunken zu sein.

»Wieso glaubst du, dass sie noch am Leben ist? Der Rat ist von ihrem Tod überzeugt.« Sein Blick zuckte zu Liam. »Und warum hast du *ihn* mitgebracht?«

»Das Band zwischen einer Elevin und ihrer Meisterin ist stark«, sagte Inari. »Ich spüre einfach, dass sie nicht tot ist. Und das Halbblut begleitet mich, weil er ihr Sohn ist und ich davon überzeugt bin, dass er mir dabei helfen kann, sie zu finden.

Erban winkte entnervt ab.

»Ich sehe schon, ich allein werde dich nicht von deinem Vorhaben abbringen können. Du warst schon immer die widerspenstigste Elevin im Orden«, sagte er und zum ersten Mal legte sich ein Hauch von Freundlichkeit in seine Stimme. »Was also kann ich für dich tun, ... Hüterin?«

Das letzte Wort hatte er mit einem ironischen Unterton ausgesprochen, aber Inari ging auf diese Spitze nicht ein.

»Wir brauchen eine Unterkunft«, sagte sie. »Und vor allem müssen wir mit dem Rat sprechen. So schnell wie möglich.«

Der Bibliothekar zog die Stirn kraus und rieb sich das Kinn.

»Normalerweise hätte ich ein solches Ersuchen aus dem Mund einer Elevin als anmaßend empfunden, doch in diesem Fall ...«

Er stand auf.

»Was euer Anliegen beim Rat vorzusprechen betrifft, werde ich sehen, was ich tun kann«, sagte er. »Aber zuerst werde ich euch eine Unterkunft besorgen. Ihr habt Glück, im Wohnbezirk sind gerade einige Zimmer frei geworden. Folgt mir!«

Erban bedeutete ihnen, ihm zu folgen und stieg vom Podest. Inari und Liam gingen hinterher. Mit raumgreifenden Schritten marschierte der Bibliothekar zu der Seite der Halle, die ihrem Eintrittspunkt in diese Welt gegenüberlag.

Gleich hinter dem Podest führte ein Durchgang mit Spitzbogen von der Größe eines Kirchenportals in einen fensterlosen Saal. Liam blieb kurz stehen und warf einen Blick hinein. Der Raum besaß zwar nicht die Dimensionen der Bibliothek, hätte aber mühelos einem Handballfeld Platz geboten. Auch hier fiel lediglich von oben diffuses Tageslicht herein.

Ein Dutzend stählerner Apparaturen war wie die Ziffern eines Uhrblattes um das Zentrum angeordnet, die alle gleich aussahen, über drei Meter hoch waren, und wenn Liam es richtig erkannte, Druckerpressen darstellten. In schnellem Takt sauste in jeder eine armdicke Metallplatte nieder, während bedruckte Papierbögen in seitlich angebrachte Fächer glitten. Die Maschinen wirkten mit ihrer klobigen Ausführung wie Museumsstücke aus einer Fabrik des neunzehnten Jahrhunderts, schienen aber automatisch zu arbeiten. Allerdings wurden sie nicht von Dampf angetrieben, sondern von einer unsichtbaren Kraft, deren Quelle sich Liam nicht erschloss.

Um die Pressen herum standen in einem äußeren Kreis noch einmal zwölf Pulte, auf denen jeweils ein aufgeschlagener Foliant und ein Setzkasten lagen. Männern und Frauen in derselben Aufmachung wie Erban, lasen die Bücher, bestückten Druckplatten, legten Papierbögen ein und bedienten die

Maschinen. Sie waren so vertieft in ihre Arbeit, dass keiner von ihnen Liam bemerkte.

Inaris Ruf riss ihn von dem Anblick los und er beeilte sich, die beiden anderen, die schon ein Stück voraus waren, wieder einzuholen.

»Was war das dort in der Halle? Was haben die da gemacht?«, fragte er Inari, als er zu ihr aufgeschlossen hatte.

»Das ist die *Halle der Reproduktion*«, erklärte sie. »Wie du siehst, gibt es hier tausende von Büchern und viele von ihnen sind uralt. Bei den meisten handelt es sich um Handschriften, Unikate und in der Halle der Reproduktion werden die kostbarsten von ihnen abgedruckt, bevor sie endgültig zerfallen.«

»Aha«, versetzte Liam erstaunt. »Und womit werden die Druckerpressen angetrieben? Strom?«

Inari lachte auf und Erban warf ihm einen irritierten Blick zu.

»Nein«, sagte sie. »So etwas wie euren *Strom* kennen wir hier nicht. Die Kraft, die wir nutzen funktioniert anders.«

»Und wie?«

»Alles zu seiner Zeit.«

»Aber ...«

»Inari hat recht«, sagte Erban. »Im Moment haben wir Wichtigeres zu tun, als dir unsere Welt zu erklären.«

Als Erban sich wieder von ihm abwandte und nach vorne schaute, zog Liam eine Grimasse. Hoffentlich waren die übrigen Bewohner ein wenig sympathischer und vor allem mitteilsamer als dieser verknöcherte Kerl. Er hätte wirklich zu gerne gewusst, wie diese Druckerpressen ohne Muskelkraft, Dampf oder Strom funktionierten. Er fragte sich, welch wundersame Dinge ihn hier wohl noch erwarteten.

KAPITEL 8

An der Längsseite der Halle führte Erban sie durch einen weiteren Durchgang mit Spitzbogen in eine Art Kreuzgang, der Liam an ein Kloster erinnerte, nur war dieser hier um ein Vielfaches größer. Marmorsäulen mit verwitterten Blumenornamenten säumten den offenen Gang. Ihre Oberfläche glänzte grau und speckig, doch an zahllosen Bruchstellen leuchtete der Stein weiß wie Zucker. Linker Hand schloss sich ein quadratischer Hof an, dessen Seiten über hundert Meter maßen. Ein bemooster Zierbrunnen dominierte die mit Steinplatten ausgelegte Fläche. In der Mitte der gigantischen Steinschale standen ein Dutzend überlebensgroßer Statuen, wie die Ziffern eines Uhrblattes im Kreis angeordnet und den Blick nach außen gerichtet. Die Figuren waren stark verwittert, doch die wenigen erhaltenen Details zeigten, dass sie ähnlich gekleidet waren, wie eine kleine Gruppe junger Männer, die sich in ihren blauen Röcken davor versammelt hatten und in ein intensives Palaver vertieft waren.

Liam schaute durch die Säulenreihe auf der rechten Reihe, wo sich ihm der Blick auf eine Parkanlage mit einer Allee bot, an deren Ende ein gewaltiges Gebäude in den Himmel wuchs, dessen Monstrosität ihm den Atem verschlug.

Seine zylindrische Basis schätzte Liam auf einen halben Kilometer im Durchmesser. Sie bestand aus fünf von blau schimmernden Säulen umkränzten Ebenen. Am beeindruckendsten war die riesige Kuppel, die sich wie beim Pantheon in Rom ansatzlos darüber spannte und deren Oberseite die tiefhängende Wolkendecke berührte. Ein schneidender Wind wehte von dort in den Gang, kroch Liam wie eine eisige Hand unters T-Shirt und zauberte ihm eine Gänsehaut auf seine Unterarme. Auch der Krähe auf Inaris Schulter war es offensichtlich zu kalt, denn sie hatte ihr Gefieder aufgeplustert und den Kopf eingezogen. Inari schloss zu dem Bibliothekar auf und begann sich leise mit ihm zu unterhalten. Liam verstand kein Wort, was ihn ein wenig ärgerte. Was hatte sie mit dieser wandelnden Nachttischlampe so Wichtiges zu bereden, ohne ihn offenbar dabei haben zu wollen. Obwohl es ihm schwerfiel, beschloss er sich seinen Unmut vorerst nicht anmerken zu lassen.

Zwei weißgekleidete Mädchen kamen ihnen entgegen und grüßten Inari und Erban mit einem knappen Kopfnicken. Als sie jedoch Liam sahen, zeichnete sich in ihren Gesichtern eine Mischung aus Erstaunen und Belustigung ab, unterlegt von einer Spur von Arroganz. Er ignorierte ihre Blicke und schaute betont geradeaus.

Der Kreuzgang führte sie zu einem kastenförmigen Gebäude, dessen Grundfläche kleiner war als die der Bibliothek, die es in der Höhe aber noch deutlich übertraf. Der Innenraum bestand aus einer einzigen Halle, in der es zu beiden Seiten jeweils einen rund zwanzig Meter hohen Torbogen gab. Liam vermutete, dass es sich bei dem Linken um den Haupteingang handelte, denn er gab den Blick auf einen Platz frei, um den sich stuckverzierte Backsteinhäuser drängten. Das rechte Portal führte zu der Allee im Park hinaus. Hohe Mosaikfenster ließen das einfallende Tageslicht zersplittern und verwandelten das rege Treiben in der Halle in ein wogendes Farbenmeer.

Bisher waren sie nur wenigen Magiern begegnet, hier hingegen wimmelte es hier nur so von ihnen ... und von Tieren.

Im ersten Moment glaubte Liam, sich in einem Zoo wiederzufinden.

Zwischen den Menschen standen oder hockten überall Bären, Wölfe, Warane und Raubkatzen. Verschiedene Vögel flatterten durch die Luft und auf einem Fenstersims hockte ein gewaltiger Adler. Eine Kakophonie von Stimmen und Lauten hallte durch den Saal und er konnte sie alle verstehen, sofern er nah genug war. Die Geräusche brachen sich an den Wänden und den Reihen mächtiger Granitsäulen, die weit über ihm mit dem Dämmer des Deckengewölbes verschmolzen.

Erban hatte in der Menschenmenge offenbar jemanden entdeckt, den er gesucht hatte, denn er steuerte zielstrebig auf einen untersetzten Magier in blauem Rock zu, der einen Kopf kleiner als Liam war. Im Gegensatz zum Bibliothekar hatte der Mann seine weiße Haarpracht noch nicht eingebüßt. Die beiden Magier beratschlagten sich kurz miteinander, wobei der Blick des Kleineren ein paar Mal zu Liam herüberzuckte. Dann bedeutete Erban mit einem Wink, ihm und dem anderen zu folgen.

»Das ist Tankir«, flüsterte Inari Liam zu. »Er ist einer der Brüder, die den Wohnbereich verwalten.«

Liam zuckte nur mit den Schultern und lief neben Inari her, wobei er sich an dem Spektakel um ihn herum nicht sattsehen konnte. Tausend Fragen drängten sich in seinem Kopf, doch er wusste, dass er Inari jetzt damit auf die Nerven gehen würde, daher hielt er sie zurück. Die Gruppe schlängelte sich durch das Gedränge, wobei Liam ein Cocktail von Gerüchen nach Parfüm, Gewürzen und Schweiß in die Nase stieg. Unvermittelt stoppte Erban. Nicht weit von ihnen entfernt stand ein Magier, der Liam trotz der vielen Menschen und Tiere sofort ins Auge sprang.

Das faltige Gesicht ließ ihn deutlich älter erscheinen als die übrigen Frauen und Männer in der Halle, wobei er aber keinesfalls gebrechlich wirkte. Er stand aufrecht wie eine Statue, umringt von mehreren Zuhörern, die seinen Worten lauschten, und überragte jeden von ihnen um Haupteslänge. Was ihn jedoch besonders von der Masse abhob, war seine goldglänzende Kleidung, wobei sich der Rock im Schnitt nicht von denen der anderen Magier unterschied. Auf diesen Mann deutete Erban jetzt.

»Ich werde Hochlord Talandur von eurer Ankunft berichten«, sagte der Bibliothekar und an Inari gewandt: »Ihr wartet hier so lange bei Bruder Tankir. Danach bringen wir euch zu euren Quartieren, es sei denn, der Hochlord hat andere Pläne mit euch.«

Er wandte sich von der Gruppe ab, drängelte sich bis zu Talandur durch und raunte dem Magier etwas ins Ohr. Gleich darauf verfinsterte sich die Miene des Hochlords, der nun zu Liam und Inari herüberblickte. In seiner Miene lagen Erstaunen und Besorgnis, während er den Ausführungen Erbans weiter folgte. Nachdem der Bibliothekar geendet hatte, gab Talandur ihm ein paar Anweisungen und widmete sich wieder den umstehenden Magiern.

»Was hat der Hochlord gesagt?«, fragte Inari, als Erban wieder bei ihnen war.

»Ich soll euch zu euren Quartieren bringen. Morgen früh könnt ihr dem Rat euer Anliegen vortragen«, gab der Bibliothekar zurück.

Liam fand, dass Erbans Gesichtsausdruck viel zu angespannt für eine solch banale Information wirkte. Er vermutete, dass der Hochlord ihm noch mehr gesagt hatte, er dies aber zurückhielt.

»Warum erst morgen?«, fragte Liam, woraufhin er von Inari und Erban missbilligende Blicke erntete.

»Du solltest dich geehrt fühlen, dass er euch überhaupt vorsprechen lässt«, versetzte Erban. »Normalerweise bekommen Nicht-Magier und Eleven keine Anhörungen vor dem Rat bewilligt. Darüber hinaus hat Nindal auch so schon genug Probleme, da wir uns in schwierigen Verhandlungen mit anderen Stadtstaaten befinden. Bei euch macht er nur eine Ausnahme, weil euer Anliegen von besonderer Bedeutung ist.«

Erban nickte Tankir zu.

»Zeig den beiden nun ihre Quartiere, Bruder«, sagte er und wandte sich zum Gehen.

Liam wollte noch etwas sagen, hielt es dann aber für klüger zu schweigen und schritt neben Inari den beiden Magiern hinterher.

»Darf ich dich was fragen?«, sagte er zu ihr.

»Natürlich«

Ihrer umwölkten Miene entnahm er, dass sie sich immer noch über seine vorlaute Frage an Erban ärgerte. Er ging nicht darauf ein, denn er brauchte Antworten.

»Was ist Nindal und was meinte Erban mit diesen Stadtstaaten?«

»Was Stadtstaaten sind, weißt du doch, oder?«, fragte Inari ein wenig schroff.

»Ja.«

»Na also«, sagte sie. »Nindal ist die Stadt, in der wir uns befinden. Hier gibt es keine Länder oder Königreiche, zumindest nicht auf diesem Kontinent. Jede Stadt wird von einem Rat regiert, darüber gibt es keine weiteren Ebenen.«

»Verstehe«, sagte Liam. »Und was sind das für Probleme, von denen Erban sprach?«

Ihr Gesicht nahm einen besorgten Ausdruck an.

»Das kann ich dir auch nicht genau sagen. Ich war ja lange nicht hier. Seit ich in deine Welt gegangen bin, hat sich in Nindal einiges verändert, leider nicht zum Guten, wie es scheint. So mancher befürchtet, dass es Krieg geben könnte.«

Liam stutzte.

»Krieg? Was für ein Krieg? Hier etwa?«

»Schon möglich. Es gibt Gerüchte, wonach der *Sammler* wieder erstarkt ist. Daher ist der Rat vermutlich dabei, Bündnisse mit anderen Städten auszuhandeln. Ich fürchte, wir sind zu einem denkbar ungünstigen Zeitpunkt gekommen, um nach deiner Mutter zu suchen.«

»Wird der Rat uns helfen?«

»Ich habe keine Ahnung. Wenn es in seiner Macht steht, wird er es wohl tun. Ich hoffe es jedenfalls.«

Liam fiel es schwer, sich damit abzufinden, doch er zwang sich dazu, vorerst nicht weiter nachzuhaken. Sie folgten Erban und Tankir weiter durch die Menge und gelangten auf der gegenüberliegenden Seite vom Kreuzgang zu einem Portal, hinter dem sich ein Korridor auftat, der zu einem weiteren Gebäude führte. Der Gang wurde an beiden Seiten von Buntglasfenstern gesäumt und zog sich über eine Länge von hundert Metern hin. Das Gedränge war hier noch größer, als in der Eingangshalle und Liam hatte einige Male Mühe den Anschluss zu den anderen zu halten. Um sich herum sah er ausschließlich blaue und weiße Gehröcke, weiße Hosen, weiße Hemden, weiße Rastalocken, so dass ihm bald der Kopf davon schwirrte.

Der Gang endete in einer lichten Vorhalle, in der seitlich mehrere Stahltüren abgingen. Hier nahm das Gedränge etwas ab, so dass sie besser vorankamen. Gegenüber führte ein Portal in den sich dahinter anschließenden Gebäudekomplex. Zwei lebensgroße Marmorstatuen auf Sockeln flankierten den Durchgang. Sie stellten einen Mann und eine Frau dar, dem Aussehen nach Magier. Einen Moment lang glaubte Liam, in der Magierin seine Mutter zu erkennen, doch bei genauerer Betrachtung stellte er fest, dass er sich geirrt hatte. Inari warf ihm von der Seite einen Blick zu.

»Die Statuen sind so alt wie die Gebäude, fast tausend Jahre«, bemerkte sie, als hätte sie seine Gedanken erraten. »Das sind *Ragosch* und *Kilana*, sie haben einst den Sitz unserer Gilde geplant und errichten lassen.«

Liam nickte und ließ den Blick durch den Saal wandern. Der Bau mit seiner fabrikartigen Nüchternheit war ihm gar nicht so alt vorgekommen. Mehrere Metallpfeiler stützten die Decke ab, die zehn Meter über ihm auf vernieteten Trägern lagerte und an vielen Stellen von Rost befallen waren. Direkt über ihnen befand sich im Zentrum der Decke ein ovales Fenster, durch das milchig weißes Tageslicht drang. Metallbänke standen vor den grau getünchten Wänden und verstärkten bei Liam den Eindruck, sich in der Vorhalle eines Bahnhofs aufzuhalten.

Hinter der Pforte mit den beiden Figuren öffnete sich ein Bereich, der wie eine Schlucht wirkte. Ähnlich wie in der Bibliothek bildete acht Stockwerke über ihnen ein über zweihundert Meter langes Glasdach die Decke. Außerdem liefen auch hier Gänge mit Metallgeländern an jeder Etage entlang, von denen sich in regelmäßigen Abständen stählerne Brücken zur gegenüberliegenden Seite schwangen. Alle fünfzig Meter verbanden Wendeltreppen aus Metall die Stockwerke bis zum Dach hinauf. Liam drängte sich sofort ein Bild aus seiner Welt auf.

»Sehr anheimelnd sieht das hier ja nicht aus«, raunte er Inari zu. »So sehen bei uns Gefängnisse aus.«

Inari schmunzelte.

»Das ist wahr«, sagte sie. »Mit dem Haus deiner Großmutter kann das hier nicht mithalten. Die Unterkünfte des Ordens sind in erster Linie zweckdienlich und bieten nicht viel Komfort.«

Beim zweiten Treppenpaar steuerte Tankir auf die linke Seite zu und begann die Stufen hinaufzusteigen. Der Rest der Gruppe folgte ihm bis zur dritten Etage, wo der Magier nach rechts in den Gang einbog und zwanzig Meter weiter vor einer der Stahltüren in einer endlosen Reihe stehen blieb. Mittlerweile machten sich die Strapazen des Tages bei Liam bemerkbar und einen schwindelerregenden Augenblick lang musste er daran denken, dass er noch wenige Stunden zuvor in einem Klassenzimmer in einer anderen Welt gesessen und über Mathematikaufgaben gebrütet hatte.

Tankir öffnete die Tür mit einem Schlüssel und bedeutete ihm mit einer Geste einzutreten. Liam schaute zu Inari, die ihm mit einem Nicken zu verstehen gab, dass es in Ordnung sei. Sie folgte ihm, als er zwischen den beiden Magiern hindurch in eine rund sechs Quadratmeter große Kammer trat. Gegenüber der Tür gab es ein Fenster mit einem stählernen Fensterkreuz. Im fahlen Tageslicht wirkte das Glas stumpf von Staub und Flecken. Links stand ein Bett und dahinter ein Schrank, beides aus Metall. Rechts an der Wand hing ein Waschbecken mit einem Wasserhahn, doch darunter hatte jemand einen Eimer mit Wasser gestellt. Die rostige Waschschüssel auf einem Bord daneben bestätigte Liam, dass es hier wohl kein fließendes Wasser gab.

Ein winziger Tisch und ein Stuhl, ebenfalls aus Metall, rundeten das spartanische Mobiliar ab. Liam fiel ein dunkler Zylinder von der Größe einer Wasserflasche ins Auge, der aufrecht auf dem Tisch stand.

Er ging ein paar Schritte in den Raum hinein und drehte sich um. Inari war hinter ihm in die Kammer getreten und machte nun Erban Platz, der gebückt durch die Tür kam und sich direkt davor aufrichtete. Tankir blieb draußen auf dem Gang zurück.

»Das ist dein Zimmer«, sagte der Bibliothekar an Liam gerichtet. »Inari wird im Nebenraum wohnen. Das Waschbecken kannst du nicht benutzen, die Wasserzufuhr ist momentan defekt. Morgen früh habt ihr eure Anhörung vor dem Rat, denkt daran. Bis dahin werdet ihr das Gebäude nicht verlassen. Eine Anweisung von Hochlord Talandur.«

Liam wollte protestieren, bemerkte aber Inaris Nicken und schwieg.

»Ich werde noch kurz bei ihm bleiben«, sagte sie.

Erban bedachte sie mit einem kritischen Blick und es schien so, als wolle er etwas einwenden, doch dann sagte er nur:

»Wie du wünschst. Ich muss dich wohl nicht an die Regeln des Ordens erinnern.«

»Das ist nicht nötig, Bruder«, gab sie kühl zurück.

»Und sieh zu, dass dein hässlicher Kalib nicht so viel Dreck macht. Den darfst du nämlich selbst wegmachen, Elevin«, versetzte Erban mit einem finsteren Blick zur Krähe auf Inaris Schulter.

»Hässlich?!«, krächzte der Vogel. »Ich muss doch sehr bitten, ich ...«

Inari brachte ihn mit einem Zischen zum Schweigen. Der Bibliothekar schüttelte den Kopf, zog sich zurück und schloss die Tür hinter sich.

Inari atmete hörbar auf.

»Endlich«, sagte sie. »So hilfsbereit er auch ist, er versucht bei mir immer noch den Lehrer zu spielen.«

»Was für Regeln meinte er?«, fragte Liam.

»Nicht so wichtig«, gab sie zurück. Liam fiel auf, dass sie bei diesem Thema ungewohnt kurz angebunden wirkte, doch er ging nicht weiter darauf ein.

»Ich kann nicht lange bleiben«, fuhr sie fort. »Wenn du also Fragen hast, dann stelle sie schnell.«

»In Ordnung«, sagte er und zwang sich dazu, nicht alles auf einmal heraussprudeln zu lassen, was ihn umtrieb. Während er sich auf die Bettkante setzte, nahm sie auf dem Stuhl Platz.

»Sind das hier alles Magier? Und was bedeuten die Tiersymbole auf ihrer Stirn?«, begann er.

Inari schmunzelte.

»Das waren zwei Fragen auf einmal.«

»Wie du selbst gesagt hast: Die Zeit ist knapp«, gab er mit einem Grinsen zurück.

Sie nickte.

»Alle, die du hier gesehen hast, sind Magier des Ordens, Gestaltenwandler um genau zu sein. Die Farben ihrer Röcke geben ihren Rang an: weiß die Eleven, blau die vollwertigen Magier, golden die Großmeister.«

Sie tippte sich mit dem Finger gegen die Stirn.

»Die Tiersymbole sind das Zeichen, welcher Klasse wir angehören. Wir können uns nämlich nicht in beliebige Tiere verwandeln, sondern nur in bestimmte Gruppen. Es gibt fünf an der Zahl: Bären, Wölfe, Katzen, Vögel und Reptilien.«

Liam stieß Luft zwischen den Zähnen aus.

»Dann waren all die Tiere in der großen Halle vorhin ...«

»Magier, genau. Nur hatten sie gerade ihre tierische Gestalt angenommen.«

»Laufen die Menschen, die nicht dem Orden angehören genauso herum oder tragen sie ein wenig ... modernere Kleidung?«

Inari lachte auf.

»Du meinst Jeans und T-Shirt so wie du?«

Er zuckte nur mit den Schultern.

»Nein, sie sind gänzlich anders gekleidet als du«, sagte sie. »Es ist dir bestimmt aufgefallen, dass dich die meisten Magier, die uns begegnet sind, ein wenig befremdlich angeschaut haben.«

»Ist mir nicht entgangen«, bestätigte Liam.

»Außerhalb des Ordens haben die Menschen allerdings keine weißen Haare ... bis auf die Alten natürlich«, sagte sie. »Dieses Merkmal hängt mit unseren magischen Fähigkeiten zusammen. Daher erkennen wir einen zukünftigen Magier schon kurz nach seiner Geburt.«

Inaris Antworten hatten Neugier bei Liam geweckt und in seinem Kopf schob sich ein naheliegender Gedanke in den Vordergrund.

»Wann gehen wir in die Stadt?«

Ihre Miene verdüsterte sich.

»Erst einmal gar nicht«, versetzte sie. »Du hast Erban gehört. Das war keine Bitte. Wir haben die klare Anweisung erhalten den Orden nicht zu verlassen, bis wir mit dem Rat gesprochen haben.«

Unvermittelt überkam Liam ein Anflug von schlechtem Gewissen. Seine Neugier hatte ihn den eigentlichen Grund seines Aufenthaltes beinahe vergessen lassen. Er war nicht zum Besichtigen hier, sondern um seine Mutter zu finden und seinem Vater zu helfen.

»Glaubst du, der Rat wird uns morgen wirklich anhören?«, fragte er.

»Ich bin davon überzeugt«, sagte sie. »Die Wichtigkeit unseres Erscheinens ist Hochlord Talandur mit Sicherheit bewusst.«

»Warum spricht er dann nicht sofort mit uns?«

Inari zog die Stirn kraus und schien kurz nachzusinnen.

»Vielleicht will er zuvor noch mit anderen Meistern sprechen. Er hat ja dafür gesorgt, dass er jederzeit über uns verfügen kann.«

»Wir könnten einfach verschwinden«, sagte Liam.

Sie schenkte ihm ein schiefes Lächeln.

»Das bezweifle ich.«

Liam glaubte zu verstehen. Vermutlich stand bereits eine Wache draußen vor der Tür.

Sein Blick fiel erneut auf den Zylinder, der neben Inari auf dem Tisch stand. Die Oberfläche schimmerte in einem tiefen Blau.

»Alles hier ist so sonderbar«, sagte er. »Einige Dinge sind mir vertraut, andere hingegen kommen mir vollkommen fremd vor. Das da auf dem Tisch zum Beispiel, was ist das?«

Sie folgte seinem Blick und sah ihn dann wieder an.

»Das ist eine Lampe«, sagte sie mit einem Lächeln.

»Eine Lampe?!«, versetzte er. »Funktioniert sie mit Petroleum oder so etwas?«

»Nein.«

Liam runzelte die Stirn.

»Strom? Aber ich dachte, ihr kennt keine Elektrizität.«

»Tun wir auch nicht«, sagte sie. »Im Inneren befindet sich

ein *Lichtstein*, der von zwei ineinanderliegenden Hüllen umgeben ist. Sie lassen das Tageslicht hinein, so dass sich der Stein auflädt. In der Grundstellung dringt kein Licht nach außen, erst wenn man den äußeren Zylinder etwas dreht, wobei die Menge stufenlos dosiert werden kann. Ich zeige es dir.«

Sie nahm die Lampe in beide Hände und drehte den oberen Teil im Uhrzeigersinn. Erst jetzt bemerkte Liam eine rundum verlaufende Fuge in der Mitte des Zylinders. Zuerst glomm die obere Hälfte in einem schwachen Blau, doch mit jedem Zentimeter, den Inari sie weiterbewegte, leuchtete sie intensiver, bis ihn das Licht schließlich blendete und er den Blick abwenden musste. Danach brachte sie die Lampe wieder in die Ausgangsstellung und das Licht erlosch.

»Wie schön!«, krächzte die Krähe auf Inaris Schulter und schlug aufgeregt mit den Flügeln.

Liam verschlug es für einen Moment die Sprache.

»Das ist fantastisch«, sagte er, nachdem sich seine Überraschung ein wenig gelegt hatte. »Sind das eure einzigen Lichtquellen?«

Sie nickte.

»Wir verwenden Lichtsteine und Spiegel, jedenfalls dort, wo es möglich ist. Diese Steine sind allerdings kostbar, musst du wissen.«

Liam wünschte sich in diesem Augenblick sein Werkzeug herbei. Wenn er schon hier herumsitzen musste, dann hätte er wenigstens diese Lampe in ihre Bestandteile zerlegen und erforschen können.

»Das ist es, was ich meine«, sagte er. »Einerseits sehe ich hier Dinge, die es in meiner Welt schon vor zweihundert Jahren gegeben hat, andererseits verfügt ihr über diese erstaunliche Technik.«

Inari verzog einen Mundwinkel zu einem Lächeln.

»Also, wenn dich das schon beeindruckt, dann wirst du hier noch oft ins Staunen geraten, das kann ich dir versprechen«, sagte sie.

Liam musterte das Waschbecken.

»Was ich nicht begreife, ist, warum vieles hier so heruntergekommen wirkt?«

Bei dieser Bemerkung huschte ein Schatten über Inaris Gesicht.

»Dafür ist derselbe verantwortlich, der vermutlich auch deine Eltern ins Verderben gerissen hat.«

»Der Sammler?«

Sie nickte.

»Was ist geschehen?«, fragte er.

Unvermittelt stand sie auf und schaute mit trauriger Miene auf ihn herab.

»Ich muss jetzt gehen und für den ersten Tag hast du bereits genug erfahren«, sagte sie. »Lass uns morgen weiterreden.«

Er unterdrückte den Drang, sie zum Bleiben aufzufordern.

»Na gut«, sagte er.

Doch eine Sache musste er unbedingt noch in Erfahrung bringen.

»Wo sind hier die Toiletten?«

Sie grinste ihn an.

»Eine in der Tat nicht unwichtige Frage«, gab sie zurück. »Draußen den Gang nach links, vor der nächsten Treppe. Aber ich fürchte die Spülung funktioniert dort ebenso wenig, wie dein Wasserhahn. Es wird jedoch mit Sicherheit ein Wassereimer bereitstehen. Dafür werden die verantwortlichen Eleven schon sorgen.«

Sie ging zur Tür und drehte sich noch einmal um.

»Ruh dich aus und mach bitte keinen Blödsinn. Wir sollten den Rat nicht erzürnen, wenn wir bei ihm um Hilfe ersuchen wollen.«

»Du kannst dich auf mich verlassen«, gab er zurück.

»Das hoffen wir«, meldete sich die Krähe zu Wort. »Sonst ...«

Inari brachte sie mit einem Zucken der Schulter zum Schweigen, drückte die Klinke und verließ die Kammer.

Kaum hatte sich die Tür hinter ihr geschlossen, schlug ein Gefühl der Einsamkeit wie eine Welle über ihm zusammen. Wie gerne hätte er noch ein wenig Zeit in Inaris Gesellschaft verbracht. Er hatte so viele Fragen und außerdem ... Er führte den Gedanken nicht zu Ende. Ein Prickeln durchfuhr seinen Körper. Er räusperte sich, obwohl er alleine im Zimmer war, stand auf und setzte sich auf den Stuhl, der noch ihre Wärme gespeichert hatte. Um seinen Verstand auf andere Bahnen zu lenken, zog er die Lampe zu sich heran und brachte sie mehrmals hintereinander zum Leuchten. Sie blieb dabei die ganze Zeit kühl.

Wie eine Leuchtdiode, nur ohne Strom, dachte er. *Mit solchen Leuchtsteinen könnte man meine Welt revolutionieren.*

Doch solche Gedanken waren in seiner Situation müßig. Im Augenblick hatte er sich mit ganz anderen Dingen auseinanderzusetzen. Dinge, die sich wie ein unüberwindliches Gebirge vor ihm aufzutürmen begannen. Nicht zuletzt saß er in einer Welt fest, von deren Existenz er vor wenigen Stunden noch nicht einmal etwas geahnt hatte und eine höchst sonderbare noch dazu: Gestaltenwandler, Licht ohne Strom, Menschen, die Kleidung trugen, wie er sie von alten Gemälden kannte, und daneben der allgegenwärtige Verfall. Letzteres schien ein gravierendes Problem zu sein, auch wenn Inari sich um eine Erklärung ganz offensichtlich gedrückt hatte. Sie hatte nur angedeutet, dass der Sammler dafür verantwortlich sei und er fragte sich, was wohl noch alles auf das Konto dieses unheimlichen Wesens ging. Sollte es tatsächlich so mächtig sein, eine ganze Zivilisation ins Verderben zu reißen? Er hatte eine Ahnung, dass er es schon bald herausfinden würde. Hatte Inari nämlich recht, dann führte sie die Suche nach seiner Mutter zwangsläufig zu ihm.

Plötzlich blitzte ein Gedanke in seinem Kopf auf, der ihn mit Unbehagen erfüllte: Konnte er sich eigentlich auf Inari verlassen?

Doch im nächsten Moment wurde ihm bewusst, dass er die Antwort darauf längst kannte und diese Erkenntnis jagte ihm einen wohligen Schauer über den Rücken, der ihn auf sonderbare Weise irritierte. Sie stand auf seiner Seite, wobei er nicht hätte sagen können, woran er das festmachte, aber er spürte es ganz deutlich. Doch warum wurde er das Gefühl nicht los, dass sie ihm nicht die ganze Wahrheit sagte?

Er stand auf, trat ans Fenster und bestaunte das beeindruckende Panorama der fremden Stadt. Hinter dem Zaun, der offenbar das gesamte Areal des Ordens umgab, verlief eine Gasse, an der sich auf der gegenüberliegenden Seite zweigeschossige Häuser aneinanderreihten. Unzählige Blechrohre ragten aus den Ziegeldächern empor und entließen schwarze Rauchfahnen in die Luft. Offensichtlich hatten die Bewohner sie erst nachträglich eingebaut, denn für jedes waren ein paar Schindeln entfernt und die Lücke zum Rohr jeweils mit Blech oder irgendwelchen Lumpen abgedichtet worden.

Soweit Liams Blick reichte, waren die Wohnhäuser alle gleich hoch und ihre Dächer drängten sich so dicht aneinander wie der Schildpanzer einer römischen Legion. Nur vereinzelt gab es ein paar Schneisen, die auf breite Straßen hindeuteten.

In einiger Entfernung ragten zwei gewaltige Gebäude auf, die sich im gelblichen Dunst über der Stadt nur schemenhaft abzeichneten. Das Linke wirkte mit seinen zahllosen, von Spitzdächern gekrönten Türmchen, wie ein kauerndes Tier, das seine Stacheln aufgestellt hatte. Das andere hingegen sah aus, wie ein vom Himmel herabgefallener Monolith, der sich in die Mitte der Stadt gebohrt hatte. Aus seiner würfelförmigen Basis wuchs eine Pyramide empor, deren Oberfläche metallisch schimmerte. Liam schätzte, dass beide Gebäude mindestens so hoch waren, wie der Fernsehturm in Berlin und der Maß über dreihundert Meter.

Links im Hintergrund erkannte er die Silhouetten mehrerer kastenartiger Gebilde, die über Brücken und Leitungen miteinander verbunden waren. Sie hatten Ähnlichkeit mit Industriebauten aus seiner Welt, allerdings sah er dort nirgends Rauch aufsteigen. Noch weiter dahinter, in der trüben Luft gerade noch auszumachen, stürzte der fahle Himmel auf die Krone einer gigantischen Mauer, die offenbar die gesamte Stadt umschloss.

Am liebsten wäre er sofort aus dem Zimmer gerannt und hätte sich in dem Labyrinth aus Gassen und Häusern umgesehen, doch er unterdrückte den Impuls. Er hatte Inari versprochen genau das nicht zu tun und daran wollte er sich halten.

Nur was sollte er stattdessen alleine in seinem Zimmer tun? Hier gab es nicht einmal Bücher. In diesem Moment befiel ihn mit aller Macht die Müdigkeit, die er so lange bekämpft hatte. Wenn er schon dazu verdammt war hier auszuharren, konnte er die Zeit auch nutzen, um zu schlafen und Kräfte zu sammeln. Schließlich hatte er keine Ahnung, was ihn morgen alles erwartete.

Er gähnte herzhaft, schaute zur Tür und entdeckte einen Riegel, den er zuschob. Dann zog er sich die Schuhe aus, legte sich auf das Bett, das bequemer war als es aussah, verschränkte die Arme unter dem Kopf und starrte durch das Fenster in den wolkenverhangenen Himmel. Keine fünf Sekunden später fielen ihm die Augen zu.

KAPITEL 9

Ein hartnäckiges Hämmern gegen die Tür schreckte Liam aus dem Schlaf. Im ersten Moment glaubte er, zu Hause in seinem Bett zu liegen und diese sonderbaren Erlebnisse aus einer anderen Welt nur geträumt zu haben. Doch als er die Augen öffnete und seinen noch verschwommenen Blick durchs Zimmer gleiten ließ, wirkte die Erkenntnis wie eine kalte Dusche.

Die Sonne musste gerade aufgegangen sein, denn die durch das Fenster stechenden Lichtbündel schien die Kammer in Brand zu setzen. Staubkörnchen tanzten wie winzige Irrlichter in der Luft.

Wieder drosch jemand gegen die Tür, diesmal untermalt von einer Männerstimme. Erban.

»Mach endlich die Tür auf!«

Liams Schläfrigkeit war wie weggeblasen. Er glitt aus dem Bett, lief zum Eingang, schob den Riegel zurück und öffnete die Tür.

Erbans Gesicht leuchtete rot, was wohl nicht nur an den Sonnenstrahlen lag, die ihn durchs Fenster trafen. Neben dem Bibliothekar stand Inari mit gerunzelter Stirn, auf ihrer Schulter hockte die Krähe.

»Na endlich!«, zischte Erban und drückte die Tür von außen weiter auf. »Mach dich fertig, der Rat wartet nicht.«

Liam rieb sich den letzten Schlaf aus den brennenden Augen.

»Jetzt? Wie spät ist es?«, fragte er.

»Was spielt das für eine Rolle?«, knurrte Erban. »Los beeil

dich, die Meister reagieren sehr ungehalten, wenn man ihn ganze warten lässt.«

»Gut, gut, bin sofort fertig«, sagte Liam, hastete zum Bett, setzte sich, schlüpfte in seine Schuhe und eilte dann wieder zur Tür. Erban machte einen Schritt zur Seite um Liam vorbeizulassen. Draußen auf dem Gang stand ein weiterer Magier direkt neben dem Durchgang, den Rücken gegen die Wand gelehnt. Seine breiten Schultern, das kantige Gesicht und der grimmige Gesichtsausdruck ließen für Liam keinen Zweifel an seiner Aufgabe. Er fragte sich, ob der Mann die Nacht dort ausgeharrt hatte. Das Tattoo auf der Stirn wies ihn als Angehörigen der Bärengilde aus.

Wie passend!, dachte er.

Erban setzte sich ohne ein Wort in Bewegung und schlug die Richtung ein, aus der sie tags zuvorgekommen waren. Liam und Inari folgten ihm Seite an Seite und der andere Magier marschierte hinter ihnen her. Liam lächelte ihr zaghaft zu, doch sie reagierte nicht darauf und hielt den Blick nach vorne gerichtet. Sie stiegen über die erste Treppe zum Erdgeschoss hinab und wandten sich dem Ausgang zu. Auch heute waren wieder viele Magier unterwegs, die meisten in ihrer menschlichen Gestalt, allerdings schienen es weniger zu sein, als am Tag zuvor.

In der Eingangshalle steuerte Erban nach links auf das Portal zu, das zum Park führte. Sie folgten der Allee, die zu dem gigantischen Gebäude hinführte, dessen Kuppel im Morgenlicht wie ein halb versunkener Kupferball schimmerte.

Der Marsch zog sich länger hin, als Liam erwartet hatte, was der gewaltigen Größe des Bauwerkes geschuldet war, dessen Dimensionen mit jedem Schritt imposanter wurden. Während Liam versuchte, jedes Detail des Gebäudes in sich aufzunehmen, warf die tiefstehende Sonne die Schatten der Gruppe als überdehnte Scherenschnitte auf den Kies zu ihren Füßen.

Da keiner ein Wort sprach, traute er sich nicht etwas zu sagen und so versuchte er sich vorzustellen, was ihn hinter diesen gewaltigen Mauern erwartete und was er antworten sollte, wenn der Rat ihm Fragen stellte. Würde er überhaupt das Wort erhalten?

Endlich erreichten sie die über hundert Meter breite Marmortreppe, die zum Eingang des Kuppelbaus hinaufführte. Liam zählte einhundertfünfundsechzig Stufen, bis sie den weitläufigen Absatz vor dem Eingangsportal betraten und er vermutete, dass auch diese Zahl in dieser Welt irgendeine Bedeutung hatte. Der Durchgang besaß einen Spitzbogen und war so riesig, dass ein Doppeldeckerbus mühelos hindurchgepasst hätte. Zu beiden Seiten hielten dutzende von Statuen ihre ewige Wache. Im Torbogen selbst zog sich ein Fries vom Boden bis zur Spitze, in dem unzählige Gesichter in den Stein gemeißelt waren. Durch das Relief und seine Form wirkte der Eingang ein wenig wie bei einer gotischen Kathedrale, auch wenn der Rest des massigen Bauwerkes nichts von jener Leichtigkeit an sich hatte. Hinter den Säulenreihen, die oberhalb des Portals einsetzten, erkannte Liam unzählige kreisrunde Fensteröffnungen, die mit ihren genieteten Stahlrahmen wie die Bullaugen eines Dampfers wirkten.

Hinter dem Portal umfing ihn kühle Luft, die nach Stein und Metall roch. Der Boden war mit rautenförmigen Steinfliesen ausgelegt, die sich in Weiß und Schwarz abwechselten und deren Spitzen auf die Gebäudemitte ausgerichtet waren. Aufgrund ihrer Größe musste jede dieser polierten Platten über eine Tonne wiegen.

Ihm fiel auf, dass der Bau so etwas wie einen zylindrischen

Kern besaß, der komplett umrundet werden konnte. In diesem umlaufenden Saal gab es weder Spiegel noch Lichtsteine, weshalb er in bedrückendem Zwielicht lag. Der Abstand zwischen der inneren Wand und der äußeren Mauer betrug rund dreißig Meter, und als Liam nach oben schaute, erkannte er weit oben das schemenhafte Muster eines Kreuzgewölbes.

An der Innenwand liefen in mehreren Etagen die hier anscheinend typischen Gänge mit Metallgeländer entlang, dessen oberster im Dämmerlicht nur zu erahnen war. Auch hier schraubten sich in regelmäßigen Abständen eiserne Treppen zu den einzelnen Stockwerken hinauf. Liam sah nur wenige Magier. Er hielt die Luft an, als ein Raubvogel sich von einem der oberen Geländer schwang und lautlos über ihre Köpfe hinweg zum Eingang hinausglitt.

Vor ihnen tat sich ein weiterer Durchgang auf, der jenem glich, den sie gerade durchquert hatten, nur dass dieser deutlich kleiner war. Es verband die äußere Halle mit dem Kern des Gebäudes und Liam war gespannt, was ihn dahinter erwartete. Wenige Schritte weiter sah er die Antwort und sie verschlug ihm die Sprache.

Sie standen in einem Versammlungsaal, der ihn an ein antikes Theater erinnerte, nur besaß dieser hier die Größe eines Fußballstadions. Hunderte, vermutlich sogar tausende Sitze, waren in mehreren Ebenen angeordnet, von denen Türen zu den äußeren Umläufen führten. Die Plätze waren jedoch alle unbesetzt.

Als er seinen Blick nach oben richtete, stellte er fest, dass die Kuppel des Gebäudes sich in der Form des Deckengewölbes widerspiegelte. Im Zentrum gähnte eine rund dreißig Meter breite, kreisrunde Aussparung, die mit einer speichenförmigen Stahlkonstruktion verglast war. Am Rand dieser Öffnung drängten sich Spiegel dicht aneinander und warfen das einfallende Licht entweder direkt in den Saal oder auf ihre Gegenstücke hoch oben an den Seiten, welche die Sonnenstrahlen ins Zentrum der Halle zurückwarfen.

Auf der gegenüberliegenden Seite wurde das Rund des Saals von einer Wand unterbrochen, die bis zur Kuppel hinaufreichte. Fünf Säulen standen davor und auf jeder schimmerte eine Tierskulptur golden im einfallenden Licht: ein Raubvogel mit ausgebreiteten Schwingen, ein auf die Hinterbeine gestellter Bär, ein sitzender Wolf, eine Raubkatze mit erhobener Pfote und eine Schlange mit emporgerecktem Kopf.

Am Fuß der Stelen erstreckte sich ein Podest, auf dem fünf stählerne Stühle mit Armstützen und hohen Rückenlehnen nebeneinanderstanden. Auf jedem hatte ein Magier Platz genommen, drei Frauen und zwei Männer, deren Kleidung golden glänzte, woraus Liam schloss, dass es sich um die Mitglieder des Hochrates handelte. Sie wirkten in ihrer Erscheinung so imposant, dass er das Gefühl hatte, mit jedem Schritt ein Stück zu schrumpfen.

»Ist das der Hochrat?«, vergewisserte er sich bei Inari im Flüsterton.

Sie antwortete mit einem Nicken.

»Was passiert jetzt?«, wollte er wissen.

»Ich werde unser Anliegen vortragen und mit ein wenig Glück wird man uns helfen«, erwiderte sie leise, ohne sich ihm zuzuwenden. »Du jedoch wirst den Mund halten, egal was geschieht. Das musst du mir versprechen.«

»Ist gut.«

Sie wendete ihren Kopf dem Vogel auf der Schulter zu.

»Und du hältst auch den Schnabel, hast du verstanden?«, zischte sie. »Caluna, die Lordschwester der Vogelmagier, liebt

Kalibvögel. Besonders zum Nachtisch, wenn sie sich in einen Adler verwandelt hat.«

Liam glaubte, die Krähe zittern zu sehen. Normalerweise hätte er wohl gelacht, doch in diesem Moment war ihm absolut nicht danach zumute.

Sie hatten sich dem Rat bis auf zehn Meter genähert, als Erban vor ihnen unvermittelt stehen blieb. Liam und Inari stoppten ebenfalls. Ein rascher Blick über die Schulter zeigte Liam, dass der andere Magier am Eingang zurückgeblieben war. Als er wieder nach vorne schaute, verneigte sich Erban tief, richtete sich wieder auf und ergriff das Wort:

»Hochlord Talandur, ich danke dem Rat, dass er meinen Wunsch nach einer Anhörung so schnell erhört hat.«

Talandur, der auf dem mittleren Stuhl saß, machte eine abwinkende Handbewegung.

Liam erkannte ihn sofort wieder.

»Bei dir wissen wir, dass du den Rat nicht ohne triftigen Grund anrufst, Erban«, sagte der Hochlord.

Direkt hinter seinem Sitz ragte die Säule mit der goldenen Bärenstatue auf. Jetzt begriff Liam, dass die fünf Tiersymbole den einzelnen Ratsmitgliedern zugeordnet waren. Vor dem Adler ganz links saß eine Frau, das musste *Caluna* sein, von der Inari gerade gesprochen hatte. Ihr schmales Gesicht mit den weit auseinanderliegenden Augen und der etwas zu langen Nase ließen sie sogar ein wenig wie einen Raubvogel aussehen. Das Tierzeichen daneben war ein Wolf, vor dem ein Mann mittleren Alters Platz genommen hatte. Seine Züge waren scharf geschnitten, das Kinn markant. Rechts vom Bären in der Mitte folgte die Schlange, vor der eine feingliedrige Frau mit großen Augen und elegant übereinadergeschlagenen Beinen saß. Die Reihe endete mit der Raubkatze, vor der sich eine junge Frau mit Stupsnase und Sommersprossen gegen die Rückenlehne ihres Sitzes schmiegte.

Erban räusperte sich verlegen.

»Mein Anliegen betrifft mich zwar nicht selbst, ist aber von großer Bedeutung und bedarf einer Entscheidung des Rates«, verkündete er.

Er wandte sich halb um und wies auf Inari.

»Diese Elevin hier, ihr Name ist Inari, wird euch ihr Problem schildern, zu dem auch der Junge gehört, der sie begleitet.«

Talandur nickte, aber das Gesicht des Magiers, der links neben ihm unter der Wolfsstatue saß, drückte unverhohlenes Missfallen aus.

»Wie können die Angelegenheiten einer Elevin und eines merkwürdig gekleideten Jungen von solcher Bedeutung sein, dass der Rat darüber beraten muss?«, fragte der Mann.

Talandur hob beschwichtigend die Hand.

»Erst einmal sollten wir uns anhören, was Erban uns sonst noch mitzuteilen hat, Bruder Fenrir«, sagte er ruhig. Allerdings glaubte Liam in der Stimme einen Anflug von Unmut auszumachen.

Erban verbeugte sich erneut, um dann schnell fortzufahren:

»In der Tat war ich mit meinen Erläuterungen noch nicht am Ende, Hoher Rat, daher hört mich an: Das Mädchen ist Tabanias Elevin und der sonderbar gewandete Junge ...«, er stockte kurz, als weigerten sich die Worte, über seine Lippen zu kommen. »Der Junge ist Tabanias Sohn.«

Erstaunen legte sich auf die Gesichter der Magier zu beiden Seiten Talandurs. Der hingegen zeigte keine Reaktion. Mehrere Sekunden lang breitete sich eine gespenstische Stille in der Halle aus. Während die übrigen Ratsmitglieder Blicke austauschten, sah Talandur Inari durchdringend an.

»Ist das wahr?«, fragte er und reckte das Kinn in Liams Richtung. »Ist das Tabanias Sohn?«

»Es ist die Wahrheit, Hochlord«, bestätigte sie mit gesenktem Blick. »Sein Name ist Liam.«

»Und sein Vater? Ist es etwa der *Gelehrte*, der Tabania immer begleitete? Der Mann aus der anderen Welt?«

»Ja«, sagte sie mit fester Stimme.

Die Ratsmitglieder einschließlich Talandur erstarrten. Caluna fing sich als Erste; sie schien beinahe erfreut über diese Nachricht zu sein, als bestätigte sich für sie eine lang gehegte Annahme. Die Hände auf die Armlehnen gelegt, beugte sie sich vor.

»Dann ist der Junge, den du ohne Erlaubnis mitgebracht hast, nicht nur ein *Anderweltler*, was schlimm genug wäre, sondern obendrein ein *Halbblut*!«

Inari verbeugte sich.

»So ist es, Meisterin«, sagte sie, es war mehr ein Flüstern.

Caluna hatte ihre Sitzposition nicht verändert, doch nun zuckte ihr Blick zu Liam, der das Gefühl hatte, wie ein Käfer von ihren Augen aufgespießt zu werden.

»Dann wäre er das erste Halbblut seit dreitausend Jahren, das diese Welt betritt. Unglaublich!«, sagte sie. Ihre Stimme klang kalt und berechnend. »Die Verbindung zwischen Tabania und dem *Anderweltler* stellte allein schon einen schweren Verstoß gegen die Regeln des Ordens dar, den der Rat nur duldete, weil sie eine so hohe Position innehatte.« Sie deutete mit ihrem langen Finger auf Liam. »Die Zeugung dieses ... Bastards wirft allerdings einen weitaus größeren Schatten auf die ohnehin schon befleckte Ehre unserer Schwester. Sollte

Tabania also wiedererwarten zurückkehren, dann verlange ich drastische Konsequenzen. Der Orden kann einen solchen Frevel nicht dulden. Ich hoffe, der Rat stimmt mit mir darin überein.«

»Aber bedenkt doch, die Legende«, meldete sich die Magierin vor der Schlangensäule zu Wort. »Er könnte der sein, der sich unserem ärgsten Widersacher stellen kann und ihn ...«

»Du meinst den *Olandir*?«, zischte Caluna. »Das ist doch nicht dein Ernst, Schwester Jagga? Die Geschichte des *Weltenspringers* ist ein Jahrtausende altes Märchen. Lächerlich ihn in diesem Bürschchen zu vermuten. Ja, die Augenfarbe mag dafür sprechen, aber ich erkenne keine magischen Fähigkeiten bei ihm.«

Die Worte *Bastard* und *Bürschchen* legten in Liam einen Schalter um. Bisher hatte er die Diskussion voller Ehrfurcht verfolgt. Die Anschuldigungen gegen seine Eltern und die Erwähnung dieser Legende hatten ihn gefesselt und bewegt. Nicht im Traum hätte er es gewagt, vor diesen respekteinflößenden Gestalten das Wort zu ergreifen. Ganz davon abgesehen, dass ihn Inari sowieso dazu verdonnert hatte, den Mund zu halten.

Doch jetzt nach Calunas Schmähung, spürte er eine Woge der Wut in sich aufwallen, die kurz davor war seinen Respekt einzuäschern und sich zu entladen. Er war drauf und dran dieser Magierin seine Meinung zu sagen, doch im letzten Moment legte sich Inaris Hand auf seinen Arm und die Berührung kühlte den Zorn in ihm so weit ab, dass er die Beherrschung bewahrte. Er sah, wie die Ratsmitglieder untereinander murmelten, bis auf Caluna, die der Diskussion mit einem zufriedenen Lächeln folgte, bevor sie den Blick wieder auf Inari richtete:

»Aber lassen wir die Legende beiseite. Wir haben in diesem Moment wichtigere Fragen zu beantworten«, sagte sie mit einer Freundlichkeit, die bei Liam einen Schauder verursachte. »Eine davon ist die: Wo ist der *Tork*?«

Die Meisterin der Katzenmagier runzelte die Stirn.

»Was interessiert dich in diesem Augenblick der *Tork* so sehr, Schwester Caluna?«

Die Angesprochene wandte sich ihr zu.

»Das ist doch offensichtlich, Schwester Sunja«, versetzte Caluna. »Die beiden sind aus einer anderen Welt gekommen, also muss auch der *Tork* hier sein. In diesen Zeiten, da der Sammler dabei ist, seine alte Stärke wiederzuerlangen, birgt die Gegenwart des Schlüssels große Gefahren. Das solltest selbst du verstehen.«

Sunja warf ihr einen giftigen Blick zu.

»Und was schlägst du vor, Schwester Caluna?«, gab sie zurück, wobei sie das Wort *Schwester* aufreizend betonte.

Caluna ignorierte die Provokation, wandte sich wieder Inari zu und fixierte sie mit eisigem Blick.

»Gib uns den *Tork*, Elevin!«

In diesem Moment beschlich Liam eine dumpfe Angst. Wenn der Rat Inari den Schlüssel abnahm, saß er hier fest. Diese Möglichkeit hatte er noch gar nicht in Erwägung gezogen. Er schluckte. Unvermittelt löste Inari ihren Griff um seinen Arm und straffte ihre Haltung.

»So lange Tabania verschollen ist, bin ich ihre Vertreterin als Hüterin des Schlüssels«, versetzte sie mit bebender Stimme. »Ihr wisst das besser als ich, Meisterin! So lauten die Regeln des Ordens!«

Liam beobachtete, wie Caluna die Hände auf den Armstützen zu Fäusten ballten.

»Du belehrst mich über die Regeln des Ordens?!«, versetzte sie mit vor Wut verzerrter Stimme. »Beantworte meine Frage, Elevin, bevor ich mich vergesse: Wo ist der *Tork*?«

Inari zeigte keine Reaktion und Liam bewunderte sie dafür. Von ihrer Standhaftigkeit hing nun ihr beider Schicksal ab. Er hielt den Atem an.

»Er befindet sich an einem geheimen Ort. Wo werde ich euch nicht sagen!«, rief sie.

Liam stutzte, versuchte aber es sich nicht anmerken zu lassen. Er fragte sich, ob das stimmte oder Inari nur bluffte. Jedenfalls hatte er nicht mitbekommen, dass sie den *Tork* irgendwo deponiert hatte und in ihrer Kammer hatte sie ihn wohl kaum gelassen. Er merkte, wie Calunas Blick ihn streifte, und versuchte ein unbeteiligtes Gesicht aufzusetzen.

Deren Augen schienen jetzt Blitze auf Inari zu schleudern.

»Du wagst es uns diese Information vorzuenthalten und sagst uns das auch noch frech ins Gesicht?«, rief sie.

»So ist es«, erwiderte Inari bestimmt. Liam warf ihr von der Seite einen bewundernden Blick zu.

Bleib standhaft!, dachte er in der Hoffnung, sie könnte seine Gedanken irgendwie hören.

Caluna hob derweil die geballte Faust.

»Ich verfüge über Mittel, sie aus dir herauszuholen!« Ihre Stimme überschlug sich. »Notfalls werde ich sie dir aus deinen Eingeweiden reißen und ...«

Talandur hob energisch die Hand.

»Genug jetzt!«, versetzte er mit einer Stimme, die wie ein Gewitterdonner durch die Halle rollten. Caluna verstummte und Liam zuckte unwillkürlich zusammen.

Der Hochlord fuhr in normaler Lautstärke fort:

»Keinem Magier wird hier ein Leid zugefügt! Im Übrigen

hat die Elevin recht. Gemäß unserer Gesetze ist sie nun die Hüterin des *Torks*, auch wenn es manch einem nicht passen mag.«

Er schickte einen strafenden Blick in Calunas Richtung, die in ihren Sitz zurücksank, und wandte sich dann mit einem aufmunternden Lächeln Inari zu.

»Wir haben immer noch nicht gehört, was das Anliegen dieser Elevin ist. Um den *Tork* können wir uns später kümmern. Im Moment ist er offenbar gut versteckt und der Sammler über tausend Meilen weit entfernt. Lass uns also hören was du zu sagen hast, mein Kind.«

Inari verbeugte sich ein weiteres Mal und machte einen Schritt nach vorne. Sie schien in den letzten Minuten gewachsen zu sein.

»Hoher Rat, ich bin durchaus nicht mit der Absicht hierhergekommen, um eure Zeit zu verschwenden. Ich bin im Gegenteil davon überzeugt, dass unser Anliegen für den Orden von größter Wichtigkeit ist«, sagte sie. »Wir sprechen hier vor, weil ich glaube ... weil ich weiß, dass Meisterin Tabania noch am Leben ist und wir sie retten können.«

Liam sah in die Gesichter der Ratsmitglieder und konnte dort nichts als Teilnahmslosigkeit entdecken.

»Aber das ist nicht alles«, fuhr Inari unbeirrt fort. »Darüber hinaus spüre ich, dass Meisterin Tabania etwas gefunden hat, das eine Gefahr für den Orden und die ganze Stadt darstellt. Ich bitte daher den Rat, uns bei der Suche nach meiner Meisterin zu unterstützen.«

In den Gesichtern der Magier war immer noch keine Regung zu erkennen. Schließlich ergriff Meister Fenrir das Wort.

»Deine Gefühle für deine Meisterin ehren dich, Elevin, aber nach allem was wir zu wissen glauben, ist sie tot. Wäre es nicht so, hätten wir bestimmt inzwischen ein Lebenszeichen von ihr bekommen. Sie ist einfach schon zu lange fort.«

Liam sah, wie Inaris Kiefermuskeln hervortraten.

»Bei allem Respekt, ihr irrt euch Meister! Sie ist noch am Leben, ich bin mir absolut sicher«, gab sie zurück. »Ihr wisst selbst, wie stark das Band zwischen einem Meister und seinem Eleven nach dem *Tanchin* ist.«

»Erkläre uns nicht die Bedeutung des *Tanchin*«, warf Caluna abfällig ein, doch augenscheinlich hatte sie sich wieder beruhigt. Unvermittelt setzte sie ein süffisantes Lächeln auf.

»Du weißt aber, wohin deine Meisterin zuletzt gegangen ist?«

Inari zögerte.

»Nein ...?!«

»Dann werde ich es dir sagen, Kindchen. Sie führte eine Gruppe an, die sich auf den Weg gemacht hatte, um herauszufinden, wie groß die Macht ist, die der Sammler angeblich wiedererlangt hat. Leider ist keiner von ihnen zurückgekehrt. Für wie wahrscheinlich hältst du es also, dass deine Meisterin noch am Leben ist?«

Liam sah, dass Calunas Frage Inari aus der Fassung gebracht hatte, doch auch er kämpfte mit der aufsteigenden Angst um seine Mutter. Musste er die Hoffnung sie wiederzufinden schon hier und jetzt begraben? War sein ganzer Mut diese unbekannte und offenbar gefährliche Welt zu betreten umsonst gewesen?

»Vielleicht ... wurde sie gefangen genommen«, merkte Inari unsicher an.

Caluna stieß ein zischendes Geräusch aus.

»Ach Kind, mein liebes Kind«, versetzte sie. »Der Sammler macht keine Gefangenen. Und selbst wenn, was denkst du denn, wie lange ein Mensch das aushalten würde. Meisterin Tabania war zwar stark, aber ...«

Talandur brachte sie mit einem Wink zum Schweigen und bedachte Inari mit einem Blick, in dem Bedauern und eine Spur von Resignation lag.

»Es tut mir leid, Elevin, aber ich muss Caluna und Fenrir Recht geben. Meisterin Tabanias Verschwinden liegt schon zu weit zurück, als dass wir uns noch irgendwelchen Illusionen hingeben sollten. Davon abgesehen verfügen wir momentan weder über die Zeit noch über die Mittel, um eine weitere Expedition zu entsenden. Außerdem ist die Gefahr zu groß, dass ein solches Unternehmen erneut scheitert und wir noch mehr Schwestern und Brüder verlieren.«

Liam hatte genug. Sollte das tatsächlich alles gewesen sein? Der ganze Aufwand, nur um von ein paar selbstgefälligen Magiern zu hören, dass sie im Moment Wichtigeres zu tun hätten, als nach seiner Mutter zu suchen? Aufwallender Zorn wischte seine Ehrfurcht beiseite und mit ihr das Versprechen an Inari, sich zurückzuhalten.

»Zeit? Zeit ist genau das, was meine Mutter nicht mehr hat!«, platzte es aus ihm heraus.

Inari zuckte zusammen und warf ihm einen entsetzten Blick zu, während Erban die Farbe aus dem Gesicht wich.

Doch Liam war es gleich, ob er gegen irgendeine Etikette verstieß. Sie redeten hier über seine Mutter und taten so, als würde sie ihr Schicksal nichts angehen. Er marschierte an Inari vorbei nach vorne, rempelte Erban zur Seite und stellte sich vor den Rat, dessen Mitglieder ihn mit einer Mischung aus und Erstaunen und Entrüstung anstarrten. Hinter sich hörte er Erban zischen:

»Bist du von Sinnen? Komm sofort zurück, Junge!«

Liam beachtete ihn nicht. Täuschte er sich oder huschte da gerade der Anflug eines Lächelns um Talandurs Mundwinkel? Doch seine Wut war längst nicht verraucht, nein, er war noch nicht fertig.

»Wie ich gehört habe, war meine Mutter ein bedeutendes Mitglied Eures Ordens«, fuhr er fort. »Daher kann ich nicht verstehen, dass ihr sie einfach aufgebt. Inari ist davon überzeugt, dass sie noch lebt und ich glaube ihr. Auch ich spüre noch ständig die Präsenz meiner Mutter, höre ihre Stimme und sehe sie in meinen Träumen. Vergesst nicht, dass mich mit ihr das engste Band verbindet, das es geben kann: das zwischen Kind und Mutter. Daher werde ich sie suchen gehen, ob nun mit oder ohne Eure Hilfe. Dabei geht es mir nicht nur um sie. Mein Vater, den ihr offenbar den *Gelehrten* nennt, ist zwar in meine Welt zurückgekehrt, doch er hat all sein Wissen verloren und mit ihm seinen Verstand. Und da Inari mir davon berichtete, dass der *Sammler* möglicherweise an seinem Zustand schuld sei und wir sein Gedächtnis eventuell wiederherstellen können, werde ich alles daransetzen, das zu versuchen, was ihr schon längst hättet tun sollen: Ich werde *handeln*! Ich werde zu diesem *Sammler* gehen und die Dinge in Ordnung bringen!« Er hielt kurz inne, um Luft zu holen und hob dann noch einmal die Stimme an. »In meiner Welt gibt es eine Form von Versprechen, die nennen wir Schwur. Und ich schwöre euch an dieser Stelle, hier und jetzt, dass ich nicht aufgeben werde, bis ich meine Mutter gefunden und meinen Vater sein Gedächtnis wiedergegeben habe.«

Es war gesagt. Die Wut, der Treibstoff, der ihn zu dieser Rede angetrieben hatte, war aufgebraucht. Er erschrak ein wenig über sich selbst. Instinktiv zog er den Kopf ein, als würde ein feuerspeiender Drache über ihm kreisen. Doch statt der zu erwartenden Verärgerung spiegelte sich zu seiner Überraschung eher Verwirrung in den Gesichtern der Ratsmitglieder wieder. Nur Caluna sah ihn immer noch genauso grimmig an, wie vor seiner kurzen Ansprache.

»Die Legende«, stieß die Katzenmagierin ganz rechts unvermittelt hervor, den Blick auf ihn geheftet.

»Ja, eindeutig«, raunte die Schlangenmagierin neben ihr.

»Hört auf damit, das ist doch lächerlich!«, entfuhr es Caluna.

»Schweigt! Alle!«, rief Talandur mit einer ausholenden Armbewegung.

Der Hochlord schloss die Augen, ließ sich in den Sitz zurücksinken und massierte sich mit Daumen und Zeigefinger die knochige Nasenwurzel. Etwas schien in ihm in Bewegung geraten zu sein. Nach einer Weile, die Liam wie eine Stunde vorkam, nahm Talandur die Hand herunter und ließ seinen Blick der Reihe nach von einem Ratsmitglied zum nächsten wandern. Die beiden Magierinnen rechts von ihm nickten stumm, Fenrir und Caluna zu seiner linken wirkten hingegen wie versteinert.

Talandur schürzte die Lippen und wandte sich Liam zu.

»Du und Inari habt uns euer Anliegen auf eindringliche Weise dargelegt. Über deine Unverfrorenheit werde ich noch einmal hinwegsehen, da du die Gepflogenheiten des Ordens nicht kennen kannst. Leider hat man es wohl versäumt, dich vorher besser einzuweisen.« Sein Blick zuckte zu Erban, der ein leises Seufzen von sich gab. Dann sah er wieder Liam an. »Es ist wahr, deine Eltern haben uns sehr geholfen, vor allem dein Vater. Unsere Gesellschaft hat viel von ihrem einstigen Wissen verloren. Dir wird schon aufgefallen sein, dass einiges hier nicht in allerbestem Zustand ist. Die Hauptschuld daran trägt der Sammler, aber nicht nur. Er raubte den meisten unserer Ingenieure ihr Gedächtnis, wodurch sie zwar noch ihre Werkzeuge und Bücher besitzen, nicht aber die Kenntnis, was sie damit anfangen sollen. Nun scheint auch dein Vater eines seiner vielen Opfer geworden zu sein, was äußerst bedauerlich ist. Er lehrte uns neue Lagerstätten des magischen Erzes zu finden, das die meisten unserer Maschinen antreibt und allmählich zur Neige geht. Außerdem versuchte er unseren Ingenieuren ihr Wissen zurückzugeben, in dem er ihnen Unterricht gab und das mit Erfolg.«

Talandur machte eine kurze Pause und sagte dann:

»Auch wenn du vielleicht einen anderen Eindruck bekommen hast, berührt uns das Schicksal deines Vaters und deiner Mutter sehr. Der Rat des Ordens ist daher mehrheitlich zu dem Entschluss gekommen, euch zu unterstützen.«

Liam fühlte, wie eine gewaltige Last von seinem Herzen abfiel. Er räusperte sich und rang nach angemessenen Worten.

»Das ... ist sehr großzügig von Euch und ich danke Euch dafür«, sagte er.

Talandur hob die Hand.

»Unsere Macht ist begrenzt. Alleine werden wir uns dem Sammler nicht entgegenstellen können. Früher wäre das vielleicht gegangen, doch diese Tage liegen weit zurück. Wir müssen den Rat der Stadt um Hilfe bitten, nur dann hat ein solches Unternehmen Aussicht auf Erfolg.«

»Rat der Stadt?«, fragte Liam verwirrt.

»Der Rat, der Nindals Geschicke lenkt«, erwiderte Talandur. »Wir haben hier kein Oberhaupt, sondern eine Versammlung aus fünf Abgesandten der wichtigsten Bevölkerungsgruppen. Sie stellt unsere Regierung dar und ich vertrete darin den Orden. Daher werde ich dort euer Anliegen ... unser Anliegen in Kürze vortragen.«

»Wann tagt dieser Rat«, fragte Liam und er befürchtet schon wochenlang warten zu müssen.

»Wie es das Schicksal will schon heute Mittag, daher haben wir uns bereits so früh hier eingefunden.«

Liam atmete auf. Die Sache schien endlich Fahrt aufzunehmen. Doch würde er die Versammlung der Stadt mitverfolgen dürfen? Konnte er Talandur vertrauen? Bei Inari war er sich sicher, aber bei ihm?

»Du und Inari werdet mich begleiten«, sagte Talandur, der Liams Bedenken aus dem Gesicht abgelesen zu haben schien.

»Vielen Dank! Das ist super!«, platzte Liam heraus und sah gleich an den Mienen der Ratsmitglieder, wie unpassend seine Reaktion gewesen war.

»Verzeiht, ich wollte nicht unhöflich sein ...«, sagte er und spürte, wie ihm das Blut in die Wangen schoss.

Talandur winkte ab.

Plötzlich drängte sich eine Frage in Liams Bewusstsein, die ihn schon seit Monaten quälte und die in der hitzigen Debatte ganz in den Hintergrund gerückt war. Doch nun bot sich ihm die einmalige Gelegenheit, endlich eine Antwort darauf zu erhalten.

»Gestattet mit noch eine letzte Frage«, sagte er.

Talandur hatte sich bereits entspannt zurückgelehnt und forderte ihn mit einer freundlichen Geste auf zu sprechen.

Liam holte tief Luft.

»Was genau haben meine Eltern mit dem Sammler zu tun?«

KAPITEL 10

Liams Frage hallte in dem riesigen Saal nach. Schließlich beugte sich Talandur vor und maß ihn mit abschätzigem Blick.

»Wie viel weißt du vom Leben deiner Eltern in dieser Welt?«, fragte er.

»Kaum etwas«, erwiderte Liam. »Eigentlich nichts.«

Talandur wiegte den Kopf hin und her.

»Du bist Tabanias Sohn, du hast wohl ein Recht zu erfahren, was deine Eltern hier gemacht haben.«

»Ich bin für jede Information dankbar«, gab Liam zurück.

»Also gut, ich hole etwas weiter aus«, setzte der Hochlord an. »Vor über hundert Jahren gelang es dem Orden das Wesen, das wir als den *Sammler* kennen, zu besiegen und ihm den *Tork* zu entreißen, mit dessen Hilfe er diese und andere Welten heimsuchte. Er zog sich daraufhin in sein festungsartiges Schloss auf der Insel *Karan* zurück, einer Insel im *Nebelmeer*. Den *Tork* bewachten von da ab die Hüter, aber damit er vor dem Sammler sicher war, taten sie es in deiner Welt. Wie du schon gehört hast, war ... ist deine Mutter eine dieser Hüterinnen. Vom Sammler hat seitdem niemand mehr etwas gehört, sein Schloss verfiel. Er schien verschwunden und einige hatten schon die Hoffnung, er sei tot.«

Talandur hielt kurz inne, als müsse er die richtigen Worte wählen und sprach dann weiter:

»Vor einiger Zeit kam dann das Gerücht auf, er hätte sein Schloss neu errichtet und eine neue Armee aufgestellt. Angeblich soll er sogar Fabriken in seiner Festung errichtet haben, aber was er dort genau baut, weiß keiner zu sagen.«

Liam räusperte sich.

»Ich will nicht unhöflich erscheinen«, unterbrach Liam den Magier. »Aber was hat das mit meinen Eltern zu tun?«

Talandur schenkte ihm ein mattes Lächeln.

»Geduld, mein Sohn, zu denen komme ich gleich«, sagte er. »Trotz all dieser Gerüchte verließ der Sammler die Insel nicht. Es gab keine Anzeichen dafür, dass er oder seine Schergen einen Fuß auf unseren Kontinent gesetzt hätten. Das änderte sich, als dein Vater, der *Gelehrte*, in den nördlich von hier gelegenen *Schattenbergen* ein bis dahin unentdecktes Vorkommen des magischen Erzes erschloss. Man begann es unter seiner Anleitung abzubauen und vor Ort zu lagern. Die Mine war zwar bald erschöpft, doch die gewonnene Menge hätte auf Jahre hinaus unseren Bedarf gedeckt und unseren Wohlstand gesichert. Als das Erz jedoch nach *Nindal* abtransportiert werden sollte, schlug der Sammler urplötzlich zu. Er tötete viele unserer Ingenieure und Minenarbeiter und schaffte den Schatz in seine Festung, ehe wir Gegenmaßnahmen ergreifen konnten. Dein Vater war einer der wenigen, die dem Angriff entkamen.«

Liam schluckte. Er konnte kaum glauben, in was für Gefahren sein Vater sich für die Menschen in dieser Welt begeben hatte. Es klang irgendwie unwirklich.

»Der Raub des Erzes war ein herber Schlag«, fuhr Talandur fort. »Nicht nur, dass unsere Technologie dadurch immer weiter zerfiel, in den Händen unseres Feindes stellte das Metall eine gewaltige Bedrohung dar. Gleich nach dem Vorfall wollte der Rat der Stadt daher einen Angriff auf die Festung des Sammlers befehlen, doch deine Mutter überzeugte die

Mitglieder davon, dass es besser wäre, die Lage vorher zu erkunden. Sie sah dadurch offenbar die Gelegenheit gekommen, sich von der Schuld reinzuwaschen, die sie durch die Verbindung mit deinem Vater auf sich geladen hatte. Du musst wissen, dass den Ordensmitgliedern Verbindungen mit Nichtmagiern streng untersagt sind.

Sie stellte eine Gruppe aus den erfahrensten Magiern des Ordens zusammen und begab sich nach *Karan*. Sie wollte herauszufinden, wozu der Sammler das ganze Erz brauchte und was es mit den Gerüchten über sein Wiedererstarken auf sich hatte. Doch sie kam nicht zurück. Wir schickten einen Suchtrupp los, der sich bis nach *Karan* durchschlug, doch man fand keine Spur von den verschwundenen Magiern. Dafür konnte die zweite Expedition bestätigen, dass die Festung wieder aufgebaut war und streng bewacht wurde. Der Trupp kehrte daraufhin unverrichteter Dinge zurück und die Informationen, die er gesammelt hatte, beendeten die Planungen für einen Angriff. Stattdessen versucht der Rat der Stadt Bündnisse mit anderen Stadtstaaten einzugehen, da die Streitkräfte *Nindals* alleine nicht schlagkräftig genug für einen Krieg gegen den wiedererstarkten Sammler sind. Der verhält sich seit dem Vorfall jedoch ruhig und nun scheuen sich die Räte der anderen Städte, einen offenen Krieg gegen ihn zu beginnen.«

Liam nickte. Er konnte zwar das Zögern der Städte nachvollziehen, doch sich damit abzufinden war eine andere Sache.

»Ihr sagt, Euer Suchtrupp hätte keine Spuren von den verschollenen Magiern gefunden«, sagte er. »Dann gibt es also auch keine ... Leichen.«

Das Wort kam ihm im Zusammenhang mit seiner Mutter nur schwer über die Lippen.

»So ist es«, gab Talandur zurück. »Es gab auch keine Hinweise auf einen Kampf, aber das will nicht viel heißen.«

Liam spürte neue Hoffnung in sich aufkeimen. Außerdem bot sich ihm nun die einmalige Gelegenheit mehr darüber zu erfahren, was seinen Eltern widerfahren war.

»Was ich nicht verstehe, ist, wie mein Vater in den Besitz des *Torks* gekommen ist und wie er damit in meine Welt fliehen konnte«, sagte er.

Talandur hob bedauernd die Hände.

»Das können wir uns auch nicht erklären«, sagte er. »Wir stehen hier ebenso vor einem Rätsel wie du.«

Liam ließ sich von der Antwort nicht entmutigen.

»Aber ist denn wenigstens bekannt, wie der Sammler seinen Opfern ihr Wissen raubt?«

Talandur wandte sich der Schlangenmagierin zu.

»Vielleicht kann Schwester *Jagga* etwas darüber berichten. Sie ist diejenige in unserem Orden, die sich mit dem Sammler in den letzten Jahren am intensivsten befasst hat.«

Jagga nickte und fixierte Liam mit ihren großen Augen.

»Ich will gleich vorwegschicken, dass selbst ich nicht alles über ihn zu sagen weiß. Die meisten, die ihm begegneten, tauchten danach nie wieder auf. Der Rest verlor den Verstand und konnte darüber nichts mehr berichten. Auf welche Weise er den Menschen das Wissen raubt, können wir daher nicht mit Gewissheit sagen. Wir vermuten, dass er seine Opfer mit etwas infiziert, das ihnen sämtliche Erinnerungen aus dem Gedächtnis stielt, Bilder, Gedanken, Gefühle, alles. Und wir glauben, dass er das geraubte Wissen in seinem Schloss aufbewahrt. In welcher Form ist allerdings nicht bekannt.«

Sie sah zu Talandur, wie um zu zeigen, dass ihr Vortrag beendet sei und der Hochlord wandte sich wieder Liam zu.

»Wie du siehst, ist auch unser Wissen über den Sammler begrenzt, das macht ihn für uns so gefährlich«, sagte er. »Hast du noch weitere Fragen?«

Liam stellte fest, dass sein Gehirn in diesem Moment wie leergefegt war. Hatten sich ihm die Fragen vor wenigen Minuten nur so aufgedrängt, fiel ihm jetzt keine passende ein. Vermutlich musste sein Verstand die Flut an neuen Informationen erst einmal verarbeiten. Er schüttelte den Kopf.

Talandur nickte und suchte kurz den Blickkontakt zu den anderen Ratsmitgliedern. Dann sagte er:

»Ich denke, es ist alles besprochen und wir können diese Sitzung beenden.«

»Aber was ist mit dem *Tork*?«, fragte Caluna ein wenig ungehalten.

Talandur bedachte sie mit einem scharfen Blick.

»Ich werde mich der Sache persönlich annehmen«, sagte er und erhob sich. »Um die Elevin und ihren Begleiter werde ich mich ebenfalls kümmern, seid unbesorgt.«

Caluna nickte widerwillig.

»Sodann werde ich mich gleich auf den Weg zum Rat der Stadt machen«, verkündete Talandur.

Er stieg als Erster vom Podest herunter und ging auf Inari zu. Mit einem Seitenblick zu Liam sagte er mit gesenkter Stimme:

»Ihr beide begleitet mich. Wenn ihr noch Fragen habt, werde ich sie während der Fahrt gerne beantworten. Vor dem Orden wartet ein Wagen auf uns.«

Liam empfand in diesem Moment gemischte Gefühle. Einerseits hatte er sich klarere Antworten auf die Fragen zu seinen Eltern erhofft, andererseits kamen die Dinge nun endlich ins rollen. Zusammen mit Inari schritt er hinter Talandur her in Richtung Ausgang. Erban starrte die beiden verdutzt an und wich ehrfürchtig zur Seite, als der Hochlord an ihm vorbei ging.

Liam warf noch einmal einen Blick über die Schulter und sah, wie die verbliebenen vier Ratsmitglieder in einer Gruppe vor dem Podest zusammenstanden und sich berieten. Erban blickte Inari, Talandur und ihm irritiert hinterher.

In diesem Moment hörte er Inari leise neben sich sagen:

»Du Wahnsinniger hättest uns beinahe um Kopf und Kragen geredet.«

»Armer Irrer«, bekräftigte die Krähe.

»Halt den Schnabel«, zischte Liam den Vogel an und zuckte unvermittelt zusammen. War er es gewesen, der das gesagt hatte?

»Selber!«, antwortete die Krähe.

Liam wollte etwas erwidern, doch ihm fehlten die Worte. Der Vogel hatte ihn tatsächlich verstanden!

»Dem ist nicht hinzuzufügen«, sagte Inari säuerlich.

Er stieß einen Seufzer aus.

»Ja, ich gebe zu, das war so nicht abgesprochen. Aber das mutlose Gerede dieser Magier war kaum zu ertragen und die Beleidigungen von dieser Caluna haben mir den Rest gegeben. Da ist es dann einfach mit mir durchgegangen. Allerdings weiß ich gar nicht, was ihr habt? Es ist doch ganz gut gelaufen.«

»Du solltest deine Zuversicht noch ein wenig zügeln«, gab Inari zurück. »Talandurs Zusage gilt nur für den Fall, dass der Rat der Stadt unser Anliegen für ebenso wichtig hält wie er. Das allerdings ist noch nicht sicher.«

»Was könnte denn noch schiefgehen?«

Sie lächelte verschmitzt.

»Das einzig Berechenbare an dieser Versammlung ist ihre Unberechenbarkeit.«

Liam schüttelte den Kopf. Die Euphorie, die eben noch in ihm aufgekommen war, drohte schon wieder zu schwinden.

Sie verließen das Gebäude, stiegen die Stufen der riesigen Freitreppe hinab und traten in die Schatten der Alleebäume, die den Weg zur Eingangshalle säumten. Der Park war jetzt deutlich belebter. Dutzende von Magiern kamen ihnen entgegen, einzeln oder in Gruppen und verneigten sich im Vorübergehen vor Talandur. Rechter Hand fiel Liam plötzlich ein Bauwerk auf, das er auf dem Hinweg nicht beachtet hatte. Es besaß einen quadratischen Grundriss von ungefähr hundert Meter Kantenlänge und seine schwarzen Mauern verschluckten das Licht, als bestünden sie aus Kohle. Es war lediglich zwei Stockwerke hoch und von einer gläsernen Kuppel gekrönt, in der sich die Sonnenstrahlen brachen.

»Was ist das für ein Gebäude da drüben?«, fragte er Inari mit einem Fingerzeig.

Talandur hatte die Frage offensichtlich auch gehört. Er drehte den Kopf und tauschte mit Inari einen Blick. Als er nickte, sagte sie:

»Darin befindet sich die *Sin Natib*, die *blaue Quelle*«, erklärte sie. »Das Haus ist uralt und stand hier schon lange, bevor die Stadt existierte.«

»Eine Quelle?«, fragte Liam verwundert. »Wasser?«

»Nein, eine Energiequelle, in der wir das magische Erz aufladen. Ohne diese Prozedur verhält es sich wie gewöhnliches Metall. Danach jedoch kann man damit Maschinen antreiben und noch vieles mehr.«

»Ist dies die einzige Quelle dieser Art?«

Talandur ergriff ohne sich umzudrehen das Wort:

»Das dachten wir lange Zeit, aber offenbar ist es dem Sammler gelungen, eine weitere Quelle aufzuspüren. Es gibt jedenfalls Gerüchte, wonach er ebenfalls in der Lage sein soll, das Erz aufzuladen.«

»Das ist nicht so gut oder?«, bemerkte Liam.

Talandur schnaubte.

»*Nicht so gut* ist eine grandiose Untertreibung, mein Junge!«, versetzte der Hochlord.

»Stellst du eigentlich immer so viele Fragen?«, krähte der Vogel auf Inaris Schulter.

»Ja«, gab Liam mit einem genervten Seitenblick zurück. »Dadurch bin ich in der Lage Computerprogramme zu schreiben und Roboter zu konstruieren, während du es nicht einmal schaffst, eine simple Wallnuss zu knacken.«

Die Krähe wandte sich ab und Liam hätte schwören können einen beleidigten Ausdruck in ihren Augen zu sehen.

Talandur drehte sich zu Liam um und zog die Stirn in Falten.

»Was sind Roboter?«, fragte er.

Bevor Liam darauf antworten konnte, sagte Inari:

»Das sind *Techer*, Hochlord.«

Liam stutzte.

»*Techer*?«

Talandur blieb abrupt stehen, wodurch Liam beinahe gegen ihn gelaufen wäre.

»Du konstruierst Techer?«, fragte der Magier und sah ihn mit einer Mischung aus Erstaunen und Respekt an. »Nur damit wir uns richtig verstehen: Du redest von Maschinen, die sich selbstständig fortbewegen können?«

»Ja, das tut er, Hochlord«, bestätigte Inari. »Ich habe es mit eigenen Augen gesehen.«

»Ist das wahr?«, fragte Talandur.

Liam zuckte die Schultern.

»Ja! Wieso interessiert Ihr Euch dafür?«

»Dein Vater hatte dieses Wort *Roboter* auch benutzt. Sehr interessant«, murmelte der Hochlord und ging weiter.

Liam und Inari folgten ihm mit ein paar Schritten Abstand.

»Warum interessiert er sich so dafür?«, fragte Liam Inari.

Ein Grinsen legte sich auf ihr Gesicht.

»Lass dich überraschen.«

Liam bohrte nicht weiter nach und schaute zu der Krähe. Auf eine gewisse Weise fand er den Vogel amüsant, und wenn er schon dank des *Indir* Steins in der Lage war, mit ihm zu sprechen, dann wollte er das auch ausnutzen. Wer aus seiner Welt konnte schließlich behaupten, sich schon einmal mit einer Krähe unterhalten zu haben.

»Sag mal, wie heißt du eigentlich?«, fragte er den Vogel.

Der sah ihn mit schiefgelegtem Kopf an.

»*Alderim*.«

»Alderim, aha! Und wie alt bist du?«

»Fünfundzwanzig Jahre.«

Liam runzelte die Stirn.

»Wow, das hätte ich nicht gedacht.«

»Ich bin im besten Alter für einen Hahn. Ich bin Witwer und habe zehn Kinder, die ich nur noch ab und an sehe. Meine Eltern hießen *Igunur* und *Bana* und sind schon seit langem tot. Ist die Fragestunde damit beendet?«

Liam musste schmunzeln.

»Fürs Erste.«

Liam sah zu Inari, stellte aber zu seiner Überraschung fest, dass ihr Gesicht einen ernsten Ausdruck angenommen hatte. Sie schien über irgendetwas nachzusinnen. Plötzlich sagte sie:

»Meister Talandur, darf ich Euch ein paar Fragen stellen?«

Der Hochlord winkte ab.

»Nicht hier!«

Inari nickte und schwieg.

Sie kamen in das Eingangsgebäude, in der jetzt wieder dieselbe Betriebsamkeit herrschte, wie am Tag zuvor. Allerdings stach heute die Sonne mit ihren Strahlen durch die Buntglasscheiben, wodurch die Szenerie Liam an die Bilder von dem indischen Farbenfest erinnert, die er im Krankenhaus gesehen hatte. Das Krankenhaus. Dora. Wie mochte es ihr gehen? Er verdrängte den Gedanken an seine Großmutter, an seine Welt, denn wenn er länger über die ganze Situation nachdachte, würde er vermutlich den Verstand verlieren. Er folgte den anderen, die mit schnellen Schritten auf das Eingangsportal zustrebten, und konnte es kaum erwarten, endlich die Stadt aus der Nähe zu sehen.

Sie traten in das Sonnenlicht vor dem Durchgang, hinter dem sich eine weitläufige Plattform anschloss, die mit einem verschlungenen Mosaik ausgelegt war. Dahinter führte eine Treppe mit ausgetretenen Stufen zu einem quadratischen Platz hinunter, der komplett von zweigeschossigen Backsteinhäusern umgeben war. Hunderte von Menschen flanierten über die gepflasterte Fläche, unterhielten sich in Gruppen miteinander oder gingen eilig ihres Wegs. Liam sah mehrere von Pferden gezogene und aus Metall gefertigte Zweispänner. Einige standen zum Beladen an den Seiten, während andere von ihren Fuhrleuten durch die Menge gelenkt wurden. Besonders stach ihm die Kleidung der Menschen ins Auge, die ihm aus dem Geschichtsunterricht vertraut war und daher an diesem fremden Ort für ihn ziemlich exotisch wirkte. Es kam ihm vor, als würde er ein Gemälde aus dem achtzehnten Jahrhundert betrachten.

Die Männer trugen wie die Magier Gehröcke, dazu aber Westen, Kniebundhosen und Schnallenschuhe. Ihre Haare hatten sie nicht zu Rastalocken geflochten, sondern verbargen sie unter gepuderten Perücken mit Schläfenlocken. Eigentlich fehlten nur noch Dreispitze, um den Eindruck abzurunden, doch Hüte oder andere Kopfbedeckungen trug hier keiner der Männer.

Die Frauenmode entsprach ebenfalls dieser Epoche in seiner Welt: Ausladende Röcke, durch Mieder eingeschnürt und an Dekolletee und Ärmeln mit Spitze besetzt. Viele der Stoffe schienen kostbar zu sein. Liam glaubte, schillernde Seide zu erkennen und andere, mit goldenen Blumenmustern bestickte Tuche. Am beeindruckendsten fand er aber die hoch aufgetürmten Frisurengebilde. Bei den meisten handelt es sich wohl ebenfalls um Perücken, die mit Blüten, Perlen, aber auch Modellen von Häusern geschmückt waren. Manche Damen hielten dazu ein bunt bemaltes Schirmchen in der Hand, das sie vor der Sonne schützte.

Es gab auch schlichter gekleidete Frauen, vielleicht Bedienstete, die mit einfarbigen Baumwollkleidern angetan waren und weiße Spitzenhauben auf den Köpfen trugen.

Der Anblick entlockte ihm einen leisen Pfiff.

»Was ist?«, fragte Inari.

»Die Kleidung der Menschen«, gab er zurück.

»Was ist damit?«

»Sie kommt mir so vertraut vor.«

Inari runzelte die Stirn.

»Vertraut? In deiner Welt habe ich niemanden gesehen, der so gekleidet war.«

»Jetzt nicht mehr«, erwiderte Liam. »Aber vor zweihundertfünfzig Jahren sahen die Leute in Europa genau so aus.«

Inari zuckte die Schultern.

»Wir sind hier mit der Mode offenbar ein wenig hinterher«, sagte sie.

Er musste lächeln und ließ seinen Blick an den Häusern entlangschweifen, die den Platz säumten. Die Vormittagssonne brachte die Backsteinmauern rot zum Leuchten und brach sich in den Gaubenfenstern, die sich auf den Schieferdächern drängten.

Überall schmückten schneeweiße Stuckverzierungen die Giebel, Fenster und Türen. Ihre Motive reichten dabei von geometrischen Mustern, über Pflanzenornamente, bis hin zu Reliefs mit Lanzenreitern, die feuerspeienden Drachen niederstreckten. Die Gebäude hätten vom Stil her zur Kleidermode gepasst, wenn nicht die Sprossen der Fenster und die Türblätter aus vernietetem Metall bestanden hätten. Einen noch größeren Kontrast stellte das Gefährt am Fuß der Treppe dar, das eine Mischung aus Kutsche, Dampflokomotive und Auto war.

Die Kabine sah mit ihren senkrechten Scheiben und dem Flachdach wie die eines Oldtimers aus, ihr Blech war allerdings unlackiert. Den vorderen Teil des Gefährts bildete ein waagerechter Metallzylinder, einer Lokomotive ähnlich, nur ohne Schornstein. Sechs Speichenräder, zwei Paare vorne, eines hinten, bewegten das Vehikel fort. Offensichtlich handelte es sich um den Wagen, von dem Talandur gesprochen hatte.

»Ist das sowas wie ein Auto«, fragte Liam Inari.

»Na ja, vielleicht nicht ganz so fortschrittlich, wie die in eurer Welt, aber im Prinzip schon«, gab sie zurück.

»Und womit wird es angetrieben?« Er hätte diesen Wagen am liebsten auf der Stelle in seine Einzelteile zerlegt.

»Mit magischem Erz, wie alles hier«, antwortete sie. »Wie es genau funktioniert, kann ich dir leider nicht sagen. Da müsstest du einen unserer Ingenieure fragen ...«

Ein Schatten huschte über ihr Gesicht.

»Das heißt, wenn du einen findest, der noch nicht sein gesamtes Wissen verloren hat«, raunte sie.

Während sie die letzten Stufen herabstiegen, öffnete sich die Fahrertür auf der anderen Seite und ein Mann in roter Livree und mit gepuderter Perücke stieg aus. Er ging vorne um den Wagen herum und zog die Beifahrertür auf. Talandur stieg als Erster ein und erwiderte die Verbeugung des Chauffeurs mit einem knappen Nicken.

»Die beiden werden mich heute begleiten«, sagte der Magier mit einem Fingerzeig auf Inari und Liam zu dem Mann, nachdem er Platz genommen hatte.

»Sehr wohl«, sagte der, schloss die vordere Tür und sprang sogleich zur hinteren, um sie den beiden zu öffnen.

Liam ließ Inari den Vortritt und bedankte sich bei dem Mann mit einem Lächeln, als er selbst einstieg. Im Inneren des Wagens roch es nach dem Leder, mit dem die Sitze bezogen waren. Die Griffe und die Fensterkurbeln an den Innenseiten der Türen bestanden aus poliertem Messing und die Fußmatten aus grobgewebtem blauen Stoff. Liam spähte nach vorne und sah, dass das Lenkrad ebenfalls golden glänzte. Er suchte einen Sicherheitsgurt, fand aber keinen.

Der Fahrer stieg ein, betätigte einen Knopf neben der Lenksäule und drückte das rechte Bein nach vorne. Offenbar verfügte dieses Gefährt ebenfalls über ein Pedal zum Beschleunigen und eines zum Bremsen, allerdings gab es weder einen Schalthebel noch eine Handbremse.

Der Motor oder was auch immer den Wagen antrieb, verrichtete seine Arbeit ohne Geräusche, was ein wenig gespenstisch wirkte. Der Chauffeur beschleunigte rasant und wich geschickt mehreren Fußgängern und einem Fuhrwerk aus. Gleich darauf bogen sie in eine gepflasterte Straße ein, die vom Platz wegführte.

Unvermittelt ergriff Inari das Wort.

»Meister Talandur, darf ich Euch jetzt eine Frage stellen?«

Der Hochlord wandte sich zu ihr um.

»Ja mein Kind, hier drin können wir uns ungestört unterhalten. Der Fahrer ist absolut vertrauenswürdig.«

Liam stutzt wegen der Antwort, aber Inari nickte, als hätte sie nichts anderes erwartet.

»Bei allem Respekt«, sagte sie. »Ich verstehe nicht, warum Ihr uns mit zum Rat nehmt, denn an der Sitzung dürfen wir nicht teilnehmen.«

»Das ist richtig, aber ich konnte Euch unmöglich alleine im Orden zurücklassen.«

»Alleine?«, versetzte Inari.

»Leider ist es so«, gab Talandur zurück. »Es gibt in unserem Orden bis zum Rat hinauf Verräter und sie werden immer mächtiger. Seit der Tork zusammen mit Tabania verschwunden ist, setzen sie alles daran ihn zu finden und nun ist er wieder aufgetaucht. Es war nicht gerade klug von dir mit ihm hierherzukommen Inari und dann auch noch in Begleitung eines Halbblutes.«

Er warf Liam einen Blick zu, wobei sich die Falten auf seiner Stirn noch tiefer eingruben.

»Jetzt sind sie auch hinter ihm her.«

Liam schluckte. Er wollte fragen, was das alles mit ihm zu tun hatte, doch Inari kam ihm zuvor.

»Es geht um die Legende, nicht wahr?«

»Natürlich. Die Möglichkeit, dass er der *Olandir* ist, wird sie nicht ruhen lassen, bis sie ihn unter ihre Kontrolle gebracht haben.«

»Aber wozu das alles?«, warf Liam ein.

Talandur sah ihn durchdringend an.

»Weil die Verräter im Auftrag des Sammlers arbeiten und für den könntest du eine große Gefahr darstellen.«

»Wieso? Wer oder was ist dieser *Olandir*?«, fragte Liam.

»Der *Olandir* ist ein Springer zwischen den Welten und der Legende nach ist er derjenige, der eines Tages den Sammler zu Fall bringt.«

Liam lachte auf.

»Ihr glaubt doch nicht etwa, dass ich ...«

Der Hochlord lächelte gequält.

»Was wir oder du glauben, spielt keine Rolle. Entscheidend ist, wie der Sammler und seine Handlanger die Dinge einschätzen.«

Liam ließ sich in seinen Sitz zurücksinken und starrte aus dem Fenster. Das waren ja schöne Neuigkeiten. Das gefährlichste Wesen dieser Welt war möglicherweise hinter ihm her, weil es einen ebenbürtigen Widersacher in ihm vermutete. Er steckte in noch viel größeren Schwierigkeiten, als er befürchtet hatte.

»Wisst Ihr denn, wer die Verräter sind, Hochlord?«, fragte Inari.

Der Hochlord zuckte die Schultern.

»Ich habe Caluna in Verdacht, doch sie ist es mit Sicherheit nicht alleine. Wer die anderen sind, weiß ich nicht. Beim Rat der Stadt gibt es jedoch einige, denen ich vertrauen kann. Mit denen werde ich reden. Sie müssen von den neuen Entwicklungen unterrichtet werden und nur sie können uns bei der

Suche nach Tabania unterstützen. Danach bringe ich euch an einen sicheren Ort.«

»Wir könnten doch einfach wieder mit dem *Tork* in die andere Welt zurückkehren«, sagte Inari. »Dort wären der Schlüssel und das Halbblut sicher.«

»Ja, das wären sie«, gab Talandur zurück. »Ich habe auch lange mit mir gerungen, ob ich euch nicht genau das auftragen sollte, bin dann aber zu einem anderen Entschluss gekommen. Ich will euer Erscheinen dazu nutzen, die Verräter aus ihrer Deckung zu locken. Ihr würdet dem Orden und der Stadt damit einen großen Dienst erweisen.«

Mit diesen Worten drehte er sich wieder nach vorne, weshalb Liam annahm, dass das Thema für den Hochlord vorerst erledigt war. Er schaute zu Inari, die sich zurückgelehnt hatte und nun mit angespannter Miene aus ihrem Fenster starrte. Auch sie schien nicht erpicht darauf zu sein, weitere Fragen zu beantworten. Die Aussicht den Köder für einen Haufen skrupelloser Verräter zu spielen, schnürte ihm die Brust ein. Da offensichtlich niemand mit ihm reden wollte, tat er es Inari gleich und spähte durch die mit Kratzern überzogene Scheibe auf seiner Seite.

Die Häuser rückten hier näher an den Wagen heran und ihm fiel auf, wie heruntergekommen die meisten aussahen: Viele Fenster waren mit Metallplatten abgedichtet und manch abgefallene Stuckverzierungen nicht mehr ersetzt worden.

In jedem zweiten Haus gab es im Erdgeschoss einen Laden: Bäcker, Gemüsehändler, Tischler und Fleischer und vieles mehr, doch die meisten hatten geschlossen. Vor denen, die geöffnet hatten, standen lange Warteschlangen.

Sie überholten einen Wagen, der mit ihrem annähernd baugleich war, mit dem Unterschied, dass über dem zylindrischen

Vorderteil ein Bock angeschweißt war, auf dem ein Kutscher saß, der zwei Pferde mit den Zügeln antrieb.

»Was war das denn?«, fragte Liam, als sie den Wagen passiert hatten.

Inari seufzte.

»Wie du schon mitbekommen hast, funktionieren einige Dinge bei uns nicht mehr richtig, da kaum noch jemand in der Lage ist sie zu reparieren«, erklärte sie. »Die wenigen, die es können, bieten ihre Dienste nur den wohlhabendsten Bürgern an.«

Liam nickte, doch bevor er eine weitere Frage stellen konnte, sah er etwas, das ihm den Atem verschlug. Er blinzelte unwillkürlich, weil er glaubte, seinen Augen nicht trauen zu können, aber dann wurde ihm klar, dass er sich nicht irrte. Jetzt verstand er, warum sich Talandur so offenkundig für sein Hobby interessiert hatte.

Auf dem Gehweg flanierte ein älterer Mann, der in einem weinroten Leibrock gekleidet war, auf dem goldene Knöpfe und Tressen schimmerten. Doch ihm galt nicht Liams Aufmerksamkeit, sondern dem Ding, das hinter ihm hermarschierte: ein Roboter!

Aus seinem kastenförmigen Rumpf wuchsen jeweils ein Paar Arme und Beine, die aus vielen einzelnen Segmenten bestanden. Anstelle von Händen verfügte er über Zangen mit drei Greifern, in denen er einen Korb trug. Oben wuchs ein gegliederter Hals von der Länge eines Unterarms empor, auf dem eine fußballgroße Kugel balancierte. Liams spürte, wie sein Mund aufklappte.

Als der Wagen sich auf gleicher Höhe befand, sah Liam auf der Vorderseite des Kopfes eine mattglänzende schwarze Halbkugel von der Größe eines Apfels und er vermutete, dass es sich um eine Art Auge handelte. Mehr gab es dort nicht, keine Mundöffnung, keine Nase und keine Ohren. Liam fiel auf, dass der Apparat genauso heruntergekommen aussah, wie vieles in der Stadt: Der Rumpf war übersäht mit Beulen und Schrammen und zwischen den Segmenten der Gliedmaßen schimmerte rotbrauner Rost, wie geronnenes Blut. Ebenfalls auffällig war die Größe der Maschine: Sie überragte ihren hochgewachsenen Besitzer um Haupteslänge.

Liams Herz raste. Er stieß Inari mit dem Ellenbogen an und zeigte mit dem Finger auf den Roboter.

»Das da draußen, der Automat ... die Maschine, das ist ein Techer oder?«

Sie beugte sich vor und schaute an ihm vorbei auf die Straße. Dabei kam sie ihm so nah, dass er ihre Haare riechen konnte, was sein Herz noch schneller schlagen ließ.

»Ja«, sagte sie mit einem Lächeln.

»Wie funktionieren die? Ich würde zu gerne mal einen aus der Nähe sehen!«

Inari lachte laut auf und Alderim krächzte abgehackt, was bei ihm wohl auf dasselbe hinauslief.

»Du willst das Ding doch bloß in seine Einzelteile zerlegen«, sagte die Krähe.

Liam wollte Alderim erst eine Beleidigung an den Kopf werfen, doch er musste sich eingestehen, dass der Vogel sogar recht hatte.

»Vielleicht«, sagte er und lächelte verschmitzt.

»Dann würdest du vermutlich feststellen, dass dieses Exemplar bald auseinanderfallen wird«, bemerkte Talandur ohne sich umzudrehen. »Einst gab es Tausende von ihnen in der Stadt. Sie nahmen den Menschen schwere Arbeiten ab und trugen so zu unserem Wohlstand bei. Heute gibt es nur noch wenige und die wenigen, die über die Zeit gerettet wurden, sehen allesamt so aus wie der gerade eben.«

»Er sieht wirklich nicht mehr taufrisch aus«, bestätigte Liam. »Aber wer hat diese Techer gebaut?«

»Eine Gruppe besonders ausgebildeter Ingenieure«, bemerkte Talandur ein wenig abfällig. »Sie stellen so etwas wie eigene Gilde dar, jedenfalls führen sie sich so auf. Oder besser gesagt: führten sich so auf. Die meisten von ihnen sind Opfer des Sammlers geworden.«

»Und was ist mit Ingenieuren aus anderen Städten?«, fragte Liam. »Können die Ingenieure von dort nicht helfen?«

»Andere Städte!« Talandur schnaubte. »Entweder sieht es da inzwischen genauso aus oder sie haben genug mit ihrer eigenen Technik zu tun.«

»Aber eine Sache verstehe ich trotzdem nicht«, sagte Liam.

»Frag ruhig«, erwiderte Talandur.

»Diese Techer sind offensichtlich hochentwickelte Maschinen«, sagte Liam. »Nicht einmal in unserer Welt haben wir auf diesem Gebiet derartige Ergebnisse erzielt. Dagegen scheint die übrige Technologie, die ich hier bisher gesehen habe, nicht annähernd damit vergleichbar. Wie hat man es dann geschafft, solch komplexe Maschinen zu bauen? Ich meine, das passt irgendwie nicht zusammen.«

»Ich werde dir deine Fragen zu gegebener Zeit gerne beantworten, aber nicht jetzt«, sagte Talandur und reckte das Kinn nach vorne. »Wir sind da!«

KAPITEL 11

Durch die Unterhaltung war Liam so abgelenkt gewesen, dass er gar nicht mitbekommen hatte, wie der Wagen auf eine Brücke gefahren war, die sich wie das Rückgrat eines gefallenen Riesen über einen mächtigen Strom spannte. Eine uralte Konstruktion aus Steinquadern, an denen das Wetter in unzähligen Jahren mit Regen, Sonne und Frost genagt hatte. Zwischen den steinernen Balustern des Geländers hindurch, konnte Liam das dunkelblaue Wasser schimmern sehen.

Am anderen Ufer lag ein Platz, der von zwei riesigen Bauwerken flankiert wurde. Liam erkannte in ihnen jene Gebäude wieder, die er am Vorabend von seinem Fenster aus gesehen hatte: Links der von einem Wald aus Türmen gekrönte Kolossalbau, rechts der monolithische Klotz, auf dem die metallisch schimmernde Pyramide thronte. Aus der Nähe wirkten die Bauten noch monumentaler, als ihre Silhouetten es aus der Ferne hatten vermuten lassen. Ihre Kantenlängen betrugen mindestens dreihundert Meter und was die Höhe betraf, erwies sich Liams Schätzung mit dem Fernsehturm als zutreffend.

Auf dem Platz dazwischen bildeten unzählige mit Planen überdeckte Stände ein unübersichtliches Labyrinth, in dessen Gängen es von Menschen nur so wimmelte. Offensichtlich handelte es sich um einen Markt, der aufgrund der Kleidung der Besucher und der feilgebotenen Nahrungsmittel, Haushaltwaren und Tuche wie ein historisches Diorama wirkte.

Der Wagen bog hinter der Brücke nach links und glitt an

der Ufermauer entlang. Liam konnte sich an dem bunten Treiben zu seiner Rechten nicht sattsehen. Wie schon auf dem Platz vor dem Ordenshaus fiel ihm auf, dass die Kleidung der Menschen in einem besseren Zustand zu sein schien, als die Gebäude und die technischen Geräte, die er bisher zu Gesicht bekommen hatte. Er machte Inari auf seine Beobachtung aufmerksam, woraufhin sie ihn mit einem betrübten Blick bedachte und dann erklärte:

»Nindal war schon immer ein Zentrum der Tuchherstellung, ihr früherer Reichtum basierte zu einem Großteil darauf. Aber lass dich nicht von den schönen Stoffen täuschen, die es in den Lagerhäusern noch reichlich gibt. Funktionierende Webmaschinen existieren kaum noch, sie ereilte dasselbe Schicksal wie alle übrigen technischen Geräte in der Stadt. Doch auch die letzten Vorräte gehen bald zur Neige. Schon bald wird man die ersten Bürger in Lumpen herumlaufen sehen, weil sie sich die steigenden Preise für die Tuche nicht mehr leisten können.«

Liam nickte und empfand einen Anflug von Trauer beim Anblick des bunten Treibens draußen vor den Fenstern. Wieso war alles Schöne nur so vergänglich, während das Hässliche und Böse häufig ewig zu bestehen schien.

Am Ende des Marktes fuhren sie nach rechts weg vom Fluss und steuerten auf den Eingang des Gebäudes mit den Türmen zu. Sie hielten vor einer Treppe, die sich im Schatten der Frontseite über deren gesamte Länge erstreckte. Kaum hatte der Wagen gestoppt, sprang der Fahrer hinaus, eilte vorne um das Gefährt herum und öffnete Talandur die Tür. Liam wollte nicht warten, bis er an der Reihe war, und stieg von alleine aus.

Sein Blick wanderte an dem Gebäude empor, die monumentalen Mauern wirkten vor dem strahlend blauen Himmel seltsam trostlos. Der Eingang oberhalb der Treppe bestand aus drei nebeneinanderliegenden Portalen mit Rundbögen, die mindestens zehn Meter hoch waren. Zu beiden Seiten reckten sich mächtige Türme mit Kegeldächern in schwindelerregende Höhe. Auf ihren Spitzen wehten grüne Flaggen mit gekreuzten Schraubenschlüsseln aus goldenem Zwirn in der leichten Brise.

Die Grundform des zum Zentrum hin ansteigenden Bauwerks war unter dem Wald aus schlanken Türmen nicht zu erkennen. Am höchsten Punkt gab es jedoch eine freie Stelle, eine Art Lichtung, wo sich zwischen den Mauern eine Stahlkonstruktion mit einer zentralen Plattform spannte, zu der mehrere Stege wie die Speichen eines Wagenrads führten.

Als Inari samt Alderim hinter Liam aus dem Font des Wagens gestiegen war, wies Talandur die beiden mit einem Wink ihm zu folgen. Während der Fahrer unten stehen blieb, stiegen sie die ausgetretenen Granitstufen hinauf und erreichten einen ausgedehnten Absatz, auf dem Hunderte von Menschen einzeln oder in Gruppen standen. Es hatten sich ebenso viele Frauen wie Männer eingefunden, unter denen Liam jedoch nur wenige Magier mit Rastalocken ausmachte. Die meisten trugen jene Kleidung, die er zuvor auf den Straßen und auf dem Markt gesehen hatte, wenn auch in festlicherer Aufmachung. Die Gehröcke der Männer waren ausnahmslos mit Mustern bestickt und mit goldenen Tressen und Knöpfen versehen. Die Frauen hatten sich in die Korsetts ausladender Seidenröcke mit aufgestickten Perlen gezwängt und ihre Haare zu schwindelerregenden Frisuren aufgetürmt, in denen Blumen und bunte Federn leuchteten.

Talandur eilte zwischen den Gruppen hindurch, wobei Liam und Inari Mühe hatten, mit ihm Schritt zu halten.

Plötzlich machte Alderim auf Inaris Schulter einen Satz und schwang sich in die Luft.

»Was ist?«, rief sie überrascht.

»Ich habe keine Lust schon wieder in einer stickigen Halle herumzusitzen«, krächzte der Vogel. »Ich schau mir lieber ein wenig die Gegend an, vielleicht treff ich ja den einen oder anderen Artgenossen.«

»Sei rechtzeitig wieder hier!«, rief sie ihm nach.

»Keine Sorge«, gab Alderim zurück, der schnell an Höhe gewann und schließlich hinter einem der Türme verschwand.

Als Liam wieder nach vorne schaute, stand Talandur bereits im mittleren Durchgang und bedeutete ihnen, sich zu beeilen. Sie folgten dem Hochlord ins Innere des Gebäudes und fanden sich in einer Menschenmenge wieder, die jene in der Eingangshalle des Ordens noch einmal übertraf. Talandur arbeitete sich zu einem älteren Mann durch, der auf seiner Perrücke eine goldschimmernde Melone mit einer wippenden Pfauenfeder trug. Dieser Hut passte so überhaupt nicht zu seinem ansonsten barocken Aufzug, weshalb es Liam so vorkam, als hätte ein Kostümbildner wahllos in ein Regal mit Requisiten aus verschiedenen Epochen gegriffen.

Liam wollte zu Talandur aufschließen, doch Inari hielt ihn am Arm zurück.

»Nicht!«, versetzte sie. »Das ist *Ovar Sinth*, der Repräsentant der Kaufleute im Rat der Stadt, ein mächtiger Mann. Es wäre äußerst respektlos, wenn wir uns unaufgefordert einfach dazustellen würden.«

»Verstehe«, sagte er widerwillig. »Wer sitzt eigentlich alles im Rat der Stadt, wenn ich fragen darf?«

»Der Rat setzte sich aus jeweils einem Vertreter der fünf wichtigsten Stände in Nindal zusammen: Einem Magier, das ist Talandur, einem Ingenieur, einem Handwerker, einem Kaufmann und dem Oberbefehlshaber der Armee.«

»Aha«, gab Liam zurück und ließ den Blick durch die Halle schweifen. Ihm fiel auf, dass es hier keine Fenster gab. Allerdings sah er weit oben zur Frontseite hin eine Reihe schmaler Öffnungen, die sich unterhalb der von Säulen gestützten Gewölbedecke entlangzogen.

Das durch die Schlitze dringende Tageslicht traf auf unzählige Lichtsteine, die an Stahlringen von der Decke hingen und mit ihrem blauen Leuchten den Saal bis in den hintersten Winkel erhellten.

Auf der dem Eingang gegenüberliegenden Seite führte ein Torbogen ins Herz des Gebäudes. Liam versuchte sich auszumalen, was für beeindruckende Hallen wohl dahinter lagen, stellte aber fest, dass seine Fantasie bei all dem, was er bisher gesehen hatte, mittlerweile an ihre Grenzen stieß.

An den Wänden neben dem Durchgang hingen Gemälde in mit Ornamenten verzierten Silberrahmen. Sie besaßen die Größe von Werbeplakaten und zeigten Porträts von Männern und Frauen, deren Kleidung sich nicht von der Mode unterschied, die in der Halle davor zur Schau getragen wurde. Liam merkte, wie Inari ihn sanft in die Seite stieß.

»Was ist?«, fragte er.

Sie wies mit dem Kinn zu Talandur, der sich einen Weg durch die Menge zu ihnen bahnte. In seinem Kielwasser folgte ein Mann, dessen Silhouette ebenso kantig wirkte, wie seine Gesichtszüge. Er trug einen taubengrauen Rock, während die Weste und die Hose darunter schwarz wie Kohle waren. Als er zusammen mit Talandur vor Liam und Inari trat, bedachte er sie mit einem Blick, der genauso finster war wie seine Kleidung.

»Das ist Galmar«, stellte Talandur den Mann vor. »Er ist einer der Leibwächter von Ovar Sinth, der ihn auf mein Bitten hin zu eurem Schutz abgestellt hat.«

»Ihr bleibt nicht bei uns, Meister?«, fragte Inari mit besorgter Miene.

Talandur stieß einen Seufzer aus.

»Ich muss zu einer kurzfristig einberufenen Sitzung des Rates, zu der ich euch, wie du weißt, nicht mitnehmen kann. Ich werde dort unser Anliegen vorbringen. In der Zwischenzeit überlasse ich euch für eine Weile Galmars Obhut. Verlasst die Halle nicht und tut, was er sagt.«

Er bedachte nacheinander Inari und Liam mit einem durchdringenden Blick.

»Haben wir uns verstanden? Der Arm der Verräter reicht weit und ihr dürft ihnen unter keinen Umständen in die Hände fallen. Galmar wird für eure Sicherheit sorgen.«

»Ihr könnt Euch auf mich verlassen, Hochlord«, bestätigte der Leibwächter.

Inari nickte.

»Wir werden hier bleiben, Ihr habt mein Wort«, sagte Inari.

»Und verhaltet euch unauffällig«, sagte Talandur. Er wandte sich Galmar zu. »Egal was geschieht, ich will auf keinen Fall, dass ihr in irgendeiner Weise Aufsehen erregt.«

»Verstanden«, sagte Galmar.

»Gut, dann werde ich jetzt gehen«, sagte Talandur, wandte sich um und verschwand in der Menge.

»Ihr habt gehört, was der Hochlord gesagt hat«, sagte Galmar. »Entfernt euch nicht weiter als zehn Schritte von mir.«

»Ja, ja. Schon klar«, gab Liam zurück und schürzte die Lippen. Ihm gefiel diese Übereinkunft nicht. Dieser Galmar machte auf ihn alles andere als einen vertrauenswürdigen Eindruck. Nicht dass er ihm seine Fähigkeiten als Leibwächter absprechen wollte, aber Talandur hatte es selbst gesagt: Wer wusste schon, wie weit der Einfluss der Verräter reichte. Es war ja nicht einmal klar, wer überhaupt dazugehörte und ein Bauchgefühl sagte ihm, dass mit diesem Galmar etwas nicht stimmte.

Und noch etwas missfiel ihm. Talandurs Anweisung, sich möglichst unauffällig zu verhalten, erwies sich in seinem Fall als frommer Wunsch. Bis jetzt hatte er sich insgeheim über die Kleidung der Menschen in der Halle amüsiert, doch inzwischen war ihm klar geworden, dass *er* mit seinem T-Shirt und der Jeans den exotischen Sonderling darstellte. Die ersten Frauen und Männer begannen ihn bereits mit Blicken zu taxieren und ihr Ausdruck reichte dabei von Belustigung bis hin zu Verärgerung. In dieser Umgebung fiel er so sehr auf, wie ein rotes Schaf im Pferch und um das zu vermeiden, gab es nur eine Lösung: Sie mussten hier raus. Zwar würde es Ärger mit Inari geben, schließlich hatte sie dem Hochlord ihr Wort gegeben, aber ihrer beider Sicherheit war ihm wichtiger, als ihr Versprechen oder irgendein Streit. In diesem Moment hörte er die Stimme seiner Mutter und sie klang so nah und klar, dass er unwillkürlich zusammenzuckte:

Ihr müsst fort! Talandur ist auf eurer Seite, aber ihr seid dort nicht sicher!

Wenn es für ihn bis dahin noch einen letzten Zweifel gegeben hätte, so war er jetzt verschwunden. Nur wie wurden sie diesen Galmar los? Ihm kam eine Idee.

»Was dagegen, wenn ich mir die Bilder mal ein wenig aus der Nähe betrachte?«, fragte er den Leibwächter.

Galmar schien einen Moment zu überlegen, schüttelte dann aber den Kopf.

»Nein, solange ich euch im Blick behalte ...«

»Geht klar«, sagte Liam und machte Inari ein Zeichen mit ihm zu kommen. Galmar folgte ihnen auf dem Fuß.

Liam steuerte ein Bild an, vor dem eine Gruppe von über zwanzig Frauen und Männern stand, die sich angeregt unterhielten.

»Was hast du vor?«, fragte Inari.

»Wirst du gleich sehen. Komm mit!«, raunte er.

Er ging auf die Menschenansammlung und tat so, als würde er intensiv das Gemälde darüber betrachten. Dann packte er Inaris Handgelenk, die keine Gegenwehr leistete und zog sie in die Gruppe hinein. Mit geschmeidigen Bewegungen glitt er zwischen den Umstehenden hindurch, die völlig überrumpelte Inari im Schlepptau.

»He, was soll das?! Bleibt gefälligst hier!«, hörte er Galmar rufen, doch als er kurz über die Schulter zurückblickte, hatte sich die Menschenmenge bereits hinter ihnen geschlossen. Er zog Inari weiter, die nun versuchte, sich aus seinem Griff zu lösen.

»Er hat recht! Was soll das Liam?«, zischte sie.

Liam packte ihren Arm fester.

»Ich bin dir die ganze Zeit gefolgt, jetzt vertrau mir einmal«, versetzt er.

»Ich habe mein Wort gegeben.«

»Und ich befolge den Rat meiner Mutter!«

Die Worte ließen ihre Gegenwehr abrupt vergehen. Er schaute sich noch einmal um, doch Galmar war nicht mehr zu sehen. Trotzdem durfte er den Leibwächter nicht unterschätzen, daher schlängelte er sich durch die Menschenmenge auf Umwegen zum Ausgang durch, auch wenn es so ein wenig länger dauerte. Zum Portal hin wurde das Gedränge dichter und Liam bezweifelte, dass Galmar mit seinem massigen Körperbau den Durchgang schneller erreichte als sie, die in dem Gewimmel selbst kaum noch vorankamen. Inzwischen hielt er Inari nicht mehr fest, weil sie sich sträubte, sondern weil er fürchtete, sie sonst zu verlieren.

Endlich schafften sie es, sich durch den Torbogen zu quetschen, woraufhin Liam sofort scharf nach rechts abbog, um aus Galmars Blickfeld zu gelangen, sollte der ihnen immer noch folgen. Jetzt erst ließ er Inari los. Sie schloss zu ihm auf und gemeinsam rannten sie, den weiter heranströmenden Menschen ausweichend, über den Treppenabsatz in Richtung Fluss.

»Du hast deine Mutter gehört?«, fragte sie kurzatmig.

Auch Liams versuchte, Worte und Atemzüge in Einklang zu bringen.

»Ja, sie sagte mir, dass wir verschwinden sollen.«

»Und was hast du jetzt vor? Traust du Meister Talandur etwa nicht?«

»Doch, ihm schon. Aber diesem Galmar traue ich nicht über den Weg und eben so wenig den übrigen tausend Leuten da drin, die bereits anfingen, mich wie ein Alien anzustarren.«

»Ein *was*?«

Liam grunzte.

»Vergiss es. Und um deine Frage zu beantworten: Wenn die Sitzung vorbei ist, kehren wir wieder zu Talandur zurück, versprochen. Aber in der Zwischenzeit sehen wir uns ein wenig auf dem Markt um. Dort vermutet man uns am allerwenigsten und ich falle da nicht so sehr auf wie da drin.«

»In Ordnung, dann sollten wir aber von der Treppe herunter«, sagte Inari.

Sie hasteten die Stufen hinab und liefen auf den Marktplatz zu. Kurz bevor sie die ersten Stände erreichten, verlangsamte Liam das Tempo und fiel in einen gemächlichen Trott, um nicht zu sehr aufzufallen. Inari tat es ihm gleich und im nächsten Moment verschmolzen sie mit dem Getümmel wie Regentropfen mit einem See. Liam strebte instinktiv auf das Zentrum des Marktes zu, wo er sich am sichersten wähnte.

Ein wenig löste sich seine Anspannung und er bestaunte das Bild, das sich um ihn herum bot. Die Händler priesen alle erdenklichen Sorten von Obst und Gemüse an, Fleisch und Fisch, daneben Küchengeräte aus Kupfer und Berge von Stoffballen, die in allen Farben leuchteten. Während bei den Tuchen und Haushaltswaren weniger Betrieb herrschte, waren die Stände mit den Lebensmitteln auffällig dicht belagert. Insgesamt war das Gedränge hier jedoch nicht so erdrückend wie zuvor in der Ratshalle. Liam ließ sich mit Inari in dem Menschenstrom treiben, wobei er darauf achtete, nicht zu nah an den Rand des Marktes zu geraten. Das Gefühl der Bedrohung war noch nicht verschwunden, immer wieder blickte er sich um und hielt nach verdächtig aussehenden Personen Ausschau, wenngleich er nicht einmal wusste, woran er das hätte festmachen können. Im Moment schien sie jedoch niemand zu verfolgen.

Dafür entdeckte er in dem Durcheinander zwei Roboter, die genauso konstruiert waren wie jener, den er auf der Herfahrt gesehen hatte. Beide waren in einem vergleichbar jämmerlichen Zustand. Der eine folgte einer Frau in einer kostbar aussehenden Seidenrobe, hatte ein Bündel unter den Arm geklemmt und zog ein Bein nach. Der andere marschierte

hinter einem älteren Herrn in einem braunen Gehrock her
und trug einen Korb, aus dem der Hals eines toten Huhns
herabbaumelte. Dabei ruckte der Metallkopf des Techers in
regelmäßigen Abständen wie bei einer nervösen Zuckung zur
Seite.

Dann fiel Liam eine Bronzestatue ins Auge, die sich in der
Mitte des Platzes über das Getümmel und die Stände erhob
und die er aus Angst vor Verfolgern bis zu diesem Moment
gar nicht wahrgenommen hatte.

»Was ist das?«, fragte er Inari mit einem Fingerzeig.

»Die Figur gehört zu einem Brunnen und stellt *Alamon*
dar, den Erbauer des Tempels dahinter«, sagte Inari. »Leider
ist das Wasserspiel seit langem nicht mehr in Betrieb.«

»Ich würde ihn mir gerne mal ansehen.«

Inari schenkte ihm ein ironisches Lächeln.

»Willst du ihn etwa auseinandernehmen?«

»Ich will mich vor allem mal hinsetzen«, gab Liam zurück.
»Mir tun von der Lauferei die Füße weh.«

Inari antwortete mit einem Schulterzucken.

Sie bahnten sich einen Weg zu dem Brunnen, der seine
wahren Ausmaße jedoch erst preisgab, als sie schon direkt davor standen.

Liam sah zu der mit Patina überzogenen Statue empor, die
in der Mitte aufragte und einen Mann mit Gehrock und
Melone darstellte. Sie alleine war mindestens vier Meter hoch
und zwischen dem Hals und dem Kragen des Rockes hatte ein
Vogel ein Nest gebaut. Die Skulptur stand auf einem zylindrischen Sockel, der offensichtlich aus Stahl bestand und mit
einer dicken Rostschicht überzogen war. Liam fragte sich, wie
lange das verwitterte Metall die Last der Bronzefigur wohl
noch tragen würde. Statue und Unterbau wuchsen mittig aus

einer Granitschale empor, die nach Liams Schätzung einen Durchmesser von rund zehn Metern besaß. Aus dem Rand in Kopfhöhe ragten in regelmäßigen Abständen ein Dutzend Ausgüsse wie bei einem Ziffernblatt hervor. Sie bestanden ebenfalls aus Bronze und ihre Enden waren wie Drachenköpfe geformt, durch deren Mäuler sich einst das Wasser aus der Schale in ein ringförmiges Becken darunter ergossen hatte. Jetzt hatten sich darin Glasscherben, Metallschrott und vertrockneten Essensresten angehäuft, jedoch nicht die sonst üblichen Blätter. Allerdings gab es auf dem gesamten Platz keinen einzigen Baum, von dem sie hätten stammen können. In diesem Moment wurde Liam bewusst, das es in der Stadt mit Ausnahme des Ordensgeländes nur sehr wenige Bäume und Grünflächen zu geben schien.

»Ich ruh mich mal kurz aus«, sagte er und setzte sich auf den steinernen Rand des unteren Beckens. Inari erwiderte nichts und nahm neben ihm Platz.

Eine Weile saßen sie schweigend da und beobachteten das Markttreiben. Dabei stellte Liam erleichtert fest, dass ihn hier im Gegensatz zur Halle im Ratsgebäude kaum jemand beachtete oder gar neugierig beäugte. Er betrachtete Inari von der Seite, die seit einer Weile mit angespannter Miene in den Himmel hinaufschaute. Vermutlich suchte sie die Krähe. Mittlerweile konnte er Inaris Minenspiel recht gut lesen. Ihm gefiel ihr Gesicht, wenn er ehrlich war, sehr sogar, und es versetzte ihm einen Stich, sie so besorgt zu sehen. Er widerstand dem Impuls, den Arm tröstend um sie zu legen und kämpfte die aufsteigende Hitze in seinen Wangen nieder.

»Alderim wird schon zurückkommen«, sagte er lahm.

»Ja sicher«, gab sie zurück, ohne den Blick vom Himmel abzuwenden. »Aber das ist es nicht, was mich beschäftigt.«

Er stutzte.

»Du sorgst dich wegen der Verräter«, sagte er und ärgerte sich ein wenig, weil er mit seiner Annahme danebengelegen hatte.

»Ja das tue ich«, erwiderte sie. »Und auch du solltest die Gefahr nicht unterschätzen. Die Möglichkeit, dass der Einfluss des Sammlers bis in den Rat des Ordens hinaufreicht, macht mir Angst, Liam. Er wird alles daransetzen, den *Tork* und auch dich in seine Gewalt zu bekommen. Aber das werde ich nicht zulassen.«

Liam hatte eine Ahnung, dass sie über irgendeine Idee nachdachte.

»Was hast du vor?«

Sie sah ihm gerade in die Augen.

»Ich überlege, ob es nicht doch besser wäre den *Tork* zu holen und mit ihm zurück in deine Welt zu verschwinden. Dort ist er ... sind wir vor dem Sammler sicher. Es soll ja bloß vorübergehend sein. Und wenn sich hier die Wogen geglättet haben, kommen wir wieder. Das nächste Mal wissen wir auch eher, wem wir uns anvertrauen können.«

Liam wälzte ihre Worte in seinem Kopf hin und her und für den Bruchteil einer Sekunde hätte ihr beinahe zugestimmt, doch schließlich fasste er für sich eine andere Entscheidung.

»Du kannst gerne dich und den Schlüssel in Sicherheit bringen, vielleicht ist es auch besser so, mich aber zieht im Moment nichts nach Hause zurück. Mein Vater sitzt für den Rest seines Lebens in einem Heim und ich müsste bei meinem Onkel wohnen, was ganz okay ist, aber auch nicht gerade ein Traum. Nein, ich bleibe so lange hier, bis ich herausbekommen habe, was mit meiner Mutter geschehen ist.«

Inari zog die Augenbrauen zusammen.

»Rede keinen Unsinn«, versetzte sie. »Du kannst nicht einfach hier herumspazieren und nach deiner Mutter suchen.«

»Und wieso nicht«, fragte Liam barscher zurück, als er es beabsichtigt hatte.

»Hast du nicht verstanden, was ich dir gesagt habe? Sobald der Sammler von deiner Existenz erfährt, wird er nicht eher ruhen, bis er dich gefunden hat. Vermutlich weiß er schon, dass du hier bist.«

Liam schnaubte.

»Das mit dieser Legende ist doch Quatsch! An mir ist nichts Besonderes, das hast du selbst gesagt.«

»Aber du bist ein Halbblut und offenbar glaubt der Sammler an die alte Überlieferung und nur das zählt.«

Liam musste sich eingestehen, dass dieses Argument nicht von der Hand zu weisen war, dennoch wischte er es beiseite. Er hatte seine Wahl getroffen. Wenn er sein altes Leben wieder zurückhaben wollte, dann war sein Platz hier.

»Ich bleibe!«, verkündete er.

Inari wandte sich ab und starrte auf den Boden. Ein Moment des Schweigens breitete sich zwischen ihnen aus, dann sagte sie mit einem Anflug von Resignation:

»Bei den Göttern, du bist vielleicht ein Sturkopf!«

»Hab ich von meiner Mutter.«

»Ich weiß«, sagte sie und sah ihn wieder an, wobei ein Lächeln ihre Mundwinkel umspielte. »Dir ist hoffentlich klar, dass ich dich hier unmöglich alleine lassen kann. Daher werde ich bleiben, auch wenn ich glaube, dass es ein Fehler ist. Aber ich habe deiner Mutter geschworen, auf dich aufzupassen.«

Liam schaute sie lange an und spürte, wie ein Gefühl der Freude in ihm aufstieg. Und da war noch etwas anderes, wie er ein wenig irritiert feststellte. Er schluckte einen Kloß im Hals herunter.

»Das wäre toll!«, brachte er hervor.

Inari hob den Zeigefinger.

»Und du musst mir versprechen, dass du ohne zu murren mit mir zu Talandur zurückkehrst.«

»Ich verspreche es hoch und heilig«, sagte er und lächelte sie an, was ihm aber offensichtlich gründlich misslang, denn ihr Ausdruck verdüsterte sich schlagartig, bevor sie erneut zum Himmel emporschaute. Plötzlich fiel ihm ein, dass er sie schon die ganze Zeit etwas fragen wollte. Erst hatte er die passende Gelegenheit nicht gefunden, dann hatte er es vergessen.

»Wieso hast du den Tork versteckt?«

Sie wandte sich ihm zu und sah ihn durchdringend an.

»Ich hatte von Anfang an den Verdacht, dass ich nicht jedem im Orden trauen kann, was sich ja leider bestätigt hat.«

»Und wo? Was ist, wenn ihn jemand findet?«

»Das wird nicht geschehen. Sei mir bitte nicht böse, aber ich kann dir nicht verraten, wo ich ihn versteckt habe. Noch nicht.«

Enttäuschung wallte in Liam auf.

»Traust du mir etwa nicht?«, fragte er.

»Doch! Wo denkst du hin?« Sie sah ehrlich getroffen aus. »Ich mache das zu deinem Schutz, falls die Schergen des Sammlers ... falls irgendetwas passieren sollte.«

Liam schluckte, denn einen Moment lang lösten ihre Worte ein dumpfes Gefühl der Angst in ihm aus, dass er zuerst mit einer lässigen Antwort überspielen wollte. Doch stattdessen schwieg er und bekräftigte für sich noch einmal den Entschluss hier zu bleiben und nach seiner Mutter zu suchen. Er beobachtete das Gewusel rund um die Marktstände und lauschte der Kakophonie der Stimmen, um seine innere Unruhe zu bekämpfen. Plötzlich kam ihm eine Idee. Wenn sie hier schon zum Herumsitzen verdammt waren, solange wie die Ratssitzung andauerte, konnte er die Zeit auch nutzen und sich den Brunnen genauer anschauen.

Er stand auf, drehte sich um und ließ den Blick zu der Bronzestatue wandern, die sich über ihm erhob. An deren Sockel fiel ihm etwas auf, das er vorher übersehen hatte. Aus der rostigen Oberfläche ragte ein Kipphebel hervor, um den herum sich der rechteckige Umriss einer Klappe abzeichnete. Vermutlich befand sich dahinter das Innenleben des Brunnens, das einst das Wasserspiel in Gang gesetzt hatte. Seine Neugier war endgültig entflammt und er setzte einen Fuß auf den Rand des unteren Beckens.

Inari musterte ihn mit gerunzelter Stirn.

»Was hast du vor?«

»Ich schaue mir den Brunnen mal aus der Nähe an?«

»Hältst du das für klug? Ich dachte, wir wären hier, um nicht aufzufallen.«

Liam winkte ab.

»Ich bin bestimmt nicht der Erste, der auf dem Teil herumklettert.«

»Ich halte das für keine gute Idee«, bemerkte sie, allerdings ohne besonderen Nachdruck. »Was erhoffst du dir davon überhaupt?«

»Das weiß man bei der Erforschung unbekannter Dinge vorher nie so genau«, erwiderte er mit einem Grinsen.

Er wollte gerade das zweite Bein auf den Beckenrand nachziehen, als ihn eine fremde Stimme innehalten ließ.

»Ja mein Junge, der ist kaputt, wie so ziemlich alles hier! Und ich fürchte, es ist weit und breit niemand da, der ihn reparieren kann.«

Liam drehte sich um. Keine fünf Meter von ihm und Inari entfernt stand ein Mann, der ihm gerade einmal bis zum Kinn reichte. Er war mit einem leuchtend grünen Gehrock, weißen Hosen und schwarzen Reitstiefeln bekleidet. Auf dem Kopf trug er eine Lederkappe, über die er eine klobige Brille gezogen hatte, deren Gläser in den kreisrunden Eisenrahmen wie Bullaugen aussahen. Der Anblick erinnerte Liam an Aufnahmen von Piloten aus dem Ersten Weltkrieg und passte überhaupt nicht zum Rest der barocken Kleidung. Zwei buschige, grau durchsetzte Brauen überdachten ein paar Augen, die Liam mit wachem Blick fixierten. Doch das strahlende Lächeln unter dem gepflegten Schnauzbart schlich sich sofort in sein Herz.

KAPITEL 12

Mein Name ist Gantar«, sagte der Mann und trat auf die beiden zu. Inari musterte den Fremden und Liam bemerkte, dass sich ein paar Falten auf ihre Stirn geschlichen hatten.

»Ihr seid ein Ingenieur«, sagte sie.

Gantars Lächeln zog sich unter den Bart zurück.

»Ja, junge Magierin. Leider gehöre ich zu denen, die ihren Beruf nicht mehr ausüben können ... wenn es Euch tröstet.«

»Tröstet?«, erwiderte Inari kühl. »Was interessiert mich Euer persönliches Schicksal. Der Zustand der Stadt ist es, der mich betrübt.«

Gantar verbeugte sich mit übertrieben wirkender Ehrerbietigkeit.

Liam stutzte. Offensichtlich hatte Inari irgendein Problem mit dem Fremden, obwohl sie ihn gar nicht kannte. Er beschloss jedoch, dem Mann unvoreingenommen entgegenzutreten.

»Hat der Sammler ... Euch das angetan?«, fragte er. An diese Form der Anrede hatte er sich noch immer nicht gewöhnt.

Der Ingenieur nickte.

»Du scheinst mir ein aufgeweckter junger Mann zu sein, sagte er. »Interessierst du dich für den Brunnen?«

»Ja ich wollte mir anschauen, wie er funktioniert«, gab er zurück. »Vielleicht finde ich ja heraus, was daran kaputt ist.«

Gantar zog eine Augenbraue hoch.

»Und du glaubst, du wärst dazu in der Lage?«

Liam bezweifelte, dass die Erwähnung seines zweiten Platzes bei *Jugend forscht* Wettbewerb dem Mann besonders viel sagen würde.

»Mal sehen«, erwiderte er mit einem Lächeln.

Gantar warf Inari einen fragenden Blick zu.

»Ja ich glaube, er kann das«, versetzte sie. »Er ist zwar jung, aber es steckt mehr in ihm, als der erste Eindruck vermuten lässt.«

»Danke!«, knurrte Liam.

Der Ingenieur wiegte den Kopf hin und her.

»Weißt du was? Ich werde dir dabei helfen. Ich kann mich zwar nicht an viel von damals erinnern, aber an ein paar Sachen schon.«

Er bedeutete Liam, ihm zu folgen.

»Wenn ihr beide nichts dagegen habt, bleibe ich hier sitzen«, sagte Inari.

»Wie ihr wünscht, Magierin«, erwiderte der Ingenieur, stieg auf den Rand des unteren Beckens, sprang zur Schale hoch und zog sich mit überraschender Behändigkeit über die Kante. Obwohl Liam fast einen Kopf größer war und alles andere als unsportlich, hatte er Mühe mit Gantar mitzuhalten. Als er schließlich in dem Becken stand, lag auch hier überall Müll.

Der Ingenieur ging zielstrebig auf den Sockel der Statue zu, der seinerseits auf einem steinernen Podest ruhte, dessen Oberkante wohl einst einen halben Meter aus dem Wasserspiegel geragt hatte. Im oberen Teil reihten sich kreisrunde Öffnungen aneinander, aus denen früher offenbar das Wasser in die Schale gesprudelt war. Drei Stufen führten zu der verrosteten Klappe in dem Metallsockel hinauf.

Gantar erklomm die Treppe und versuchte den Kipphebel an der Luke herabzudrücken, doch dieser widersetzte sich seinen Bemühungen. Erst als der Ingenieur sein Körpergewicht zu Hilfe nahm, bewegte sich das Metall knirschend nach unten. Mit einem Ruck zog er die Klappe auf und spähte ins Innere des Zylinders, das von einem blauen Glühen erfüllt war. Nach einem kurzen Blick hinein zuckte er mit den Schultern, trat an den Rand der obersten Stufe und winkte Liam zu sich. Der überlegte nicht lange, stieg zu Gantar hinauf und spähte gebannt durch die Öffnung.

Eine waagerechte Stahlplatte teilte den Innenraum in zwei Hälften. In der oberen war eine Kugel von der Größe eines Tennisballs in einem Metallring befestigt. Sie strahlte das blaue Licht ab, dass er von außen gesehen hatte. Ein Dutzend Schläuche aus feinem Drahtgeflecht ging von dem Ring ab und tauchten durch eine Bohrung im Zwischenboden in den unteren Teil ab, wo sie mit einer komplexen mechanischen Apparatur verbunden waren. Das zentrale Element dieses Mechanismus bestand aus einem Hubkolben, was Liam zu der Einsicht brachte, dass es sich um eine Pumpe handelte. Die Welle war gebrochen, wodurch die Zahnräder des Mechanismus nicht mehr ineinandergriffen. Als er seine Diagnose Gantar mitteilte, zuckte der nur mit den Schultern.

»Wenn du meinst. Klingt jedenfalls plausibel«, sagte er.

Liam stutzte.

»Wie?! Mehr habt Ihr dazu nicht zu sagen?«, fragte er.

»Sag *du* zu mir, Junge«, erwiderte Gantar. »Und zu deiner Frage: nein!«

»Wie bitte?«, versetzte Liam. »Das ist doch ein ganz offensichtlicher Schaden. Mit etwas Hilfe könnte ich ihn sogar reparieren.«

Gantar sah ihn mit großen Augen an.

»Meiner Treu, du glaubst, du wärst dazu in der Lage?«

»Ja, vermutlich. Ich hätte es jedenfalls gerne probiert, aber alleine werde ich es wohl nicht schaffen«, sagte Liam. »Mit der Mechanik im unteren Teil käme ich klar, aber was die blaue Kugel darüber angeht, da muss ich passen.«

»Das ist die Energiequelle! Magisches Erz!«, verkündete Gantar. »Ich sagte ja, an ein paar Dinge kann ich mich noch immer erinnern.«

Liams Freude über diese Erkenntnis hielt sich in Grenzen, denn auch wenn der Ingenieur einen Rest seines Wissens behalten hatte, war er dadurch noch immer nicht in der Lage ihm die tiefgehenden Funktionen der Apparatur zu erklären.

»Davon abgesehen fehlt mir geeignetes Werkzeug und außerdem die passenden Ersatzteile«, sagte er.

Gantar rieb sich das Kinn.

»Vielleicht kann ich da helfen«, sagte er. »Wäre schließlich eine feine Sache, wenn der Brunnen wieder funktionierte. Die Bürger wären uns sehr dankbar, das ist sicher. Dies war immerhin die Trinkwasserquelle für ein ganzes Viertel. Außerdem bestehen gute Chancen ihn in Gang zu setzen, da die Energiequelle noch intakt zu sein scheint. Dass sie noch nicht gestohlen wurde, grenzt an ein Wunder, andererseits weiß auch so gut wie keiner mehr, wie so etwas ausgebaut wird. Also das ist wirklich ...«

Liam unterbrach Gantars Redefluss mit einer Handbewegung.

»Hallo! Stop! Jetzt nochmal langsam: Wir haben kein Werkzeug!«

Ein verschwörerisches Lächeln legte sich auf Gantars Gesicht.

»Ich habe zwar vergessen, wie man Maschinen baut und

repariert, aber ich verfüge immer noch über meine Werkstatt und meine Gerätschaften.«

»Wieso hast du das nicht gleich gesagt?«, versetzte Liam. »Wo ist deine Werkstatt? Ist sie weit weg?«

»Nein, nur ein paar Straßen von hier entfernt«, sagte Gantar.

»Dann lass uns gehen«, sagte Liam und sprang die Stufen hinunter. Ohne auf Gantar zu warten, lief er zum Rand der Schale, schwang sich über die Kante und ließ sich auf den unteren Beckenrand hinab. Inari hatte sich nicht fortbewegt und schien immer noch auf Alderim zu warteten.

»Was ist passiert?«, fragte sie. »Du siehst so euphorisch aus.«

»Du wirst es nicht glauben«, sagte er. »Gantar bringt mich zu seiner Werkstatt und will mir Werkzeug geben, damit wir den Brunnen reparieren können.«

In diesem Moment sprang der Ingenieur vom Brunnenrand neben sie herab und strahlte von einem Ohr zum anderen. Inari bedachte ihn jedoch mit einem kritischen Blick.

»Das ist nett von Euch Gantar, aber wir hatten eigentlich vor hier zu warten, bis mein Meister aus einer Versammlung des Stadtrats kommt«, sagte sie.

»Aber diese Sitzung kann doch noch ewig dauern«, warf Liam ein. »Lass uns die Zeit nutzen. Wenn ich es schaffe den Brunnen zu reparieren, ist vielen Menschen geholfen.«

»Das ist wahr«, bestätigte Gantar.

Inari, die den Ingenieur gar nicht zu beachten schien, sah Liam mit verschatteter Miene an.

»Ich halte es für keine gute Idee, uns weiter vom Ratsgebäude zu entfernen«, sagte sie.

»Aber es ist doch nicht weit, wir sind rasch zurück«, erwiderte Liam. »Außerdem werden uns irgendwelche Verfolger gerade in Talandurs Nähe vermuten und nicht irgendwo in einer Werkstatt.«

Gantar zog die Augenbrauen zusammen.

»Ihr werdet verfolgt?«

Inari winkte gereizt ab.

»Eine lange Geschichte, die Euch obendrein nichts angeht. Aber wenn es Euch beruhigt: Wir haben uns nichts zu Schulden kommen lassen.«

Gantar zuckte mit den Achseln.

»Und selbst wenn, es geht mich in der Tat nichts an und interessiert mich daher auch nicht.«

»Also ich werde jetzt den Brunnen reparieren«, griff Liam den Faden wieder auf. »Diese Warterei mit ungewissem Ausgang geht mir allmählich auf die Nerven. Vielleicht lerne ich die Technik darin ein bisschen zu verstehen, dann wäre ich möglicherweise in der Lage auch andere Dinge hier zu reparieren. Das wäre sogar in Talandurs Interesse!«

»Das klingt einleuchtend«, bemerkte Gantar.

Inari warf dem Ingenieur einen giftigen Blick zu und sah dann Liam durchdringend an.

»Sollten dich jene erwischen, die sehr wahrscheinlich hinter dir her sind, wirst du hier gar nichts mehr reparieren«, sagte sie, hob aber gleich darauf in einer resignierten Geste die Schultern. »Was soll's. Ich vermag dich ohnehin nicht umzustimmen, also können wir auch gehen. Wir werden uns aber beeilen, ist das klar?«

»Wir sind sofort wieder zurück«, sagte Gantar. »Meine Werkstatt liegt in der Kupfergasse, gleich hinter der Halle des Rates.«

Inari wollte sich erheben, ließ sich dann aber zurücksinken und maß den Ingenieur mit eindringlichem Blick.

»Warum sollten wir Euch überhaupt trauen?«

Gantar schürzte die Lippen.

»Ganz einfach. Mein Auftauchen kam für euch doch völlig überraschend. Hätte ich etwas im Schilde geführt, stecktet ihr doch schon längst in Schwierigkeiten.«

Inari nickte nachdenklich, stieß dann einen Seufzer aus und stand auf. Liam staunte über ihre plötzliche Meinungsänderung, hütete sich aber eine entsprechende Bemerkung zu machen.

Gemeinsam bahnten sie sich einen Weg durch das Gedränge zwischen den Marktständen, wobei Gantar die Führung übernahm und sich trotz seiner geringen Körpergröße auf bemerkenswerte Weise Platz verschaffte. Im Vorbeigehen griff er sich an einem Obststand einen knallroten Apfel, biss hinein und warf dem verdutzten Händler eine Münze zu.

Liam sah, dass Inari neben ihm immer noch den Himmel nach der Krähe absuchte. Mittlerweile glaubte er nicht, dass Alderim zurückkehrte und es betrübte ihn, weil er begriffen hatte, wie sehr sie an dem Vogel hing.

Die Sonne stand jetzt im Zenit, so dass selbst die riesigen Türme des Ratsgebäudes kaum Schatten warfen.

Schließlich erreichten sie das Ende des Marktes, an der dem Fluss abgewandten Seite, wo eine schnurgerade Straße vom Platz wegführte. Sie besaß zwei Fahrbahnen, die von einer niedrigen Mauer getrennt wurden. Während Gantar auf den linken Gehweg zusteuerte, schaute Liam sich noch einmal verstohlen nach etwaigen Verfolgern um. Er konnte jedoch niemanden entdecken, der ihm verdächtig vorkam, also wandte er sich wieder um und bestaunte die Pracht der Gebäude, die sich hier dem allgegenwärtigen Verfall besser widersetzt hatten.

Die Stuckornamente an Fenstersimsen, Türen und Giebeln waren aufwendiger gearbeitet als bei den Häusern am Marktplatz und die Mauern waren verputzt. Überall sprangen Erker hervor, auf denen Türmchen mit Kegeldächern saßen. Große Sprossenfenster dominierten die Fassaden, doch bei genauerem Hinsehen, fiel Liam auf, dass einige von innen vernagelt waren.

Auf den Gehwegen waren deutlich weniger Menschen unterwegs, als auf dem Markt, was vielleicht daran lag, dass es hier kaum Geschäfte gab und von diesen die meisten geschlossen hatten oder leer standen. Dafür wälzte sich ein steter Strom aus Fuhrwerken und klobigen Kraftfahrzeugen in beide Richtungen über das Kopfsteinpflaster der Fahrbahnen.

Die Straße war zwar wie eine Allee angelegt, doch es fehlten die Bäume. Liam fragte sich einmal mehr, wieso es in der Stadt so wenige davon gab? Überhaupt fand er es an der Zeit, endlich mehr über diese Welt zu erfahren, daher beschleunigte er seine Schritte und schloss zu Gantar auf.

»Ist die Wasserversorgung eigentlich in der ganzen Stadt zusammengebrochen?«, fragte er den Ingenieur.

»So gut wie. Von all den Brunnen, den automatischen Pumpen und den Leitungen funktioniert kaum noch etwas«, gab der Ingenieur mit grimmigem Ausdruck zurück.

»Und wo bekommen die Menschen jetzt ihr Wasser her?«

»Aus dem Fluss. Außerdem gibt es ein paar Handpumpen in den Straßen. Allerdings ist die Wasserqualität nicht besonders gut. Es grassieren schon die ersten Krankheiten.«

»Was ist sonst noch außer der Wasserversorgung ausgefallen?«

Gantar zuckte die Schultern.

»So ziemlich alles, wohinter irgendeine Form von Technik

steckt«, erklärte er. »Die meisten Techer sind kaputt und liegen auf der großen Halde, die mit jedem Tag weiter in den Himmel wächst. Die Öfen in den Häusern, die mit magischem Erz betrieben werden, sind mittlerweile fast alle ausgefallen. Das kannst du an den Schornsteinen sehen, die sich die Leute auf die Dächer gesetzt haben. Jetzt heizen sie wieder mit Kohle, wie früher.«

»Was ist mit Holz?«

»Holz?«, Gantar warf ihm einen belustigten Blick zu. »Hast du hier irgendwo Bäume gesehen?«

»Nein, eigentlich nur im Park des Ordens.«

»Und die sind Teil eines heiligen Hains«, versetzte der Ingenieur. »Es ist leider so, dass Bäume auf unserem Kontinent eine Seltenheit geworden sind. Einst gab es ausgedehnte Wälder, aber das war lange vor der technischen Entwicklung unserer Gesellschaft. Sie waren das erste Opfer des Fortschrittes. Stahl, Stein und Kohle gibt es dafür noch in rauen Mengen. Früher gab es in der Umgebung einige Minen, in denen das magische Erz abgebaut wurde, aber die Vorkommen sind längst erschöpft. Als der Gelehrte in einem entlegenen Gebiet eine neue Lagerstätte entdeckt hatte, keimte kurz die Hoffnung bei uns auf, wir könnten damit unsere Maschinen wieder in Gang bringen und unseren alten Wohlstand wiedererlangen, aber der Sammler ist uns zuvor gekommen und so schreitet der Verfall weiter voran. Uns geht einfach das Erz aus. Wenn nur der Gelehrte noch hier wäre. Ich gehörte übrigens zu jenen, die er unterrichtete, um ihnen einen Teil des verloren gegangenen Wissens zurückzugeben. Ein weiser Mann und äußerst freundlich. Ich habe ihn sehr gemocht und gleichzeitig bewundert. Ich hoffe, er kehrt bald zurück.«

Gantars Worte krampfte sich Liams Herz zusammen.

»Das wird wohl nicht geschehen«, sagte er bitter.

»Woher willst du das wissen? Es heißt, der Gelehrte sei aus einer anderen Welt gekommen und wieder dorthin zurückgekehrt. Warum soll er nicht wiederkommen?«

»Er ist sein Vater«, meldete Inari sich zu Wort.

Gantar blieb so abrupt stehen, dass Liam und Inari beinahe gegen ihn gelaufen wären. Der Ingenieur sah Liam durchdringend an.

»Ist das wahr?!«, versetzte er und sah Inari fragend an.

»Ja«, sagte die und zuckte die Schultern.

Der Ingenieur rieb sich das Kinn und starrte wieder Liam an.

»Meisterin Tabania war die Frau des Gelehrten, dann wärst du ... ein Halbblut!«

Gantars Blick bohrte sich jetzt regelrecht in Liams Gesicht.

»Die Augen ... Meiner Treu!«, murmelte er und ging weiter, Liam und Inari neben ihm her. Ein Schatten hatte sich auf Gantars Gesicht gelegt.

»Was ist mit deinem Vater geschehen«, fragte der Ingenieur.

Liam schluckte einen Kloß im Hals herunter. Dann sagte er:

»Auch er ist offenbar ein Opfer des Sammlers geworden. Vor einem halben Jahr kam er aus dieser Welt alleine zurück und verlor innerhalb kürzester Zeit fast sein gesamtes Wissen. Er ist jetzt auf dem Stand eines sechsjährigen Kindes.«

Gantar schüttelte den Kopf.

»Der arme Mann! Wie schrecklich!« Und mehr zu sich selbst fügte er hinzu: »Ohne ihn schwindet jede Hoffnung.«

»Eine Sache verstehe ich nicht«, sagte Liam. »Du bist doch auch ein Opfer des Sammlers, aber dich hat es nicht so schlimm getroffen wie meinen Vater. Wie kommt das?«

»Hmm ...«, machte Gantar und kratzte sich an der Schläfe.

»Das ist eine gute Frage. Im Allgemeinen raubt der Sammler einem nur das Wissen, das für ihn von Wert ist. Mir nahm er alles, was ich über die Ingenieurskunst wusste, das hat ihm offenbar gereicht.«

»Ich glaube, ich kenne die Antwort«, sagte Inari. »Im Kopf deines Vaters steckte eine Menge Wissen über seine Welt. Eine Welt, die der unseren in vielen Bereichen voraus ist. Entsprechend mehr hat der Sammler sich davon genommen, fast alles, wie es scheint ...« Sie stockte und sprach dann weiter. »Wenn er dieses Wissen in unserer Welt anwendet und mit der hiesigen Technologie verknüpft ...«

Trotz ihrer hellen Haut und dem Sonnenlicht glaubte Liam zu sehen, wie sie erbleichte.

»Das wäre irgendwie nicht so toll«, sagte er.

»Nicht so toll?!«, versetzte Gantar. »Das wäre fatal.«

Allmählich begriff Liam, dass sein Vater, der sein Wissen in guter Absicht in diese Welt gebracht hatte, um den Menschen zu helfen, damit möglicherweise eine Katastrophe heraufbeschworen hatte. Dabei traf ihn keine Schuld, es sei denn, man betrachtete seine bloße Anwesenheit hier schon als einen schweren Fehler. Ein Gefühl der Beklommenheit erfasste ihn. Nun war er seinem Vater gefolgt und genau wie er, trug er dessen fortschrittliches Wissen, zumindest zu einem großen Teil, in seinem Kopf. Allmählich verstand er, warum Inari unbedingt vermeiden wollte, dass er dem Sammler in die Hände fiel. Er fragte sich, ob es ihr dabei gar nicht so sehr um ihn, sondern mehr um ihre Welt ging und der Gedanke löste einen unerwarteten Stich in seiner Brust aus. So oder so, er würde hierbleiben, eine Flucht kam nicht in Frage.

Ein merkwürdiges Geräusch riss ihn aus seiner Grübelei, ein rhythmisches Stampfen, das aus der Querstraße vor ihnen drang und rasch anschwoll. Als sie das Ende der Häuserzeile linker Hand erreichten und er an einigen Passanten vorbei um die Ecke spähte, sah er eine Kolonne von zwanzig Männern mit einem Anführer an der Spitze auf die Kreuzung zumarschieren. Der Trupp bewegte sich auf der Fahrbahn und machten keine Anstalten einem Pferdekarren auszuweichen, wodurch der Kutscher sein Gefährt unter Flüchen an den Straßenrand lenken musste.

Es handelte sich augenscheinlich um Soldaten, gekleidet in schwarzen Röcken mit silbernen Tressen und Knöpfen. Die Aufschläge und die Hosen leuchteten in reinstem Weiß. Ihre Reitstiefel glänzten frisch gewienert und in den Kürassen aus poliertem Stahl, die ihre Oberkörper schützten, spiegelte sich die Umgebung.

Auf den Köpfen trugen sie Helme mit aufwärts gebogenen Rändern und einem Grat in der Mitte, wie Liam es bei Abbildungen spanischer Conquistadoren gesehen hatte. Auf dem Kopfschutz des Anführers wippte zusätzlich ein roter Federbusch.

Die Soldaten hatten Degen umgeschnallt, doch ihre Hauptbewaffnung - mit Ausnahme des Offiziers, - bestand aus einer Apparatur, wie sie Liam noch nie zuvor gesehen hatte. Es schien sich um eine Art Armbrust zu handeln, die jeder von ihnen geschultert hatte und die zwischen dem Schaft und dem Kolben eine zylindrische Verdickung mit einer Reihe von Schlitzen aufwies, aus denen ein blauer Schimmer drang. Vor dem Auslöser an der Unterseite war eine stählerne Trommel befestigt, die aussah wie das Magazin einer alten Maschinenpistole. Liam hätte zu gerne gewusst, wie diese Waffen funktionierten, auf jeden Fall sahen sie ziemlich todbringend aus.

Gantar wies ihn und Inari mit einer dezenten Handbewegung an, stehen zu bleiben und die Kolonne passieren zu lassen. Als die schon fast vorüber war, hob der Offizier unvermittelt die Hand und der Zug machte auf der Stelle Halt. Der Mann, von dessen rechtem Auge sich eine rot leuchtende Narbe bis zum Kinn zog, sah Gantar durchdringend an.

»Ihr da, Ingenieur!«, bellte der Offizier. »Sollte sich Euer Wissen noch nicht vollständig verflüchtigt haben, dann meldet Euch umgehend auf dem Südwall. Dort gibt es Katapulte zu reparieren.«

»Ich werde mich sofort auf den Weg machen, Leutnant«, erwiderte Gantar mit einer knappen Verbeugung.

»Gut, ich zähle auf Euch«, rief der Mann, gab seinen Männern einen Wink, worauf sich der Zug wieder in Bewegung setzte. Die Kolonne überquerte die Kreuzung, was einige Vollbremsungen auf der Allee zur Folge hatte und verschwand in der Fortsetzung der Seitenstraße aus Liams Blickfeld.

»Was waren das für Waffen?«, fragte Liam.

Der Ingenieur sah ihn einen Moment lang mit verständnislosem Ausdruck an.

»Tech-Bögen. Sag bloß, so etwas gibt es in deiner Welt nicht.«

»Nein, dafür haben wir andere Waffen, die mindestens genauso gefährlich sind«, sagte Liam. »Ich würde gerne wissen, wie diese Tech-Bögen funktionieren.«

Gantar lachte auf.

»Da fragst du ja den Richtigen, Junge!«

Er hielt kurz inne, offenbar in dem Versuch die Reste seiner Erinnerungen nach den brauchbaren Informationen zu durchforsten. Schließlich nickte er.

»In dem Zylinder oberhalb des Kolbens befindet sich eine durch magisches Erz angetriebene Mechanik, welche die

Stahlsehne spannt. Die Trommel, die du gesehen hast, ist ein Magazin, das zwölf Bolzen enthält. Na ja, den Rest musst du dir denken, denn alles andere habe ich vergessen.«

Liam nickte. »Danke trotzdem!«

Sie gingen weiter und überquerten die Seitenstraße. Als sie die nächste Kreuzung erreichten, bog Gantar nach links ab. Auf einem verwitterten Blechschild an der gegenüberliegenden Hauswand stand das Wort *Kupfergasse*. Die zweigeschossigen Backsteinhäuser rückten hier so dicht aufeinander zu, dass ein Karren gerade so hindurchpasste. Selbst die Mittagssonne vermochte nur einen Streifen in der Mitte des Kopfsteinpflasters zu bescheinen. Stuckverzierungen fehlten hier an den Fassaden, wodurch die Häuser nüchtern und auch ein wenig einförmig wirkten. Fast in jedem gab es eine Werkstatt mit Laden, über der eine schmiedeeiserne Aufhängung mit zwei gekreuzten Schraubenschlüsseln und einem Namen darunter hing.

Dies muss das Viertel der Ingenieure sein, dachte Liam.

Nachdem sie mehrere Häuser hinter sich gelassen hatten, blieb Gantar plötzlich rechter Hand vor einer Tür stehen, zog einen Schlüsselbund aus seinem Rock und sperrte sie auf. Mit einer ausholenden Armbewegung bedeutete er Liam und Inari einzutreten. Inari kam der Aufforderung nur zögerlich nach und ging ins Haus, ohne Gantar eines Blickes zu würdigen. Liam folgte ihr.

Es war für ihn offensichtlich, dass sie den Ingenieur nicht besonders schätzte, dabei konnte er sich nicht erklären, woran das lag. Er fand Gantar bisher ausgesprochen nett. Bei nächster Gelegenheit würde er sie darauf ansprechen, denn irgendwie störte ihn dieser unterschwellige Konflikt zwischen den beiden, auch wenn er nichts damit zu tun hatte.

Sie betraten eine winzige Diele, in der eine Eisentreppe in die oberen Stockwerke führte. Gantar drückte die Eingangstür hinter ihnen ins Schloss, schob sich an ihnen vorbei und öffnete eine Tür auf der rechten Seite. Liam und Inari folgten ihm in eine Art Verkaufsraum, in dem sich ein Sprossenfenster über die gesamte Straßenseite erstreckte. Das dämmrige Licht, das aus der schattigen Gasse hereindrang, war kaum kräftig genug, um den Raum bis in den hintersten Winkel zu erhellen.

Linker Hand stand ein Tresen mit vier Stahlbeinen und einer Steinplatte. Darauf lagen eine Metallkassette, ein ledergebundenes Buch und ein Federkiel neben einem Tintenfass. Dahinter schloss sich eine Werkstatt an, die etwa ein Dreiviertel der gesamten Fläche einnahm.

In der Mitte reichte eine Werkbank bis an die rückwärtige Wand heran, wo ein Oberlicht für ein wenig zusätzliches Licht sorgte. Liam fand, dass der Raum für eine Werkstatt recht dunkel war, doch dann fielen ihm eine Reihe mattschwarzer Zylinder ins Auge, die an Ketten über der Arbeitsfläche herabhingen. Sie ähnelten der Lampe, die er in seiner Schlafkammer im Orden bestaunt hatte.

Die Wände waren mit Regalen vollgestellt, in denen Metallteile, Zahnräder, Kästchen, Drahtspulen und Werkzeug lagerten. Doch das, was in der hinteren rechten Ecke reglos auf seine Bestimmung wartete, zog Liam am meisten in seinen Bann. Es waren zwei Techer, offensichtlich außer Funktion, denn dem linken fehlte der Kopf und bei dem rechten quoll ein Gewirr aus Leitungen aus einer Öffnung im Rumpf hervor. Langsam wurde ihm klar, was Gantars Beschäftigung gewesen war, bevor der Sammler ihm sein Wissen gestohlen hatte.

»Du hast früher Techer repariert«, sagte er und empfand dabei eine tiefe Ehrfurcht vor dem Ingenieur.

»Nicht nur repariert«, gab Gantar zurück. »Ich habe sie auch selbst entworfen und konstruiert. Das Dumme ist nur, dass ich mich noch daran erinnern kann, *dass* ich es gemacht habe, nicht aber *wie*.«

Liam sah zu Inari, die sich ebenfalls in dem Raum umschaute, wobei sich einen Moment lang Arroganz und Abscheu in ihrem Gesicht widerspiegelten. Sie bewegte sich dabei, als fürchtete sie, bei der kleinsten Berührung mit irgendeinem der Gegenstände zu Staub zu zerfallen.

»Eine Magierin in meinem Laden. Dass ich das noch erleben darf«, sagte der Ingenieur mit einem schiefen Grinsen.

Es schien, als feuerte Inari mit ihren Augen Blitze auf Gantar ab.

»Spar dir deinen Spott! Wir Magier sind nicht schuld daran, dass der Sammler über so viel gefährliches Wissen verfügt.«

»Das liegt nur daran, dass er unser Wissen für kostbarer hält als das der Magier«, ätzte Gantar zurück.

Daher weht also der Wind, dachte Liam. Inaris offenkundige Abneigung Gantar gegenüber hatte wohl weniger mit etwas Persönlichem zu tun, als mit einem grundlegenden Konflikt zwischen Magiern und Ingenieuren. Besser er mischte sich da nicht ein. Als Inari sich ihm zuwandte, bebte ihr Kinn vor Zorn.

»Such schnell zusammen, was du benötigst und dann lass uns von hier verschwinden«, sagte sie.

Liam nickte. Obwohl er am liebsten noch stundenlang mit Gantar geredet und dessen Werkstatt durchstöbert hätte, wollte er sich nicht mit ihr streiten. Nicht bei ihrer Laune!

Er ging um den Tresen herum zur Werkbank, auf der mehrere angefangene Bauteile offenbar schon seit längerer Zeit auf ihre Fertigstellung warteten. Einige Erzkugeln lagen daneben, doch sie leuchteten nicht. Er nahm eine davon aus reiner Neugier in die Hand und stellte staunend fest, dass sie deutlich schwerer war als Blei.

»Kann man die wieder aufladen?«, fragte er.

»Ja, im Haus der Quelle meines Ordens«, sagte Inari. »Dazu ist allerdings magisches Wissen erforderlich. Wissen, über das Ingenieure nicht verfügen.«

Gantar quittierte ihre Bemerkung mit einem säuerlichen Blick, was Inari entweder nicht bemerkte oder ignorierte.

»Die Prozedur ist jedoch nicht beliebig oft durchführbar«, schloss sie.

»Verstehe«, sagte Liam und legte die Kugel wieder hin. Er musste sich eingestehen, dass es komplizierter war als gedacht, sich aus dem Durcheinander das passende Werkzeug für die Reparatur des Brunnens zusammenzusuchen. Bei einigen Gegenständen glaubte er die entsprechenden Pendants aus seiner Welt zuordnen zu können: Schraubenzieher, Schraubenschlüssel, ebenso Zangen und diverse Hämmer. Doch damit hatte es sich auch schon, denn bei den komplexeren Geräten konnte er beim besten Willen nicht erkennen, wozu sie gebraucht wurden. Nach einer Weile hörte er, wie Gantar sich räusperte.

»Sieh dich ruhig um, während ich eine Auswahl an Werkzeug zusammensuche«, sagte der Ingenieur, der offenbar sein Dilemma erkannt hatte. Liam nickte dankbar.

Gantar kam zu Werkbank und drehte eine der Lampen an. Sofort erstrahlte die Werkstatt in hellem Licht.

Liam kam der Einladung des Ingenieurs gerne nach. Er ging zu einem der Regale und inspizierte die Metallteile und den

Inhalt diverser Kisten, die ein beachtliches Sortiment an Schrauben, Muttern und Unterlegscheiben enthielten. Plötzlich ließ ihn ein Gegenstand innehalten, eine rund fünf Zentimeter dicke Stange von knapp anderthalb Meter Länge. An einer Seite war sie zu einem Drittel durch einen Metallreifen geschoben und mit diesem verschweißt worden. Liam hatte keine Ahnung, wozu sie ursprünglich gebraucht wurde, doch die Form erinnerte ihn sofort an ein *Shinai*, ein Kendo-Schwert. Er griff nach der Stange und hielt sie mit einer Hand hoch. Er war erstaunt, wie leicht sie war, viel leichter als sein Übungsschwert aus Bambus. In seiner Situation würde er so etwas vielleicht noch brauchen können.

»Darf ich das behalten?«, fragte er.

Gantar sah zu ihm herüber und zuckte die Schultern.

»Natürlich! Ich kann damit nichts mehr anfangen und hätte es ohnehin demnächst zur *Halde* gebracht. Wäre schade gewesen, denn die Stange besteht aus *Kerill*. Ein ziemlich seltenes Metall, nebenbei bemerkt, sehr leicht und härter als Stahl, dabei aber auch flexibel, so dass es nicht so schnell bricht.«

Liam wog die Stange in der Hand. Er überlegte, ob es sich um Titan handelte, das hier nur anders hieß, oder ein Metall, das es in seiner Welt nicht gab, so wie die Lichtkugeln. Ein Wort von Gantars Erläuterung hallte in seinem Kopf nach, der Ingenieur hatte es zuvor schon einmal benutzt.

»Du sagtest etwas von einer Halde«, bemerkte er. »Was ist das?«

»Ein riesiger Schrottplatz hier in der Stadt, von dem sich jeder bedienen kann«, erklärte Gantar. »Er liegt direkt am Südwall. Früher war das häufig die einzige Möglichkeit, an ein billiges Ersatzteil zu kommen. Ich fürchte, wir werden auch jetzt dorthin gehen müssen, wenn du den Brunnen reparieren möchtest. Denn soviel ich noch weiß, wird sich hier in der Werkstatt kein passendes Teil finden.«

»Ist die Halde weit entfernt?«

»Nein, nur einen kurzen Fußmarsch von hier.«

Liams Blick wanderte zu Inari, deren Unmut deutlich aus ihrem Gesicht abzulesen war. Trotzdem wollte er sich nicht die einmalige Chance entgehen lassen, die hiesige Technik zu erforschen. Ginge er jetzt nicht mit Gantar mit, würde er sich das den Rest seines Lebens vorwerfen. Auf die paar Minuten kam es jetzt auch nicht mehr an und welcher Verfolger, - sofern es denn überhaupt einen gab, - vermutete sie schon auf einer Schrotthalde am Stadtrand.

»Lasst uns gehen«, sagte er.

Gantar nickte und hielt eine lederne Umhängetasche in die Höhe.

»Gut! Ich habe gerade alles eingepackt, was wir womöglich brauchen können.«

Liam marschierte mit seinem neuen Schwert in der Hand zum Ausgang. Als er damit an Inari vorbeiging, sah sie ihn fragend an.

»Man kann nie wissen«, bemerkte er mit einem Lächeln, woraufhin sie bloß die Stirn runzelte. Ihr Gesichtsausdruck hatte sich nicht verändert, doch sie versuchte nicht, ihn aufzuhalten.

Sie verließen Gantars Werkstatt und bogen nach rechts in die Gasse ein, die sich in Bögen eine leichte Steigung hinaufwand. Mehrere Seitengassen kreuzten ihren Weg, schattige Stiegen, in denen zwei Personen nicht nebeneinander hergehen konnten. Eine getigerte Katze huschte von rechts über das Pflaster und verschwand mit einem Satz in einem halboffenen Fenster auf der anderen Seite. Sonst begegnete ihnen niemand. Das Viertel wirkte wie ausgestorben und vermutlich war es das größtenteils auch.

Sie waren keine fünf Minuten gegangen, als die Gasse endete und auf eine unbebaute, an drei Seiten von Häusern umringte Fläche führte, hinter der die Stadtbefestigung aufragte. Dies musste der Südwall sein, von dem Gantar gesprochen hatte. Seine Krone verlief auf Höhe eines vierstöckigen Wohnhauses und auf seinem Wehrgang, zu dem in regelmäßigen Abständen stählerne Wendeltreppen hinaufführten, sah Liam die Helme von Soldaten im Sonnenlicht blitzen.

Der Platz darunter besaß die Größe eines Fußballfeldes und war mit einem Gebirge aus Schrotthaufen bedeckt, von denen der mittlere fast so hoch wie der Wall selbst war. Rost und Patina ließen die Kegel organisch wirken. Liam fühlte sich angesichts der schieren Menge an Metall einen Moment lang überwältigt und auch ein wenig klein. Wie sollte er in der kurzen Zeit, die er zur Verfügung hatte, ein passendes Ersatzteil finden? Allerdings schienen die Schrottberge nach Größe und Form ihrer Bestandteile sortiert zu sein, was die Suche zumindest ein wenig erleichterte. Er wollte schon auf einen davon zugehen, als ihn Gantar unvermittelt am Arm zurückhielt.

»Siehst du das?«, zischte der Ingenieur.

Liam hatte zuerst keine Ahnung, was Gantar meinte, doch dann sah er es. Oder besser gesagt *ihn*.

»Was ist?«, fragte Inari, die offenbar nicht mitbekommen hatten, was die beiden entdeckt hatten.

Liam deutete ihr mit dem Finger die Richtung, und als sie dorthin schaute, erstarrte sie unvermittelt.

Halb verdeckt von einem der Schrottkegel stand ein Techer und wühlte in den Metallteilen herum. Er ähnelte jenen Maschinen, die Liam bereits gesehen hatte: zwei Beine, Rumpf, Kopf und Arme, insgesamt die grobe Nachbildung einer menschlichen Gestalt. Doch während die anderen Techer sich in einem schlechten Zustand befunden hatten, - zerkratzte, zerbeult und angerostet, - schien dieser hier äußerlich ohne Makel zu sein. Er glänzte in der Sonne, als hätte jemand kurz zuvor seine Oberfläche mit feiner Stahlwolle poliert.

»Sieht ziemlich neu aus«, flüsterte Liam.

»Und genau das macht mich stutzig«, gab Gantar zurück. »In dieser Stadt gibt es schon seit langem keine neuen Techer mehr. Der da kann unmöglich von hier kommen.«

»Aber woher dann?«, fragte Inari.

»Finden wir es heraus«, sagte Gantar und ging langsam auf den Techer zu.

KAPITEL 13

Der Techer war offenbar so vertieft in seine Suche, dass er die Gruppe noch nicht bemerkt hatte.

»Was schlägst du vor?«, fragte Inari an Gantar gerichtet. Hatte sie bisher keinen Hehl daraus gemacht, dass sie diesen Ausflug nicht gut hieß, schien es jetzt so, als hätte auch sie die Neugier gepackt.

»Wir schauen ihn uns aus der Nähe an, aber vorsichtig«, sagte der Ingenieur und wies sie und Liam ihm zu folgen.

Langsam gingen sie auf den Techer zu. Als sie nur noch zwanzig Schritte von ihm entfernt waren, bemerkte Liam neben dem makellosen Zustand, noch ein paar weitere Abweichungen von den Modellen, die er bisher gesehen hatte. Dieser hier besaß drei obsidianschwarze Augen, eins vorne in der Mitte und jeweils eins an den Seiten des Kopfes. Zusätzlich trug er einen angeschweißten Kasten auf dem Rücken, auf dem eine fünfstellige Nummer eingeätzt war.

Liam hätte nicht sagen können, warum, aber er teilte das Misstrauen des Ingenieurs. Dieser Techer wirkte auf ihn irgendwie sonderbar, wenn nicht gar bedrohlich.

Gantar hob die Hand und sie blieben stehen. Im selben Augenblick richtete sich der Roboter auf und drehte sich langsam zu ihnen herum. Liam hätte schwören können, ein kurzes Aufleuchten in dem zentralen Auge zu erkennen, mit dem die Maschine sie zu fixieren schien. Instinktiv umfasste seine Hand den Schwertgriff fester.

»Oh, vielleicht könnt Ihr mir helfen, Sires«, sagte der Techer unvermittelt. Zu Liams Erstaunen klang die Stimme kein bisschen mechanisch. Auch die gepflegte Ausdrucksweise der Maschine verwunderte ihn. An ihrem stählernen Kopf gab es keine Mundöffnung, die Worte waren aus den Tiefen ihrer stählernen Eingeweide gekommen.

»Wobei können wir dir helfen?«, fragte Liam vorsichtig.

»Mir ist ein kleines Malheur passiert und ich fürchte, ich komme alleine nicht weiter«, sagte der Techer.

»Und das wäre?«, fragte Gantar. Der Argwohn in seiner Stimme war nicht zu überhören.

»Offensichtlich habe ich ein Problem mit meinem Gedächtnis. Ich weiß nicht, wie ich an diesen Ort gekommen bin«, erwiderte die Maschine. Ein hoher Piepton ertönte aus ihrem Inneren, wie um das Gesagte zu betonen.

»Das wüssten wir auch gerne«, bemerkte Liam.

»Versteht mich bitte nicht falsch. Mein Problem ist rein technischer Natur«, sagte der Techer und tippte sich mit der Klauenhand an den Kopf. »Ein Defekt in meiner Steuereinheit.«

Liam runzelte die Stirn.

»Woran kannst du dich denn noch erinnern?«

»An einen Schlag auf den Kopf, worauf mein System in den Reservemodus umgeschaltet haben muss. Als ich nach den Analyseroutinen meinen Basisbetrieb wieder aufnahm, befand ich mich in dieser Stadt. Alles, was davor war, kann ich nur noch in Bruchstücken aus meinem Speicher abrufen.« Erneut ertönte ein Piepen. »Da war ein Schloss, weitverzweigte Gänge, sonderbare Bilder ... viel mehr weiß ich nicht.«

»Wann geschah das?«, fragte Inari mit Nachdruck. »Ich meine der Schlag auf den Kopf.«

»Laut meines Chronometers heute Morgen«, kam als Antwort.

Inari winkte Laim und Gantar mit dem Zeigefinger zu sich heran. Als sich ihre Köpfe beinahe berührten, sagte sie im Flüsterton:

»Ich teile deine Auffassung Ingenieur, dieser Techer ist alles andere als gewöhnlich. Wir sollten auf der Hut sein.«

Gantar nickte. »Ich bin deiner Meinung, Magierin!«

Liam fiel auf, dass der gemeinsame Argwohn gegenüber dem Techer, die beiden offenbar zusammenrücken ließ.

»Wo kommt dieses Ding her?«, fragte er.

Inari schürzte die Lippen.

»Ich habe einen Verdacht. Mit Sicherheit wurde er nicht erschaffen, um die Arbeit von Bediensteten zu übernehmen. Außerdem scheint sich deine Annahme zu bestätigen, Ingenieur, dass er nicht von hier stammt. Jedenfalls, wenn man seinem Gerede glaubt.«

Gantar zog die Augenbrauen zusammen.

»Was denkst du, woher er kommt, Magierin?«

»Das einzige Schloss mit einem Labyrinth aus Gängen, das mir von Erzählungen her bekannt ist, liegt weit entfernt von hier und gehört dem, der für all das Leid in dieser Stadt verantwortlich ist.«

Gantar wich zurück, als hätte sie einen Fluch ausgesprochen.

»Du meinst den Sammler? Du glaubst, er habe der Techer geschickt?«

»Es spricht sehr viel mehr dafür als dagegen.«

Der Ingenieur fixierte den Techer über die Schulter hinweg und zupfte sich am Schnurrbart.

»Meiner Treu! Was sollen wir jetzt tun?«, brummte er.

»Wir schauen nach, ob wir ihn reparieren können«, sagte Liam.

Gantar betrachtete ihn stirnrunzelnd.

»Bist du verrückt, Junge? Der Techer ist offenbar vom Feind hierhergeschickt worden. Niemand weiß, wie er reagiert, sobald wir ihm sein Gedächtnis zurückgeben, falls das überhaupt möglich ist. Wir kennen seine Mission nicht. Vielleicht bringt er uns sofort um. Hast du eine Ahnung, über welche Kräfte diese Maschinen verfügen?«

»Ich finde Liams Vorschlag überlegenswert«, bemerkte Inari zu Liams Überraschung. Gantar sah sie mit schmalen Augen an.

»Ja, Techer sind stark«, sagte sie leise. »Aber wir haben auch einiges in die Waagschale zu werfen, obwohl ich nicht glaube, dass es zum Äußersten kommt. Doch wenn es uns gelingt, ihn zu reparieren, dann erfahren wir vermutlich nicht nur etwas über seine Aufgabe, sondern möglicherweise auch über die Pläne des Sammlers.«

Liam warf ihr einen dankbaren Blick zu, während Gantar sich das vorgeschobene Kinn massierte.

»Und noch eine Sache«, fügte sie hinzu. »Bisher hat noch nie jemand etwas über das Schloss des Sammlers berichten können. Der Techer kommt aber möglicherweise von dort. Er könnte uns wertvolle Informationen liefern.«

Sie warf Liam ein Lächeln zu, der die Anspielung sofort verstand. Diese Maschine konnte bei der Suche nach seiner Mutter eine entscheidende Hilfe sein. Vorausgesetzt natürlich sie spielte mit, doch er war bereit, es darauf ankommen zu lassen.

Gantar wiegte den Kopf hin und her, offenbar war er zu einem Entschluss gekommen.

»Du könntest recht haben, Magierin«, sagte er. »Es birgt ein Risiko, aber wenn es funktioniert, haben wir eine Menge gewonnen. Der mögliche Nutzen überwiegt die Gefahr bei weitem.«

Er wandte sich Liam zu.

»Also schön, lass es uns probieren. Du suchst den Fehler und ich assistiere dir dabei so gut ich kann«, sagte er und reichte ihm die Tragetasche mit dem Werkzeug. An Inari gerichtet fügte er hinzu: »Du, Magierin, behältst unseren stählernen Freund im Auge. Sollte er sich auf die falsche Weise rühren, möchte ich von dir eine Demonstration deiner Kräfte bekommen.«

Inari nickte und die Andeutung eines Lächelns zeigte Liam, dass sie den Ingenieur offenbar nicht mehr ganz so unsympathisch fand. Der drehte sich nun mit betont freundlichem Gesicht dem Techer zu.

»Mein Freund, heute ist dein Glückstag«, verkündete er mit ausgebreiteten Armen. »Wie es der Zufall will, sind der Junge und ich erfahrene Techniker, die deinem Gedächtnis wieder auf die Sprünge helfen werden.«

Der Ingenieur ging auf die Maschine zu, Liam neben ihm. Der Techer trat seinerseits einen Schritt auf sie zu und vollführte eine weit ausholende Verbeugung, wie Liam sie aus alten Mantel- und Degenfilmen kannte. Als er sich wieder aufrichtete, sagte er:

»Mein Name ist TOMKIN-2487-P und mit wem habe ich das Vergnügen.«

Gantar und Liam blieben vor ihm stehen.

»Mein Name ist Gantar, ich bin Ingenieur und das ...« Er wies mit der Hand auf Liam. »Das ist mein Schüler, der mich aber schon zu überflügeln beginnt. Und die Magierin hinter uns ist Inari, eine Freundin.«

»Sehr erfreut Euch alle kennenzulernen«, sagte der Techer.

»Was bedeutet dein Name?«, fragte Liam.

»Nun, die Zahl und der letzte Buchstabe sind eine Seriennummer«, erklärte die Maschine. »Und TOMKIN ist die Abkürzung für ‚Technischer Organismus mit künstlicher Intelligenz‘.«

»Das hört sich ziemlich kompliziert an«, bemerkte Liam. »Ist es dir recht, wenn ich dich einfach TOMKIN nenne?«

»Durchaus, junger Ingenieur«, erwiderte der Techer. »Wenn es Euch gelingt, mich zu reparieren, werde ich mich erkenntlich zeigen.«

Gantar neigte den Kopf zu Liam.

»Wollen wir hoffen, dass er sich nach der Reparatur noch daran erinnert«, flüsterte er, um in normaler Lautstärke fortzufahren: »Das ist sehr großzügig, TOMKIN, aber zuerst einmal müssen wir herausfinden, was dir fehlt. Du hast doch nichts dagegen, wenn ich meinem Schüler den Vortritt lasse?«

»Nein, nein! Ihr deutetet ja an, dass er sehr begabt sei.«.

Liam schaute zu TOMKIN auf, der ihn um mehr als Haupteslänge überragte. Aus so unmittelbarer Nähe wirkte der Techer noch bedrohlicher. Er fragte sich, ob Inari im Ernstfall wirklich schnell genug zur Stelle wäre und wenn ja, ob sie überhaupt etwas gegen diesen stählernen Hünen ausrichten konnte? Er wischte die Zweifel beiseite und bat die Maschine, sich hinzusetzen.

TOMKIN kam seinem Wunsch nach, wodurch der Kopf in die optimale Position für eine Untersuchung gelangte. Liam trat hinter ihn und entdeckte am Hinterkopf eine verschraubte Platte. Er legte sein Schwert in Griffweite auf den gepflasterten Boden, setzte die Tasche ab und begann den Inhalt Stück für Stück auszubreiten.

Da gab es mehrere Schraubendreher in verschiedenen Größen, deren Enden wie Inbusschlüssel geformt waren aber acht Ecken besaßen. Daneben legte er Drehschlüssel, Zangen und zwei Hämmer, die sich kaum von denen aus seiner Welt unterschieden. Alle Werkzeuge bestanden vollständig aus Metall und waren an den Griffen mit Leder umwickelt. Offensichtlich war Kunststoff in dieser Welt ebenso wenig bekannt wie Elektrizität.

Zuletzt zog er ein Gerät aus der Tasche, das ihn stutzen ließ. Die Basis des Griffs war wie eine Kugel geformt und nach oben hin schloss sich ein Stab an, dessen Ende um fünfundvierzig Grad abgewinkelt war. Aus der Spitze ragten zwei kurze Drähte hervor, die einen halben Zentimeter weit auseinanderstanden. Da Liam dem Techer gegenüber seine Unkenntnis nicht offenbaren wollte, warf er Gantar einen fragenden Blick zu.

»Zum Glück habe ich das *Schweißgerät* eingepackt«, sagte der Ingenieur mit gespielter Überraschung, wobei er das entscheidende Wort betonte.

Liam nickte dankbar. Er nahm sich einen Schraubendreher, der die richtige Größe zu haben schien, richtete sich auf und trat an TOMKINS Rückseite heran. Seine Hände fühlten sich feucht an und er wischte sie nacheinander an seiner Hose ab. Noch vor einem Tag hatte er an seinem eigenen, vergleichsweise primitiven Roboter herumgeschraubt und war sich dabei wie ein Pionier vorgekommen, der unbekanntes Terrain in der Forschung betrat. Nun bot sich ihm die Chance in das Innere einer Maschine zu sehen, gegen die sein Apparat wie ein Papierflieger im Vergleich zu einem Düsenjet wirkte.

An der Oberseite des Kopfes seines ‚Patienten‘ gewahrte er eine Delle, die er vorher, als der Techer ihn noch überragte, nicht hatte sehen können. Sie schien frisch zu sein, denn das angeschabte Metall glänzte silbern in der Sonne. Er vermutete daher, dass der eigentliche Schaden unmittelbar darunter lag, doch was wusste er schon. Genauso gut konnte sich die Steuereinheit irgendwo in der unteren Hälfte des Rumpfs befinden. Gantar schien sein Zögern bemerkt zu haben, denn er trat einen Schritt auf ihn zu und reckte das Kinn wortlos in Richtung der Klappe am Hinterkopf des Techers. Liam verstand. Mit einem passenden Werkzeug drehte er die Schrauben heraus, welche die Luke verschlossen und drückte sie in Gantars Hand. Schließlich hob er den Deckel ab und gab auch diesen dem Ingenieur. Mit heftig pochendem Herz spähte er ins Innere der Apparatur.

Im Halbdunkel erblickte er eine schwarze Metallkugel von der Größe eines Apfels, die mit horizontalen Streben in der Mitte des Kopfes befestigt war. Ein Dutzend geflochtener Leitungen gingen von ihr ab und führten zu den Rückseiten der drei Augen, zu einem Kasten an der Oberseite und durch den Hals hinab in den Rumpf. Zwei der Anschlüsse an der oberen Hälfte der Kugel schienen sich gelöst zu haben. Er hatte nicht die leiseste Ahnung, was er da vor sich hatte, vermutete aber, dass es sich um die besagte Steuereinheit handelte.

»Da sind zwei Leitungen aus der ... äh Kugel gerissen. Sieht mir nicht wie die Energiequelle aus«, sagte er und wich ein wenig zur Seite, damit Gantar auch einen Blick darauf werfen konnte.

Der Ingenieur räusperte sich.

»Sehr gut beobachtet, mein Junge«, bemerkte er mit sonorer Stimme. »Mir scheint, als hättest du den Fehler gefunden. Ausgezeichnet!«

Doch sein für TOMKIN verborgenes Schulterzucken verriet Liam, das er nicht viel mehr wusste als er. Was Gantars Wissen über Techer anging, hatte der Sammler offenbar ganze Arbeit geleistet.

»Dann wird die Energiequelle im Rumpf eingebaut sein und das da ist wohl tatsächlich die Steuereinheit«, murmelte Liam mehr zu sich selbst.

Er wusste, dass er den inneren Aufbau der Kugel, - wenn er sie überhaupt geöffnet bekam, - niemals in so kurzer Zeit verstehen würde. Er hoffte daher, dass der Defekt des Roboters lediglich durch die zwei losen Verbindungen verursacht wurde. Er schob Gantar wieder zur Seite und betrachtete angestrengt die Enden der gelösten Anschlüsse.

Sie hatten zwar einen Schweißbrenner dabei, aber würde er damit auch umgehen können? Ihm war sehr wohl bewusst, dass es sich beim Schweißen von Metall um eine Kunst handelte, die er nicht einmal ansatzweise beherrschte. Doch was blieb ihm anderes übrig, er musste es versuchen. Dieser Techer war vermutlich die einzige Chance an den Ort zu gelangen, wo seine Mutter verschwunden war und sein Vater das Gedächtnis verloren hatte.

Er bückte sich, hob das Schweißgerät auf und suchte daran nach einem Schalter. Am Griff entdeckte er einen beinahe fugenlos eingepassten Knopf, den er im ersten Moment übersehen hatte. Als er ihn drückte, erschien ein gleißender Lichtpunkt zwischen den Drähten an der Spitze, der ihn blendete. Ein feines Summen ging davon aus.

»Was soll das werden?«, raunte Gantar ihm zu.

»Na was wohl?!«, gab er leise zurück. »Ich will versuchen die beiden Kabelverbindungen wieder anzuschweißen.«

»Hast du schon mal geschweißt, Junge?«

»Äh ... ehrlich gesagt nein«, erwiderte Liam. »Aber ich dachte, mit deiner Hilfe und ...«

»Das kannst du vergessen! So wie es aussieht, handelt es sich um eine Verbindung zwischen zwei Legierungen. Schwer zu beherrschen, sehr schwer«, sagte Ganter und streckte ihm die Hand entgegen. »Gib her, ich mach' das!«

»Du?«, fragte Liam. Es war ihm etwas zu laut herausgerutscht und er senkte seine Stimme sogleich wieder. »Ich dachte, du hättest dein Wissen verloren.«

»Zum größten Teil sagte ich, wenn du dich entsinnst. An einige Dinge kann ich mich sehr wohl noch erinnern. Außerdem habe ich in den letzten Wochen ein wenig geübt. Vertraue mir, ich werde das immer noch besser hinbekommen als du. Bitte nicht persönlich nehmen.« Der Ingenieur zog auffordernd die Augenbrauen hoch. »Also gib schon her. Du willst doch deinen Eltern helfen, oder?«

Liam nickte und gab Gantar den Brenner.

Der trat an ihm vorbei und nahm den Platz vor der Öffnung ein. Er zog sich die Brille vor die Augen und betätigte einen winzigen Knopf am Rahmen, worauf sich die Gläser verdunkelten. Dann führte er die Spitze des Schweißgerätes zu den defekten Anschlüssen, wobei er diese mit der anderen Hand geschickt fixierte. Liam bewunderte die Ruhe, die er dabei ausstrahlte: Sein Atem ging ruhig und die Finger zitterten kein bisschen. Ein bläuliches Leuchten erfüllte das Innere des Techerkopfes, während Gantar die Nahtstellen punktgenau wieder herstellte. Schließlich schaltete er den Brenner ab und trat einen Schritt zurück. Mit einem Knopfdruck ließ er die Gläser seiner Brille aufklaren und schob diese wieder auf die Kappe. Mit einem triumphierenden Lächeln reichte er Liam das Schweißgerät.

»Wie es aussieht, haben wir es geschafft, Schüler«, sagte er laut und zwinkerte Liam zu. »Ich hoffe, du konntest etwas von deinem Meister lernen.«

»Oh ja! Eine brillante Arbeit, Meister«, erwiderte Liam mit gespielter Beflissenheit und nahm den Brenner entgegen.

»Du kannst jetzt die Klappe wieder zuschrauben«, verkündete Gantar.

Liam deutete eine Verbeugung an.

»Sehr wohl.«

Er legte den Brenner zu den anderen Werkzeugen, nahm erneut den Schraubendreher in die Hand, ließ sich von Gantar den Deckel und die Schrauben reichen und verschraubte die Öffnung am Hinterkopf des Techers wieder.

Gantar ging um die Maschine herum und sah ihm in das frontale Auge.

»Jetzt starte dein System neu, TOMKIN, und mit etwas Glück bist du danach wieder der Alte.«

»Ich danke euch bereits jetzt, egal wie das Ergebnis ausfallen wird«, erwiderte der Techer.

Er richtete sich mit einer Schnelligkeit und Gewandtheit auf, die Liam nicht erwartet hatte, und verharrte dann in einer stehenden Position. Eine halbe Minute lang geschah nichts und Liam warf Gantar schon einen besorgten Blick zu, als sich TOMKIN wieder regte. Drei kurz aufeinanderfolgende Pieptöne drangen aus dem Inneren der Maschine. Liam hob blitzschnell sein Schwert vom Boden auf und trat ein paar Schritte von dem erwachenden Techer zurück, genau wie Gantar, in dessen Miene Anspannung und Besorgnis stand.

Inari, die zehn Meter entfernt die Szene beobachtete, winkte die beiden zu sich heran und sie eilten zu ihr.

Der Techer drehte zuerst den Kopf hin und her, als ver-

suche er sich zu orientieren, dann schaute er zu den Dreien
herüber. Liam hielt den Atem an.

»Ich danke Euch«, sagte TOMKIN mit freundlichem Tonfall. »Der Eingriff hat mein Gedächtnis vollständig wieder-
hergestellt.«

Er kam auf die Gruppe zu und verbeugte sich tief.

»Womit kann ich Euch dienen?«

»In dem du uns ein paar Fragen beantwortest«, sagte Inari
und an Liam und Gantar gewandt fügte sie leise hinzu: »Haltet
euch bereit, falls der Techer seine Leutseligkeit verliert. Ich
traue ihm immer noch nicht.«

Sie trat einen Schritt auf TOMKIN zu.

»Wer ist dein Herr?«

Ein tiefes Brummen drang aus den Tiefen des Techers.

»Das werde ich dir nicht sagen, junge Magierin.«

»Schön, was ist dein Auftrag?«

Wieder das Brummen.

»Auch hierzu kann ich keine Auskunft erteilen.«

Gantar schnaubte ungehalten.

»Du hast uns gefragt, womit du uns dienen kannst, also
los!«

Der Techer sah ihn an Inari vorbei an.

»Das beinhaltet nicht die Auskunft über meine Mission.«

»Das ist doch ...«, setzte Gantar an, doch Inari wies ihn, mit
einer Handbewegung zu schweigen.

»Hör zu TOMKIN«, sagte sie. »Ich möchte nur ungern Gewalt anwenden, aber wenn du uns weiterhin keine Auskunft
geben willst, lässt du mir keine andere Wahl.«

»Tu dir keinen Zwang an Magierin. Doch selbst wenn du
mich bezwingen und in meine Einzelteile zerlegen solltest,
werde ich kein Wort über meinen Auftrag verlieren.«

Liam hatte genug. Auf diese Weise würde das ewig so weitergehen, doch sie hatten keine Zeit für derartige Spielchen. Er hatte eine Idee, wie er den Techer vielleicht umstimmen konnte, doch wenn er diesen Weg ging, würde er unweigerlich Inaris Zorn auf sich ziehen. Aber er sah keine andere Möglichkeit.

»Würdest du deine Meinung ändern, wenn wir dir als Gegenleistung ein mächtiges Geschenk anböten?«

Der Techer fixierte ihn mit seinem vorderen Auge.

»Und was soll das sein?«

Liam schluckte.

»Wir geben dir den *Tork*.«

Er hörte, wie Gantar neben ihm die Luft einsog. Im gleichen Augenblick fuhr Inari zu ihm herum und sah ihn mit vor Entsetzen geweiteten Augen an.

»Bist du von Sinnen?«, zischte sie.

»Vertrau mir.«

Sie wollte etwas erwidern, doch der Techer kam ihr zuvor.

»Einverstanden! Gebt mir den Tork und ich werde kooperieren.«

»Wirst du uns auch alle unsere Fragen beantworten?«

»Ja.«

Liam wechselte einen langen Blick mit Inari. Zorn stand in ihrem Gesicht, doch allmählich wurden ihre Züge weicher. Sie drehte sich wieder zu dem Techer um.

»Gut, dann verrate uns zuerst, wer dein Herr ist«, sagte sie.

Liam atmete innerlich auf. Offenbar war sie gewillt sein Spiel für eine Weile mitzuspielen. Fragte sich nur, was er danach zu hören bekam.

Ein Piepton drang aus dem Inneren der Maschine.

»Mein Erbauer ist der, den Ihr *den Sammler* nennt«, gab TOMKIN zurück.

Liam hielt den Atem an. Inari hatte mit ihrem Verdacht also richtig gelegen!

»Hat er dich geschickt?«, fragte sie.

»Ja.«

»Wie lautet dein Auftrag?«

»*Nindal* auszukundschaften. Mein Erbauer plant einen Angriff auf die Stadt und erwartet von mir detaillierte Angaben zur Stärke der Verteidigungsanlagen.«

Kein Wunder, dass er damit nicht hatte herausrücken wollen, dachte Liam.

»Wie bist du in die Stadt gelangt und wie wurdest du beschädigt?«, war Inaris nächste Frage.

»Ich habe mich im Fuhrwerk eines Händlers versteckt, der letzte Nacht eine Kohlefuhre nach *Nindal* brachte. Während ich die Verteidigungsstellungen auf dem Südwall erkundete, hat ein herabfallender Gegenstand meine Steuereinheit beschädigt. Das Notfallprogramm hat mich hierhergeführt, offenbar mit dem Ziel, mich selbst zu reparieren.«

Inari war nicht anzusehen, ob sie den Ausführungen des Techers glaubte.

»Frag ihn nach meiner Mutter«, zischte Liam.

Inari gebot ihm mit einem Wink, zu schweigen.

»Beantworte mir nun Folgendes«, sagte sie an den Techer gewandt. »Wenn der Sammler dich erschaffen hat, bist du dann im Besitz von Informationen, die seinen Stützpunkt auf der Insel Karan betreffen?«

»Ich verfüge über detaillierte Pläne der Anlage, die ihr *Schloss* nennt«, drang es aus der Maschine.

»Weißt du etwas über die Magierin Tabania?«, platzte Liam

unvermittelt heraus, woraufhin ihm Inari einen zornigen Blick über die Schulter zuwarf.

Der Techer verharrte einige Sekunden lang, offenbar durchsuchte er seinen Speicher. Schließlich sagte er:

»Sie kam zusammen mit anderen Magiern ins Schloss, mit der Absicht die Anlage auszukundschaften. Dabei stießen sie auf eine Erfindung, die mein Erbauer vor kurzem vollendet hat.«

»Was für eine Erfindung?«, fragte Inari.

»Eine Anlage, die es meinem Erbauer ermöglicht, seine Truppen an jeden beliebigen Punkt des Kontinents zu transportieren. Und das innerhalb eines Wimpernschlags. Er hat Jahre für die Entwicklung und Fertigstellung gebraucht, aber jetzt ist sie einsatzbereit.«

Liam konnte Inari zwar nur von hinten sehen, doch er glaubte zu spüren, wie sie erbleichte. Auch bei ihm verursachten die Ausführungen des Techers ein Gefühl der Beklemmung. Wenn der Sammler über eine solche Maschine verfügte und TOMKIN zufolge einen Angriff auf *Nindal* plante, dann konnte dieser praktische jede Sekunde erfolgen.

»Was ist mit den Magiern geschehen«, hakte Inari nach.

»Nachdem die Magier die fast vollendete Apparatur entdeckt hatten, konnte mein Erbauer sie natürlich nicht mehr gehen lassen«, antwortete TOMKIN.

In Liam wallte Zorn auf.

»Was hat er mit ihnen gemacht?«, rief er.

Der Techer drehte den Kopf in seine Richtung.

»Sie wurden überwältigt, aber sie leben«, sagte er mit aufreizender Teilnahmslosigkeit.

»Sie leben?!« Liam Stimme überschlug sich. »Wo sind sie?«

»Im Schloss meines Herren«, erwiderte der Techer. »Sie sind seine Gefangenen.«

Liam wurde schwindelig. Seine Mutter lebte! Und nicht nur das: Dieser Techer konnte ihnen vielleicht sogar helfen, sie zu finden und zu befreien. Er kämpfte gegen Tränen an, fing sich aber rasch wieder.

»Kannst du uns zu ihnen bringen?«, fragte er.

Der Techer schwieg einige Sekunden, stattdessen ertönte nun ein langgezogener Piepton, der etwas von einem Alarm hatte. Dann sagte TOMKIN:

»Das wäre möglich, allerdings ist es ein weiter und gefährlicher Weg bis dorthin.«

Liam verspürte Erleichterung. Sein Plan war aufgegangen, zumindest bis zu diesem Punkt. Jetzt musste er nur noch Inari endgültig überzeugen und vielleicht machte ja auch Gantar mit.

In diesem Moment trat der Ingenieur an ihn heran den Rücken dem Techer zugewandt.

»Was bitte schön meinst du mit *uns*?«, raunte er.

KAPITEL 14

Ich helfe zwar gerne Junge, aber meine Hilfsbereitschaft schließt Selbstmord nicht mit ein«, sagte Gantar leise, so dass der Techer ihn nicht hören konnte.

Auch Inari hatte sich jetzt zu ihnen gesellt. Dem Funkeln in ihren Augen nach zu urteilen, hatte sie sich noch immer nicht gänzlich beruhigt.

»Davon abgesehen, dass der Ingenieur recht hat, glaubst du doch nicht ernsthaft, dass ich dem Sammler den *Tork* auf einem Silbertablett präsentiere«, zischte sie. »Dieser Techer ist ein Spion, ihm ist nicht zu trauen. Und wenn der Sammler den *Tork* erst einmal hat, wird er weder uns noch deine Mutter wieder gehen lassen.«

Liam wiegte den Kopf hin und her.

»Das denke ich auch«, erwiderte er im Flüsterton. »Aber er muss den *Tork* ja gar nicht bekommen.«

Inari sah ihn stirnrunzelnd an.

»Wie meinst du das?«

»Ganz einfach«, sagte Liam. »Wir lassen uns von TOMKIN zum Schloss des Sammlers bringen, aber sobald wir dort sind setzen wir uns von ihm ab. Hattest du nicht etwas von einem Labyrinth gesagt? Dort können wir ihn vielleicht abhängen und auf eigene Faust versuchen, meine Mutter und die anderen Magier aufzuspüren. Mit etwas Glück finden wir sogar heraus, wie der Sammler all den Menschen ihr Gedächtnis geklaut hat, und können es wieder rückgängig machen. Und sollten wir scheitern, haben wir jederzeit die Möglichkeit, den *Tork zu* benutzen, um rechtzeitig zu verschwinden. Doch selbst dann hätten wir eine Menge Informationen über den Stützpunkt des Sammlers gewonnen, die deinem Orden und der Stadt von Nutzen sein können.«

Inari schaute ihn an, als hätte sie gerade versucht, dem Gestammel eines Schwachsinnigen zu folgen.

»Weist du, wie sich das anhört?«

»Ich kann es mir denken«, erwiderte er. »Aber überleg mal: Du und ich versuchen meine Mutter zu finden und hier bietet sich uns möglicherweise die einzige und letzte Gelegenheit, dieses Ziel zu erreichen. Der Techer sagte etwas von einem Angriff auf die Stadt, den der Sammler plant. Was meinst du, wie unsere Chancen stehen, wenn *Nindal* erst von einer Armee eingekreist ist.«

Inari starrte ihn immer noch an, aber etwas hatte sich an ihrem Blick verändert. Sie schien ernsthaft über seinen Plan nachzudenken. Plötzlich umspielte ein Lächeln ihre Mundwinkel.

»Du bist komplett verrückt!«, sagte sie. »Und obendrein auch noch stur, uneinsichtig, impulsiv und hoffnungslos naiv. Bis auf den letzten Punkt ähnelst du deiner Mutter.« Sie schlug in gespielter Verzweiflung die Hände vors Gesicht. »Oooh warum nur? Warum nur habe ich ihr geschworen mich um dich zu kümmern. Ich hätte es wissen müssen, schließlich habe ich ein halbes Jahr auf engstem Raum mit dir zugebracht.«

Gantar hob eine Augenbraue.

»Nicht was du denkst«, sagte Liam und spürte, wie ihm das Blut in die Wangen schoss. »Sie war … sie war meine … ach das ist zu kompliziert zu erklären.«

»Geht mich ja auch nichts an, Junge«, bemerkte der Ingenieur mit einem süffisanten Grinsen.

»Was ist jetzt eigentlich mit dir, Gantar?«, änderte Liam das Thema. »Bleibst du bei deinem Entschluss?«

Der Ausdruck des Ingenieurs wurde ernst.

»Ich muss gestehen, die Möglichkeit mein Gedächtnis zurückzubekommen, hat etwas für sich. Ich denke, ich bin dabei. Davon abgesehen habe ich sowieso gerade nichts anderes vor.«

»Gut«, sagte Liam und grinste.

»Schön, dann haben wir dass ja geklärt«, bemerkte Inari. »Aber wir sollten langsam zusehen, dass wir von hier wegkommen, bevor uns Soldaten mit dem Techer zusammen sehen. Außerdem muss ich so schnell wie möglich Meister Talandur von dem geplanten Angriff berichten. Vermutlich ist die Versammlung schon längst zu Ende. Ich halte es übrigens für das Beste, wenn Ihr, Gantar, den Techer so lange zu Euch nehmt, bis wir wieder zurück sind.«

Der Ingenieur nickte.

»Gute Idee. Ein besseres Versteck für einen Techer als meine Werkstatt dürfte es in der Stadt nicht geben.«

»Na dann los«, sagte Liam und trat auf die Maschine zu.

TOMKIN beugte sich vor.

»Wie ist das Ergebnis Eurer Beratschlagung ausgefallen?«

»Wir gehen auf dein Angebot ein«, verkündete Liam. »Du nimmst uns mit zum Schloss deines Herren und wir händigen ihm dafür den *Tork* aus. Im Gegenzug erwarten wir, dass er uns zusammen mit den Magiern ziehen lässt.«

»Den letzten Punkt werdet ihr mit meinem Erbauer selbst aushandeln müssen«, sagte der Techer.

»Das ist mir bewusst, aber lass das unsere Sorge sein«, gab Liam zurück. »Bring du uns nur zu deinem Herren.«

»Abgemacht«, sagte TOMKIN.

»Dann komm mit«, rief Gantar und machte dem Techer ein Zeichen ihm zu folgen. »Ich nehme dich erst einmal mit in meine Werkstatt. Dort kann ich versuchen, deine mechanische Teile zu warten. An der einen oder anderen Stelle scheint mir ein wenig Schmiermittel zu fehlen.«

»Ein guter Vorschlag, Ingenieur«, gab TOMKIN zurück und setzte sich in Bewegung. »Aber was ist mit deinen Begleitern?«

»Wir müssen zuerst den *Tork* holen oder dachtest du wir würden damit einfach so durch die Stadt spazieren?«, versetzte Inari.

TOMKIN nickte.

»In Ordnung, ich werde bei dem Ingenieur auf Eure Rückkehr warten.«

Sie setzten sich in Bewegung und Liam schaute noch einmal zum Stadtwall hinauf, aber auf dem Wehrgang schien niemand von ihnen Notiz genommen zu haben.

Sie verließen den Platz, Gantar und TOMKIN gingen voran.

Auf dem Weg zurück zur Werkstatt gerieten sie zuerst in eine Kindermeute, die johlend um den Techer herumtanzte, bis Gantar sie verscheuchte. Kurz darauf begegneten sie zwei einfach gekleidete Frauen mit weißen Kopfhauben, die offensichtlich vom Markt kamen, denn sie trugen mit Fleisch, Brot und Obst gefüllte Körbe. Als sie die Gruppe sahen, unterbrachen sie ihr Gespräch, warfen im Vorbeigehen TOMKIN und Liam verstohlene Blicke zu und fingen dann in einiger Entfernung an zu tuscheln. Eine Soldatenpatrouille, wie auf dem Hinweg blieb ihnen jedoch zum Glück erspart.

Vor Gantars Haus verabschiedeten sie sich und danach setzten Liam und Inari ihren Weg zum Ratsgebäude fort.

Als sie nach rechts in die Hauptstraße zum Markt abbogen,

bemerkte Liam, dass Inari wieder den Himmel mit ihren Blicken absuchte. Inzwischen glaubte er nicht mehr daran, dass die Krähe zurückkommen würde, doch er traute sich nicht, ihr das zu sagen.

Unvermittelt sah sie ihn mit ernstem Gesicht an.

»Mir sind ein paar Dinge durch den Kopf gegangen«, sagte sie. »Egal, was wir mit dem Techer vereinbart haben, Priorität hat das, was uns Talandur sagen wird. Das ist dir doch hoffentlich klar?!«

Liam wollte etwas entgegnen, aber Inari ließ ihn mit einer Handbewegung innehalten.

»Kein aber«, versetzte sie. »Zuerst werde ich ihm von dem geplanten Angriff des Sammlers berichten. Daraufhin wird er mit Sicherheit fragen, woher diese Information stammt. Ich kann zwar versuchen mit meinen Erklärungen im Ungewissen zu bleiben, aber damit wird er sich nicht zufriedengeben. Das bedeutet, dass wir ihm unter Umständen den Aufenthaltsort des Techers verraten müssen und was dann mit diesem geschieht, vermag ich nicht zu sagen.«

»Aber wie sollen wir dann zum Schloss gelangen?«, fragte Liam, in dem ein Anflug von Verzweiflung aufstieg.

Inari zuckte mit den Schultern.

»Vielleicht ist Meister Talandur mit dem Arrangement zwischen uns und dem Techer einverstanden und unterstützt uns sogar. Schließlich böte sich auch für den Orden die Gelegenheit, den Feind zum ersten Mal erfolgreich auszuspionieren und Maßnahmen für seine Bekämpfung einzuleiten. So oder so werde ich dem Hochlord gegenüber nichts verheimlichen.«

Liams Stimmung verdüsterte sich schlagartig. Einerseits konnte er Inaris Standpunkt verstehen, doch andererseits fürchtete er, dass sich die Chance seine Mutter zu finden erneut in Luft auflösen würde.

Er wollte gerade zu einer Gegenrede ansetzen, als ihn das Geräusch flatternder Flügel ablenkte. Inari hatte es offenbar auch gehört, denn sie schauten beide gleichzeitig nach oben.

Eine Krähe stürzte auf sie herab, bremste einen Meter über ihren Köpfen und setzte sich auf Inaris Schulter. Es war Alderim!

»Wo seid ihr denn gewesen? Ich habe die ganze Stadt nach euch abgesucht«, krächzte der Vogel.

»Du fragst uns, wo *wir* gewesen sind?«, gab Inari ein wenig gereizt zurück.

»Natürlich, ihr wart auf einmal weg.«

»Weg? Wir waren beinahe die ganze Zeit draußen, erst auf dem Markt, dann auf der Straße«, rief Inari.

»Hast du eine Ahnung, wie schwer es ist, euch zwei aus der Luft in diesem Labyrinth aus Gassen und zwischen all den Menschen auszumachen? Von da oben seid ihr nichts weiter als Ameisen, die sich im Gras verlaufen haben und …«

»Jetzt hast du uns ja gefunden«, sagte Liam. »Schön, dass du wieder da bist, Alderim. Wir haben einen Ingenieur kennengelernt und einen Techer, der uns womöglich zum Sammler führen kann. Und wo warst du?«

»Ihr werdet es nicht glauben«, krächzte der Vogel und schlug aufgeregt mit den Flügeln. »Ich habe eine nette Krähenfrau kennengelernt. Leider war sie schon vergeben.«

Inari rollte die Augen.

»Dann bin ich ein Stück aus der Stadt herausgeflogen«, fuhr Alderim fort. »Und da habe ich sie kommen sehen.«

»Wen?«, versetzte Liam ungeduldig. »Wen hast du kommen sehen?«

»Techer! Eine ganze Armee davon!«

»Eine ganze Armee?!«, riefen Inari und Liam synchron.

»Ja, kein Scherz, da draußen sind unzählige Maschinenkrieger auf dem Weg zur Stadt. Tausende. Sie sind nicht mehr weit.«

Liam sah zu Inari, deren Miene von Entsetzen zu Entschlossenheit wechselte.

»Wir müssen so schnell wie möglich Meister Talandur davon in Kenntnis setzen«, sagte sie. »Auf zum Rat der Stadt!«

Als sie zum Marktplatz kamen, herrschte dort ein genauso unübersichtliches Gedränge, wie zuvor. Dennoch fielen Liam sofort zwei Fahrzeuge ins Auge, die rechter Hand vor dem Ratsgebäude standen.

Neben dem vorderen Wagen glaubte er Talandur an der Beifahrertür, stehen zu sehen. Der Magier unterhielt sich mit einem Soldaten, dessen roter Federbusch auf dem Helm ihn als Offizier auswies. Sofort ergriff Beklommenheit Besitz von Liam. Was würden er und Inari sich jetzt wohl anhören müssen? Und gehörte der zweite Wagen auch zu Talandur? Irgendetwas gefiel ihm daran nicht, aber er konnte diese Ahnung nicht genauer greifen. Er wollte Inari darauf ansprechen, doch die eilte bereits am Markt vorbei auf die Fahrzeuge zu, so dass ihm nichts weiter übrigblieb, als ihr leise fluchend zu folgen. Ein Strom von Menschen ergoss sich über die Stufen des Ratsgebäudes auf den Platz und strömte um die beiden Fahrzeuge herum, wodurch Liam immer wieder die Sicht versperrt wurde.

Als er näherkam, erkannte er auf dem Fahrersitz des vorderen Wagens den Chauffeur wieder, der sie hergebracht hatte. Das andere Fahrzeug dahinter war deutlich größer und besaß außer der Fahrerkabine einen kastenartigen Aufbau mit einer

Reihe von Fenstern, wie bei einem Bus. Liam glaubte im Inneren eine Bewegung ausgemacht zu haben und ihn beschlich das Gefühl, dass darin noch weitere Soldaten warteten.

Jetzt bemerkte Talandur Liam und Inari und beendete sein Gespräch mit dem Offizier. Seine Miene blieb indes unergründlich.

»Wo seid ihr gewesen?«, fragte er an Inari gerichtet, als die vor ihn trat.

»Wir haben erschreckende Neuigkeiten, Hochlord«, überging Inari die Frage. »Mein Kalib-Vogel war ein Stück außerhalb der Stadt umhergeflogen und sah eine Armee auf die Stadt zumarschieren. Es sind Techer und wir vermuten, dass der Sammler sie entsand hat.«

»Techer sagst du?!«, Talandur runzelte die Stirn.

Er wandte sich jetzt direkt an die Krähe.

»Bist du dir da sicher?«

»Ja, absolut, es sind Krieger aus Metall und sie schritten in langen Kolonnen aus mehreren Portalen, die aussahen wie Violett leuchtende Feuerringe.«

Talandur rieb sich das Kinn.

»Das bestätigt die Meldung unserer Späher, die wir vor Kurzem erhalten haben. Von Tausenden war da aber nicht die Rede gewesen ...«

»Glaubt Ihr mir etwa nicht?«, krächzte Alderim.

Der Hochlord hob eine Braue und betrachtete den Vogel abschätzig.

»Doch ich glaube dir und daher bleibt uns nur wenig Zeit.« Er wandte sich Inari zu. »Über deine Missachtung meiner Anweisung unterhalten wir uns später, Elevin. Jetzt müssen wir schleunigst zum Orden und uns um den *Tork* kümmern.«

Er öffnete den Font des Wagens und wies Inari und Liam

mit einer Geste einzusteigen. Der Offizier, der die Unterhaltung bis dahin mit der Teilnahmslosigkeit eines Automaten verfolgt hatte, trat einen Schritt zur Seite.

»Was soll mit dem *Tork* geschehen?«, fragte Inari mit einem Anklang von Skepsis.

»Er ist im Orden nicht mehr sicher«, erwiderte Talandur. »Egal wo du ihn versteckt hast, wir müssen ihn von dort wegholen. Der Verrat reicht tiefer, als ich bisher angenommen habe.«

Er wedelte jetzt mit der Hand zum Zeichen, dass sie sich beeilen sollten.

»Ich habe extra diese Eskorte angefordert, um euch sicher in meine Arbeitsräume bringen zu lassen. Dorthin habe ich einen engen Kreis von Vertrauten einbestellt. Mit ihnen können wir alles Weitere klären.«

»Zum Orden?! Ich dachte, dort sei es nicht sicher für uns«, bemerkte Inari.

»Nicht wenn wir durch den Haupteingang hineinspazieren, was ich auch nicht vorhabe«, sagte der Hochlord. »Vertraut mir und beeilt euch jetzt, wir müssen ...«

Ein Zischen durchschnitt die Luft, gefolgt von einem dumpfen Schlag. Der Hochlord zuckte zusammen, riss die Augen auf und erstarrte.

»Meister, was habt Ihr?«, rief Inari.

Talandur, der immer noch mit einer Hand die Wagentür festhielt, antwortete nicht. Stattdessen drehte sich sein Körper langsam um die eigene Achse, so dass sein Rücken sichtbar wurde und da sah Liam es: Ein rot gefiederter Bolzen ragte zwischen den Schulterblättern des Magiers hervor.

»Bei den Göttern! Meister!«, entfuhr es Inari.

»Auch der Offizier erwachte nun aus seiner Teilnahmslosigkeit, trat auf Talandur zu und hielt ihn am Arm fest.

»Mein Lord!«

Talandurs Beine gaben langsam nach. Begleitet von einem Stöhnen, sank er zu Boden und blieb, den Blick starr zur Seite gerichtet, bäuchlings liegen. Der gefiederte Bolzen ragte aus seinem Rücken wie ein einsamer Baum.

Inari ließ sich auf die Knie fallen und beugte sich zu Talandurs Gesicht hinunter, der offenbar etwas sagen wollte. Alderim hopste aufgeregt auf ihrer Schulter. Liam schaute am Offizier vorbei zum Markt, von wo der Bolzen abgefeuert worden war. Er staunte darüber, dass anscheinend niemand Notiz von dem Vorfall genommen hatte. Die Passanten gingen ihres Wegs und die Leute auf dem Markt kümmerten sich weiter um ihre Geschäfte. In diesem Moment sah er einen grau gewandeten Mann, der einen länglichen Gegenstand unter seinem Umhang verschwinden ließ und im Getümmel zwischen den Marktständen verschwand.

»Dort! Der Mann da!«, rief er dem Offizier zu und wies auf die Stelle, wo der Fremde verschwunden war.

Der Offizier fuhr herum und folgte Liams Fingerzeig mit dem Blick.

»Ich sehe nichts!«

»Da hat ein Mann gestanden! Ich glaube, er hatte eine Waffe bei sich!«

Der Soldat sah Liam jetzt mit der Autorität eines erfahrenen Befehlshabers an.

»In Ordnung«, versetzte er. »Ich werde zwei meiner Leute hinterherschicken. Aber Ihr steigt sofort in den Wagen. Ihr seid hier nicht sicher, daher werde ich Euch auf schnellstem Weg zum Orden bringen.«

»Er ... er ist tot«, stammelte Inari, die immer noch neben Talandur auf dem Boden kauerte und dessen Kopf in den Händen hielt. Die gebrochenen Augen des Magiers starrten bereits in die Unendlichkeit. Um den Bolzen herum hatte sich das Gewand inzwischen mit Blut vollgesogen.

»Ja, das ist schrecklich«, versetzte der Offizier zu Inari gewandt. »Aber wir wissen nicht, ob der Attentäter es nur auf den Hochlord abgesehen hat. Wenn Ihr also nicht gleich neben Eurem Meister liegen wollt, dann solltet Ihr in den Wagen steigen, und zwar schnell. Um den Mörder kümmern sich meine Männer.«

Er wandte sich dem zweiten Fahrzeug zu und gab dem Fahrer ein Handzeichen. Im nächsten Moment flog die Hecktür auf und zwei Soldaten mit Tech-Bögen sprangen aus dem Font.

»Verfolgt den Schützen, er ist dort verschwunden!«, wies er die Männer an, wobei er ihnen die Richtung zeigte.

Liam runzelte die Stirn.

»Nur zwei Männer?«

Der Offizier bedachte ihn mit einem eisigen Blick.

»Wenn sie ihn nicht finden, dann tun es auch zwanzig Männer nicht. Und anstatt Euch um meine Arbeit zu kümmern, solltet Ihr endlich einsteigen, bevor ich nachhelfe.«

Offenbar um seinen Worten Nachdruck zu verliehen, packte er Inaris Arm und zog sie auf die Füße.

»Was fällt Euch ein?!«, protestierte sie.

»Ich führe nur die Anweisungen Eures Meisters aus«, blaffte der Offizier. »Also los!«

»Frechheit«, krächzte Alderim, doch Inari mahnte ihn mit einem Zischen, still zu sein. Murrend stieg sie mit dem Vogel auf die Rückbank des Fahrzeugs und rutschte zur anderen

Seite durch. Liam konnte sich des Eindrucks nicht erwehren, dass der Offizier nicht aufgrund von Talandurs Anweisungen so energisch handelte. Er verkniff sich aber eine Bemerkung, setzte sich neben Inari in den Wagen und schob die schwertähnliche Stange in den Fußraum. Denn mit einem hatte der Offizier sicherlich recht: Sie waren hier nicht sicher.

»Na endlich«, sagte der und schlug die Tür zum Font zu. Eine Sekunde später stieg er auf der Beifahrerseite ein und wandte sich dem Chauffeur zu.

»Zum Orden! Und zwar schnell!«

Der Fahrer zuckte zusammen, offenbar ebenso überrascht über den herrischen Ton des Soldaten und startete den Motor. Sie fuhren bereits, als der Offizier seine Tür schloss. Der Wagen vollzog eine scharfe Wende, der beinahe zwei Fußgänger zum Opfer gefallen wären, und brauste dann am Markt vorbei auf die Brücke über den Fluss zu. Als Liam über die Schulter hinweg aus dem Heckfenster spähte, sah er, dass der Mannschaftswagen hinter ihnen herraste. Zwei weitere Soldaten waren neben dem toten Hochlord zurückgeblieben, um den sich nun doch die ersten Schaulustigen scharten.

»Was ist mit Talandur?«, fragte er und wandte sich wieder nach vorne.

»Lasst das unsere Sorge sein«, gab der Offizier zurück, den Blick starr geradeaus gerichtet.

Liam musterte Inari von der Seite, ihr Gesicht war kreideweiß. Er unterdrückte den Drang, ihr Fragen zu stellen, denn in Gegenwart dieses sonderbaren Offiziers erschien ihm das nicht ratsam. Dadurch kreisten sie aber unbeantwortet in seinem Kopf umher und bildeten zusammen mit den Bildern des toten Magiers einen Wirbel, der Übelkeit in ihm aufsteigen ließ. Er war kurz davor sich zu übergeben, doch es gelang ihm, den sich anbahnenden Würgereiz zu unterdrücken. Kalter Schweiß benetzte seine Stirn.

Plötzlich neigte sich Inari zu ihm herüber, wobei Alderim auf ihren Unterarm hopste.

»Meister Talandurs letzte Worte waren: *trau keinem*«, flüsterte sie.

»Was ist mit dem Offizier?«, entgegnete er ebenso leise.

»Ich bin mir nicht sicher«, gab sie zurück. »Immerhin hat Talandur ihn hinzugezogen.«

»Wenigstens scheint er uns tatsächlich zum Orden zu fahren«, bemerkte Liam.

Er schaute aus dem Fenster und sah, dass sie die Brücke über den Fluss bereits hinter sich gelassen hatten und nun wieder der Strecke folgten, die sie auf der Fahrt zum Ratsgebäude gekommen waren.

Was erwartete sie beim Orden? Würden sie dort auf Talandurs Verbündete oder auf die Verräter treffen. Und wenn Letzteres der Fall war, würden sie Gewalt anwenden, um von Inari das Versteck des *Torks* zu erfahren? Ihm schauderte bei der Vorstellung. Doch im selben Moment wurde ihm bewusst, wie sehr ihm Inaris Wohlergehen am Herzen lag und eine Woge der Zuneigung durchflutete ihn. Er schwor sich alles in seiner Macht stehende zu tun, um sie zu beschützen, wobei ihm klar war, dass sie sich wohl sehr gut selbst verteidigen konnte. Er fragte sich, wozu sie mit Hilfe ihrer Zauber in der Lage war, denn bisher hatte er sie nie wirklich in Aktion gesehen.

Wenige Minuten später erreichten sie den Platz vor dem Ordensgelände, der sich in der Zwischenzeit ein wenig geleert hatte.

Auf dem Treppenabsatz vor dem Portal sah Liam zwei Magier in goldschimmernden Röcken stehen. Er waren Caluna und Fenrir, der oberste Wolfsmagier. Er wusste sofort, dass die beiden ihretwegen dort warteten.

Dann treffen wir also auf die Verräter, dachte er und schluckte.

Inari schien sie auch gesehen zu haben, sagte aber nichts.

Die beiden Wagen hielten hintereinander vor der Treppe. Der Offizier stieg aus und öffnete Liam die Tür.

»Aussteigen!«, herrschte ihn der Mann an.

Liam spielte einen Augenblick mit dem Gedanken sich zu widersetzen, entschied sich dann aber dagegen. Der Zeitpunkt war ungünstig und außerdem wollte er erst sehen, wie Inari sich verhielt. Allein hatte er ohnehin keine Chance. Also gehorchte er und glitt aus dem Font, Inari folgte ihm mit Alderim auf dem Unterarm. Aus dem Heck des zweiten Wagens stiegen nun acht mit Tech-Bögen bewaffnete Soldaten aus, von denen vier auf Liam und Inari zumarschierten. Die Männer hielten ihre Waffen im Anschlag und Laim zweifelte keine Sekunde daran, dass sie diese ohne zu zögern benutzen würden. Die Soldaten folgten ihnen in kurzem Abstand, als sie hinter dem Offizier die Treppe hinaufstiegen.

»Was soll das? Was habt Ihr mit uns vor?«, fragte Inari empört.

»Ich darf Euch keine Auskunft geben«, gab der Offizier schroff zurück ohne sich umzuwenden.

Liam warf einen Blick auf Inaris Gesicht, in dem sich jetzt derselbe Gedanke widerspiegelte, den er vor wenigen Augenblicken noch verworfen hatte. Somit war die Sache für ihn entschieden: Irgendwie mussten sie ihren Bewachern entkommen und den Tork an sich bringen. Doch ein verstohlener Blick über die Schulter zeigte ihm, dass ihre vier Bewacher konzentriert wirkten und sie nicht aus den Augen ließen.

Er wunderte sich, warum man ihm nicht schon längst die Stange abgenommen hatte, die ein ausgezeichnetes Schwert abgab. Er vermutete aber, dass der Offizier ihn und Inari nicht als Bedrohung wahrnahm.

Die Gruppe erreichte den Treppenabsatz und blieb vor den beiden Ratsmitgliedern stehen. Ein paar Magier in blauen Röcken kamen durch das Portal und warfen irritierte Blicke auf die Szene, gingen aber weiter.

»Ich habe Ihnen die beiden Gesuchten gebracht, Eure Lordschaft«, sagte der Offizier an Fenrir gerichtet, wobei er mit der Faust seinen Helm berührte, was wohl einen militärischen Gruß darstellen sollte.

Der Magier nickte mit undurchdringlicher Miene, woraufhin der Offizier zur Seite trat.

»Was wollt Ihr von uns?«, fragte Inari schroff. »Habt Ihr Hochlord Talandur ermorden lassen?«

Während Calunas Augen aussahen, als würden sie Blitze auf Inari verschießen, überging Fenrir diese Taktlosigkeit mit einem Lächeln. Die Nachricht vom Tod des Hochlords schien ihn aber kein bisschen zu berühren. In seinem Blick lag eine Härte, die Liam unvermittelt schlucken ließ.

»Hochlord Talandur wurde umgebracht? Was für eine Tragödie. Aber seid beruhigt, hier geschieht euch nichts«, sagte Fenrir mit aufgesetzter Höflichkeit. »Sofern ihr kooperiert! Uns ist zugetragen worden, dass der Sammler einen Angriff auf die Stadt plant. Aus diesem Grund muss der *Tork* so schnell wie möglich fortgeschafft werden. Da du seine Hüterin bist, Elevin, bitten wir dich, ihn uns auszuhändigen, damit wir ihn an einen sicheren Ort bringen können.«

»Und wenn ich mich weigere?«, fragte Inari mit zusammengekniffenen Augen.

Fenrirs Gesichtszüge gefroren von einer Sekunde auf die andere.

»Dann müssten wir Maßnahmen ergreifen, die ich persönlich sehr bedauern würde«, versetzte der Magier.

Ein Blick zu Caluna bestätigte Liam, dass die letzten Worte nur eine Floskel waren.

»Dann sei es so«, sagte Inari. »Ihr werdet die Ehre des Ordens wohl beflecken müssen, denn freiwillig werde ich niemals ...«

In diesem Moment verschluckte das Heulen einer Sirene Inaris letzte Worte, ein anhaltender Ton, der nach wenigen Sekunden abbrach, um dann gleich wieder anzuschwellen. Die beiden Magier zuckten zusammen und sahen sich mit einer Mischung aus Irritation und Bestürzung an.

Liam drehte den Kopf zur Seite und registrierte aus dem Augenwinkel, wie die Soldaten hinter ihnen unruhig wurden. Auch der Offizier neben den beiden Magiern schien nicht zu wissen, wie er reagieren sollte. Er wartete offenkundig auf Anweisungen, die aber nicht kamen.

Für Liam war der Augenblick gekommen, auf den er gewartet hatte, eine zweite Chance würden sie nicht bekommen. Inari zeigte ihm mit einem Nicken, dass sie ebenfalls bereit war. Der Zahn an seiner Halskette brannte mit einem Mal wie Feuer auf der Brust, doch er ignorierte es.

Blitzschnell fuhr er zu den beiden Soldaten hinter seinem Rücken herum. Die Männer hielten ihre Tech-Bögen zwar schussbereit vor sich, hatten aber keine Zeit mehr zu reagieren. Innerhalb eines Wimpernschlags packte er sein Schwert mit beiden Händen, nahm die Grundposition beim Kendo ein und stieß einen Schrei aus, mit dem eine Reihe von Automatismen startete, die er hunderte Male zuvor trainiert hatte. Wie eine Kobra schnellte er mit dem Oberkörper vor und rammte den beiden Männern nacheinander das Ende seines Schwertes mit wohl dosierter Wucht gegen den Kehlkopf. Ein *Tzuki*, der sie nicht tötete, trotzdem aber eine durchschlagende Wirkung erzielte. Die Soldaten ließen ihre Waffen fallen, als hätten die zu glühen begonnen, rissen sich die Hände an den Hals und sackten röchelnd zu Boden.

Ein Blitz stach ihm seitlich in die Augen und gleich darauf hörte er ein durchdringendes Fauchen. Er vermutete, dass Inari in Aktion getreten war, widerstand aber dem Drang zu ihr zu sehen. Stattdessen fuhr er herum und sah sich nun dem Offizier gegenüber, der einen Schritt auf ihn zukam und dabei den Degen zog, allerdings nicht schnell genug. Bevor der Mann die Waffe vollständig aus der Scheide gezogen hatte, traf ihn Liam mit einem *Kote* auf dem Handgelenk, woraufhin ein Knacken ertönte, als ob ein Ast gebrochen wäre. Der Offizier stieß einen Schrei aus, während sein Degen scheppernd auf die Steinplatten fiel. Sich vor Schmerzen krümmend hielt er sich das getroffene Gelenk.

Mit der Gewissheit, dass von diesem Gegner keine Gefahr mehr ausging, warf Liam einen raschen Blick über die Schulter und sah, dass die beiden Soldaten, die er niedergestreckt hatte, sich auf dem Boden wälzten, die Hände an die Kehlen gepresst hielten und nach Luft röchelten.

Jetzt konnte er Inari helfen. Doch als er sich zu ihr umwandte, war das gar nicht mehr nötig.

Er hatte ihre Verwandlung zwar mitbekommen und auch geahnt, dass ihr Fauchen nicht von einer Hauskatze stammen konnte, aber die Kreatur, die er nun vor sich sah, übertraf seine Vermutung.

Vor ihm stand eine Raubkatze mit der Schulterhöhe eines Bären und Reißzähnen, so lang und gebogen wie Dolche. Unter ihrem weißgetigerten Fell zeichneten sich mächtige Muskeln ab und die Krallen an den tellergroßen Pranken waren so spitz wie Messerklingen. Dieses Monster sollte Inari sein?

Die beiden Soldaten, mit denen sie gekämpft hatte, lagen mit schreckgeweiteten Augen auf dem Rücken und bluteten aus Wunden an den Oberarmen. Von panischer Angst ergriffen, stießen sie sich mit den Füßen vom Boden ab und versuchten auf diese Weise von Inari wegzukommen. Die befasste sich längst mit den beiden Magiern, die wild mit den Händen um sich schlugen, weil Alderim ihre Köpfe in kurzen Abständen mit dem Schnabel attackierte. Offenbar fehlte ihnen dadurch die Konzentration, sich ihrerseits zu verwandeln. Inari hieb mit der Pranke nach den beiden, doch sie konnten gerade noch zurückweichen. Sie stieß ein markerschütterndes Brüllen aus und im selben Moment vernahm Liam zu seiner Verwunderung ihre Stimme im Kopf.

Steig auf meinen Rücken! Schnell!

Er schob alle Fragen, die in seinem Verstand aufstoben beiseite und gehorchte. Mit einem Sprung saß er rittlings hinter ihren Schulterblättern und krallte sich mit der freien Hand in ihr Fell fest. Mit einem gewaltigen Satz sprang sie an den Magiern vorbei und setzte mit einem solchen Tempo auf das Portal zu, dass er Mühe hatte, das Gleichgewicht zu halten. Ein Magier, der gerade aus dem Gebäude kam, hechtete zur Seite und schickte ihnen Verwünschungen nach.

Alderim hatte inzwischen von Fenrir und Caluna abgelassen und flog über Liam hinweg durch das Portal.

Die Eingangshalle war voller Magier, die aufgeschreckt vom

mittlerweile verstummten Alarm in alle Richtungen eilten, ohne dabei die Raubkatze mit ihrem Reiter zu beachten.

Zwei Lichtblitze drangen durch den Eingang herein, gefolgt von den Kommandos des Offiziers. Offenbar hatte er die Kontrolle über sich und die am Wagen verbliebenen Männer zurückerlangt. Gleich würden ein Wolf ein Adler und vier bewaffnete Soldaten hinter ihnen her sein. Inari beschleunigte noch einmal ihren Sprint und hielt auf den vorderen Durchgang linker Hand zu, der in den Kreuzgang und zur Bibliothek dahinter führte.

»Warum zur Bibliothek? Sollten wir nicht lieber zu Talandurs Verbündeten in dessen Arbeitsraum?«, schrie Liam, der auf ihrem schwankenden Rücken hin und herrutschte.

Bis dahin schaffen wir es niemals. In der Bibliothek habe ich den Tork versteckt, er ist unsere einzige Chance zu entkommen, antwortete sie in seinem Kopf.

Hinter ihnen übertönte das Heulen eines Wolfes und der Schrei eines Adlers die Geräusche in der Halle und Liam grub seine Finger noch tiefer in Inaris Fell.

KAPITEL 15

Inari hastete über das Streifenmuster, das die Sonne durch die Säulenreihe auf den Boden des Kreuzgangs warf. Zum Glück waren gerade kaum Magier zwischen der Eingangshalle und der Bibliothek unterwegs und die wenigen sprangen zur Seite, als Inari und Liam auf sie zurasten.

Liam schaute über die Schulter und gewahrte einen Wolf, der mit gesträubtem Pelz hinter ihnen hergaloppierte und einen Adler, der mit ausgebreiteten Schwingen unter dem Deckengewölbe auf sie zuglitt. Sie waren schon auf zwanzig Schritte herangekommen. Zu nah, viel zu nah!

Plötzlich schoss Alderim an Liams Kopf vorbei auf die Verfolger zu und begann auf Caluna einzuhacken. Zu Liams Überraschung bremste der viel größere Raubvogel unter dem Angriff der Krähe tatsächlich ab, die wie eine wildgewordene Harpyie um die Magierin herumflatterte.

Der Wolf jedoch holte weiter auf, bis Inari erneut beschleunigte, so dass der Abstand zumindest nicht schrumpfte. Liam schätzte die Distanz jetzt auf fünfzehn Meter. Nicht genug, wenn sie den *Tork* aus seinem Versteck holen und aktivieren wollten.

Sie hatten den Durchgang zur Bibliothek schon fast erreicht, als Liam eine Idee kam. Mit einiger Anstrengung schaffte er es, sich zu Inaris Ohren hinabzubeugen.

»Bieg hinter dem Torbogen scharf nach links ab und lass mich dort herunter«, rief er.

Warum?, fragte ihre Stimme.

»Tu es einfach!«

Inari schoss durch den Durchgang und schlug knapp dahinter wie geheißen einen Haken nach links. Liam schwang ein Bein über ihren Rücken und sprang ab. Er landete hart auf den Füßen und rollte auf dem Boden ab. Irgendwie gelang es ihm dabei, sein Schwert nicht loszulassen, doch er konnte nicht verhindern, dass er mit der Seite heftig gegen einen der Lesetische prallte. Er schüttelte den Schmerz ab, rappelte sich auf, rannte ein Stück zurück und drückte sich rechts vom Gang an die Wand. Sein Herz schlug wie wild, als er Fenrirs Pfotengetrappel nahen hörte. Er zählte bis drei, machte einen Schritt zur Seite und holte mit dem Schwert aus. Die Stange traf den anstürmenden Wolf diagonal zwischen die Augen. Die Wucht des Schlages war so stark, dass Fenrirs Vorderpfoten wie einzementiert stehen blieben, während sein Hinterteil abhob. Durch den Schwung schlug der mächtige Wolfskörper einen halben Salto und krachte rücklings in die umfliegenden Tische und Stühle. Fenrir heulte jämmerlich auf und blieb reglos inmitten des Durcheinanders liegen. Selbst aus ein paar Metern Entfernung sah Liam die gelben Reißzähne, die unter den Lefzen hervorblitzten, jeder so lang wie sein Daumen. Der Anblick ließ ihn schaudern.

Er wendete sich von Fenrir ab und spähte in den Kreuzgang, wo Alderim immer noch mit Caluna kämpfte. Dann lief er zu Inari, die sich vor den Lesetischen begleitet von einem Lichtblitz in ihre menschliche Gestalt zurückverwandelte. Sie trug auch wieder ihre Kleidung und er fragte sich, wie so etwas funktionieren konnte. Jetzt war jedoch nicht der Zeitpunkt, sie danach zu fragen.

»Alderim, vergiss Caluna und folge uns!«, rief sie so laut, dass die Krähe es hören musste.

Dann wandte sie sich Liam zu.

»Wir haben keine Zeit zu verlieren«, sagte sie. »Lass uns den *Tork* holen. Alderim wird uns schon einholen.«

Sie drehte sich um und lief an der Längsseite der Halle entlang. Liam folgte ihr und bemerkte erst jetzt, dass sich außer ihnen niemand in dem riesigen Saal aufhielt. Vermutlich hatte der Alarm die Magier zu irgendeinem anderen Ort gerufen. Als sie den Durchgang zum zweiten Kreuzgang passierten, schoss Alderim daraus hervor. Er setzte sich jedoch nicht auf Inaris Schulter, sondern blieb in der Luft und flatterte neben ihr her.

»Wir müssen uns beeilen«, krächzte er. »Ich konnte die Magierin zwar stören, aber nicht aufhalten. Sie wird gleich hier sein.«

Liam und Inari rannten weiter. Sie erreichten das Ende des Lesesaals, bogen nach rechts ab und kamen an der inzwischen ebenfalls verwaisten Druckerei vorbei. Auch Erbans Pult war nicht besetzt. Schließlich erreichten sie in der hinteren Ecke jene Treppe, die zu den oberen Rundgängen führte. Inari hastete die Stufen hinauf, Liam eilte ihr mittlerweile schweißgebadet hinterher. Er hatte sich in den letzten Stunden mehrmals gefragt, wo Inari den Schlüssel versteckt haben könnte. Nun ahnte er es. Allmählich schwanden ihm die Kräfte, aber sie mussten noch zwei Etagen höher steigen.

Vom Eingang her war das Schlagen schwerer Flügel zu vernehmen, begleitet von einem langgezogenen Schrei. Ohne stehen zu bleiben, warf er einen Blick über das Treppengeländer und sah, dass Caluna sich in Adlergestalt neben den Wolf auf einen umgestürzten Tisch gehockt hatte. Die Kreatur kam auf die Beine und verwandelte sich unter grellem Licht in den Magier, der sich mit schmerzverzerrtem Gesicht den Rücken hielt. Mit einer zornigen Geste wies er Caluna an, die Verfolgung wieder aufzunehmen. Jetzt kamen auch die ersten Soldaten in die Halle gestürmt, doch ihre Schritte waren schwer und sie rangen nach Atem. Liam bezweifelte, dass sie noch eine Bedrohung darstellten. Bei Caluna war das anders.

Als Liam schon glaubte, seine Lunge würde jeden Moment platzen, erreichten sie endlich die Etage, wo sie tagszuvor diese Welt betreten hatten. Ein Tag, der ihm inzwischen wie ein Monat vorkam. Inari wandte sich nach rechts und lief den Gang an den endlosen Reihen verstaubter Bücher entlang. Liam folgte ihr und bemerkte am Rande seines Gesichtsfeldes einen Schatten, der von unten zu ihnen emporstieg. Caluna!

Sein Gehirn spielte schon mehrere Bewegungsabfolgen durch, um sie abzuwehren, doch Alderim kam ihm zuvor. Die Krähe, die zwischen ihm und Inari geflogen war, wendete und stürzte sich auf den herannahenden Adler. Mit gezielten Schnabelhieben brachte sie Caluna erneut dazu ihren Flug zu stoppen. Doch dann geschah etwas, womit Liam und wohl auch Alderim nicht gerechnet hatten. Urplötzlich verwandelte die Magierin sich in einen Jagdfalken, der deutlich kleiner und wendiger war und somit eine echte Bedrohung für die Krähe darstellte. Nun war Alderim der Gejagte.

»Beeilt euch! Sie hackt mich sonst in Stücke!«, schrie er, wobei er sich mit waghalsigen Flugmanövern den wütenden Angriffen der Magierin zu entziehen versuchte. Trotzdem sah Liam schon die ersten schwarzen Federn zwischen den Klauen des Falken stecken. Lange hielt Alderim das nicht durch. Doch Liam sah einen Ausweg.

»Komm hierher geflogen!«, rief er der Krähe zu und hob sein Schwert.

Alderim schien seinen Gedanken sofort erraten zu haben und flatterte direkt auf ihn zu. Caluna folgte ihm, doch in ihrer

Wut erkannte sie die Falle zu spät. Liams Hieb traf sie mit solcher Wucht, dass die Federn von ihr fortstoben, wie von einem zerplatzen Kopfkissen. Gleich einem Stein fiel sie zu Boden und verschwand aus seinem Sichtfeld. Ein dumpfes Klatschen zeugte von einem schmerzhaften Aufprall. Trotz seiner Wut auf sie, hoffte er, dass sie sich nicht zu sehr verletzt hatte, doch ein Blitz und ein paar gequälte Flüche befreiten ihn von seiner Sorge.

»Gut gemacht!«, krächzte Alderim.

»Du warst aber auch nicht schlecht«, erwiderte Liam.

»Kommt her!«, rief Inari ihnen zu.

Sie stand zwanzig Meter entfernt vor einem der Regale und hielt ein Buch in der Hand. In der anderen schimmerte der *Tork*.

Liam lief zu ihr, während Alderim neben ihm herflog. Plötzlich zerschnitt ein Zischen hinter ihm die Luft, das in einem dumpfen Schlag endete. Er drehte den Kopf und entdeckte einen gefiederten Stahlbolzen, der sich genau an der Stelle in die Bücherwand gebohrt hatte, wo er eben noch gestanden hatte. Ganz so entkräftet schienen die Soldaten also doch nicht zu sein.

Als sie Inari erreichten, setzte sich die Krähe sofort auf deren Schulter. Ein weiterer Bolzen prallte unweit von ihnen funkensprühend gegen die Decke und bohrte sich als Querschläger in einen Buchrücken.

»Wir müssen uns beeilen«, rief er.

Inari hielt ihm die Hand entgegen.

»Halte dich fest!«

Er griff zu und hätte nicht sagen können, ob seine oder ihre Finger in diesem Augenblick mehr zitterten.

Inari hielt den *Tork* vor sich gestreckt, schloss die Augen und sogleich erschien ein Lichtkreis an der Spitze des Schlüssels. Genau wie bei ihrem ersten Übergang steckte sie den Tork hinein und drehte ihn. Sofort ertönte das Summen und das Rechteck schnitt sich in die Welt, dessen glühende Ränder einen blauen Schein auf die Bücher dahinter warfen. Inari packte Liams Hand noch fester und zog ihn hinter sich durch das Portal.

Die Augen vor dem blendenden Licht geschlossen, spürte er wie die Eiseskälte wieder nach ihm griff und auch diesmal schnitt ihm das ohrenbetäubende Kreischen in die Trommelfelle, um gleich darauf vom Klang des Glockenspiels abgelöst zu werden. Als der letzte Ton verklungen war, öffnete er vorsichtig die Augen und schaute sich um. Zu seiner Überraschung standen sie in seinem Zimmer im Haus seiner Großmutter. Draußen leuchtete der Magnolienbaum im Licht der Sonne und irgendwo heulte ein Staubsauger. Eine bittere Mischung aus Enttäuschung und Wut stieg in ihm auf.

»Was soll das?«, fuhr er Inari an. »Wieso sind wir hierher zurückgekehrt? Ich dachte, wir springen zu Gantar und dem Techer und suchen dann meine Mutter!«

Sie hob beschwichtigend die Hand. »Lass mich das erklären ...«

Sie atmete schwer und taumelte ein wenig. Offenbar hatte sie der Übergang diesmal noch mehr angestrengt, als beim ersten Mal. Auch Alderim, der mittlerweile auf dem Schreibtisch hockte, wirkte benommen.

»Was gibt es da zu erklären?«, blaffte Liam. »Dir ging es die ganze Zeit nur darum den *Tork* in Sicherheit bringen. Meine Eltern sind dir offenkundig vollkommen egal. Schönen Dank auch! Ich dachte, wir hätten uns geeinigt.«

»Jetzt hör mir doch mal zu!«, gab Inari nun energisch zurück. »Ich hatte keine andere Wahl!«

»So ein Quatsch! Die hat man immer!«

Zorn verzerrte ihre Gesichtszüge und Liam wich unwillkürlich einen Schritt zurück.

»Du verstehst das nicht!«, presste sie hervor. »Der *Tork* kann nicht dazu benutzt werden, um in einer Welt von Punkt zu Punkt zu reisen. Man kann damit nur von einer Welt in eine andere springen.«

Liam schluckte. In diesem Moment wurde ihm bewusst, dass er sich wie ein Idiot aufgeführt hatte.

»Ach so«, sagte er kleinlaut. »Tut mir leid, dass ich dich ...«

Ihre Miene glättete sich wieder.

»Schon gut«, sagte sie. »War auch gerade ein bisschen viel.«

Mit einem Mal wirkte sie entsetzlich müde. Liam hätte sie am liebsten in die Arme genommen, doch er rang den Impuls nieder, weil es ihm irgendwie unpassend vorkam. Auch er fühlte sich erschöpft, sein T-Shirt klebte ihm wie eine zweite Haut am Rücken, allerdings lag es bei ihm an der Flucht und an dem Weltensprung. Der hatte ihn im Gegensatz zu Inari merkwürdigerweise keine Kraft gekostet.

»Schaffst du noch einen Sprung zurück?«, fragte er.

Sie zuckte die Schultern und setzte sich auf den Stuhl am Schreibtisch. Einige Sekunden lang starrte sie auf den Boden wie ein Boxer in seiner Ecke, der zuvor einen harten Treffer einstecken musste. Er wollte sie nicht bedrängen, daher stellte er ihr eine seiner unzähligen anderen Fragen.

»Was war das für ein Alarm?«, wollte er wissen.

Sie rieb sich die Schläfen mit den Fingerspitzen.

»Dieser Alarm war das Zeichen dafür, dass sich Feinde der Stadt nähern«, erklärte sie. »Daher waren die Soldaten kurz verunsichert, denn eigentlich wäre es in diesem Moment ihre Pflicht gewesen, zur Stadtmauer zu eilen.«

»Die Armee des Sammlers«, versetzte Liam und wandte sich der Krähe zu. »Du hattest recht, Alderim.«

»Was dachtest du denn?«, gab der Vogel zurück.

Liam ging nicht darauf ein, konnte sich aber ein Schmunzeln nicht verkneifen.

»Wenn der Angriff begonnen hat, sollten wir schnellstens zu Gantars Werkstatt springen, bevor sich der Belagerungsring schließt und wir nicht mehr aus der Stadt kommen«, bemerkte er.

Inari schüttelte den Kopf.

»Davon abgesehen, dass es in dieser Situation sehr viel schlauer wäre, eine Weile hier zu bleiben ...«, setzte sie an.

Liam wollte sofort etwas entgegnen, aber als sie die Hand hob, schluckte er seinen Protest herunter.

»Ganz ruhig, ich halte mich an unsere Abmachung, wie verrückt sie auch sein mag«, fuhr sie fort. »Trotzdem können wir nicht sofort wieder zurück.«

Liam runzelte die Stirn.

»Und warum nicht?«

»Weil ich viel zu erschöpft bin, um gleich einen neuen Übergang einzuleiten. Ich muss mich erst ein wenig erholen. Morgen vielleicht ...«

»Morgen?!« Liam schüttelte den Kopf. »Aber so viel Zeit haben wir nicht. Wir müssen jetzt zurück.«

»Nein!«

»Du hast doch gehört, dass sie müde ist«, krächzte Alderim.

Wut wallte in Liam auf und er presste die Kiefer aufeinander. Noch ein Wort und er würde der Krähe den Hals umdrehen. Doch er besann sich und sagte:

»Dann werde ich den *Tork* nehmen und ohne euch gehen.«

Wieder schüttelte Inari den Kopf.

»Das wird nicht funktionieren.«

»Und wieso bitte nicht? Mein Vater hat es ja auch geschafft.«

Inari seufzte.

»Hast du nicht gehört, was ich dir vor unserem ersten Sprung gesagt habe? Er muss mit deiner Mutter lange geübt haben, um einen Übergang alleine meistern zu können.«

Ja, er erinnerte sich. Aber vielleicht gab es einen Trick, der es seinem Vater ohne aufwendiges Training ermöglicht hatte, den *Tork* zu benutzen. Ein Versuch würde nicht schaden und mit ein wenig Glück ... Nein, das war lächerlich, er verrannte sich da in etwas. Er besaß keine magischen Fähigkeiten, konnte sich nicht in irgendein Tier verwandeln, Schneestürme herbeirufen oder Feuerbälle verschießen. Wenn er wenigstens seinen Vater hätte fragen können. Aber davon abgesehen, dass er nicht hier war, konnte er sich vermutlich nicht mehr daran erinnern, wie er es angestellt hatte. Trotzdem widerstrebte es ihm, hier herumzusitzen. Er warf Inari einen flehentlichen Blick zu.

»Kannst du es nicht doch noch einmal versuchen?«, fragte er. »Ich weiß, dass es anstrengend für dich ist, aber ...«

Zu seiner Überraschung schien sie tatsächlich darüber nachzudenken. Sagte sie:

»Na schön. Aber gib mir wenigstens ein paar Minuten Zeit.« Sie stand auf und begab sich zum Sofa.

»Danke«, sagte er, obwohl er es lieber gesehen hätte, wenn Inari gleich in Aktion getreten wäre. Im Grunde aber wusste er, dass sie recht hatte. Was nützte es ihnen, wenn sie jetzt verfrüht sprangen und Inari dadurch ernsten Schaden nahm.

Und doch wollte ein Teil von ihm sofort zurück auf die andere Seite. Wenn TOMKIN nun dem Feind in die Hände fiel, was dann? Und wie sollten sie aus einer belagerten Stadt kommen?

»Glaubst du es ist bei Gantars Werkstatt noch sicher?«, fragte er. »Ich meine, wie lange kann die Garnison der Armee des Sammlers standhalten?«

Inari sah ihn an, ihre Augen wirkten stumpf.

»Da gibt es noch ein anderes Problem«, sagte sie zögerlich, als wolle sie etwas beichten. »Ich bin noch gar nicht dazu gekommen, aber ...«

»Nicht zu fassen! Da bist du ja, Liam!«, unterbrach sie eine vertraute Stimme. Liam fuhr herum und sah Gabi mit umgebundener Schürze und einem Staubsauger in der Hand in der Tür stehen. Sie wirkte wütend und erleichtert zugleich. Bevor er etwas sagen konnte, setzte sie nach:

»Sag mal hast du eine Ahnung, was für Sorgen wir uns gemacht haben?! Dein Onkel hat eine Vermisstenanzeige bei der Polizei aufgegeben und deine Tante ist haarscharf an einem Nervenzusammenbruch vorbeigeschlittert! Wo warst du die ganze Zeit? Und was machen dieses Mädchen und der Vogel hier?«

Verdammter Mist!, war der einzige Gedanke, der ihm in diesem Moment durch den Kopf schoss.

»Also, Gabi, das ist schwierig zu erklären«, sagte er.

»Fang einfach an«, sagte sie, stellte den Staubsauger ab, verschränkte die Arme vor der Brust und maß ihn mit durchdringendem Blick. »Ich habe Zeit.«

»Wir aber nicht«, sagte Inari unvermittelt, stemmte sich vom Sofa hoch und packte Liams Hand. »Wir müssen gehen!«

Im selben Moment schwang Alderim sich vom Schreibtisch auf ihre Schulter.

Liam begriff, blickte zu Gabi und setzte ein gequältes Lächeln auf.

»Nichts für ungut, Gabi«, sagte er. »Ich erkläre dir alles später. Du hast es gehört, wir müssen jetzt wieder los.« Er zuckte die Schultern. »Und danke für alles.«

Er wandte sich Inari zu, die den *Tork* bereits vor sich hielt.

»Zur Werkstatt also?«, fragte sie.

»Ja, zur Werkstatt!«

Inari nickte. Er hörte, wie Gabi tief einatmete, offenbar um zu einem Vortrag anzusetzen, doch als das Licht vor der Spitze des *Torks* erschien, stieß sie die Luft gleich wieder aus und starrte mit offenem Mund auf die Erscheinung.

Inari drehte den Schlüssel und im nächsten Moment erschien das mittlerweile vertraute, blau leuchtende Rechteck in seinem Zimmer. Ihre Hand zitterte und auf ihrer Stirn glitzerten Schweißperlen.

»Halte durch, Inari«, flehte er.

Als hätte sie auf diese Aufmunterung gewartet, straffte sie die Schultern, packte ihn am Arm und zog ihn mit sich in das gleißende Blau hinein. Das Letzte, was er aus seiner Welt hörte, war ein Schrei, der von der Zimmertür kam. Kälte und Licht hüllten ihn ein, durchdrangen ihn und entließen ihn wieder. Als er die Augen öffneten, standen sie direkt vor Gantars Werkstatt.

Alderim saß immer noch auf Inaris Schulter und schüttelte sein Gefieder. Liam spähte hastig nach beiden Seiten und stellte erleichtert fest, dass sich in der Gasse keine Menschenseele aufhielt. Verängstigte Stimmen drangen ringsum durch die geschlossenen Fenster, wurden jedoch von einem anderen Geräusch übertönt: einem langgezogenen Zischen, dem ein Donner folgte, der die Mauern zum Erzittern und die Scheiben zum Klirren brachte. Liam zuckte unwillkürlich zusammen. Sein Blick wanderte zu Inari, die schweißgebadet und mit tiefen Ringen unter den Augen ins Leere stierte. Zu seinem Schrecken sah er, dass sie kurz davor war umzukippen. Sie schwankte bereits, als er einen Schritt zur Seite machte und sie auffing. Alderim sprang von ihrer Schulter und flatterte aufgeregt um seinen Kopf herum. Inaris Körper fühlte sich erstaunlich leicht an, zerbrechlich. Der Geruch ihrer Haut und ihrer Haare ließ eine prickelnde Woge durch seinen Bauch branden. Einige Augenblicke lang schaffte er es nicht, einen klaren Gedanken zu fassen, doch plötzlich zog ihn ein weiterer Knall aus dem Strudel seiner Empfindungen. Was war das? Der beißende Gestank von verbranntem Holz und Schwefel stieg ihm in die Nase und sein Instinkt sagte ihm, dass sie so schnell wie möglich von der Straße mussten.

Das Schwert immer noch in der einen Hand stützte er Inari mit der anderen unterhalb der Schulter und bugsierte sie zum Eingang der Werkstatt. Allmählich ging es ihm auf die Nerven, die Stange ständig so mit sich herumzutragen, allerdings wollte er auch nicht auf sie verzichten.

»Was hat sie?«, fragte Alderim.

»Der Übergang hat sie diesmal sehr angestrengt«, versetzte Liam. »Ich hoffe sie erholt sich rasch davon.«

»Damit du so bald wie möglich weiterspringen kannst?«, krächzte der Vogel argwöhnisch.

»Nein, weil ich mir um sie Sorgen mache«, knurrte Liam. Doch ein Teil von ihm musste sich eingestehen, dass die Krähe nicht ganz unrecht hatte. Schließlich war er nicht ganz unschuldig an Inaris Zustand. Hätte er sie nicht so gedrängt, dann ...

In diesem Moment flog die Tür zur Werkstatt auf und Gantar trat mit strahlendem Gesicht in die Gasse hinaus.

»Endlich, ihr seid wieder da!«, rief er mit offensichtlicher Erleichterung. »Wir hatten schon befürchtet, dass euch etwas zugestoßen sei, weil wir so lange nichts von euch gehört haben.«

Liam stutzte.

»So lange? Wir sind doch vor einer Stunde noch hier gewesen«, sagte er.

Gantar runzelte die Stirn.

»Eine Stunde?! Geht es dir gut, Junge?«, versetzte er.

Liam sah den Ingenieur verwirrt an.

»Wieso?«

Der Ingenieur schüttelte ungläubig den Kopf.

»Ihr seid vier Tage fortgewesen!«, sagte er. »Seit dreieinhalb Tagen wird die Stadt belagert.«

Die Worte ließen Liam stutzen. Was war hier los? Bevor er etwas erwidern konnte, fiel Gantars Blick auf Inari, woraufhin sich dessen Miene augenblicklich verdüsterte.

»Was hat sie?«

»Der Sprung hat sie sehr viel Kraft gekostet«, erwiderte Liam, die Frage hinsichtlich Gantars verwirrender Zeitangabe zurückstellend. »Wenn du mir kurz helfen könntest?!«

»Natürlich!«

Gantar sprang auf die andere Seite neben die Magierin und packte sie ebenfalls unter der Schulter. Ihre Füße schleiften mehr über den Boden, als dass sie gingen und ihre Augen fielen immer wieder zu.

»Hmm, wir könnten sie nach oben auf mein Sofa bringen, da kann sie sich ein wenig ausruhen«, sagte der Ingenieur.

»Nein, ... nicht nötig«, murmelte Inari. »Ich muss mich nur kurz hinsetzen.«

Gantar zuckte die Achseln.

»Nun gut, unten wird sich wohl eine Sitzgelegenheit finden lassen.«

Liam und Gantar schoben sich mit Inari durch die Tür und betraten die Werkstatt, wo sie die Magierin auf einem Stuhl vor dem Fenster platzierten. Alderim flatterte hinter ihnen her und hockte sich auf den Tresen. Inari stöhnte leise, beugte sich vorneüber und massierte sich mit den Daumen die Schläfen. Obwohl sie immer noch erschöpft wirkte, schien sie allmählich wieder zu Kräften zu kommen.

»Ihr seid mit dem *Tork* gesprungen?«, fragte Gantar unvermittelt.

»Eine lange Geschichte«, sagte Liam.

»Ich würde sie gerne hören«, sagte Gantar.

Aus dem Augenwinkel nahm Liam einen Schemen wahr, der aus dem Halbdunkel der hinteren Werkstatt in das durchs Straßenfenster hereinfallende Licht trat. TOMKIN. Liam glaubte ein kurzes Glühen im Auge des Techers aufflackern zu sehen, doch bevor der Eindruck sich bei ihm verfestigen konnte, war es bereits wieder verschwunden.

KAPITEL 16

TOMKIN fixierte Inari mit seinem wie Obsidian schimmernden Frontauge.

»Was fehlt ihr?«, erkundete er sich mit distanzierter Sachlichkeit.

»Der letzte Sprung mit dem *Tork* hat sie überanstrengt«, sagte Liam.

Gantar schüttelte den Kopf.

»Warum seid ihr überhaupt gesprungen?«

Liam überlegte, ob er dem Ingenieur in Gegenwart des Techers den Grund für ihre Flucht und deren Verlauf schildern sollte. Am Ende sprach für ihn nichts dagegen.

»Talandur wurde von einem Attentäter erschossen. Mindestens zwei der Ordensratsmitglieder sind Verräter, Caluna und Fenrir. Sie wollten, dass wir ihnen den Tork aushändigen. Als wir uns weigerten, verfolgten sie uns, doch wir konnten sie dank Alderim überwältigen.«

Er nickte der Krähe zu, die immer noch auf dem Tresen hockte.

»Aber am Ende mussten wir in meine Welt springen, sonst wären wir ihnen nie entkommen.

Gantars Gesicht drückte nun echte Besorgnis aus.

»Bei den Göttern, jetzt habt ihr aber mal richtig Ärger am Hals«, versetzte er und hielt kurz inne, als müsse er diese Neuigkeiten erst verarbeiten. Dann sagte er:

»Was habt ihr nun vor? Hier seid ihr auf Dauer nicht sicher, denn sie werden die ganze Stadt nach euch durchkämmen. Selbst wenn ihr mit dem *Tork* entkommen seid, gehen sie bestimmt davon, dass ihr zurückkommt. Sie werden nicht eher ruhen, bis sie euch haben.«

»Wir haben immer noch vor, zum Schloss des Sammlers zu gehen«, sagte Liam und sah TOMKIN an. »Ich hoffe, du erinnerst dich an unsere Abmachung.«

Mehrere Pieptöne drangen aus dem Inneren der Maschine. Dann sagte sie:

»Natürlich halte ich mich an unser Abkommen, aber ich möchte Euch noch einmal mit Nachdruck vor dem Unterfangen warnen. Die Reise zum Stützpunkt meines Erbauers ist gefährlich.«

Liam schüttelte den Kopf.

»Unser Entschluss steht fest.«

»Gut, dann sei es so«, sagte TOMKIN.

Liam nickte und wandte sich an Gantar. »Und jetzt erkläre mir bitte, wie du das meintest, als du sagtest, wir seien vier Tage fortgewesen.«

Gantar zog mit unschuldiger Miene die Schultern hoch.

»Weil ihr vier Tage lang weg gewesen seid?«

»Aber ...«, setzte Liam an, doch Inari unterbrach ihn.

»Was Gantar sagt, ist wahr«, vermeldete sie mit matter Stimme.

Liam wandte sich ihr zu und der Anblick ihres aschgrauen Gesichts und ihrer zusammengesunkenen Haltung zerriss ihm beinahe das Herz.

»Das war es, was ich dir noch sagen wollte: Mit jedem Sprung vergehen in beiden Welten zwei Tage, auch wenn der Übergang selbst uns nicht länger als ein paar Sekunden lang vorkommt. Wir haben den *Tork* zweimal benutzt, seit wir von hier weggegangen sind, also waren wir vier Tage fort.«

Liam stieß vor Erstaunen die Luft aus. Jetzt begriff er auch, warum Gabi ihm solche Vorwürfe gemacht hatte. Er fragte sich, wer in seiner Welt mittlerweile alles nach ihm suchte. Die Polizei? Vermutlich. Der Gedanke war ihm unangenehm, aber im Augenblick konnte und wollte er daran nichts ändern.

Plötzlich drang ein Zischen von draußen herein und der anschließende Knall ließ die Scheiben der Werkstatt klirren.

Bis auf TOMKIN zuckten alle zusammen.

»Was war das?«, fragte Liam.

»Explodierende Metallkugeln«, erwiderte Gantar. »Die Armee des Sammlers schießt sie seit heute Mittag in die Stadt. Der Qualm, der dabei entsteht, stinkt fürchterlich. Ich habe so etwas noch nie erlebt. TOMKIN aber weiß offenbar, was das für Dinger sind.«

Der Techer ruckte mit dem Kopf, was wohl ein Nicken darstellen sollte.

»Es handelt sich um eine neue Entwicklung des Sammlers, er nennt sie *Granaten.* Sie sind mit einem schwarzen Pulver gefüllt, ebenso wie die Metallrohre, aus denen sie abgefeuert werden.«

In Liam wuchs ein schrecklicher Verdacht heran und er wandte sich an Gantar.

»Und du kennst solche Waffen wirklich nicht?«

»Nein, tue ich nicht«, erwiderte der Ingenieur. »Diese Technologie stammt definitiv nicht aus dieser Welt.«

Aus dieser nicht, aber aus meiner, dachte Liam bestürzt. *Und der Sammler hat sie von meinem Vater bekommen.*

Er begriff nun, dass es nicht mehr nur um das Schicksal seiner Eltern ging. Wenn der Sammler seinem Vater einen Großteil des Wissens geklaut hatte, dann gehörten dazu unweigerlich die technischen Errungenschaften, aber auch die Flüche des einundzwanzigsten Jahrhunderts seiner Welt. Dadurch stellte der Sammler eine unermessliche Gefahr dar, und zwar für alle Welten, zu denen er Zugang hatte oder noch bekommen würde. Und niemand konnte sagen, wie viele das waren. Er musste gestoppt werden. Nur wie sollte ihre kleine Schar das anstellen? Ein Anflug von Verzweiflung stieg in ihm auf und er hatte Mühe sich nicht von diesem Gefühl forttragen zu lassen. Zu aussichtslos erschien im Moment ihre Lage.

Zwar hatten sie mit TOMKIN jemanden gefunden, der ihnen den Weg zum Sitz des Sammlers zeigen konnte, doch inzwischen wurde die Stadt offenbar belagert und Inari schien in der nächsten Zeit keinen Sprung durchführen zu können. Somit saßen sie erst einmal fest. Wieder ließ eine Detonation in der Nähe das Haus erbeben. Brandgeruch drang in die Werkstatt.

»Was sollen wir jetzt tun?«, fragte er in die Runde.

»Tja, aus der Stadt kommen wir jetzt nicht mehr«, bemerkte Gantar. »Es sei denn, wir hätten Flügel so wie Alderim.«

»Damit kann ich leider nicht dienen«, sagte Inari. »Ich kann mich nur in eine Katze verwandeln.«

»Mit Flügeln könntet ihr Menschen doch gar nichts anfangen«, warf Alderim ein. »Aber wenn ihr einen Ballon hättet ...«

»Siehst du hier etwa einen?«, fragte Liam mürrisch.

»Hier nicht, aber auf dem Dach des Hauses mit den vielen Türmen, da habe ich einen gesehen.«

Liam horchte auf.

»Was für ein Ballon?«, fragte er.

»Er war groß«, antwortete die Krähe. »Ich bin solchen Dingern schon ein paar Mal in unserer Welt begegnet: große bunte Bälle, an denen Körbe mit Seilen befestigt sind. Allerdings war in dem, den ich gesehen habe keine Luft.«

»Natürlich, der Ballon?«, sagte Gantar unvermittelt und kratzte sich am Kinn. »Darauf hätte ich auch selbst kommen können.«

»Du weißt davon?«, fragte Liam.

»Und ob. Diesen Teil meines Wissens hat mir der Sammler nicht genommen. Ich gehörte zu den Ingenieuren, die für den Ballon auf dem Ratsgebäude verantwortlich waren. An Festtagen und bei diplomatischen Besuchen ist der Rat darin über der Stadt geschwebt.«

Er sah Liam mit einem Leuchten in den Augen an.

»Er war schon eine Ewigkeit nicht mehr in der Luft und ist bestimmt kaputt. Aber wenn es nur der Brenner ist, dann kann ich ihn mit deiner Hilfe vielleicht reparieren, Junge.«

Liam spürte eine Woge der Euphorie in sich aufwallen und mit ihr kehrte die Zuversicht zurück.

»Worauf warten wir dann noch? Lasst uns losgehen!«, verkündete er. Doch im gleichen Moment musste er an Inaris Verfassung denken und wandte sich zu ihr um.

»Kannst du denn überhaupt mitkommen?«, fragte er.

Sie nickte, obwohl die Augenringe in ihrem eingefallenen Gesicht das Gegenteil nahelegten.

»Ich nehme wieder das Werkzeug mit«, sagte Gantar und warf sich die Tasche über, die ihnen schon einmal nützliche Dienste geleistet hatte. »Gehen wir!«

Doch plötzlich hielt er inne und hob den Zeigefinger, als sei ihm etwas eingefallen.

»Eine Sache hätte ich fast vergessen.«

Er ging zu einem Regal in der hinteren Ecke der Werkstatt, kam mit einem Ledergürtel zurück und reichte ihn Liam.

»Für dich, Junge«, sagte er. »Mein alter Werkzeuggürtel. Den kannst du für deine Stange ... ich meine dein Schwert benutzen. Dann musst du sie nicht mehr in der Hand mit dir herumtragen.«

Liam nahm den Gurt entgegen und beäugte ihn aus der Nähe. Eine längliche Lederschlaufe war daran befestigt, durch die der Ingenieur früher vermutlich den Griff eines Hammers oder eines Schraubenschlüssel gesteckt hatte. Er legte sich den Gürtel um die Taille und schob das Schwert durch die Öse an der linken Seite. Es passte genau hindurch und hing so, dass es nicht den Boden berührte. Einfach perfekt.

»Danke!«, sagte er. »Das ist richtig Klasse!

»Keine Ursache«, erwiderte Gantar. »Aber jetzt sollten wir wirklich gehen.«

Liam half Inari vom Stuhl hoch und beide folgten Gantar auf die Straße. Alderim flatterte hinter ihnen her und TOMKIN kam als Letzter hinterher. Der Geruch von verbranntem Holz und Schießpulver war jetzt so intensiv, dass Liam unwillkürlich husten musste. Ein gelblicher Nebel waberte durch die Gasse, zu dem das Zischen und Donnern der Granaten ein grauenhaftes Hintergrundgeräusch bildete. Der Himmel war wolkenlos und am Stand der Sonne erkannte Liam, dass es später Nachmittag sein musste.

Sie liefen zur menschenleeren Hauptstraße und bogen dort nach rechts ab. Liam sah mehrere Rauchsäulen, die in einiger Entfernung über den Dächern in den Himmel wuchsen. Ein Stück voraus auf der linken Seite, war ein Haus in sich zusammengefallen und aus seinen Trümmern stieg weißer Qualm auf.

Als sie den Marktplatz erreichten, sahen sie einen Trupp Soldaten, der ohne sie zu beachten im Eilschritt zur Brücke marschierte. Liam und seine Gefährten rannten die Treppe zum Ratsgebäude hinauf und betraten die gigantische Vorhalle. Alderim flog vorneweg. Nur wenig Menschen hielten sich hier noch auf, eilig umherlaufend und keine Notiz von ihnen nehmend. Liam wunderte sich, dass am Eingang keine Wachen standen, doch vermutlich hatten sie sich längst auf den Bollwerken der Stadt eingefunden, um die feindliche Armee abzuwehren.

Gantar steuerte auf einen Durchgang zu, der unmittelbar links neben dem Portal lag, das ins Zentrum des Gebäudes führte. Dahinter wand sich eine stählerne Treppe im Halbdunkel nach oben, die sie eilig hinaufstiegen.

In regelmäßigen Abständen gab es Schlitze in der Wand, durch die kaltes Licht auf die Stufen fiel. Nach einer Weile begannen seine Oberschenkel zu brennen und er fragte sich, ob die Steigerei jemals ein Ende nehmen würde. Immer wieder schaute er sich voller Sorge nach Inari um, die direkt hinter ihm ging, doch bis jetzt hielt sie tapfer durch. Irgendwann durchstieß das Treppenhaus offenbar das Dach, denn durch die nächsten Scharten drang nun Tageslicht in goldgelben Streifen herein.

Jetzt vernahm Liam auch wieder das Donnern der einschlagenden Granaten, gedämpfter zwar, aber nicht weniger bedrohlich. Er hoffte, dass sie hier an diesem hochgelegenen Ort einigermaßen sicher davor waren.

Schließlich kamen sie zu einem Durchgang, der sie hinaus auf eine Art Plattform unter freiem Himmel führte. Die um sie herum aufragenden Türme warfen ihre langen Schatten auf die Fläche, in deren Zentrum das sonderbarste Gefährt stand, das Liam je gesehen hatte.

Den Hauptteil bildete ein schiffsförmiges Korbgeflecht von etwa fünfzehn Meter Länge, das ihn an die Abbildungen altägyptischer Papyrusboote erinnerte, die er aus dem Geschichtsunterricht kannte. Es ruhte auf einem Stahlgestell und besaß eine Kabine mit runden Luken an den Seiten. In der Mitte des von einer Reling umgebenen Kajütendaches ragte ein mannshoher Metallzylinder auf, der mit vier Stahlträgern am Rumpf verankert war. Offenbar handelte es sich um den Brenner, von dem Gantar gesprochen hatte und das *Schiff* stellte somit die Gondel dar. Der Apparat ging nach oben in ein rohrförmiges Metallgitter über, an dessen Oberseite Ringe befestigt waren, durch welche die Taue der schlaff neben der Gondel liegenden Ballonhülle liefen.

Unter dem Heck ragten zwei Propeller hervor, die offenbar für den Antrieb zuständig waren. Liam hoffte, dass wenigstens die noch funktionierten.

Gantar marschierte geradewegs auf die Gondel zu und kletterte über eine angelehnte Leiter an Bord. Oben angekommen wandte er sich den anderen zu und legte die Hände auf die Reling.

»Während der Junge und ich versuchen den Brenner zu reparieren, solltest du, TOMKIN, überprüfen, ob die Ballonhülle intakt und richtig ausgebreitet ist. Dich Alderim bitte ich, schon mal nachschauen, aus welcher Richtung der Wind weht und wie sich das Wetter verhält. Inari hingegen kann sich hier oben einfach ein wenig ausruhen.«

Die vier taten, wie ihnen geheißen. Als Liam hinter Inari die Sprossen der Leiter emporstieg, sah er die Silhouette eines Raubvogels am azurblauen Himmel schweben. Einen Moment lang befürchtete er, es könne sich um Caluna handeln. Dann aber sagte er sich, dass es wohl viele Vogelmagier gab, die nun alle gegen die feindliche Armee kämpften und der Gedanke beruhigte ihn ein wenig. Vorerst bestand für ihn kein Grund, die anderen mit seiner Beobachtung zu beunruhigen.

An Bord der Gondel angelangt, erblickte er ein Pult mit einem Steuerrad und diversen Knöpfen und Hebeln.

Bei dem Anblick musste er unwillkürlich schlucken, denn ihm wurde bewusst, dass diese Technik hier um einiges komplizierter zu sein schien, als die läppische Pumpstation am Brunnen. Und selbst deren Funktionsweise hatte sich ihm nur zum Teil erschlossen. Was, wenn es ihnen nicht gelang das Luftschiff zum Abheben zu bringen?

Gantar sah ihm seine Zweifel offenbar an, denn er warf ihm einen aufmunternden Blick zu.

»Keine Angst Junge, das sieht komplizierter aus, als es ist. Außerdem müssen wir uns nur um den Brenner kümmern, der Motor und die Steuereinheit sollten es noch machen.«

Liam fand die Worte aus dem Mund eines Mannes, der vor kurzem einen Großteil seines Gedächtnisses verloren hatte, nicht besonders ermutigend. Dennoch nickte er und zwang sich zu einem zuversichtlichen Lächeln.

Gantar stieg über eine Leiter, die neben dem Eingang zur Kabine angebracht war, zum Dach der Kajüte hinauf.

Liam folgte ihm und stand nun direkt vor dem Brenner, an dem sich eine rechteckige Luke mit einem Hebel zum Öffnen befand. Rechts daneben ragte ein Metallrad hervor, wie er es schon zur Drosselung an Wasserleitungen gesehen hatte. Unterhalb davon gab es zwei Knöpfe, wovon der eine mit *Flamme* und der andere mit *Stopp* beschriftet war. Gantar öffnete die Klappe, hinter der sich ein Gewirr aus Kabeln, Schläuchen und Metallstreben offenbarte.

Sieht komplizierter aus, als es ist«, hallte es in Liams Kopf nach. Wäre die Lage nicht so ernst gewesen, hätte er darüber wohl gelacht. Jetzt aber jagte ihm der Anblick Schweißperlen auf die Stirn.

»Na dann«, sagte er ohne viel Überzeugung und trat neben Gantar, der ein Stück zur Seite wich. Danach führte er die Hände in das Innere der Maschine und begann einzelne Leitungsstränge zwischen den Fingern zu begutachten. Die meisten endeten im oberen Teil des Brenners in einer Metallkugel von der Größe eines Fußballs, an der sie mit Steckern befestigt waren. Liam erkannt schnell, dass sich einige davon gelöst hatten und die entsprechenden Kabel nun frei im Innenraum hingen. Insgesamt zählte er vier Stück, doch sie sahen alle gleich aus und die freien Buchsen an der Kugel wiesen keine Markierungen auf.

Liam wandte sich Gantar zu, fand aber in dessen Gesicht keinen Hinweis, der ihm weiterhalf. Er zuckte die Schultern.

»Wir werden wohl ein paar Kombinationen durchprobieren müssen«, sagte er und begann die Kabel in einer zufälligen Reihenfolge in die Buchsen zu stecken.

»Hier«, sagte der Ingenieur und hielt ihm vier rote Fäden hin, in die er Knoten in aufsteigender Zahl geknüpft hatte. »Damit kannst du sie markieren.«

Liam nickte und tat wie ihm geheißen. Als er fertig war, wollte er sich schon aufrichten, doch da bemerkte er an einer der bereits befestigten Leitungen einen verdächtigen Knick. Er ließ sich von Gantar ein Messer aus der Tasche reichen und entfernte das dünne Metallgeflecht, dass hier als Isolierung diente. Tatsächlich, das Kabel war gebrochen, zwei lose Enden eines bläulichen Metalldrahtes ragten aus dem Schnitt hervor. Hätte es sich um Kupfer gehandelt, wäre es ganz leicht zu löten gewesen, doch funktionierte das auch bei diesem ihm unbekannten Metall?

»Lass mich das machen«, sagte Gantar plötzlich. Liam drehte den Kopf und sah, dass der Ingenieur bereits in der Tasche kramte. Nach kurzem Suchen holte er einen Apparat hervor, in dem Liam tatsächlich so etwas wie einen Lötkolben zu erkennen glaubte. Gantar hatte wirklich an alles gedacht. Wie zur Bestätigung zog der eine Drahtspule aus einem gelblichen Metall heraus, vermutlich das Lötmedium.

»Wie du weißt, bin ich handwerklich immer noch voll auf der Höhe«, sagte Gantar mit einem Grinsen.

Liam machte ihm Platz und schaute ihm über die Schulter bei der Arbeit zu. Der vertraute Geruch von heißem Metall stieg ihm in die Nase und kaum eine Minute später richtete Gantar sich auf und nickte ihm anerkennend zu.

»Gut gemacht, den Bruch hätte ich bestimmt nicht bemerkt«, sagte er. »Das sollte jetzt halten.«

»Sollen wir es versuchen?«, fragte Liam.

»Nur zu«, gab der Ingenieur zurück und verstaute Draht und Lötkolben wieder in der Tasche.

Liam ging davon aus, dass das Rad am Brenner zur Dosierung des Heißluftstrahls diente. Nach rechts ließ es sich nicht bewegen, also drehte er es ganz nach links bis zum Anschlag. Dann drückte er den Knopf, der mit *Flamme* beschriftet war, und hielt den Atem an. Doch es geschah nichts.

Enttäuscht stieß er die Luft aus, wechselte einen kurzen Blick mit Gantar, der die Stirn krausgezogen hatte, beugte sich vor die Öffnung und steckte die Kabel um. Erneut drückte er den Knopf und erneut geschah nichts. Mehrere Male wiederholte er den Vorgang ohne Erfolg und mit jedem Fehlschlag wuchs in ihm die Angst, die Ursache dafür könne ganz woanders liegen, an einer Stelle, die er niemals finden würde. Oder hatte Gantar das Kabel womöglich doch nicht richtig zusammengelötet?

Ein Flattern am Himmel ließ ihn emporblicken. Es war

Alderim, der neben ihm auf dem Geländer landete, den Kopf zur Seite geneigt und ihn mit einem Auge fixierte.

»Soldaten«, krächzte die Krähe. »Sie sind ins Gebäude eingedrungen und kommen die Treppe herauf!«

Liam fluchte. Jetzt lief ihnen auch noch die Zeit davon. Mit zitternden Fingern steckte er die Kabel in einer neuen Kombination an die Kugel. Wieder drückte er den Knopf. Er presste die Kiefer zusammen. Nichts!

»Mist!«, stieß er hervor.

»Nochmal«, sagte Gantar. Seine Stimme klang ruhig, doch seine Miene spiegelte pure Anspannung wider.

Liam steckte die Kabel ein weiteres Mal um. Schweiß lief ihm in die Augen und brannte wie Säure. Er richtete sich auf und wischte sich mit dem Ärmel seines T-Shirts über das Gesicht. Waren das Schritte, die aus dem Treppenhaus zu ihnen heraufhallten? Jetzt blieb ihnen maximal noch dieser eine Versuch. Er drückte den Knopf. Ein Summen ertönte und der Brenner begann zu vibrieren.

KAPITEL 17

Luft strömte flimmernd aus dem Brenner nach oben und drückte die Hitze gegen Liams Gesicht, so dass er unwillkürlich einen Schritt zurücktrat. Sie schoss mit solcher Kraft in die Ballonhülle, dass diese sich schon nach wenigen Sekunden aufzublähen begann. Derweil wurden die Geräusche im Treppenhaus immer lauter. Auf einen Kampf durften sie sich nicht einlassen, denn Inari war zu geschwächt und alleine konnte er es unmöglich mit einem ganzen Trupp Soldaten aufnehmen. Und Gantar war alles andere als ein Krieger. Sicher, da war noch TOMKIN, aber konnte der auch kämpfen? Außerdem bestand die Gefahr, dass die Hülle bei einem Scharmützel beschädigt wurde. Also blieb ihnen nur die Hoffnung, dass sich der Ballon schnell genug füllte.

»TOMKIN komm, steig ein!«, rief er dem Techer zu, der noch damit beschäftigt war, die letzten Falten aus dem Stoff der Hülle zu streichen.

»Wie Ihr wünscht«, gab der Techer zurück, ließ das Tuch aus seinen Handzangen gleiten und lief zur Gondel. Mit einer Gewandtheit, die Liam ihm nicht zugetraut hatte, erklomm er die Leiter und stieß sie fort, sobald er an Bord war. Liam wandte den Blick von ihm ab und starrte zum Treppenhaus hinüber. Noch immer zeigte sich niemand in dem Durchgang, aber er konnte bereits Schritte und die Kommandos des An-führers hören.

Er zählte die Sekunden, die sich begleitet vom Zischen der Brennerdüse unerträglich in die Länge zogen. Mit jeder Zahl spannten sich seine Nerven, wie die Sehne eines Bogens, weiter an.

Endlich richtete der Ballon sich auf. Die Gondel erbebte und das Gestell, auf dem sie ruhte, protestierte mit einem Quietschen. Aber sie hob noch nicht ab. Keine Minute mehr, so schätzte Liam, dann wäre es so weit, aber würde das reichen? Die Hände um die obere Reling gekrallt, starrte er zum Treppenhaus. Plötzlich durchzuckte ihn eine neue Angst: War der Ballon überhaupt dicht? Und was war mit dem Antrieb der Gondel, den hatten sie noch gar nicht überprüft. Einmal mehr schien Gantar seine Gedanken erraten zu haben.

»Ich versuche den Motor zu starten«, rief der Ingenieur neben ihm und kletterte vom Dach zur Steuereinheit auf dem Achterdeck herunter, wo TOMKIN stand.

Dann bemerkte Liam eine Bewegung im Durchgang zum Treppenhaus und im nächsten Moment stürzte ein Offizier aus dem Zwielicht ins Freie. Gleich darauf glitten ein Dutzend Soldaten wie eine Perlenkette auf die Fläche und stellte sich neben dem Anführer in einer Reihe auf.

»Sofort aussteigen, sonst eröffnen wir das Feuer!«, brüllte der Offizier. Auf sein Zeichen hin legten die Soldaten ihre Tech-Bögen an und zielten auf die Gondel.

Doch inzwischen hatte sich der Ballon zu seiner vollen Größe aufgebläht und mit einem Ruck, der Liam beinahe von den Füßen riss, hob das Gefährt endlich vom Gestell ab. Sie gewannen rasch an Höhe, doch nicht schnell genug, um aus dem Schussfeld der Soldaten zu gelangen. Liam wich von der Reling des Kabinendaches zurück und duckte sich in Erwartung eines Bolzenhagels. Plötzlich jedoch hörte er Alderim schreien und sah aus dem Augenwinkel, wie sich die Krähe über den Rand der Gondel hinweg auf die Angreifer hinabstürzte. Es folgte ein wildes Gekrächze und das Sirren der ersten Bolzen, die aber bis auf einen, der sich unten in den Rumpf bohrte, weit am Ziel vorbeischossen.

Ein tiefes Brummen übertönte auf einmal den Brenner und Liam spürte, wie der Boden unter seinen Füßen vibrierte. Als er vorsichtig auf das Achterdeck hinabspähte, sah er, wie Gantar begann, emsig am Steuerrad zu drehen. Offenbar hatte es der Ingenieur geschafft, den Motor zu starten. Langsam bewegten sie sich vorwärts. Er fragte sich, wie dieses Gefährt überhaupt die Richtung ändern konnte, schließlich hatte er keine Ruder gesehen. Inaris Ruf riss ihn aus seinen Gedanken:

»Komm runter, Liam, und hilf mir!«

So schnell er konnte, kletterte er die Leiter hinab und sah Inari im Eingang zur Kajüte stehen. Sie hielt eine Holzkiste in den Händen, in der sechszehn braune, mit Korken versehene Flaschen in einzelnen Fächern lagerten.

»Rotwein!«, rief sie. »Die sind wohl von der letzten offiziellen Fahrt übriggeblieben. Fass mal mit an.«

Er begriff, was sie vorhatte. Gemeinsam wuchteten sie die Kiste zur Reling und stellten sie zwischen sich ab. Immer mehr Bolzen zischten an der Gondel vorbei und zum Glück auch am Ballon. Noch! Unter ihnen schrie Alderim, der die Soldaten offenbar von gezielten Schüssen abhielt. Doch die Krähe brauchte dringend Unterstützung und die sollte sie nun bekommen.

Liam langte in die Kiste, nahm eine der Flaschen und lugte über den Rand der Reling nach unten. Ein Bolzen fauchte eine handbreit an seinem Kopf vorbei und ließ ihn zurückzucken. Er atmete durch, beugte sich wieder vor und spähte in die Tiefe. Zehn Meter unter ihnen wehrten sich die Soldaten gegen Alderims wütende Attacken, wobei sie ihre Ordnung immer mehr verloren. Einer der Männer war bereits auf die Knie gesunken und hielt sich die Hände vors Gesicht.

Liam zielte auf das Zentrum des Pulks und warf die Flasche hinunter. Volltreffer! Das Geschoss explodierte als rote Blüte auf dem Helm eines Soldaten. Der Mann ließ die Waffe fallen und sank zu Boden, als hätte ihm jemand sämtliche Sehnen im Körper durchtrennt. Seine Nebenleute bekamen derweil den Splitterregen ab, der zwei von ihnen so schwer traf, dass sie zur Seite taumelten und sich die Hände an Gesicht und Hals pressten, wobei ihre Tech-Bögen auf den Boden fielen.

Er schaute zu Inari, die sich ebenfalls eine Flasche genommen hatte und diese nun hinabwarf. Während er sich Nachschub aus der Kiste schnappte, verfolgte er, wie Inaris Geschoss den Offizier an der linken Schulter traf. Die Wucht des Aufpralls riss den Mann zu Boden, wo er sich in einer Lache aus Wein und Scherben wälzte. Sofort schleuderte Liam seine nächste Flasche auf den Trupp hinab und Inari brauchte keine Sekunde, um ihrerseits eine weitere hinterherzuschicken. Auch TOMKIN kam nun an Inaris Seite geeilt, schnappte sich eine Weinflasche und schmiss sie in die Tiefe.

Sie warfen ohne Unterlass und ihr Bombardement zeigte eine durchschlagende Wirkung.

Unter dem Eindruck der herabfallenden Weinflaschen und der durch die Luft sirrenden Glasscherben dachten die Soldaten gar nicht mehr daran auf den Ballon zu schießen, sondern versuchten sich in Sicherheit zu bringen. Die Unversehrten und die leicht Verletzten liefen zum Treppenhaus, wobei einige ihre bewusstlosen Kameraden an den Armen hinter sich herschleiften. Die Männer gaben sich geschlagen und das war auch gut so, denn mittlerweile war die Weinkiste leer.

Liam schaute nach oben. Er befürchtete, dass der eine oder andere Bolzen den Ballon beschädigt haben könnte, doch seine Angst erwies sich als unbegründet. Die Hülle war immer noch prall gefüllt und schien somit dicht zu sein.

Als er dann aber an der Kabine vorbei nach vorne schaute, wich die Erleichterung blankem Schrecken. Der Grund war einer der Türme des Ratsgebäudes, auf den sich die Gondel jetzt mit hoher Geschwindigkeit zubewegte. Er sah sofort, dass sie nicht rasch genug an Höhe gewinnen würden, um darüber hinweg zu gleiten, also blieb nur ein Ausweichmanöver. Doch zwischen ihrem Bug und dem steinernen Riesen lagen keine zwanzig Meter mehr.

Er sah zu Gantar hinüber, der die Gefahr offenbar auch erkannt hatte und hektisch am Steuerrad kurbelte. Langsam, unendlich langsam schwenkte der Rumpf nach rechts, aber Liam bezweifelte, dass es noch reichte. Seine Hände umkrampften die Reling, während er nicht den Blick von dem drohenden Unheil abwenden konnte. Die Spitze des Bugs zeigte bereits am Turm vorbei. Hier war die Gefahr gebannt, doch der Ballon ragte weit über die Seiten der Gondel hinaus und kam den Wasserspeiern am Rand des Spitzdaches immer näher.

Keine zehn Meter mehr, das reicht nie!, dachte er und schluckte.

Die unmittelbar bevorstehende Kollision erfüllte ihn mit einem lähmenden Gefühl der Angst. Er schloss die Augen, hörte erst Gantar aufstöhnen und dann das Geräusch von Stoff, der über eine raue Oberfläche schleift. Er rechnete mit einem Reißen und dem unmittelbaren Absacken wie in einem Flugzeug, das durch ein Luftloch flog, aber zu seiner Überraschung blieb das Ziehen in den Eingeweiden aus.

»Geschafft!«, rief Gantar.

Liam öffnete die Augen und sah die Spitze des Turms hinter der anderen Seite der Gondel verschwinden. Sie stiegen dem wolkenlosen Himmel entgegen. Er schaute auf seine die Reling umkrampfenden Hände und sah die Knöchel so weiß hervortreten, wie die Zähne eines Gebisses.

Inari neben ihm hatte den Blick voraus in die Ferne gerichtet. Erleichterung stand ihr ins Gesicht geschrieben, aber die tiefen Augenringe zeigten zugleich wie erschöpft sie sein musste. Mitleid stieg in ihm auf und kroch warm durch seine Brust. Sein Verstand sagte ihm, er solle es ignorieren, doch er hörte nicht darauf. Er beugte sich zu ihr und streckte die Hand nach ihr aus. Einen kurzen Moment verharrte er auf halbem Weg, als würde ein unsichtbares Kraftfeld ihn aufhalten, aber dann überwand er den Widerstand und legte die Finger auf ihren Oberarm. Ein elektrisierendes Kribbeln fuhr ihm bis in den Ellenbogen hinauf, doch sofort entzog sich Inari der Berührung und wich ein Stück zurück. Gleichzeitig war die Empfindung in Liam so abrupt verschwunden, als hätte jemand einen Stecker gezogen und er sah, wie sich in ihrem Gesicht der Kampf gegensätzlicher Gefühle widerspiegelte. Ihre Reaktion verwirrte ihn und die Worte, die eigentlich einfühlsam klingen sollten, kullerten stattdessen wie Kieselsteine über seine Lippen.

»Wie, äh ... geht es dir?«

Jetzt kam er sich endgültig wie ein Idiot vor und wäre am liebsten im Boden der Gondel versunken.

Sie blickte ihn aus müden Augen an und schenkte ihm ein Lächeln.

»Besser!«, sagte sie.

Es entstand eine peinliche Pause und er versuchte, das Gespräch in eine andere Richtung zu lenken.

»Ich würde zu gerne wissen, wer uns die Soldaten auf den Hals gehetzt hat«, sagte er.

»Caluna!«, versetzte Inari bestimmt. »Ich habe ihre Adlersilhouette am Himmel entdeckt, als wir eingestiegen sind.«

»Ich habe den Raubvogel auch gesehen, war mir aber nicht sicher«, sagte er.

»Ich schon«, erwiderte sie. »Caluna hat die Stadt nach uns abgesucht. Zum Glück hat sie uns offenbar erst spät entdeckt.«

»Fast hätte es gereicht«, bemerkte Liam grimmig.

»Ich glaube, ich habe in der Kajüte ein Sofa gesehen«, sagte sie. »Sei mir nicht böse, aber ich werde mich ein wenig ausruhen.«

»Kann ich dir irgendwie ...«, setzte er an, hob dann jedoch die Hand und wandte sich ab.

Er sah ihr hinterher, wie sie im Schatten der Kabine verschwand und ihr wortloser Abgang hinterließ ein schales Gefühl in ihm, ähnlich dem Geschmack von abgestandener Cola. Trotz der Gegenwart seiner Gefährten kam er sich unendlich einsam vor. Einen Moment lang hoffte er, dass sie wieder im Eingang auftauchte, um ihm irgendetwas zu sagen, doch als das nicht geschah, drehte er sich um und sah zu Gantar, der jetzt ruhig am Steuerrad stand, während TOMKIN hinter ihm auf die Rückbank saß. Dann schaute Liam sich nach Alderim um und entdeckte die Krähe auf dem Geländer des Kabinendaches.

Allmählich entspannte sich sein Körper nach der Aufregung wieder und er betrachtete das Panorama, das sich unter ihnen ausbreitete, jetzt, da die Türme des Ratsgebäudes die Sicht nicht mehr versperrten.

Aus dieser Perspektive erkannte er zum ersten Mal das wahre Ausmaß der Schäden durch den Beschuss. Über zwei Dutzend Rauchsäulen wuchsen aus dem matt schimmernden Dächermeer empor, zuerst senkrecht und dann in großer Höhe abknickend, da dort offenbar ein starker Westwind wehte. Es sah aus, als hätte ein Riese seine schwarzen Socken umgekehrt am azurblauen Firmament aufgehängt. Neben den Brandherden klafften zwischen den Häusern frische Lücken, deren Zahl die der Feuer deutlich übertraf.

Rechts vor ihnen schob sich das goldschimmernde Pyramidendach des Tempels vorbei, woraus Liam schloss, dass sie in nördliche Richtung flogen.

»Warum nehmen wir diesen Kurs?«, fragte er an Gantar gerichtet.

»TOMKIN erzählte mir, dass dies der Weg zum Hauptsitz des Sammlers sei«, gab der Ingenieur zurück.

»Und was, wenn gerade dort die Armee vor den Stadtwällen aufmarschiert ist?«, wollte Liam wissen.

»Die ist ohnehin überall«, warf Alderim ein. »Nachdem was ich gesehen habe, ist die Stadt mittlerweile umstellt.«

Umstellt?!, durchzuckte es Liam. *Was für eine gewaltige Streitmacht musste das sein, dass sie in der Lage war, eine solche Stadt komplett einzukreisen.*

Er schaute nach unten und vermutete, dass sie rund zweihundert Meter über dem Boden schwebten. Die Geschwindigkeit ließ sich für ihn schwerer abschätzen. Er tippte auf dreißig, vielleicht vierzig Stundenkilometer, wobei sie stetig schneller wurden.

Die Straßen lagen bis auf ein paar Soldaten, die in Gruppen zu den Wällen eilten, menschenleer da. Inzwischen stand die Sonne so tief, dass sich in den Gassen die Schatten vereinten und sich wie eine dunkle Flüssigkeit ausbreiteten. Vor ihnen wuchs eine der Rauchsäulen in den Himmel und Gantar nahm eine leichte Kurskorrektur vor, so dass sie links daran vorbeiglitten. Die mit dem Qualm nach oben strebende Hitze verursachte Verwirbelungen, welche die Gondel kurz ins Wanken brachte. Liam hielt sich wieder mit beiden Händen an der Reling fest und musste gegen eine aufsteigende Übelkeit ankämpfen. Er war noch nie auf dem offenen Meer unterwegs gewesen, geschweige denn in einem schwankenden Ballon und kam zu dem Schluss, dass er so etwas in Zukunft wohl besser vermeiden sollte.

In der Ferne zeichnete sich oberhalb der letzten Dächer die gerade Linie der Wallanlage ab. Auch von dort stiegen vereinzelte Rauchsäulen auf, die sich auf bestimmte Stellen konzentrierten. Eine Ahnung beschlich Liam. Er sah erst zum Brenner hinauf, der weiterhin tadellos zu arbeiten schien, und wandte sich dann Gantar zu.

»Sollten wir nicht ein wenig höher gehen, wenn wir über die umkämpften Wallanlagen fliegen?«, fragte er.

»Sollten wir, aber ich fürchte, so schnell geht das nicht«, sagte der Ingenieur. »Unser Freund TOMKIN hier bringt einiges an Gewicht mit und die Luft ist durch die Sonne ziemlich aufgeheizt. Viel ist da in der kurzen Zeit nicht drin. Es sei denn, wir drehen noch ein paar Runden über der Stadt, aber das würde ich nicht empfehlen.«

Liam nickte und blickte wieder über die Reling.

Sie waren höchstens noch dreihundert Meter vom Stadtwall entfernt und er konnte bereits Einzelheiten darauf erkennen. Die Helme und Harnische unzähliger Soldaten glänzten in der Sonne, als seien sie mit Gold überzogen. Die Brüstung des Walls besaß keine Zinnen wie bei mittelalterlichen Burgen, sondern glich den Festungsanlagen, die er aus der Neuzeit seiner Welt kannte, wo die senkrechten Mauern ausgreifenden Erdrampen gewichen waren. Er gewahrte eine mächtige Bastion, die sich weit ins Gelände vor der Stadt schob. Sie war mindestens zweihundert Meter lang und halb so breit. Zu beiden Seiten ragten in regelmäßigen Abtständen weitere dieser Bollwerke ins Vorland hinein und wirkten dadurch wie die Zähne einer monströsen Bestie, die ein Stück aus der Erde hatte beißen wollen und dabei stecken geblieben war.

Auf dem Wall und den Bastionen standen hunderte von Stahlkonstruktionen, die Katapulten ähnelten und Steine oder lange Spieße verschossen. Doch wie es aussah, war der Gegner weitaus besser ausgerüstet. Schwärme von Kugeln, die weiße Rauchspuren hinter sich herzogen, rasten auf den Wall zu, wo sie als Feuerbälle explodierten. Sie ließen Männer und Steine wie Spielzeug durch die Luft fliegen und rissen Krater in den Wehrgang und in die Bastionen. Hundert Meter weiter östlich, war sogar schon der Beginn einer Bresche in den Wall gesprengt worden. Die Schreie der Verwundeten und Sterbenden drangen bis zu Liam herauf und ihm wurde übel davon.

Sie schwebten jetzt direkt über der Wallanlage. Liam beobachtete, wie veletzte Männer fortgetragen wurden und gesunde die Treppen hinaufhasteten. Ein Katapult zerbarst unter einem Volltreffer und die Wucht der Explosion schleuderte drei Soldaten der Bedienmannschaft vom Wall herab bis auf die angrenzenden Häuserdächer. Liam musste den Blick abwenden und er fragte sich, wie lange die Verteidigung diesem Beschuss wohl noch standhielt.

Dann sah er die gegnerische Armee und ihm stockte der Atem. Es waren Techer, wie Alderim gesagt hatte, abertausende, ein gewaltiges Heer. Sie waren aber nicht, wie er es erwartet hatte, in geordneten Reihen wie Perlenschnüre auf freiem Feld aufmarschiert. Stattdessen hatten sie die Ebene vor der Stadt völlig umgegraben. Was bis vor kurzem vermutlich noch bestellte Äcker und Viehweiden gewesen waren, hatte sich in eine Schlammwüste verwandelt, durch die sich ein Labyrinth aus verästelten Laufgräben zog, die an die Blutgefäße eines riesigen Organismus erinnerten. Die meistens endeten in Unterständen und Geschützstellungen, die mit zusammengesteckten Stahlplatten und Sandsäcken befestigt waren. Dort und in den Gräben huschten die Techer hin und her, Ebenbilder ihres Begleiters TOMKIN, deren stählerne Leiber wie Quecksilber schimmerten, sobald sie tiefstehende Sonne sie doch einmal traf.

Wie bei den Verteidigern bestand ihr Kriegsgerät im Wesentlichen aus Katapulten und überdimensionalen, auf Gestellen ruhenden Armbrüsten. Allerdings war ihre Munition explosiv. Liam ließ den Blick von Westen nach Osten schweifen und stellte fest, dass die Belagerung zumindest auf dieser Seite der Stadt lückenlos war. Alderim hatte Recht behalten. Als würde ein Heer von Termiten sich einen Weg in eine verlockende Speisekammer fressen. Er war beeindruckt und zugleich schockiert darüber, was die Techer-Armee in den paar Tagen geschaffen hatte. Menschen wären dazu wohl kaum in der Lage gewesen.

»Ist das krass!«, entfuhr es ihm.

Er schaute zu Gantar, der seinen Blick mit einem Stirnrunzeln quittierte.

»Wenn *krass* so etwas wie *beeindruckend* oder *monumental* bedeutet, dann gebe ich dir recht«, sagte der Ingenieur.

Inari erschien in der Kabinentür und Liam erwiderte ihren Blick mit einem unsicheren Lächeln.

»Bei den Göttern«, flüsterte sie, als sie über die Reling auf die feindliche Armee hinabblickte.

In diesem Moment zerschnitt ein Zischen die Luft und mündete in einen metallischen Schlag, der die Gondel erzittern ließ. Liam schaute instinktiv zum Brenner hinauf und entdeckte einen Pfeil, der im Gitter oberhalb der Düse steckte. An seinem daumendicken Schaft war eine zylindrische Stahlkapsel befestigt, aus der eine funkensprühende Lunte ragte. Liam erkannte sofort, dass die Explosion der Ladung die Ballonhülle zerreißen würde. Ihnen blieben nur wenige Sekunden. Er hastete zur Leiter, die zum Kabinendach hinaufführte, doch plötzlich sprang Alderim von der oberen Reling und flog zu dem Geschoss hinauf. Liam hielt inne und starrte wie gebannt zu der Krähe, die sich mit den Krallen am Gitter festhielt und mit dem Schnabel am Schaft des Pfeiles zerrte. Tatsächlich löste er sich, doch die Lunte war schon bis auf wenige Zentimeter heruntergebrannt.

»Lass den Pfeil los!«, schrie Liam, doch Alderim hörte nicht auf ihn.

Stattdessen stieß sich die Krähe vom Gitter ab und versuchte mit der viel zu schweren Last im Schnabel vom Ballon wegzuflattern. Obwohl sie ein gutes Stück absackte, schaffte sie es rund zehn Meter damit zu fliegen.

»Alderim!«, schrie Inari.

Dann detonierte die Ladung.

KAPITEL 18

Mit einem ohrenbetäubenden Knall löste sich die Krähe in einem Ball aus Feuer, Rauch und Federn auf. Metallsplitter sirrten wie wütende Insekten durch die Luft. Einer davon zischte nur Zentimeter an Liams Kopf vorbei, doch er zuckte nicht einmal. Gelähmt vor Entsetzen starrte er auf die Rauchwolke, die von der Explosion übriggeblieben war und die Federn, die wie schwarze Schmetterlinge im Wind taumelten.

»Alderim!«, sagte er leise und es war ihm, als würde sein Herz in einer Faust zusammengedrückt werden.

Einem Instinkt folgend schaute er zum Ballon hoch, doch die Hülle schien wie durch ein Wunder unversehrt geblieben zu sein.

Dann hörte er Inaris Schrei, durchdringend, wie das Jaulen eines angeschossenen Tieres und seine Schockstarre löste sich. Er sah, wie sie an der Bordwand auf die Knie sank, die Hände vor das Gesicht schlug und unter einem Weinkrampf erbebte. Ohne zu überlegen, eilte er zu ihr, kniete sich neben sie und nahm sie in die Arme und diesmal lies sie es geschehen. Sie drückte ihren Kopf in seine Halsbeuge und er spürte ihre Tränen auf seiner Haut herabrinnen. Ihr Körper zitterte und ihre Trauer übertrug sich auf ihn, denn er musste plötzlich selbst gegen den Impuls ankämpfen, einfach darauf loszuheulen. Er hätte bis in alle Ewigkeit so dahocken können, doch dafür war jetzt keine Zeit. Die Gefahr war noch nicht gebannt.

Er fasste Inari bei den Schultern. Sie hob den Kopf und er sah ihr direkt in die geröteten Augen.

»Das mit Alderim tut mir schrecklich leid«, sagte er obwohl im bewusst war, wie lahm das klang. Also versuchte er sie aus diesem Abgrund der Trauer herauszuziehen, in dem er ihr Bewusstsein auf die aktuelle Lage lenkte.

»Wir müssen verhindern, dass wir noch so einen Treffer abbekommen, denn das wäre unser Ende. Ich habe auch schon eine Idee, wie wir das anstellen können, aber ich brauche deine Hilfe.«

Sie wischte sich die Tränen aus dem Gesicht und nickte. Es kostete ihn einiges an Überwindung, sich von ihr zu lösen. Dann stand er auf, zog sie auf die Füße und schaute zum Achterdeck. Zu seiner Erleichterung waren Gantar und TOMKIN unversehrt geblieben. Den Techer brauchte er jetzt besonders, wenn sein Plan funktionieren sollte.

»He TOMKIN, hilf uns mal bitte!«, rief er. »Wir müssen Ballast abwerfen, um an Höhe zu gewinnen, damit wir aus dem Schussbereich der Katapulte kommen.«

»Gute Idee!«, verkündete Gantar. »Ihr solltet euch beeilen, denn wir haben den Belagerungsgürtel noch nicht überwunden. So schnell ist die Maschine leider nicht und außerdem steht der Wind ungünstig.«

TOMKIN nickte.

Mit langen Schritten kam der Techer auf Liam und Inari zumarschiert und folgte ihnen in die Kajüte. Liam verschaffte sich einen raschen Überblick. An der Rückwand sah er eine verschlossene Tür. Der Innenraum war mit Möbeln vollgestellt, wie ein bürgerliches Wohnzimmer zur Kaiserzeit. Bis auf ein Regal mit Kartenrollen war seiner Meinung nach die gesamte Einrichtung entbehrlich.

Zuerst wies er TOMKIN an, das Sofa aus seiner Verankerung zu reißen, was er alleine niemals geschafft hätte. Danach
zerrten sie es zu dritt an Deck und warfen es über Bord. Dasselbe taten sie mit dem angeschraubten Tisch und den Stühlen. Es folgte eine Kommode voller Gläser und Krüge, ein
Schreibpult und am Ende schmissen sie noch zwei Beistelltische in die Tiefe.

Danach stand Liam zwischen TOMKIN und Inari an der
Reling und blickte den letzten Möbelstücken nach, die unter
ihnen dem Boden entgegenrasten. Das T-Shirt klebte ihm
kalt am Rücken und seine Arme zitterten vor Anstrengung.
Doch gleichzeitig spürte er, wie die Gondel jetzt stetig an Höhe gewann und diese Erkenntnis verlieh ihm neue Kraft. Er
schaute zu Gantar, der ihm anerkennend zunickte, und wandte sich dann Inari zu. Ihr Gesicht war immer noch bleich wie
eine Schale Milch, doch als sich ihre Blicke trafen, zuckte ein
Lächeln um ihre Mundwinkel.

Da sie nun vorerst nichts mehr über Bord werfen mussten
und er auch sonst zur Untätigkeit verdammt war, beobachtete
er die Landschaft unter ihnen. Das Geflecht aus Gräben löste
sich nach Norden hin allmählich auf. Dahinter folgte eine
Zone, in der die Erde zwar kaum umgegraben war, wo sich
aber offenbar die Lager der Angreifer wie die Inseln eines
Archipels aneinanderreihten. Kistenstapel, Berge von Stahlfässern, Scharen von Robotern und reihenweise abgestellte
Wagen drängten sich dort zusammen. Es gab auch Zelte, allerdings weit weniger, als es wohl bei einer Armee aus Menschen der Fall gewesen wäre. Vereinzelt flackerten Feuer in
stählernen Körben, die in der herabsinkenden Dämmerung
wie die Augen von Drachen glühten.

Erst jenseits der Lager breitete sich unversehrtes Weideland aus, das sich in sanften Hügeln wie ein grüner Ozean bis zur gezackten Silhouette eines Gebirges ausdehnte, dessen Gipfel im Licht der tiefstehenden Sonne leuchteten, als seien sie mit Kupfer überzogen. Zwischen den Weiden schlängelten sich von Büschen und kleinen Bäumen gesäumte Bäche einem fernen Ozean entgegen.

Als er zurück zur Stadt blickte, stockte ihm der Atem. Hatte der Teil der Welt, auf den sie jetzt zu schwebten, im blauen Abenddämmer friedlich und beruhigend gewirkt, bot sich ihm auf der anderen Seite ein geradezu apokalyptischer Anblick.

Aufsteigende Rauchsäulen glühten im Licht der untergehenden Sonne wie Lava. Über dem Wall und dem dahinterliegenden Häusermeer hatte sich eine Dunstglocke gebildet, in der die Türme des Ratsgebäudes und das Pyramidendach des Tempels nur noch als unscharfe Umrisse auszumachen waren. Immer noch beschrieben die Geschosse der Angreifer ihre parabelförmigen Kurven, die von den weißen Rauchfäden der Lunten nachgezeichnet wurden. Die Stadt wirkte dadurch wie eine gestrandete Qualle, die mit unzähligen Tentakeln die zerfurchte Erde um sich herum ertastete. Der Anblick ließ ihn schaudern und so blickte er wieder nach vorne, wo nur noch die Spitzen der Bergkette glühten, während das Land darunter bereits in nachtblauer Dunkelheit versank. Allmählich wich die Anspannung aus seinem Körper und er gesellte sich zu Inari, die sich mit dem Rücken gegen die Rehling gesetzt hatte.

»Ich denke, fürs Erste sind wir in Sicherheit«, sagte er und versuchte dabei ihren Blick zu treffen, der ziellos ins Leere gerichtet war. Endlich sah sie ihn an und nickte. Doch in ihren Augen lag jetzt nicht mehr nur Trauer, sondern auch einen Anflug von Entschlossenheit und Zuversicht.

»Dann ist Alderim nicht umsonst gestorben«, sagte sie und ihre Stimme klang dabei immer noch ein wenig brüchig.

»Nein das ist er nicht«, sagte Liam. »Er hat uns das Leben gerettet.«

Plötzlich spürte er ein Jucken auf der Brust und er rieb sich die Stelle durch das T-Shirt hindurch, was Inari mit einem Stirnrunzeln bedachte.

»Was hast du?«, fragte sie.

»Ach, nichts weiter«, gab er zurück. »Der Talisman, dieser Saurierzahn, den mir meine Mutter mal geschenkt hat, der brennt manchmal wie verrückt. Jetzt juckt es mörderisch, vermutlich ist nur die Haut ein wenig gereizt.«

Ihr besorgter Ausdruck wich einem verschmitzten Lächeln.

»Das wäre eine Erklärung«, bemerkte sie. »Wenn es sich denn um einen gewöhnlichen Saurierzahn handeln würde.«

Liam runzelte die Stirn.

»Was bitteschön soll es denn sonst sein?«

Ein feierlicher Ernst legte sich auf ihre Züge.

»Es ist ein *Duin Tellar,* ein Drachenzahn«, sagte sie. »Vor unzähligen Jahren trugen die Kämpfer der Kriegergilden solche Idole. Es existieren nur noch sehr wenige davon und ich weiß nicht einmal, wo deine Mutter deinen herhat.«

Mit einer Mischung aus Ungläubigkeit und Ehrfurcht betastete Liam den Zahn, der sich neben dem *Indir-Stein* durch das T-Shirt drückte.

»Ein Drachenzahn?! Jetzt sag mir nicht, in dieser Welt gebe es ...«

»Drachen, ganz recht«, versetzte sie. »Es kann gut sein, dass wir auf unserer Reise sogar einen sehen.«

Liam stieß die Luft aus.

»Du willst mich auf den Arm nehmen!«

»Nein!«, gab Inari etwas beleidigt zurück. »Es handelt sich zwar nicht um solche Drachen, wie du sie aus deinen Legenden kennst, eher sowas wie ...« Sie hielt kurz inne. »Wie nennt ihr diese Flugechsen, die schon lange ausgestorben sind?«

»Flugsaurier.«

»Ja, Flugsaurier. Sie speien auch kein Feuer, aber sie besitzen messerscharfe Zähne und Klauen und ihre Flügel werden über zehn Meter lang.«

»Und mein Zahn stammt von einem dieser Viecher?«

Inari sah ihn streng an.

»Sprich nicht so abfällig über sie«, versetzte sie. »Es sind uralte Wesen mit magischen Kräften, welche in den Zähnen erhalten bleiben, selbst wenn die Drachen schon lange tot sind. Trägt ein Krieger solch einen Zahn, verbessern sich seine Reflexe und er wird vor Gefahren gewarnt.«

Jetzt begriff Liam.

»Ja, der Anhänger beginnt immer kurz vor einem Kampf, auf der Haut zu brennen.«

»Siehst du«, sagte Inari. »Vermutlich hat dich dein *Duin Tellar* schon oft vor schlimmen Dingen bewahrt.«

Plötzlich erfüllte ihn Stolz, weil er einen solch wertvollen Talisman tragen durfte. Nur warum hatte ihm seine Mutter nie die Wahrheit gesagt? Nun vermutlich, weil er ihr kein Wort geglaubt hätte und sie das wusste. Da der Zahn auch ohne sein Wissen seine schützende Wirkung entfaltete, hatte sie wohl einfach geschwiegen.

Sein Magen riss ihn mit einem vernehmlichen Knurren aus seinen Gedanken und ihm wurde schlagartig bewusst, dass sie den ganzen Tag über nichts gegessen oder getrunken hatten. Durch die Aufregung der letzten Stunden war er einfach nicht dazu gekommen und bis zu diesem Moment hatte er nicht einmal Hunger verspürt. Doch nun, da sie die größte Gefahr vorerst hinter sich gelassen hatten, kam es ihm vor, als breitete sich ein schwarzes Loch in seinem Bauch aus. Von dem brennenden Durst ganz zu schweigen. Ein unangenehmer Gedanke durchzuckte ihn und er wandte sich Gantar zu.

»Weißt du, ob es hier an Bord irgendwelchen Proviant gibt?«, fragte er.

Doch an dessen Gesichtsausdruck erkannte er, dass Gantar ebenfalls keine Ahnung hatte.

»Hinter der Hauptkabine befindet sich eine kleine Kombüse«, sagte Inari unvermittelt. »Ich habe vorhin einen Blick hineingeworfen.«

Liam drehte sich zu ihr um.

»Und?«

»Es war nur ein kurzer Moment, aber ich glaube, ich habe etwas zu Essen darin gesehen.«

Liam stand auf und reichte ihr die Hand, um ihr aufzuhelfen.

»Dann lass uns nachschauen gehen«, sagte er.

Er zog sie hoch und betrat mit ihr die Kabine, die nun, nachdem fast alle Möbel von Bord geworfen worden waren, deutlich größer wirkte. Inari öffnete die hintere Tür und ließ Liam den Vortritt. Dahinter befand sich tatsächlich eine Kombüse.

Vor ihm an der Wand stand ein Herd mit sechs Kochstellen, dem sich zu beiden Seiten stählerne Anrichten bis zu den Bordwänden anschlossen. Rechts neben der Tür gab es ein Regal, in dem sich Blechdosen wie Soldaten bei einer Parade lückenlos aneinanderreihten. Den Beschriftungen nach handelte es sich um Konserven mit Gemüse und diversen Fleischsorten. Auf dem untersten Brett fanden sich zwei Stahlkisten mit noch essbaren Zwiebeln und Kartoffeln. Verhungern würden sie also nicht, jedenfalls nicht so bald. Und da er davon ausging, dass der Herd durch magisches Erz beheizt wurde, konnten sie sogar kochen. Linker Hand sah er zwei Metallbehälter, die Milchkannen ähnelten, nur drei Mal so groß. Darüber hingen kupferglänzende Töpfe, Pfannen und Löffel in zwei Reihen an Wandhaken herab.

Er trat an eine der beiden Blechkannen heran, hob den Deckel ab, spähte hinein und sah gleich oben sein Spiegelbild auf einer geruchslosen Flüssigkeit schwimmen. Wasser! Er schloss den Behälter wieder und drehte sich mit einem Lächeln zu Inari um.

»Zu essen und zu trinken haben wir erst einmal genug.«

»Vorausgesetzt wir sind nicht wochenlang unterwegs«, erwiderte sie ohne eine Spur von Heiterkeit im Gesicht. Liams Laune verdüsterte sich schlagartig.

»Meinst du, die Reise dauert so lange?«, fragte er besorgt.

»Das weiß alleine TOMKIN.«

»Dann lass ihn uns fragen«, sagte Liam und schob sich an Inari vorbei durch die Tür.

Gemeinsam betraten sie das Deck, wo TOMKIN das Steuer übernommen hatte, während Gantar auf dem Dach der Kajüte am Brenner hantierte. Liam betrachtete den Techer, der reglos wie eine Skulptur das Steuerrad mit seinen Zangen festhielt und voraus in die Ferne starrte.

»Wie lange werden wir zum Schloss unterwegs sein?«, fragte Liam.

Ein Piepton drang aus dem Inneren der Maschine, die daraufhin den Kopf zu Liam drehte und ihn unverwandt ansah. Ein Lichtschein huschte durch das vordere Auge.

»Das hängt natürlich vom Wind ab. Bleiben die Verhältnisse

so wie jetzt, brauchen wir vielleicht vier oder fünf Tage, wenn nicht kann es auch um einiges länger dauern.«

»Wie viel länger?«, fragte Inari.

»Das kann ich unmöglich sagen, Magierin«, antwortete der Techer. »Das hängt von Faktoren ab, die ich nicht beeinflussen kann.«

»Na gut«, sagte sie. »Ich werde mich in der Kabine ein wenig hinlegen. Wollen wir hoffen, dass die Götter uns gewogen sind und der Wind nicht dreht.«

Wieder piepte es in TOMKINS Inneren.

»Seid unbesorgt«, sagte er. »Meinen Berechnungen zufolge wird sich am Wetter vorerst nichts ändern.«

Doch schon bald darauf schob sich eine Wolkendecke wie eine Grabplatte vor den knochenfarbenen Vollmond und tauchte das Land in undurchdringliche Schwärze. Die Berge, die sich bis dahin als silberner Fries vor dem Nachthimmel abgehoben hatten, waren nur noch dunkle Schemen in der Ferne.

Tief unter ihnen wurden die Lichter verstreuter Siedlungen immer spärlicher, und da auch die Sterne verschwunden waren, hatten Gantar und TOMKIN Mühe sich zu orientieren. Schlimmer als die plötzliche Finsternis war jedoch der auffrischende Wind, der noch dazu direkt von vorne kam und ihre Fahrt deutlich verlangsamte. Mit dem stürmischen Wetter überkam Liam eine Übelkeit, die ihn ein ums andere Mal zur Reling trieb, obwohl sein Magen eigentlich leer war.

TOMKIN bot an das Steuer für die ganze Nacht zu übernehmen, was Gantar dazu nutzte, in der Kombüse ein Essen zuzubereiten. Zu Liams Überraschung bewies der Ingenieur beim Kochen ein ähnliches Geschick wie beim Schweißen. Es gelang ihm tatsächlich, ein appetitliches Mal aus den Konserven zu zaubern: einen Eintopf aus Kartoffeln, buntem Gemüse und etwas Fleisch. Besteck und Porzellanschälchen hatte er in zwei Schubfächern neben dem Herd entdeckt, dazu ein paar einfache Gläser.

Nun saßen sie zu dritt in der Mitte der Kabine und versuchten bei dem Geschaukel der Gondel zu essen. Liam war jedoch immer noch so übel, dass er lediglich ein paar Kartoffeln hinunter bekam und danach lustlos im restlichen Gemüse stocherte. Dabei war die Portion nicht einmal üppig, da sie beschlossen hatten, ihre Vorräte streng zu rationieren. Durch die offene Tür hindurch sah er TOMKIN hinter dem Steuerrad stehen und fühlte sich dabei an alte Piratenfilme erinnert. Je länger er darüber nachdachte, desto mehr kamen ihm die Techer mit ihrer hochentwickelten Intelligenz in dieser sonst eher rückständigen Welt vollkommen deplatziert vor. Wie passte das zusammen?

»Eines müsst ihr beide mir erklären«, sagte er. »Wie kann es in einer Welt, die bis vor kurzem nicht einmal das Schwarzpulver kannte, solch hochentwickelte Techer geben. Ich meine selbst die besten Wissenschaftler bei uns sind auf diesem Gebiet nicht ansatzweise so weit gekommen.«

»Das ist ganz einfach«, bemerkte Gantar beiläufig mit vollem Mund. »Die Kunst des Roboterbaus stammte ursprünglich nicht von hier.«

Liam stutzte.

»Aber von woher dann? Mein Vater und meine Mutter können dieses Wissen unmöglich hierher gebracht haben ...« Er sann kurz nach, dann dämmerte es ihm. »Das hieße ja ...«

»Dass es aus einer dritten Welt stammt, ganz recht«, sagte der Ingenieur mit einem Lächeln.

»Eine dritte Welt?«, fragte Liam. »Wie viele gibt es denn?«

»Vermutlich Tausende«, sagte Inari. »Und sie alle können mit Hilfe des *Torks* betreten werden. Aber selbst der stammt nicht von hier. Der Sammler brachte ihn vor langer Zeit her, keiner weiß von wo.«

»Und von woher kam die Techer-Technologie?«, fragte Liam.

»Besuchern aus einer uns unbekannten Welt lehrten sie uns vor über hundert Jahren«, erklärte Gantar. »Gelehrte von uns stießen in einer Gebirgshöhle weit im Osten auf die Fremden. Sie hatten dort einen Stützpunkt eingerichtet, von wo aus sie ihre Expeditionen starteten. Sie hatten Techer bei sich und zeigten uns, wie sie funktionieren und wie man sie konstruiert.«

»Waren es Menschen?«, fragte Liam, den die Neugier unruhig hin und herrutschen ließ.

»Ja. Und ihre Zivilisation war viel höher entwickelt als unsere«, sagte Gantar.

»Wo sind sie jetzt?«

»Verschwunden«, gab der Ingenieur zurück. »Eines Tages waren sie einfach fort.«

»Aber sie hatten doch keinen *Tork*, wie sind sie dann überhaupt zwischen den Welten hin und her gesprungen?«

»Das wissen wir nicht«, sagte Inari schulterzuckend.

Liam brauchte eine Weile um all die Informationen zu verarbeiten. Er fragte sich, über welches Wissen diese Fremden wohl noch verfügt haben mochten. Jedenfalls hatten sie einen Weg gefunden, ohne einen Gegenstand wie den *Tork* andere Welten zu bereisen. Also musste das im Prinzip möglich sein. Nur wie? Benutzten sie Maschinen, die ihnen die Sprünge ermöglichten? Oder geschah dies sogar ohne jegliche Hilfsmittel?

Er würde es wohl nie erfahren. Allmählich begriff er, warum
sein Vater so sehr von dieser Welt fasziniert gewesen war. Bei
dem Gedanken an ihn kam ihm eine weitere Frage in den Sinn.

»Und was ist mit dem magischen Erz? Kommt das Wissen
darüber auch aus einer anderen Welt?«

»Nein, das Erz und seine Magie ist seit Urzeiten Bestandteil
unserer Kultur«, gab Inari zurück.

Liam nickte und stocherte noch eine Weile in seinem Eintopf herum. Ihm schwirrte der Kopf, fürs Erste hatte er genug Neues erfahren.

Als jeder mit dem Essen fertig war, sammelte Gantar die
Schalen und die Löffel ein.

»Wir sollten versuchen ein wenig zu schlafen«, sagte er.
»Auch wenn es bei dem Geschaukel schwierig sein wird.«

Während Gantar in der Kombüse das Geschirr abwusch,
suchte Liam sich einen Platz in einer der leergeräumten Ecken
der Kabine und versuchte es sich auf dem harten Boden
irgendwie bequem zu machen. Inari legte sich neben ihn, ließ
dabei aber einen halben Meter Abstand, was er insgeheim bedauerte. Er sehnte sich nach ihrer Nähe, wagte es aber nicht
das zu zeigen, geschweige denn, es auszusprechen. Er lauschte
dem Klappern der Teller in der Kombüse, um sich von seiner
Übelkeit abzulenken, die zum Glück ein wenig nachließ und
ehe er es sich versah, war er in einen unruhigen Schlaf gesunken.

Er träumte von einer Klippe, hoch über einem tosenden
Meer, dessen Brecher wie Krallen gegen die schwarzen Felsen
schlugen. Im Hintergrund bogen sich die Baumwipfel eines
Waldes unter stürmischen Böen und davor erstreckte sich eine
Wiese bis zur Abbruchkante. Direkt am Abgrund stand eine
Frau in einem goldglänzenden Rock, wie ihn die Ratsmit-

glieder der Magiergilde trugen, ihre weißen Rastazöpfe wehten im Wind. Es war seine Mutter.

Liam schreckte schweißgebadet aus dem Schlaf hoch und starrte in die Finsternis. Sekundenlang wusste er nicht, wo er war, erst nach und nach setzten sich die Bruchstücke seiner Erinnerung zu einem vollständigen Bild zusammen. Er saß in der Gondel eines Ballons und fuhr damit zum Schloss des Sammlers.

Seine Augen stellten sich auf die Dunkelheit ein und er sah Inaris bewegungslosen Schemen neben sich liegen. Aus einer anderen Ecke der Kabine drang Gantars regelmäßiges Schnarchen.

Der Traum ließ ihn nicht los, was wohl daran lag, dass er auf so verstörende Weise realistisch gewirkt hatte. Seit dem Verschwinden seiner Mutter hatte er oft von ihr geträumt, aber dieses Mal war es ihm vorgekommen, als hätte er ein Stück Wirklichkeit gesehen. Noch immer stand ihm jedes Detail plastisch vor Augen, selbst das Tosen des Meeres klang in seinen Ohren nach. Er fühlte sich dermaßen aufgewühlt, dass jegliche Müdigkeit verflogen war. Hinzu kamen Gantars Sägegeräusche, womit für ihn an Schlaf nicht mehr zu denken war.

Er beschloss daher, nach draußen zu gehen und TOMKIN Gesellschaft zu leisten. Vielleicht schaffte es ja die frische Nachtluft, ihm die verloren gegangene Schläfrigkeit zurückzugeben. Vorsichtig stand er auf, um im Dunkeln nicht aus Versehen auf Inari zu treten und ging zum Ausgang, durch den er undeutlich das Steuerpult und den Techer dahinter ausmachen konnte. Wenigstens schaukelte die Gondel nicht mehr so stark, wie noch am Abend, was sein Magen überaus begrüßte. Er betrat das Deck und blickte sich staunend um.

Kurz bevor sie sich zum Schlafen hingelegt hatten, war die

Gebirgskette im Norden kaum mehr als eine gezackte Silhouette gewesen, die sich unter der Wolkendecke als verschwommener Fries abgezeichnet hatte.

Doch inzwischen hatte sich der Mond wieder freigekämpft und in seinem quecksilbrigen Licht ragten ringsum die schneebedeckten Gipfel gewaltiger Berge auf. Eine Windböe kroch Liam wie eine eisige Hand unter die Kleidung und ließ ihn frösteln. Die Temperatur war deutlich gesunken, dennoch wollte er nicht in die Kabine zurückkehren, sondern trat an die Bordwand und schaute in die zerklüfteten Schluchten hinab, die im Schatten der Felsmassive gähnten. Direkt unter der Gondel konnte er das Band eines Flusses erkennen, der sich tief in das Gebirgsmassiv hineingefressen hatte und sich nur durch einen helleren Grauton von der Schwärze ringsum abhob. Hier an der Reling war Liam dem Wind stärker ausgesetzt und er schlang sich zitternd die Arme um den Leib. Doch der Anblick der Gebirgsriesen mit ihren zerklüfteten Flanken ließ ihn die Kälte rasch vergessen. Er suchte in den Tälern nach Zeichen menschlichen Lebens, aber in der Finsternis der Schluchten sah er weder einen Lichtpunkt noch die Schemen irgendwelcher Häuser.

»So tief im Gebirge lebt niemand mehr«, rief ihm TOMKIN vom Steuer her zu, als hätte er seine Gedanken erraten. »In diese Einöde verirren sich höchstens einmal ein paar Jäger oder Erzsucher, sonst ist es hier menschenleer.«

Liam nickte und schaute wieder zu den vom silbernen Glanz des Mondes überzogenen Berghängen hinüber. Unvermittelt blieb sein Blick ein Stück weit über ihm an etwas hängen, dessen Form nicht in das unregelmäßige Muster aus Felsvorsprüngen, Klüften und Schneeplatten passte. Zuerst dachte er, es würde sich um einen riesigen, in Stein gehauenen Adler handeln, der auf einem Felsvorsprung oberhalb einer mehrere hundert Meter hohen Steilwand thronte. Doch dann sah er, dass der vermeintliche Vogel statt eines Schnabels ein zahnbewehrtes Maul und anstelle eines Federkleids einen Schuppenpanzer besaß. Noch bizarrer wirkten die Flügel: Sie bestanden aus Hautlappen, die sich über dünne Stützknochen spannten, wie er es von Flughunden kannte, nur viel größer. Das Wesen erinnert ihn an einen Gargoyle, eine dämonische Steinskulptur, die als Zierrat an den Dachkanten mittelalterlicher Kathedralen hockten.

Liam wollte gerade TOMKIN darauf aufmerksam machen, als das Ding sich unvermittelt bewegte. Es lebte! Bevor sich irgendein klarer Gedanke in seinem Kopf formen konnte, breitete die Kreatur ihre Schwingen aus, machte einen Satz und glitt in das Tal hinaus. Ihm stockte der Atem.

In diesem Moment nahm er am unteren Rand seines Blickfeldes ein grelles Leuchten wahr. Der Zahn! Doch entgegen seiner Erwartung spürte er kein Brennen auf der Haut, obwohl der Anhänger in einem solch gleißenden Rot leuchtete, dass sein Licht ihn selbst durch den Stoff hindurch blendete und er die Augen abwenden musste. Er blickte wieder zu dem Wesen hinüber, das erst ein gutes Stück an Höhe verloren hatte und sich nun mit kräftigen Flügelschlägen in engen Kurven in die Höhe schwang, wobei es dem Ballon immer näher kam. Seine Spannweite betrug mindestens zehn Meter und Liam malte sich bereits die Folgen einer Kollision mit diesem gewaltigen Tier aus.

Unvermittelt stieß die Kreatur einen Schrei aus, hoch und durchdringend, sich an den Felsen brechend, von wo er als schriller Choral zurückgeworfen wurde. Liam erschauerte.

Eine Stimme ließ ihn herumfahren.

»Ein Drachen! Wie wunderbar. Endlich bekomme ich einen zu Gesicht!«

Es war Inari, die unbemerkt von ihm aus der Kabine gekommen war und nun neben ihm an der Reling stand.

»Ein Drachen«, wiederholte er voller Ehrfurcht und betastete den Zahn durch das T-Shirt hindurch. Im selben Moment nahm er aus dem Augenwinkel eine weitere Bewegung am Nachthimmel wahr: ein zweiter Drache, der auf den Ballon zuflog und dahinter ein Dritter und ein Vierter. Eine Minute später flog ein ganzer Schwarm dieser imposanten Wesen um die Gondel herum, ein Anblick, bei dem Liam nicht nur ein Gefühl der Ehrfurcht erfasste. Er spürte noch etwas völlig anderes, Unerwartetes: eine tiefe Verbundenheit.

KAPITEL 19

Liam konnte den Blick nicht von den Drachen abwenden, die mit ihren majestätischen und zugleich furchteinflößenden Schwingen ihre Bahnen um den Ballon zogen. Er schaute zu Inari, die sich neben ihm auf die Reling stützte und einem plötzlichen Impuls folgend legte er seine Hand auf ihre. Einige Sekunden lang verharrte sie, dann entzog sie sich der Berührung und drehte sich zu ihm um. In ihren Augen sah er keinen Groll, vielmehr Bedauern. Er wollte sich entschuldigen, doch in diesem Moment hallte erneut ein Schrei durch das Tal und sie wandten sich beide den Drachen zu.

Die Wesen entfernten sich vom Ballon, wobei jedes einem anderen Ziel zustrebte, irgendeinem versteckten Winkel, in diesem gigantischen Felsenlabyrinth. Keine Minute später waren sie alle verschwunden.

Liam seufzte und schaute auf seine Brust, wo der Anhänger wieder unsichtbar unter dem T-Shirt verborgen lag.

»Schade, ich hatte gehofft, sie würden uns noch ein Stück begleiten. Ich hätte gerne mehr über sie erfahren, vor allem, warum mein Zahn auf einmal so hell geleuchtet hat, als sie auftauchten.«

Als er Inaris Blick traf, lag darin ein Anflug von Ehrfurcht.

»Das mit deinem Anhänger kann ich dir erklären«, sagte sie. »Der Legende nach tritt das Leuchten nur bei Drachenkriegern auf, also Kriegern, denen die Drachen auf diese Weise ihren Respekt zollen. Das ist eine große Ehre.«

Liam schüttelte den Kopf.

»Ich soll ein Drachenkrieger sein?«, versetzte er. »Vor ein paar Tagen habe ich noch in der Schule gesessen und Matheaufgaben gelöst. Also ich weiß nicht ...«

Inari zuckte die Schultern.

»Und doch hat dein Zahn dieses Licht ausgesendet, genau so, wie die Legende es berichtet«, sagte sie. »Offenbar haben die Drachen erkannt, dass besondere Kräfte in dir verborgen sind. Hast du dich nie gewundert, dass dir die Techniken beim Kendo regelrecht zufliegen und du schon viel früher als andere in deinem Alter auch die schweren Prüfungen ablegen könntest, wenn du nur dürftest? Vielleicht liegt hier die Erklärung dafür. Du scheinst über ein herausragendes Talent als Kämpfer zu verfügen.«

Liam hob die Augenbrauen. Er war immer wieder erstaunt darüber, wie viel sie von ihm wusste. Sie schien seine Gedanken erraten zu haben, denn sie grinste unvermittelt.

»Ich kenne dich ziemlich gut Liam. Vergiss nicht, noch vor einer Woche habe ich schnurrend neben die auf dem Sofa ...«

Er spürte, wie ihm das Blut in die Wangen schoss, und riss die Hände hoch.

»Bitte, lass es gut sein«, versetzte er.

»Ich sag ja nur«, erwiderte sie mit einem Lächeln.

»Ich glaube, wir sollten uns besser wieder hinlegen«, sagte er um das Thema zu wechseln. Inari pflichtete ihm mit einem Nicken bei und er atmete unhörbar auf.

Am nächsten Morgen hatte sich die Landschaft immer noch nicht verändert, nur dass jetzt die Schneeflächen zwischen den zerklüfteten, kohleschwarzen Felsen so intensiv von der Sonne beschienen wurden, dass sie die Augen blendeten. Auch in den Tälern und Schluchten unter ihnen konnte Liam weiterhin keine Spur menschlichen Lebens entdecken. Selbst Tiere, wie hin und wieder ein einzelner Steinbock, der auf einem Felsvorsprung balancierte, waren eine Seltenheit. Nach Norden hin schienen sich die Bergkämme und Gipfel bis in die Unendlichkeit fortzusetzen und Liam fragte sich, wie riesig dieses Gebirge sein musste, wenn sie schon eine ganze Nacht darüber hinweg geflogen waren, ohne dass sich ein Ende abzeichnete.

Der Tag verlief ereignislos: Gantar bereitete morgens, mittags und abends eine Mahlzeit zu und ansonsten vertrieben sie sich die Zeit damit, die Gebirgslandschaft zu bestaunen. Später ging Liam dem Ingenieur in der Küche mit einfachen Arbeiten zur Hand. Die Drachen kamen nicht wieder, weder in der folgenden Nacht noch am Tag darauf. Die Berge veränderten sich derweil kaum, sie schienen sich lediglich mit jedem Kilometer, den der Ballon weiter nach Norden kam, höher in den tiefblauen Himmel zu recken. Liam konnte es kaum glauben, dass seine Mutter und die anderen Magier zu Fuß einen Weg durch dieses eisige Felsenlabyrinth gefunden hatten. Zu seinem Leidwesen hatte die Kälte trotz des Sonnenscheins deutlich zugenommen, weshalb er sich mit seiner dünnen Kleidung nur noch selten draußen an Deck aufhielt. Die meiste Zeit verbrachten er und Inari nun bei Gantar in der Küche, wo der Herd eine angenehme Wärme abstrahlte.

TOMKIN hatte die ganze bisherige Reise über das Steuer nicht ein einziges Mal verlassen. Allmählich wurde Liam klar, dass sie ihr Ziel ohne den Techer niemals erreichen würden, selbst wenn sie den Weg wüssten.

»Wie weit ist es noch«, fragte er TOMKIN am Abend des zweiten Tages, worauf dieser auf seine emotionslose Art antwortete:

»Das ist schwer zu sagen. Meinen Berechnungen zufolge

haben wir die Hälfte des Gebirges hinter uns gelassen. Was allerdings nicht viel bedeuten muss, wenn sich das Wetter verschlechtert.«

Doch in der Nacht frischte der Wind auf und wuchs zu einem Sturm an, der aus Nordwesten heranbrauste und Graupel mit sich führte, der wie winzige Insekten gegen die Ballonhülle prasselte. Ein ums andere Mal packte eine Böe die Gondel so heftig, dass Liam fürchtete, es würde den Ballon aus der Verankerung reißen. Der Boden schwankte so stark, dass sich sein Magen wieder dagegen auflehnte, was dazu führte, dass er die Reling öfter aufsuchte, als es ihm bei der Kälte lieb war.

Gegen Morgen flaute der Sturm ab. Dafür hatte sich eine Wolkendecke wie eine Schieferplatte vor den Himmel geschoben, in der sich die höchsten Berggipfel aufzulösen schienen. Gantar und Inari hatte das Schwanken der Gondel offenbar nichts ausgemacht, doch Liam brachte den ganzen Tag über keinen Bissen herunter.

Am nächsten Tag waren nicht nur die Wolken verschwunden, es vollzog sich auch eine deutliche Veränderung der Landschaft.

Die Berge verloren an Höhe, so dass sich nur noch vereinzelte Schneefelder in die letzten schattigen Nischen kauerten. Dafür rückte von Norden eine Vegetation in die Täler vor, wie sie Liam noch nicht gesehen hatte. Erst waren es Büsche, die bald von Nadelhölzern und schließlich von Laubbäumen abgelöst wurden. Bemerkenswert war die Farbe: Die Blätter und Nadeln leuchteten rot wie ein Meer aus Blut, das gegen die Flanken der Berge brandete.

»Was sind das für merkwürdige Bäume?«, fragte er Inari, als sie nebeneinander an der Reling standen und auf den roten Wald hinabschauten. »Es ist doch gar nicht Herbst.«

»Das ist der *Blutwald*«, erwiderte sie und Liam glaubte, einen Anflug von Schauder aus ihrer Stimme herauszuhören. »Nicht viele haben jemals einen Fuß dort hineingesetzt. Man sagt, Geister würden darin hausen. Und Schlimmeres.«

»Meine Mutter und die Magier, die mit ihr reisten, müssen ihn durchquert haben«, bemerkte Liam. »Immerhin hat TOMKIN bestätigt, dass sie das Schloss des Sammlers erreicht haben.«

»Das hat er wohl«, sagte Inari und warf einen unergründlichen Blick auf den Techer.

Liam runzelte die Stirn.

»Du vertraust ihm immer noch nicht, stimmt's?«, fragte er im Flüsterton.

Sie schüttelte den Kopf.

»Wir sollten, was ihn angeht, ein wenig auf der Hut sein.«

»Bisher scheint er unsere Vereinbarung einhalten zu wollen«, merkte Liam an.

»Mag sein, aber wird das auch noch so sein, wenn wir den Sitz seines Herren erreichen?«, fragte sie und sah ihn durchdringend an.

»Wir passen auf«, sagte er und klang dabei zuversichtlicher, als er sich fühlte.

Gegen Abend dünnte der Wald unter ihnen aus, bis er schließlich in einem Buschlandgürtel ausfranste, dem sich nach wenigen Kilometern eine schier endlose Einöde anschloss. Eine Wüste! Im blauen Licht der Dämmerung sah Liam einzelne Gerölle aus der Ebene aufragen, einige so groß wie Häuser. Hier gab es keinerlei Anzeichen, dass jemals Wasser durch diesen Glutofen geflossen war, keine ausgetrockneten Täler oder Seepfannen, eine wahre Todeszone. Er wandte sich von der Reling ab und stellte sich neben TOMKIN an das Steuerpult.

»Wie weit dehnt sich diese Wüste aus?«, fragte er den Techer.

»In Meilen vermag ich es nicht auszudrücken, aber ich schätze wir benötigen einen bis zwei Tage, um sie zu überqueren«, antwortete die Maschine.

»Und was kommt dahinter?«, wollte Liam wissen.

»Das Meer«, gab TOMKIN zurück. «Und nicht weit vom Festland entfernt liegt bereits die Insel *Karan*, auf der sich das Schloss meines Erbauers befindet. Wir haben es bald geschafft.«

Die Nacht verlief ruhig und am darauffolgenden Tag brannte die Sonne unerträglich auf das Deck herab, so dass sich Liam, Inari und Gantar fast ausschließlich im Inneren der Kabine aufhielten. Erst jetzt lernte Liam ihre Wasservorräte richtig zu schätzen. Der Wind wehte nur schwach, so dass die Gondel endlich einmal nicht schwankte, weshalb er zum ersten Mal seit Tagen Appetit auf eine deftige Malzeit verspürte.

Als der Abend draußen bereits dämmerte, drang auf einmal ein dumpfes Tosen zu ihnen in die Kabine. Die Drei wechselten Blicke und gingen hinaus, um nach der Quelle des Geräusches Ausschau zu halten. Sie hatten das Meer erreicht. Im Westen war die Sonne zwischen dem Horizont und einer kohleschwarzen Wolkenbank mit glühenden Rändern eingekeilt. Eine frische Brise, die den Geruch von Seetang und Salz mit sich führte, wehte von Backbord heran, jedoch nicht stark genug, um die Gondel wieder unangenehm schwanken zu lassen. Unter ihnen rollte die Brandung gegen die schartigen Klippen einer Steilküste an, wo gewaltige Brecher zu Wasserfontänen explodierten. Zu Liams Überraschung war das

Wasser erstaunlich nah, offenbar hatten sie in den letzten Stunden um einiges an Höhe verloren.

»Bist du absichtlich tiefer gegangen?«, fragte Gantar an TOMKIN gerichtet.

»Nein«, antwortete der Techer. »Ich befürchte, die Hülle ist nicht mehr ganz dicht.«

Gantar gab ein Grunzen von sich und eilte die Leiter zum Brenner hinauf. Nach einem prüfenden Blick zur Ballonhülle inspizierte er die Einstellungen der Düse, um sich dann wieder den anderen zuzuwenden.

»Ich kann keinen Schaden an der Hülle erkennen und auch der Brenner läuft einwandfrei«, rief er. »Und doch verlieren wir Luft.«

»Aber wie kann das sein?«, fragte Inari besorgt.

Gantar zuckte die Schultern.

»Vielleicht hat ein Hagelkorn ein Loch in die Hülle geschlagen, oder es hat sich einfach nur eine Naht geöffnet. Immerhin ist der Ballon schon alt und wurde seit einer Weile nicht mehr gewartet. Zudem hat er bei Wind und Wetter oben auf dem Dach des Ratsgebäudes gelegen.«

»Aber wenn wir sinken, können wir nicht einfach aufs offene Meer hinausfliegen«, versetzte Inari mit einem Anflug von Panik in der Stimme. »Wir müssen umkehren.«

Liam presste die Kiefer zusammen. Er musste sich widerwillig eingestehen, dass Inari Recht hatte. Als Konsequenz daraus würden sie jedoch nicht auf schnellstem Weg zur Insel des Sammlers gelangen. Es würde sie weitaus mehr Zeit kosten ihr Ziel zu erreichen. Zeit, die seine Mutter vermutlich nicht hatte. Sie waren so weit gekommen und nun sollten sie umkehren, weil sich eine Naht geöffnet hatte. Vielleicht sollten sie es doch wagen weiterzufliegen. Doch bevor er seinen Einwand einbringen konnte, sagte TOMKIN unvermittelt:

»Oh, es ist nicht notwendig umzukehren!«

Liam sah, wie Gantar und Inari ungläubig zu TOMKIN hinüberschauten. Auch er wandte sich dem Techer zu.

»Wie dass?«, fragte er.

»Nun, wir verlieren zwar an Höhe, das aber langsam. Nach meinen Berechnungen werden wir bei dieser Sinkgeschwindigkeit unser Ziel punktgenau erreichen.«

Gantar räusperte sich.

»Ich will dir nicht zu nahe treten, mein stählerner Freund, aber deine Berechnungen waren bisher nicht immer sehr genau«, sagte er.

»Ja, das stimmt leider, diesmal aber sollten sie exakt sein, denn Ihr könnt die Insel bereits sehen. Überzeugt Euch selbst!«, verkündete TOMKIN und deutete mit dem Arm voraus.

Liam schaute über den Bug nach vorne und tatsächlich: In einiger Entfernung schälten sich vor ihnen die Konturen einer Insel aus dem abendlichen Dunst über dem Meer, ein felsiges Eiland, das von einem gewaltigen Bergkegel beherrscht wurde. Aufgrund der symmetrischen Form vermutete er, dass es sich um einen Vulkan handelte, der im Moment aber inaktiv zu sein schien, da keine Rauchwolke vom Gipfel aufstieg. Er schätzte, dass noch mindestens zehn Kilometer zwischen ihnen und dem Eiland lagen.

Plötzlich überkamen ihn Zweifel, ob TOMKIN mit seinen Berechnungen richtig lag. Bisher wehte der Wind von Backbord, also aus Westen, doch genau in diesem Moment drehte er auf Norden und blies ihnen entgegen. Ein Umstand, der TOMKINS Kalkulation mit Sicherheit über den Haufen warf.

Mit einem flauen Gefühl im Magen wandte er sich dem Techer zu.

»Der Wind hat gedreht«, bemerkte er, darum bemüht möglichst unbeeindruckt zu klingen.

TOMKIN blieb einen Moment lang stumm, dann antwortete er:

»Das könnte in der Tat zu Problemen führen.«

Liam fluchte und gewahrte Inaris besorgte Miene.

»Was sollen wir tun?«, fragte sie.

Er war selbst hin und her gerissen. Sollten sie doch lieber umkehren? Ein Blick über das Heck zurück zeigte ihm, dass sie dem Festland immer noch ein Stück näher waren, als der Insel. Er wusste, dass es vernünftig gewesen wäre, doch selbst jetzt sträubte sich etwas in ihm dagegen, das Offensichtliche anzunehmen. Fieberhaft suchte er nach einem Ausweg und plötzlich kam ihm eine Idee.

»Gibt es auf der Insel Süßwasser?«, fragte er den Techer.

TOMKIN nickte.

»Ja, es existieren einige Quellen außerhalb des Schlosses.«

»Gut, dann brauchen wir unsere Trinkwasservorräte nicht mehr«, sagte Liam. »Sie sind noch halb voll, bestimmt dreihundert Liter. Wenn wir die beiden Tanks über Bord werfen, kämen wir dann bis zur Insel?«

TOMKIN verharrte für ein paar Sekunden, schließlich sagte er:

»Es würde reichen.«

Liam nickte.

»Dann los!«, rief er. »Gantar, übernimm du das Steuer und du TOMKIN, hilfst mir bitte, die beiden Wasserbehälter über Bord zu werfen.«

»Brillante Idee, mein Junge!«, versetzte der Ingenieur, stieg vom Dach herunter und lief zum Steuerpult.

Zusammen mit dem Techer war es kein Problem die beiden Tanks über die Reling zu hieven. Liam hatte eigentlich erwartet, dass nun ein sanftes Ansteigen der Gondel zu spüren wäre, doch das blieb aus. Er überlegte bereits, was sie sonst noch über Bord werfen konnten, als TOMKIN verkündete:

»Das wird reichen!«

»Sicher?«, fragte Inari den Techer argwöhnisch fixierend.

»Absolut sicher, Magierin!«

Inari zuckte die Schultern und auch Gantar hatte nichts einzuwenden, also war die Entscheidung gefallen. Sie würden dem Techer vertrauen müssen, eine Tatsache, die Liam mit jeder Minute zunehmend missfiel. Er sah zu, wie Gantar noch einmal zum Brenner hinaufstieg und TOMKIN wieder das Steuer übernahm. Er selbst stellte sich neben Inari an die Reling und berührte wie zufällig ihre Hand, die auf dem Holm lag. Diesmal ließ sie es zu und sie schenkte ihm sogar ein flüchtiges Lächeln. Dann spähten sie gemeinsam nach vorne, wo sich immer mehr Einzelheiten der Insel aus der Abenddämmerung schälten.

An der ihnen zugewandten Küste erstreckte sich eine Bucht, in der eine sanfte Dünung auf einen schwarzen Strand rollte. Sie war über einen halben Kilometer breit und stieß an beiden Enden gegen Steilklippen, die ebenso dunkel waren wie der Sand zwischen ihnen. Dahinter lag eine schmale Ebene, übersät mit Felsen, in deren Windschatten sich gedrungene Sträucher duckten. Hinter der Bucht ragte eine Felswand auf, welche seitlich in die Klippen überging, die den Strand begrenzten. Oberhalb davon lag ein Plateau, das landeinwärts in eine zerklüftete Hügellandschaft überging.

»Ich schlage vor, dass wir kurz hinter dem Strand zu landen versuchen«, rief TOMKIN.

»Dann werde ich schon mal anfangen, etwas Luft aus dem Ballon abzulassen«, versetzte Gantar und zog an einer Schnur, die seitlich an der Hülle hinaufführte.

Unmittelbar darauf sackte die Gondel merklich ab und sank dem Wasserspiegel entgegen. Immer wieder schaute Gantar am Brenner vorbei nach vorne und regulierte dessen Einstellung. Der Strand kam jetzt rasch näher und nun bestand kein Zweifel mehr, dass sie die Insel erreichten. Ein Problem stellten jedoch die Felsen dar, die hinter dem Ufersaum aufragten, doch TOMKIN gelang es mit einigen waghalsigen Kurskorrekturen, eine ebene Stelle dazwischen anzusteuern. Liam starrte auf den Strand, der keine zehn Meter unter ihnen hinwegglitt, während er mit beiden Händen die Reling umklammerte.

Wenige Augenblicke später setzte die Gondel mit einem dumpfen Schlag auf. Obwohl Liam versuchte den Aufprall mit den Knien abzufedern, riss ihn dessen Wucht beinahe von den Beinen. Noch einmal stieg das Gefährt in die Höhe und landete schließlich ein Stück weiter, diesmal allerdings sanfter.

Nachdem Gantar den Brenner ausgeschaltet hatte, kletterten sie aus der Gondel und setzten ihre Füße auf die schwarze Vulkanasche. Liam schaute sich um und versuchte sich zu orientieren.

Mittlerweile hatte die Sonne einem knochenbleichen Vollmond Platz gemacht, der seinen kränklichen Schein auf die Felsen und Büsche ringsum warf. Das dunkle Gestein der Steilwand dahinter schien hingegen jedes Licht aufzusaugen, wodurch er kaum Einzelheiten erkennen konnte.

Einen Moment lang befürchtete er, dass sie in einer Sackgasse gelandet waren, doch dann entdeckte er in der Mitte der Felswand eine Treppe, die entlang des Kliffs auf das Plateau hinaufführte und auf die TOMKIN bereits zusteuerte. Ohne ein Wort zu verlieren, folgten die drei anderen dem Techer, wobei Liam immer wieder verstohlen nach links und rechts in die Dunkelheit spähte, wo kleine Schemen zwischen den Schatten der Büsche umherhuschten. Gelegentlich übertönte ein Piepsen das Geräusch der beständig auf den Strand rollenden Wellen im Hintergrund. Hier im Windschatten der Klippen wehte nur eine leichte Brise, die Luft war überraschend mild.

Der Aufstieg gestaltete sich weniger problematisch, als Liam vermutet hatte, obwohl die Oberkante des Kliffs mindestens fünfzig Meter oberhalb des Strands lag. Oben angekommen tauchten sie in das zerklüftete Labyrinth eines uralten Lavastroms ein, dessen schartige Felsen mit Flechten übersät waren.

Sie liefen eine gefühlte Ewigkeit durch diesen steinernen Irrgarten, in dem Liam schon bald die Orientierung verlor. Er schätzte, dass sie bereits über eine Stunde unterwegs waren, als der Weg plötzlich ein Stück bergab führte. Dann öffnete sich vor ihnen eine Ebene, auf der er zum ersten Mal das Ziel ihrer Reise erblickte.

Mehrere hundert Meter vor ihnen wuchs eine gewaltige Umfassungsmauer empor, die alles Mondlicht verschluckte. Das Bauwerk schien noch höher zu sein als das Kliff, das sie hinaufgestiegen waren, und war mindestens einen Kilometer lang. Über ihre Krone hinweg sah Liam merkwürdige Gebäude aufragen, die er an diesem Ort nicht vermutet hätte.

Auf der linken Seite der Anlage lugten dutzende von Stahlkuppeln hinter dem Wall hervor, jede so große, dass ein Tennisplatz hineingepasst hätte. Ein Wald aus Schornsteinen umstand die seltsamen Gebilde und spuckt Rauchschwaden in den Nachthimmel, die im Mondlicht wie Geistererscheinungen glühten.

Rechts erhob sich ein Bauwerk, das wie eine Mischung aus einer Stufenpyramide und einem griechischen Tempel wirkte. Auf jeder Ebene umstanden Säulen die Wände und vorne führte eine zentrale Treppe bis zu einem kleinen Plateau hinauf, das den Abschluss bildete und auf dem eine Art chinesische Pagode stand. Das gesamte Gebäude machte auf Liam den Eindruck, als hätte ein Architekturstudent hierfür diverse antike Baustile zusammengewürfelt.

Schließlich entdeckte er in der Mitte der Umfassungsmauer eine Tür, von der ein ausgetretener Pfad über die steinige Ebene bis zu der Stelle führte, an der sie standen. In geringer Entfernung vom Wall wuchsen dutzende kegelförmiger Gebilde aus dem Boden, deren Bedeutung sich ihm nicht erschloss. Sie waren halb so hoch wie die Mauer und so unregelmäßig angeordnet wie Maulwurfshügel.

»Das ist also das Schloss deines Herren«, sagte er zu TOMKIN.

»So ist es«, bestätigte der Techer. »Ich werde Euch jetzt direkt zu meinem Erbauer bringen.«

Liam schluckte, denn in seinem zugegebenermaßen noch nicht ganz ausgereiften Plan, hatte er diese Möglichkeit gar nicht bedacht. Eigentlich hatte er vorgehabt, den Techer in dem Labyrinth abzuschütteln, das es in dem *Schloss* geben sollte. Wenn der sie aber sofort zum *Sammler* brachte, konnte das natürlich nicht funktionieren. Er musste Zeit gewinnen und daher galt es jetzt, zu improvisieren.

»Ich möchte nicht, dass du uns zu deinem Herrn führst«, sagte er. »Jedenfalls nicht sofort.«

TOMKIN drehte sich zu ihm um. Hätte Liam es nicht besser gewusst, er hätte geglaubt, einen überraschten Ausdruck bei der Maschine ausmachen zu können.

»So lautete aber die Abmachung«, sagte TOMKIN.

»Nicht ganz«, gab Liam zurück. »Du solltest uns zum Schloss führen und wir im Gegenzug deinem Herrn den *Tork* aushändigen. Es war aber nicht dir Rede davon, dass du uns direkt zu ihm bringst.«

Ein Piepton drang aus den Eingeweiden der Maschine.

»Was wünscht Ihr dann?«

»Ich will zuerst meine Mutter sehen, danach schauen wir weiter.« Nach einer Pause, die Liam unerträglich lang vorkam, erklang erneut ein Piepen.

»Ich bin einverstanden«, sagte TOMKIN.

Liam versuchte, sich seine Erleichterung nicht anmerken zu lassen.

»Sehr gut.«

»Ich muss mein Vorgehen nun jedoch ändern«, bemerkte der Techer. »Ursprünglich hatte ich vor, den Sitz meines Erbauers durch das Haupttor im Osten zu betreten. Jetzt aber werden wir den kleinen Seiteneingang benutzen, den ihr geradeaus sehen könnt. Außerdem werden wir uns im Verborgenen bewegen müssen, denn man würde mich zusammen mit Euch niemals zu den Gefangenen vorlassen.« TOMKIN wandte sich zum Gehen.

»Folgt mir jetzt bitte.«

Der Techer setzte sich in Bewegung und Liam spürte, wie ihn jemand dezent am Arm zupfte. Es war Inari. Sie hatte sich nah zu ihm herangebeugt und flüsterte ihm ins Ohr:

»Ich hoffe, du weißt, was du tust.«

Er nickte.

»Es ist die einzige Möglichkeit unauffällig da reinzukommen«, erwiderte er ebenso leise. »Wenn es brenzlig wird, benutzt du den Tork. Du solltest ihn für alle Fälle griffbereit halten.«

»Und wenn doch etwas schiefgeht oder wir auf Dinge stoßen, mit denen wir nicht rechnen?«

Liam sah ihr gerade in die Augen. Er verstand ihre Vorbehalte, in ihm selbst hatte sich seit ihrer Landung ein dumpfes Gefühl der Angst in seinen Eingeweiden eingenistet, doch für ihn gab es kein zurück mehr.

»Ihr müsst nicht mit mir kommen. Aber ich werde da reingehen und meine Mutter suchen.«

Inari seufzte leise.

»Schon gut, ich komme mit.«

Liam sah zu TOMKIN, der schon ein Stück vorausgegangen war, und wandte sich dann Gantar zu.

»Wie steht's mit dir? Bist du immer noch dabei?«, fragte er leise.

Der Ingenieur zuckte die Schultern.

»Mir geht's wie dir Junge«, raunte der. »So fürchterlich viel habe ich nicht zu verlieren. Und der Preis, der da drin auf mich wartet, ist einfach zu verlockend. Ich komme mit.«

»Dann los«, sagte Liam und sie folgten dem Techer, der sich jetzt umdrehte, um zu schauen, wo sie blieben.

Liam hob beschwichtigend die Hand.

»Wir kommen. Alles in Ordnung!«

Unvermittelt meldete Gantar sich zu Wort.

»Ich habe aber noch eine Frage, die wir vielleicht vorher klären sollten«, sagte er zu TOMKIN. »Das mit dem Reinschleichen durch den Seiteneingang ist ja schön und gut. Wie aber sollen wir es überhaupt bis dorthin schaffen, mein stählerner Freund. Auf der Ebene sieht man uns doch schon von Weiten kommen, selbst bei diesem Dämmerlicht.«

»Keine Sorge, Ingenieur«, erwiderte TOMKIN. »Der Seiteneingang wird nur selten benutzt, eigentlich nur wenn Abfälle aus der Anlage geschafft werden. Die Wachen sind fast ausnahmslos mit der Armee entsandt worden, die *Nindal* belagert. Zudem rechnet mein Erbauer bestimmt nicht damit, dass sich jemand ausgerechnet jetzt heimlich seiner Basis nähert. Nur sehr wenige wissen überhaupt, wie sie hierher gelangen sollen.«

Ja, weil sie ihren Verstand verloren haben, nachdem sie hier gewesen sind, dachte Liam. Wut wallte in ihm auf, weil er an seinen Vater denken musste. Doch er bewahrte die Beherrschung und sagte nichts.

»Außerdem ist mein Erbauer mit der Koordinierung des Angriffes auf die Stadt beschäftigt, den er von hier aus leitet«, schloss TOMKIN, wandte sich um und bewegte sich mit einer Schnelligkeit vorwärts, bei der sie Mühe hatten, ihm auf dem steinigen Weg zu folgen. Ringsum lagen Lavagerölle, die wie versteinerte Kürbisse aussahen und der Boden strahlte immer noch die Wärme ab, die er tagsüber in sich aufgesogen hatte. Sie kamen rasch voran und Liam hielt die ganze Zeit sein Schwert fest umklammert, während er sich ständig nach allen Seiten umschaute. Die Seitenpforte war jetzt höchstens noch zweihundert Meter entfernt und er rechnete jeden Moment damit, dass sich die Tür öffnete und sich ein Schwall stählerner Krieger, wie Quecksilber über die Ebene ergoss. Doch das geschah nicht und ebenso wenig sah er irgendeine Bewegung auf der Krone der Mauer.

Sie erreichten die kegelförmigen Gebilde und Liam erkannte

nun, dass es sich um gut zwanzig Meter hohe Halden handelte, die aus einem Durcheinander von Stahlfässern, rostigen Blechen, verbogenen Stahlträgern und zu Klumpen erstarrter Schlacke bestanden.

Lautlos huschte die Gruppe an den Abfallbergen vorbei, und als sie den Durchgang in der Mauer endlich erreichten, atmete Liam erleichtert auf. Das schmucklose Tor bestand aus einer fugenlosen Stahlplatte, an der es kein Schloss, keine Luke und nicht einmal Nieten gab. Es war so ebenmäßig wie der Boden einer Bratpfanne und nichts deutete darauf hin, wie es sich öffnen ließ.

Da trat TOMKIN an die Mauer rechts vom Eingang heran und legte seine Greifzange auf einen der Basaltquader. Die Steine lagen trotz der Spuren jahrhundertelanger Verwitterung so dicht aufeinander, dass keine Messerklinge dazwischen gepasst hätte. Im nächsten Moment sendete der Techer eine Sequenz von Pieptönen aus, worauf der Block nach innen glitt und sich ein Tastenfeld von oben herabsenkte. TOMKIN ließ seine Klauen über die Tasten tanzen und gleich darauf fuhr das Tor mit einem knirschenden Geräusch in die Höhe. Der Durchgang war frei. Mit einer Armbewegung wies der Techer sie an, ihm durch die Öffnung zu folgen, aus der ein kalter Lichtschein drang, der ein grelles Trapez auf den Boden zeichnete. Liam schlug das Herz bis zum Hals, während sie TOMKIN in den Durchgang folgten. Er ging als Letzter und packte den Griff seines Schwertes jetzt noch fester.

Hinter dem Eingang tat sich ein rund fünfzehn Meter langer Tunnel auf, der die gesamte Basis der Mauer durchmaß. Er war nicht verputzt und unter der Decke hingen Kugeln, die den Gang in steriles Licht tauchten.

Am anderen Ende stoppte TOMKIN unvermittelt und sondierte die Lage. Nach ein paar Sekunden gab er das Zeichen weiterzugehen und die drei anderen marschierten hinterher. Als Liam zum ersten Mal sah, was sich hinter der Mauer verbarg, wollte er seinen Augen nicht trauen.

Die Gebäude, die er von außen für riesige Kugeln gehalten hatte, entpuppten sich als Zylinder, die nach oben hin in Kuppeln übergingen und dadurch wie überdimensionale Schaumküsse aus Stahl wirkten. Sie besaßen alle die gleiche Höhe und ragten mindestens hundert Meter in den Nachthimmel auf.

Dazwischen spannten sich Brücken und ein Netz aus Transportbändern beförderte Reihen von Kübeln und Metallteilen durch rechteckige Öffnungen ins Innere der Stahlkolosse. Am Boden stapelten sich überall Kisten und Stahlfässer, die zu haushohen Pyramiden aufgetürmt waren. Liam entdeckte in dem Durcheinander ein paar Techer, die im spärlichen Licht des Mondes und einiger kugelförmiger Laternen, geschäftig hin und her huschten. Offenbar bemerkten die Maschinen sie nicht.

Er hätte wetten können, dass sich im Inneren der siloähnlichen Stahlbauten die Produktionsstätten für die Techer-Armee befanden, wofür das stetige Brummen und das rhythmische Stampfen sprachen, das aus ihnen drang. Der Geruch von Mineralöl und heißem Metall stieg ihm in die Nase und schien seine Vermutung zu bestätigen.

Sie folgten TOMKIN nach rechts, wobei sie sich dicht an der Mauer entlangbewegten. Sie kamen an mehreren offenen Durchgängen vorbei, hinter denen spärlich beleuchtete Stahltreppen nach oben führten.

Plötzlich sah Liam linker Hand etwas zwischen den Fabriksilos, das ihn stutzen ließ. Dort standen über hundert Fahrzeuge nebeneinander aufgereiht, die auf erschreckende Weise modernen Kampfpanzern aus seiner Welt ähnelten. Daneben gab es eine Reihe von Kettenfahrzeugen, auf denen Abschussrampen mit über zehn Meter langen Raketen montiert waren.

»Was sind das da für Dinger, TOMKIN?«, sprach er leise und deutete auf die Fahrzeuge. Der Techer schaute, ohne seinen Gang zu verlangsamen, in die gezeigte Richtung.

»Das sind Kampfwagen. Mein Erbauer hat sie konstruiert, nachdem er sich das Wissen eines merkwürdigen Fremden angeeignet hat. Er tauchte hier auf und suchte offenbar nach etwas, doch er entkam, weil er erstaunlicherweise im Besitz des *Torks* war. Sein Wissen hat meinem Erbauer viele neuartige Dinge gezeigt. Diese Maschinen dort sind das Ergebnis davon. Allerdings sind sie noch unausgereift, daher werden sie bei der Belagerung nicht eingesetzt.«

Liam schluckte. Bei dem *merkwürdigen Fremden* konnte es sich nur um seinen Vater handeln. In diesem Moment dankte er dem Schicksal, dass er der Sohn eines Geowissenschaftlers und nicht eines Atomphysikers war. Dabei war das, was er dort stehen sah, schon schlimm genug.

TOMKIN führte sie auf das nächste Fabrikgebäude zu, dessen Schatten sie wie ein See aus Tinte verschluckte. Mit einer knappen Handbewegung bedeutete der Techer ihnen, hinter ihm stehen zu bleiben. Vor ihnen ragte jetzt die von Säulen umkränzte Pyramide auf.

Das Schloss des Sammlers, durchzuckte es Liam.

Zwei Techer gingen über den freien Platz davor auf den Fabrikbereich zu, schienen die Gruppe aber nicht zu bemerken.

In diesem Moment rauschte ein kastenförmiger Wagen ohne Fahrer aus einem Tor auf der ihnen zugewandten Seite der

Pyramide. Er zog eine Reihe leerer Anhänger mit sich und bog nahezu geräuschlos um die rückwärtige Ecke des Gebäudes, wo er aus Liams Blickfeld verschwand. Danach lag der Platz verlassen da und nach einem letzten Blick wies TOMKIN sie an, ihm zu folgen. Und sie rannten los, direkt auf das Schloss zu.

KAPITEL 20

Hinter dem Eingang zur Pyramide führte ein beleuchteter, leicht abschüssiger Gang in das Bauwerk hinein. Liam stachen sofort die Fresken an den Wänden ins Auge. Im oberen Teil des Korridors waren sie noch in das Mauerwerk gemeißelt worden, weiter unten dann in den anstehenden Fels. Der kalte Schein der Lichtkugeln an der Decke warf harte Schatten auf die Formen. Ihr Alter war unmöglich abzuschätzen, da sie hier der Witterung nicht ausgesetzt waren und Liam zudem von seinem Vater wusste, dass diese Art von Basaltgestein eine hohe Festigkeit besaß.

Die Bildnisse wirkten auf Liam wie die Diashow eines Weltenreisenden, der seine Eindrücke in Stein verewigt hatte. Er sah bizarre Wesen mit Tentakeln am Grund eines Sees oder Ozeans, Farnwälder mit menschengroßen Insekten, zerklüftete Gebirge, in deren Hängen unzählige Höhleneingänge klafften und Kraterlandschaften unter sternenübersäten Himmeln. Er konnte sich gar nicht sattsehen, an den fremdartigen Motiven, und immer wenn er glaubte, diese könnten kaum bizarrer werden, kam ein Neues, das ihn noch mehr verblüffte.

Nach hundert Metern kreuzte ihr Weg einen Gang, der genauso aussah, wie der, aus dem sie gerade kamen. Von diesem Punkt an fiel der Boden nicht weiter ab.

TOMKIN wählte den rechten Tunnel und die Anderen folgten ihm, bis sie nach dreißig Metern auf eine weitere Kreuzung stießen. Der Techer hielt sich geradeaus und etwas später trafen sie erneut auf einen querverlaufenden Korridor, in den sie diesmal nach links abbogen.

Als Liam den Gang betrat, stockte ihm der Atem. Auch Gantar und Inari verharrten. TOMKIN ging noch ein Stück weiter und stoppte dann, als er merkte, dass ihm keiner folgte. Gebannt starrte Liam auf das, was sich an den Wänden oberhalb der Fresken scheinbar bis ins Unendliche fortsetzte und glaubte in einem Traum gefangen zu sein.

Bilder! Hunderte, Tausende! Sie waren in Gold schimmernde, glattpolierte Rahmen eingefasst und stellten Dinge dar, die wie Ansammlungen wirrer Visionen wirkten. Bizarre Wesen und Gebäude in unbekannten Welten, ähnlich den Fresken an den Wänden der Gänge. Dazu antiquierte Apparaturen aus Stahl und Holz, aber auch technische Geräte, von denen Liam einige vertraut waren, während andere aus einem Science-Fiction-Film zu stammen schienen. Überall standen Texte oder Formeln in fremden Sprachen, die Liam aber dank seines Inri-Steins zumindest teilweise verstand.

Merkwürdiger als die dargestellten Motive selbst, war der Umstand, dass sie in mehreren Ebenen übereinander zu liegen schienen, wie ein Stapel durchscheinender Bilder, die man sich gegen das Licht anschaute. In einigen Fällen waren es so viele, dass sich die einzelnen Objekte kaum trennen ließen. Liam war sofort klar gewesen, was er da anstarrte und diese Erkenntnis erfüllte ihn mit einem zwiespältigen Gefühl. Einerseits faszinierte es ihn, das Wissen unzähliger Individuen wie in einem Bilderbuch ausgebreitet vor sich zu sehen. Gleichzeitig fand er es abstoßend und gruselig, die Inhalte fremder Gehirne zu betrachten. Es kam ihm vor, als würde er die präparierten Körperteile von Toten anstarren, ein Gedanke, der ihn schaudern ließ.

Doch plötzlich rückte eine Erkenntnis in sein Bewusstsein, die seine Beklemmung vertrieb. Wenn hier die gestohlenen

Erinnerungen sämtlicher Opfer des Sammlers zusammengetragen worden waren, dann mussten auch die seines Vaters darunter sein.

Er trat an einen der Rahmen heran und betrachtete ihn aus unmittelbarer Nähe. Das Bild war nicht auf eine Leinwand oder einen anderen stofflichen Träger gebannt worden, sondern schien wie ein Hologramm projiziert zu werden. Dabei schimmerte die Wand dahinter durch, wodurch der Eindruck eines halb durchsichtigen Flachbildschirms entstand.

Auf dem Bild vor sich erkannte er unter anderem einen wie Gantar gekleideten Mann, offenbar ein Ingenieur aus dieser Welt, der an einem Wagen hantierte. In einer weiteren Ebene glaubte er die Explosionszeichnung eines Motors, Werkzeuge und verschiedene Texte identifizieren zu können.

Der Rest versank als abstraktes Muster im Hintergrund. Liams Blick sprang zur unteren linken Ecke des Rahmens, wo ein Schriftzug in glühenden Buchstaben leuchtete, zwei Wörter: *Fallak Mitaren.*

»Ist das ein Name?«, fragte er leise und deutete mit dem Finger darauf.

TOMKIN trat neben ihn und betrachtete den Schriftzug.

»Ja, das ist der Name desjenigen, dem diese Erinnerungen gehören.«

Gantar stellte sich nun auch vor das Bild und starrte es mit offenem Mund an.

»Dann steht jedes Bild für ein Individuum, dem das Gedächtnis geklaut wurde?«, fragte er und sein Gesicht drückte aufkeimende Hoffnung aus.

»So ist es«, sagte TOMKIN. »Aber wir sollten hier nicht länger verweilen, wir müssen weiter.«

»Aber mein Wissen hängt hier irgendwo an der Wand«, versetzte der Ingenieur.

»Darum kümmern wir uns später«, gab der Techer zurück und ging weiter.

Liam konnte Gantar ansehen, wie er sich überwinden musste, der Maschine zu folgen. Auch er hätte am liebsten sofort mit der Suche nach dem Bild seines Vaters begonnen, doch es würde Stunden dauern es zu finden und diese Zeit hatten sie nicht. Also folgte er den anderen ohne Widerspruch. Es wunderte ihn inzwischen, dass ihnen bisher noch niemand in den Korridoren begegnet war. Er konnte sich nicht vorstellen, dass sich hier unterhalb des Schlosses kein einziger Techer aufhalten sollte. Aber vielleicht besaß TOMKIN irgendwelche Sensoren, die ihm leere Wege zeigten.

Er spürte, wie die Anspannung in ihm mit jedem Schritt stieg, und ertappte sich dabei, wie er seine Hand um den Schwertgriff klammerte.

Sie kamen an weiteren Kreuzungen vorbei, wandten sich mal nach links, mal nach rechts oder liefen weiter geradeaus und tauchten so immer tiefer in das Labyrinth ein. Liam ließ dabei ständig den Blick über die Bilder an den Seiten schweifen, bis ihm der Kopf schwirrte. Hier unten war die Zeit zu einer schwer bestimmbaren Größe geworden, doch er schätzte, dass höchstens eine halbe Stunde vergangen waren, seit sie die Pyramide betreten hatten. Plötzlich blieb Inari vor ihm stehen und zeigte auf ein Bild an der rechten Wand.

»Da seht!«, rief sie.

Liam schaute zu dem Bild, auf dem überwiegend Teile und Innenansichten von Techern abgebildet waren. Dann las er unten links den Namen und erstarrte. Dort stand *Gantar Ularian.*

In diesem Moment erblickte Gantar seinen Namen ebenfalls und fuhr zusammen. Er starrte kurz wie gelähmt auf das
Bild, dann machte er einen Satz darauf zu.

»Mein ... mein Bild! Das ... ist mein Bild«, stammelte er.
»Meine Erinnerungen, wie ... wie komme ich da ran?«

TOMKIN war mittlerweile auch stehengeblieben und kam
zurückgelaufen.

»Dazu müssten wir es von seiner Energiequelle trennen«,
erklärte der Techer.

»Na worauf warten wir? Los!«, rief Gantar und rüttelte an
dem Bild, das sich jedoch keinen Millimeter bewegte.

»Lasst es mich mal probieren«, sagte Liam. Er trat einen
Schritt vor, zog das Schwert, drückte die Spitze seitlich gegen
den Rahmen und versuchte ihn von der Wand zu hebeln. Aber
der saß so fest, als wäre er einbetoniert.

»Kannst du nicht helfen, TOMKIN?«, fragte Inari.

Der Techer reagierte nicht.

»TOMKIN?«, hakte Inari nach.

Der Techer regte sich immer noch nicht.

»Das verstieße gegen mein Protokoll«, sagte er schließlich.

In Liam stieg Zorn auf.

»Dann solltest du dein Protokoll schnell übergehen, denn
sonst verschwinden wir mit dem *Tork,* und zwar auf der Stelle«, versetzte er und hoffte, dass der Techer ihm seine Unsicherheit nicht ansehen konnte.

Nach einer quälend langen Pause gab die Maschine endlich
einen Piepton von sich, schob ihn beiseite und packte den
Rahmen. Dann riss er mit seinen Zangen einmal kurz daran,
woraufhin die Verankerung, mit der er an der Wand befestigt
war, wie ein mürber Keks brach. Im nächsten Moment begann das Hologramm sich aufzulösen. Es zerfiel in Aber-

millionen glühender Pünktchen, die noch für einen Moment in dem Rahmen verblieben, dann aber auseinanderstoben, als hätte eine Windbö sie erfasst und als flirrende Wolke zur Decke schwebten. Dort bewegten sie sich ein paar Sekunden lang wie ein orientierungsloser Vogelschwarm hin und her, bis sie sich schließlich auf Gantars Kopf herabsenkten. Wie ein Bienenschwarm drangen sie in die Nasenlöcher, den geöffneten Mund und die Ohren des erstarrten Ingenieurs ein. Gantar zuckte, wie unter einem epileptischen Anfall, schloss die Augen und kippte seitwärts um. Liam konnte ihn im letzten Moment auffangen und ließ ihn sanft zu Boden gleiten, wo er auf dem Rücken liegenblieb. Während die anderen sich herabbeugten, kniete Liam sich neben ihn und rüttelte seine Schulter.

»Gantar! Gantar! Wach auf!«

Ein aufkommendes Gefühl der Panik zog ihm die Eingeweide zusammen, denn der Ingenieur hatte die Augen geöffnet, schien aber nicht mehr zu atmen. Doch unvermittelt ruckte Gantar hoch und schaute die anderen der Reihe nach mit einem Strahlen im Gesicht an.

»Ich kann mich an alles erinnern!«, rief er.

»Weißt du auch noch, wer wir sind?«, fragte Inari.

Gantar sah sie an, als hätte sie ihn gefragt, ob Wasser nass sei.

»Natürlich, du bist Inari. Ich kann mich an alles erinnern, was in den letzten Tagen und Wochen geschehen ist.«

Beim Anblick der Freude, die sich in Gantars Gesicht widerspiegelte, wurde Liam mit voller Wucht bewusst, dass aus der Hoffnung seinem Vater helfen zu können nun Gewissheit geworden war. Frische Energie strömte in seinen erschöpften Körper.

TOMKIN reichte dem Ingenieur eine seiner Zangenhände und zog ihn auf die Beine.

»Wir müssen weiter«, sagte er und Liam glaubte eine Bestimmtheit aus den Worten des Techers herauszuhören, die ihn überraschte und zugleich mit Unbehagen erfüllte.

Sie liefen weiter den Gang entlang, wobei TOMKIN den Ingenieur anfangs noch stützen musste, doch nach ungefähr hundert Schritten und einer weiteren Abzweigungen, hatte sich Gantar wieder erholt. Wenig später mündete der Gang unvermittelt in eine Halle. Sie blieben stehen und Liam ließ den Blick staunend durch den verlassen daliegenden Saal schweifen.

Die Kaverne maß etwa fünfzig Meter im Durchmesser, war noch einmal halb so hoch und wurde von einer in den Felsen gehauenen kuppelförmigen Decke überspannt.

Hunderte von Leuchtkugeln steckten darin, ein zweiter Sternenhimmel unter der Erde, der den Raum hell erleuchtete. Geradeaus und an den Seiten gingen drei weitere Tunnel ab. In der Mitte des mit polierten Steinplatten ausgelegten Hallenbodens erhob sich ein kreisförmiges Podest. Im Zentrum der Plattform war ein Achteck mit einer Kantenlänge von einem Meter eingelassen, das wie Quecksilber schimmerte. Daneben ragte ein schwarzes Metallpult auf, dessen schräge Oberseite mit unzähligen Reglern, Knöpfen und Anzeigen übersät war.

In der Wand ringsum gab es mehrere Nischen mit Konsolen, auf denen Bildschirme, Tastenfelder und Schalter blinkten und leuchteten. An den Wänden dazwischen hingen Rahmen, wie jene in den Gängen. Diese jedoch zeigten bewegte Bilder von Landschaften, wie bei Aufzeichnungen von Webcams im Internet. Über jedem Rahmen steckte eine Lichtkugel in der Wand, von denen eine rot leuchtete. Auf dem Bild darunter war eine Steilküste zu sehen, hinter der sich die Wipfel eines Waldes im Wind beugten. Liam erkannte diese Klippen, er hatte sie in seinem Traum gesehen. Allerdings stand hier nicht seine Mutter an der Abbruchkante des Kliffs.

Er schluckte. Was war das hier?

Eine mahnende Stimme meldete sich in seinem Kopf. Dass sie in den Gängen niemandem begegnet waren, hatte er sich noch mit TOMKINS Ortskenntnis und dessen technischer Ausstattung erklären können. Doch jetzt war auch dieser Saal verwaist, obwohl er offensichtlich eine wichtige Funktion besaß und dafür gab es keine plausible Erklärung mehr. Mit erschreckender Klarheit wurde ihm bewusst, dass sie bis jetzt viel zu leicht vorangekommen waren.

Bevor er etwas sagen konnte, setzte sich TOMKIN in Bewegung und stieg auf das Podest.

»Wir sind am Ziel«, verkündete der Techer mit ausgebreiteten Armen, eine Geste, die überhaupt nicht zu ihm passte.

Liams Misstrauen wuchs weiter an. TOMKIN wollte sie zu seiner Mutter führen, doch er konnte sich beim besten Willen nicht vorstellen, dass sie sich auch nur in der Nähe befand.

»Was ist das hier?«, raunte er Gantar zu.

»Ich habe keine Ahnung«, flüsterte der Ingenieur.

»Vielleicht ist das die Maschine, von der Rat gesprochen hat, weißt du noch?«, sagte Inari leise.

»Was für eine Maschine«, fragte Gantar.

»Eine Apparatur, mit der man in andere Welten springen kann, genau wie mit dem *Tork*«, erklärte Inari.

Gantar zog die Stirn in Falten.

»Hmm, gut möglich, ich habe so etwas jedenfalls noch nie gesehen ...«

»Sie hat recht!«, unterbrach ihn der Techer vom Podest aus, wo er eine seiner Zangen wie ein Verliebter über das Steuerpult gleiten ließ. »Das ist die Maschine. Allerdings ist sie inzwischen weit mächtiger als der Tork.«

Liam zuckte zusammen.

Ihn schockierte nicht die Tatsache, dass TOMKIN aus dieser Entfernung ihr leise geführtes Gespräch mitbekommen hatte. Es war vielmehr die *Stimme* des Techers, die nicht mehr maschinenhaft geklungen hatte, sondern wie die von einem … Lebewesen. Eine Mischung aus Unruhe und Beklommenheit erfasste ihn, wie immer, wenn sich eine noch unsichtbare Gefahr an ihn heranschlich.

»Woher weißt du das?«, fragte er mit trockenem Mund.

»Ich habe *mit* daran gebaut«, versetzte der Techer und jedes Wort dröhnte in der Halle wie der Schlag einer mächtigen Glocke. »Und nicht nur das: *Ich* habe sie entworfen.«

Eine Abfolge von Unglaube, Erkenntnis und Entsetzen fegte Liams Verstand leer und im selben Augenblick vollzog sich bei dem Techer eine weitere Veränderung, die seinen Atem stocken ließ.

TOMKINS Gestalt begann, sich aufzulösen. Ausgehend von Armen und Beinen verschwammen seine Umrisse in einer Wolke aus Abermillionen von Pünktchen, als würde er sich in feinste Asche verwandeln. Innerhalb weniger Sekunden hatte sich der Techer in eine zuckende Masse verwandelt, die offenbar versuchte eine neue Form zu finden. Dann formierten sich die Partikel wieder an einer Stelle und bildeten neue Strukturen. In nur wenigen Sekunden formte sich aus dem Gestöber ein Wesen, das einem Albtraum entsprungen zu sein schien.

Vor ihnen stand eine Kreatur, deren schmales Gesicht von

einem Paar obsidianschwarzer Augen beherrscht wurde, die im Schatten hervorstehender Wulste bedrohlich schimmerten. Ein lippenloser Mund zerteilte das hochwangige Antlitz wie eine Narbe und statt einer Nase sah Liam nur zwei Löcher. Die Haut besaß die Farbe grüner Oliven und war so glatt, als sei sie über einen zu großen Schädel gespannt worden. Weiße Haare umkränzten den kahlen Kopf und fielen wie Spinnenseide auf die Schultern herab. Der mit knochigen Platten bedeckte Rumpf ruhte auf zwei krebsartigen Beinen, die nach unten hin spitz zuliefen. Die beiden Arme waren geschuppt und erinnerten Liam eher an eine Echse. Dagegen wirkten die jeweils fünf Finger an den Händen so feingliedrig, wie die eines Juweliers. Liam bot sich nur wenige Sekunden dieser Blick auf den Körper des Wesens, dann materialisierte sich plötzlich eine Rüstung darüber, die an Armen und Beinen aus Stahlplatten und am Rumpf aus zahllosen Metallschuppen bestand. Einen Helm gab es nicht, so dass Liam sich auch weiterhin dem furchteinflößenden Antlitz des Wesens gegenübersah.

Was ging hier vor? Wer oder was war dieses Ding? Doch nicht etwa ...?!

Er schaute zu Inari neben sich und an ihrem entsetzten Gesichtsausdruck glaubte er, die Antwort zu erkennen. Sie gefiel ihm gar nicht.

Inari, die wie versteinert dagestanden hatte, löste sich aus ihrer Starre.

»Ihr seid der Sammler?!«, sagte sie mit brechender Stimme.

»Ganz recht, kleine Magierin! Ich hoffe doch, ich habe Euch nicht zu sehr erschreckt. Oh, natürlich habe ich das. Was habe ich anderes erwartet?!«

Liam wurde schwindelig, doch er riss sich zusammen und

bekam sich wieder unter Kontrolle. In der Hoffnung irgendeinen Ausweg zu finden, blickte er sich um.

Einen Moment lang dachte er daran, durch den Gang zu fliehen, aus dem sie gekommen waren, aber das ging nicht mehr. Völlig lautlos waren ein Dutzend Techer aus dem Korridor gekommen und hatte sich zwischen ihnen und dem Fluchtweg in einer Reihe aufgestellt. Und auch aus den drei anderen Tunneln strömten nun weitere Maschinen in die Halle. Sie saßen in der Falle.

Aufsteigende Panik tastete sich mit eiskalten Fingern an seinem Rückrad empor, doch er kämpfte sie nieder. Sie mussten ihren letzten Trumpf spielen und den *Tork* benutzen.

»Inari, den *Tork*! Wir verschwinden! Jetzt!«, rief er.

Inari sah ihn erst verdutzt an, doch dann nickte sie und fuhr mit der Hand in ihre innere Rocktasche. Weiter kam sie jedoch nicht. Schnell wie ein Gewitterblitz, löste sich eine Handvoll Partikel vom Sammler, schoss auf sie zu und hüllte ihren Kopf in einer pulsierenden Wolke ein. Liam war so überrascht, dass er sich nicht rühren konnte. Er musste mit ansehen, wie die Teilchen in Inaris Nase und Ohren eindrangen, bis auch das Letzte von ihnen verschwunden war. Sie zuckte mit weit aufgerissenen Augen, als würden Stromstöße ihren Körper durchfahren. Nach wenigen Sekunden flossen die Partikel wieder aus ihr hervor und schwebten zum Sammler zurück, wo sie sich mit der restlichen Gestalt vereinten.

Inari schwankte und endlich erlangte Liam die Kontrolle über seine Beine wieder. Er sprang zu ihr und hielt sie fest, bevor sie stürzen konnte.

»Was hast du getan du Mistkerl?!«, schrie er den Sammler an.

»Ich habe ihr lediglich die Fähigkeit genommen, den *Tork* zu benutzen. Da der Schlüssel ja mir gehört, finde ich es auch legitim das Wissen darüber besitzen. Den Rest ihres erbärmlichen Könnens habe ich ihr gelassen. Es ist für mich nicht von Wert.«

Liam warf dem Sammler einen Blick zu, in dem all sein Hass und seine Wut auf diese Kreatur kondensiert waren.

»Ich schwöre dir, ich mach dich fertig, sollte es auch nur entfernt in meiner Macht liegen«, zischte er.

Der Sammler ließ ein kaltes Lachen hören.

»Versprich nie, was du nicht halten kannst, Menschlein«, versetzte er, doch es klang irgendwie nicht vollkommen überzeugt.

Liam betrachtete Inari und stellte erleichtert fest, dass sie sich allmählich wieder fing.

»Wie geht es dir?«, flüsterte er.

»Einigermaßen.«

»Und dein Gedächtnis?«

»Es ist, wie dieser Bastard gesagt hat. Das Wissen, wie der *Tork* zu benutzen ist, schwindet allmählich. Es ist, als würden sich meine Erinnerungen daran Stück für Stück auflösen.«

»Verdammt!«, presste er hervor.

Doch zu seiner Überraschung hatte sich seine Angst gelegt. Sein Herzschlag ging ruhig und sein Verstand arbeitete vollkommen klar. TOMKIN war also in Wirklichkeit der Sammler gewesen und hatte sie die ganze Zeit über in eine Falle geführt. Da Liam zumindest im Moment keinen Ausweg sah, beschloss er dem Sammler Fragen zu stellen, um Zeit zu gewinnen, wofür auch immer. Vielleicht hatte Inari ja einen Plan. Er sah den Sammler an und entschied sich für eine höflichere Anrede, um es nicht unnötig zu provozieren.

»Da wir Euch ja nun in die Falle gegangen sind, könntet Ihr uns vielleicht ein paar Dinge erklären.«

Der Sammler signalisierte sein Einverständnis, in dem er wie beiläufig mit der Hand wedelte.

»Nur zu.«

»Wo ist meine Mutter?«

»Oh, die ist nicht hier.«

Das sehe ich auch, dachte Liam, sagte aber: »Wo habt Ihr sie hingebracht.«

Die Miene des Sammlers drückte Enttäuschung aus.

»Immer nur deine Mutter! Bist du noch ein kleines Kind, *Olandir*? Ich biete dir die Möglichkeit Fragen über die Geheimnisse unzähliger Welten zu stellen und dein einziger Gedanke gilt deiner Mutter?! Tut mir leid, ich habe keine Lust, mich mit diesem Thema zu befassen, frag mich etwas anderes.«

Liam presste die Kiefer zusammen und versuchte, die Wut niederzukämpfen, die in ihm aufwallte. Dass der Sammler ihm den Aufenthaltsort oder das Schicksal seiner Mutter nicht verriet, machte ihn fast verrückt. Aber im Moment bleib ihm nichts anderes übrig, als auf das Spielchen der Kreatur einzugehen. Dass der Sammler ihn mit *Olandir* anredete, erstaunte Liam, doch es bestätigte Talandurs Vermutung: Das Wesen hielt ihn für diese mächtige Figur aus der Legende.

»Was bist du?«, fragte er.

Ein Lächeln umspielte die schmalen Lippen der Kreatur.

»Vor sehr langer Zeit war ich ein Gestaltenwandler«, erwiderte der. »Allerdings nicht so, wie deine kleine Magierfreundin, denn ich stamme aus einer anderen Welt. Einer Welt, die sich vollkommen von dieser hier oder deiner unterscheidet, *Olandir*. Einst war ich Magier und Forscher. Eines Tages fand ich auf einer meiner Expeditionen den *Tork*, ein uraltes Artefakt einer längst verschwundenen Zivilisation. Damit eröffneten sich mir ungeahnte Möglichkeiten, meine Forschungen und mein Wissen zu vertiefen. Doch auch ich war sterblich und irgendwann erkannte ich, dass meine Lebensspanne bei weitem nicht ausreichte, um all das zu lernen, was mir die neuen Welten offenbarten. So entschied ich mich zu einem drastischen Schritt und suchte nach einer neuen Hülle für meinen Geist. Zwei Dinge mussten dabei gewährleistet sein: Erstens sollten meine magischen Fähigkeiten erhalten bleiben und zweitens musste mein Körper unsterblich sein. Anfangs musste ich viele Rückschläge hinnehmen und mein Unternehmen drohte gar zu scheitern. Doch irgendwann fand ich die Lösung. Ich erschuf winzige Techer, so klein, dass sie mit bloßem Auge nicht zu erkennen sind. Diese Wunderwerke sind in der Lage, jedwede Form und Farbe anzunehmen. Darüber hinaus speichern sie eine Million Mal mehr Wissen, als mein vergängliches Hirn es jemals vermocht hätte. Schließlich versah ich sie mit einer Logik, durch die mein Wesen und meine Fähigkeiten in sie übergingen und auf diese Weise lebe ich ewig weiter und kann mir dabei jede Gestalt geben, die ich mir wünsche. Mein Wissen wächst derweil ins Unermessliche.«

Wie, um das Gesagte zu bestätigen, hob der Sammler eine Hand und beobachtete, wie diese sich binnen einer Sekunde in Rauch auflöste, um gleich darauf wieder ihre ursprüngliche Form zu erlangen.

Nanoroboter, dachte Liam und konnte sich einer gewissen Faszination nicht entziehen. Sie hatten Inari angegriffen und waren in sie eingedrungen. Jetzt war ihm alles klar.

»Ihr habt Eure Opfer mit diesen winzigen Techern infiziert, um deren Wissen in die Rahmen zu übertragen«, sagte er.

Der Sammler winkte ab.

»Opfer ... was für ein Wort«, sagte er. »Jeder Einzelne von

ihnen war für sich genommen bedeutungslos. Durch meinen Eingriff aber wurden sie Teil von etwas Großem. Ein Privileg, wie ich finde. Aber deine Schlussfolgerung ist korrekt, *Olandir*. Es sind diese winzigen Techer, die das Wissen für mich zusammentragen. Eine äußerst effiziente Methode. Selbst wenn einige von ihnen verloren gehen, kann ich jederzeit Nachschub produzieren. Somit bin ich nicht nur unsterblich geworden, sondern auch so gut wie unbesiegbar.«

»Entspricht Euer jetziges Aussehen Eurer einstigen Gestalt, als Ihr noch ...?«, fragte Inari und stockte dann. Sie schien sich wieder erholt zu haben, auch wenn ihr Gesicht noch kalkweiß war.

Die Züge des Sammlers verzogen sich zu einer Fratze.

»Als ich noch lebte, wolltest du wohl sagen«, rief er und nun klang seine Stimme wieder wie das Grollen eines aufziehenden Gewitters. Er hob seine Hände und ließ die Finger vor seinem Gesicht tanzen.

»Schau her, kleine Magierin, sieht das etwa so aus, als würde ich nicht leben? Es gibt kein früheres Ich, nur *mich* im Hier und Jetzt. Ich bin der Sammler! Ich war es, als ich noch aus Fleisch und Knochen bestanden habe, ich bin es jetzt, als ein Ganzes aus unzähligen Teilen, die mich nur stärker und mächtiger machen und ich werde es für alle Zeiten sein.«

Seine Augen stachen wie Dolche auf sie ein, doch sie wich seinem Blick nicht aus.

»Ihr haltet Euch für ein lebendiges Wesen, doch Ihr besitzt kein Herz, wie könnt Ihr dann behaupten zu leben«, sagte sie. »In Wahrheit seid Ihr so tot, wie rundgeschliffene Kiesel an einem Strand.«

Der Sammler lachte auf, doch es klang alles andere als freundlich.

»Du bist voller Stolz und der Arroganz deinesgleichen, kleine Magierin«, sagte er. »Doch sowohl du als auch dein Orden werdet mir entweder dienen oder untergehen.«

Wut verzerrte Inaris Züge, doch ehe sie etwas erwidern konnte, kam Gantar ihr zuvor:

»Ich habe auch eine Frage! Wenn Ihr gestattet!«

Der Ingenieur wirkte erstaunlich gefasst, offenbar hatte die Zerstörung des Bildes ihm nicht nur sein früheres Wissen, sondern auch eine Portion verlorenes Selbstvertrauen zurückgegeben.

»Nur zu, wackerer Ingenieur«, sagte der Sammler und vollführte mit der Hand eine auffordernde Geste. Er wirkte beinahe amüsiert.

»Was hattet Ihr in der Stadt zu suchen, noch bevor Eure Armee eingetroffen war?«

Der Sammler stieß ein raues Lachen aus, das Liam einen Schauer über den Rücken jagte.

»Der Angriff auf eure Stadt war schon lange geplant, ich habe nur gewartet, bis meine Armee schlagkräftig genug war. Dann erhielt ich eine Nachricht von einem Informanten aus dem Orden. Er teilte mir mit, dass ein Halbblut mit dem *Tork* in diese Welt gekommen sei. Der Schlüssel alleine wäre schon ein verlockendes Ziel gewesen, doch als ich hörte, bei dem Halbblut handele es sich möglicherweise um den *Olandir*, entschloss ich mich sofort zu handeln. Die Aussicht, mir die Macht dieses Wesens aneignen zu können, war mehr wert als tausend *Torks*.

Ich beschloss daher den Marsch auf Nindal vorzuziehen. Auf diese Weise konnte ich die Eroberung der Stadt mit der Suche nach dem Halbblut und dem *Tork* verbinden. Der Schlüssel tauchte nämlich genau zur rechten Zeit wieder auf.

Wie schon gesagt ist meine Erfindung, die ihr hier seht, ich nenne sie *Eurypion*, dem *Tork* überlegen. Sie wird es zumindest bald sein. Ich muss den Ort, den ich in einer anderen Welt besuchen will, nicht vorher kennen und außerdem habe ich das Problem mit der Zeitverschiebung in den Griff bekommen. Für ein anderes, nicht unerhebliches Detail, habe ich bisher leider noch keine Lösung gefunden: Man kann mit der *Eurypion* zwar in eine andere Welt springen, aber man kommt nicht wieder zurück. Jetzt begreift ihr wahrscheinlich, wie wertvoll der *Tork* im Moment noch für mich ist. Jetzt ist meine Maschine einsatzbereit, früher als erwartet. Im Übrigen benutze ich einen Vorläufer der Eurypion, deutlich größer als diese hier, um meine Armee von hier an jeden beliebigen Ort in dieser Welt zu transportieren. Aber ich schweife ab.«

Er machte eine kurze Pause und fuhr dann fort:

»Während der Alarm die Aufmerksamkeit der Garnison auf die Ankunft meiner Armee zog, konnte ich ungestört Erkundungen durchführen. Ein Informant brachte mich unauffällig in deine Nähe, *Olandir*, und so heftete ich mich an deine Fersen, und zwar seit du zum ersten Mal den Sitz des Ordens verlassen hattest. Als ihr in der Werkstatt des Ingenieurs wart, belauschte ich euch und so bekam ich mit, dass ihr euch zur Schrotthalde begeben wolltet. Und da kam mir die Idee, mich in einen Techer zu verwandeln und euer Vertrauen zu gewinnen, was mir ja auch gelang. Somit habe ich meine Ziele erreicht: Die Stadt müsste derweil kurz vor der Eroberung stehen und als Krönung befindet sich nun der *Olandir* in meiner Gewalt. Ach ja … und der *Tork* natürlich auch.«

Liam war unfähig etwas zu erwidern. Er kam sich wie ein Idiot vor, weil er dem Techer so blind vertraut hatte, obwohl ihn Inari gewarnt hatte und ihm mehrmals Zweifel gekommen waren. Dass letztlich auch Inari und Gantar auf die Vorstellung des Sammlers hereingefallen waren, tröstete ihn dabei wenig. Die Verräter des Ordens hatten gesiegt und ihr Anführer stand nun vor ihnen.

»War es Fenrir, der Euch informiert hat?«, fragte er.

»Ich bin beeindruckt!«, rief der Sammler und klatschte gönnerhaft Beifall. »Er und Caluna dienen mir schon seit Jahren. Sie tun alles, um ihre Liebe zueinander zu verbergen, da sie sonst ihr Ansehen und ihre Stellung im Orden verloren hätten. Verzehrender als ihre Liebe, ist allerdings ihre Gier nach Macht. In dem ich ihnen den Rang als Stadthalter von Nindal versprach, war es ein Leichtes, sie an mich zu binden. Welch Ironie! Die Mutter des *Olandirs* wird wegen ihrer Verbindung zu einem *Anderweltler* ausgerechnet aufgrund des Drucks dieser beiden aus dem Rat des Ordens verbannt. Und die Schuldgefühle deiner Mutter treiben sie dann zu einer Expedition hierher, was ihr schließlich zum Verhängnis wird. Es waren nicht zuletzt die Informationen dieser beiden Magier, die es mir leicht machten sie und ihre Gefolgsleute zu überwältigen.«

»Caluna hat deine Mutter zu dieser aussichtslosen Mission angestachelt«, raunte Inari Liam zu. »Jetzt wird mir alles klar.«

Liam ballte die Fäuste, doch es gelang ihm, seinen Zorn zu unterdrücken. Er musste jetzt einen kühlen Kopf bewahren.

»Übrigens, da ich gerade von dem *Anderweltler* spreche …«, fuhr der Sammler an Liam gewandt fort. »Kurz nachdem ich die Magier gefangengenommen hatte, traf dieser Gelehrte hier ein, offenkundig mit der irrsinnigen Absicht deine Mutter zu retten. Es war wie ein unverhofftes Geschenk, denn auf sein Wissen hatte ich es schon seit langem abgesehen. Bedauerlicherweise ist es mir nicht bereits damals gelungen den *Tork* an mich zu bringen, denn obwohl meine Techer in ihn eingedrungen waren, entkam er.«

»Aber wenn Eure Techer ihn schon hier infiziert haben, wie kann es sein, dass er sein Wissen erst nach und nach verlor?«, fragte Liam.

Der Sammler hob wie ein Dozent den Zeigefinger.

»Das liegt daran, dass die Techer das Wissen ihrer Wirte nicht in dem Sinne klauen, dass sie es mitnehmen. Sie kopieren es lediglich.« Er hob die Schultern. »Leider löscht dieser Vorgang das Gedächtnis langsam aus dem Gehirn der Betroffenen, eine Folgeerscheinung, die ich noch nicht in den Griff bekommen habe.«

Er sah Inari mit einem hämischen Grinsen an.

»Spürst du schon eine Veränderung, Magierin?«

»Dreckskerl!«, presste Inari hervor.

»Na na, kein Grund solche niederträchtigen Worte zu benutzen, kleine Magierin«, versetzte der Techer.

Liam bemerkte, dass Inari ihre Wut kaum noch zügeln konnte, und berührte sie am Arm. Sie fuhr herum, warf ihm einen funkelnden Blick zu, schien sich aber im nächsten Moment etwas zu beruhigen. Er nickte und wandte sich wieder dem Sammler zu.

»Sagt mir jetzt, wohin Ihr meine Mutter verschleppt habt«, versetzte er.

Ein süffisantes Lächeln zog den dünnen Mund des Wesens an einer Seite in die Höhe.

»Deine Mutter, richtig, da war ja noch etwas«, sagte die Kreatur. »Tja, wie gesagt, sie ist leider nicht mehr hier.«

»Was habt Ihr mit ihr gemacht?«, schrie Liam, der nun doch die Beherrschung verlor.

Der Sammler hob die Hand.

»Oh, ich habe sie nicht getötet, wenn du das meinst. Und ihr Wissen durfte sie auch behalten. In ihrem Gedächtnis befand sich nichts, was für mich von Wert gewesen wäre, was übrigens auch auf ihre Begleiter zutraf. Da ich entgegen manchen Vorurteilen keine Bestie bin, beschloss ich sie einfach in meine Obhut zu nehmen.«

»Aber wo ist sie? Wo haltet Ihr sie gefangen?«, versetzte Liam.

»Gefangen? Sie ist hier nicht gefangen. Ja, zuerst hatte ich sie eingesperrt, doch vor wenigen Tagen war die Entwicklung der *Eurypion* so weit vorangeschritten, dass ich einen Testlauf wagen konnte. Und da hatte ich plötzlich die perfekte Verwendung für sie und ihre Gefährten gefunden.«

Ein triumphierendes Lächeln verzog das Gesicht des Sammlers.

»Ihr habt sie als Testpersonen benutzt«, kam ihm Gantar zuvor.

»Och, jetzt hat er mir doch glatt die Pointe gestohlen«, tat der Sammler enttäuscht.

»Wo habt Ihr sie hingeschickt?!«, rief Liam.

Das Wesen neigte den Kopf.

»Wenn ich das wüsste«, sagte er mit aufgesetztem Bedauern. »Der Versuch zeigte mir, dass die *Eurypion* noch nicht zuverlässig arbeitet. Die Magier wurden zwar in eine andere Welt transportiert, doch leider nicht in jene, die ich angesteuert hatte.« Er deutete mit einem Arm auf das Pult auf der Plattform. »Die Einstellungen wurden seit dem Experiment nicht verändert. Seht ihr den Bildschirm, über dem die Lampe leuchtet? Dort irgendwo müssen sie sein ... wenn sie noch leben.«

Der Sammler schenkte Liam ein kaltes Lächeln.

»Hol sie zurück!«, brüllte Liam und hätte Inari ihn nicht am Arm gepackt und zurückgezogen, wäre er auf den Sammler losgestürmt. Dieser stieg derweil völlig unbeeindruckt von der Plattform herunter.

»Genug geredet«, sagte er und streckte Inari die Hand entgegen. »Den *Tork*, wenn ich bitten darf.«

Liams Verstand suchte fieberhaft nach einem Ausweg. Obwohl es unvernünftig war, widersetzte sich ein Teil von ihm dagegen, dem Sammler den *Tork* einfach so auszuhändigen. Von dem niederschmetternden Gefühl der Niederlage abgesehen, stellte das Artefakt vermutlich die einzige Möglichkeit dar, diesem Albtraum noch irgendwie entfliehen zu können. Auch wenn Inari nun wohl nicht mehr wusste, wie sie ihn benutzen sollte. Er wollte ihr etwas sagen, sie zum Widerstand ermutigen, aber es war zu spät.

»Gut, ich beuge mich Eurer Macht«, sagte sie.

Liam sah sie von der Seite an und der Ausdruck in ihrem Gesicht bestürzte ihn. Sie hatte aufgegeben und er konnte nichts mehr dagegen tun. Es fühlte sich an, als würde er in kaltem Morast versinken. Sah nun so das Ende ihrer Reise aus? Er wollte das nicht akzeptieren und doch wusste er, dass er zumindest im Augenblick nichts unternehmen konnte, außer er nahm seinen Tod dabei in Kauf. Das aber war für ihn keine Option. Er brauchte Zeit. Irgendwo fand sich immer ein Ausweg.

Der Sammler zuckte die Achseln, griff nach dem *Tork*, warf einen innigen Blick darauf, als sei eine lange verschollene Geliebte zu ihm zurückgekehrt und reichte ihm einem heraneilenden Techer. Dann wandte er sich den Maschinen zu, die den Gang hinter Liam und seinen Gefährten versperrten.

»Bringt sie in eine Arrestzelle. Ich werde mir später überlegen, was ich mit ihnen anstelle. Zuerst muss ich mich um
meine Armee kümmern. Danach befasse ich mich zuerst mit
dir, *Olandir*. Ich glaube nämlich, dass du über Fähigkeiten
verfügst, von denen du selbst nicht einmal etwas ahnst, die
mir aber von großem Nutzen sein werden.«

KAPITEL 21

Die Eisentür schlug donnernd zu und lies sie in einer Finsternis zurück, die sämtliche Einzelheiten der Zelle verschluckte. Liam lauschte den metallenen Schritten der Techerfüße, die sich allmählich entfernten. Den Rücken gegen die Wand gelehnt, starrte er zur Tür, die sich als undeutliches Rechteck von der Düsternis ringsum abhob. Rechts von ihm saßen Inari und Gantar, die Gesichter kaum mehr als aschgraue Flecken. Ein schwacher Dämmer sickerte durch eine vergitterte Luke im unteren Teil der Tür, nicht einmal stark genug, um Konturen auf den Steinboden zu zeichnen.

Doch allmählich gewöhnten sich seine Augen an die Dunkelheit. Die Zelle war offenbar wie das gesamte Untergeschoss in den Felsen gehauen worden. Gegenüber der Tür entdeckte er knapp unterhalb der Decke eine schmale Öffnung, durch die ebenfalls ein wenig Licht in den Raum drang. Er vermutete, dass es sich um einen Luftschacht handelte, also würden sie zumindest nicht ersticken.

Von der anderen Seite wehte ein bestialischer Gestank zu ihnen herüber. Als er angestrengt in die Richtung starrte, glaubte er dort einen Eimer stehen zu sehen, der offenbar für ihre Notdurft vorgesehen war. Es graute ihm davor, ihn benutzen zu müssen und das auch noch vor den Augen der anderen.

Pritschen oder gar Betten gab es nicht. Wenn sie schlafen wollten, mussten sie sich auf die kalten Steinplatten legen oder mit dem Rücken gegen die Wand gelehnt sitzen.

Während die Techer sie in dieses Loch, eine Etage unterhalb des Labyrinths geworfen hatten, war zwischen ihm und seinen Gefährten kein einziges Wort gefallen. Offenbar war jeder für sich zu dem Schluss gekommen, dass es besser sei, im Beisein der Maschinen nicht zu reden. Nun aber sah Liam keinen Grund mehr, zu schweigen.

»Wie geht es dir, Inari?«, fragte er.

»Es ist schon wieder in Ordnung«, erwiderte sie. »Aber es ist gespenstisch, ich kann mich kaum noch daran erinnern, wie ich den *Tork* gebrauchen muss. Bald werde ich wohl vergessen haben, dass es diesen Schlüssel überhaupt gibt. Springen kann ich jedenfalls schon jetzt nicht mehr. Es tut mir leid.«

Liam unterdrückte einen Fluch. Er wollte sich seine Enttäuschung nicht anmerken lassen.

»Warum hast du ihm den *Tork* gegeben?«, fragte er.

Er sah sie an und versuchte ihren Gesichtsausdruck zu erkennen, aber er nahm nur undeutliche Konturen wahr. Lächelte sie etwa? Er wollte etwas sagen, doch sie kam ihm zuvor:

»Habe ich doch gar nicht!«

Er runzelte die Stirn.

»Wenn das ein Witz sein soll, dann finde ich ihn gerade nicht besonders gelungen«, bemerkte er. »Ich hab doch gesehen, wie du ihn dem Sammler gegeben hast.«

Hörte er sie etwa leise glucksen? Einen Augenblick lang spürte er Verärgerung in sich aufsteigen, aber dann beschlich ihn Sorge. Hatte sie durch den Angriff des Sammlers mehr als nur das Wissen über den *Tork* verloren?

»Äh, sag mal ...«, setzte er an.

»Ich habe ihm etwas gegeben, aber es war nicht der *Tork*«, sagte sie mit wieder ernster Stimme.

Liam war irritiert.

»Es sah aber genau so aus!«

»Weil es eine Nachbildung war!«

»Eine Nachbildung? Was für eine Nachbildung, ich verstehe nicht ...«

»Deine Mutter ließ sie einst anfertigen und versteckte sie in der Bibliothek des Ordens. Sie hatte dazu ein Buch dort hineingeschmuggelt, das in keinem Verzeichnis auftaucht. Der Foliant war innen hohl und so hatte sie ein Geheimversteck, das nur sie und ich kannten. Dort hatte ich auch den echten *Tork* deponiert, als wir in diese Welt kamen.«

Liam nickte anerkennend. Damit hatte er nun wirklich nicht gerechnet. Eben schien es, als hätte Inari aufgegeben und jetzt überraschte sie ihn mit ihrer Abgebrühtheit.

»Nicht schlecht! Das war genial! Das hat uns wertvolle Zeit verschafft«, sagte er.

»Ja, nur leider nicht genug, fürchte ich«, versetzte sie. »Zwar wird er den Schwindel erst bemerken, wenn er versucht den *Tork* zu benutzen, aber das wird früher oder später geschehen und dann war alles umsonst. Im Augenblick ist er wohl durch die Belagerung Nindals abgelenkt und obendrein fühlt er sich sehr sicher. Seine Techer haben uns nicht einmal durchsucht, wodurch sie den echten *Tork* nicht gefunden haben. Das war unser Glück.«

»Ja, sie haben mir nur mein Schwert abgenommen«, bemerkte Liam. »Allerdings hätte mir das hier ohnehin kaum etwas genutzt.«

»Welch eine Ironie«, ließ Gantar sich aus dem Dunkel vernehmen. »Jetzt haben wir zwar den echten *Tork*, aber unsere Magierin weiß nicht mehr, wie sie ihn benutzen muss.«

Liam dachte darüber nach. Selbst wenn der Schlüssel ihnen

noch einen Ausweg geboten hätte, hätte er ihn genommen? Sie hatten es immerhin bis hierher ins Schloss geschafft und sie hatten sogar gesehen, wohin der Sammler seine Mutter und die anderen Magier geschickt hatte. In seinem tiefsten Inneren spürte er, dass sie noch am Leben waren und auf Rettung hofften. Nein, er sollte jetzt nicht aufgeben, so kurz vor dem Ziel. Sie mussten nur irgendwie hier herauskommen und es bis zu *Eurypion* schaffen, dann gab es vielleicht eine Möglichkeit doch noch alles zum Guten zu wenden.

Er beugte sich vor, um die Gestalt des Ingenieurs besser erkennen zu können.

»Sag mal Gantar, jetzt, wo du dein Wissen wiedererlangt hast, wärst du in der Lage uns mit der *Eurypion* zu meiner Mutter springen zu lassen? Wir kennen ja sogar den Ort, wohin der Sammler sie geschickt hat.«

»Ich habe keine Ahnung«, ließ Gantar sich vernehmen. »Vielleicht, vielleicht auch nicht. Diese Technologie scheint mir sehr fortschrittlich zu sein, ich würde mir da an deiner Stelle keine allzu großen Hoffnungen machen.«

»Aber es wäre theoretisch möglich«, beharrte er.

»Ja, aber in der Theorie ist vieles möglich.«

»Das muss uns reichen«, versetzte Liam.

»Aber was würde uns das nützen?«, meldete Inari sich zu Wort. »Selbst wenn wir aus dieser Zelle kämen, der Kontrollraum, in dem die *Eurypion* steht, wird jetzt bestimmt bewacht. Selbst wenn wir es schaffen sollten, mit dem *Tork* in die andere Welt zu gelangen, könnte es sein, dass deine Mutter ebenfalls nicht mehr in der Lage ist, ihn zu gebrauchen. Dann säßen wir dort drüben fest.«

»Ein Risiko wäre es sicherlich, ja«, räumte Liam ein.

»Ein ziemlich hohes, wenn du mich fragst, Junge«, bemerkte

Gantar. »Aber davon mal abgesehen: Erkläre mir mal bitte, wie wir erstens aus diesem Loch herauskommen und zweitens unbemerkt zur *Eurypion* kommen. Inari hat Recht, im Kontrollraum wimmelt es jetzt bestimmt vor Techern und vielleicht laufen wir sogar dem Sammler direkt in die Arme.« Er machte eine kurze Pause und fuhr dann fort: »Du weißt, ich schätze dich sehr, aber das, was du vorhast, ist Irrsinn.«

Liam ärgerte sich einerseits über Gantars Einwand, andererseits musste er sich eingestehen, dass seine Worte etwas Wahres hatten. Seine Überlegungen waren in eine Sackgasse geraten. Doch noch immer bäumte sich ein letzter Rest in ihm gegen ein aufkommendes Gefühl der Hilflosigkeit auf. Es musste einfach eine Lösung geben, er sah sie nur noch nicht.

Er lehnte sich zurück und drückte den Hinterkopf gegen den schartigen Felsen. Obwohl er diverse Optionen in seinem Verstand hin und her wälzte, kam er immer wieder zu dem Schluss, dass die *Eurypion* momentan so unerreichbar war wie der Andromedanebel. Eine Mischung aus Trauer, Wut und Ohnmacht wallte in ihm auf und drohte ihn zu überfluten. Ruhig bleiben, das war jetzt das Wichtigste.

Er holte tief Luft, schloss die Augen - was in dieser Finsternis eigentlich nicht nötig gewesen wäre - und zählte langsam bis zehn, öffnete sie wieder und starrte in die Dunkelheit. Obwohl er sich ein wenig entspannter fühlte, kreisten seine Gedanken immer noch wie ein Vogelschwarm durch seinen Kopf. Der Sorge um seine Mutter hatte sich nämlich inzwischen eine weitere Angst hinzugesellt: was wenn Inari etwas zustieß? Ihren Verlust hätte er nicht ertragen, allein die Vorstellung, fuhr ihm wie ein eisiger Dolch in die Eingeweide.

Sie saßen so dicht nebeneinander, dass er glaubte, ihre Wärme zu spüren. Er betrachtete ihr undeutliches Profil von der Seite und stellte fest, dass ihre Haare selbst in dieser Dunkelheit zu leuchten schienen. Plötzlich überkam ihn das übermächtige Verlangen, sie zu küssen. Die Wucht und das überraschende Auftauchen dieses Gedankens ließen ihn zusammenzucken. Was war nur in ihn gefahren? Als er sich schon von ihr abwenden wollte, geschah etwas, womit er am allerwenigsten gerechnet hatte.

Unvermittelt beugte sie sich so weit zu ihm, dass ihr Mund beinahe sein Ohr berührte. Was wollte sie? Sein Herz hüpfte wie ein Gummiball in seinem Brustkorb auf und ab.

»Da unsere Zukunft ungewiss ist, muss ich dir unbedingt etwas sagen«, hauchte sie. Ihr Atem kitzelte ihn und er spürte, wie eine Gänsehaut seine Unterarme überzog.

»Wa ... Was?« Er schluckte gegen einen Kloß in der Kehle an.

»Es ist zwar nicht der ideale Zeitpunkt, aber ich wollte dir sagen, dass mir in den letzten Tagen nicht entgangen ist, was du für mich empfindest ...«

»Ich ...«

»Psst!«, machte sie, ein sanftes Geräusch, wie Zucker, der in eine Tasse rieselt. »Am Anfang habe ich mich bestimmt ein wenig reserviert gegeben, aber das hatte nichts mit dir zu tun. Ich habe dich von dem Tag an gemocht, als deine Mutter mich zu dir brachte. Doch mein Gelübde, das ich dem Orden gegenüber abgelegt hatte, verbat es mir, Gefühle für dich zu entwickeln. Daher kämpfte ich dagegen an, zumal ich ja mitbekam, wie es deinen Eltern hier ergangen ist. Seit ich aber weiß, dass der Orden oder zumindest seine wichtigsten Repräsentanten uns belogen und verraten haben, fühle ich mich nicht mehr an meinen Schwur gebunden.«

Bevor Liam etwas erwidern konnte, gab sie ihm einen sanften Kuss auf die Wange, direkt neben das Ohr.

Die Zeit stand still. Die Stelle, wo sie ihn berührt hatte, kribbelte wie nach einem leichten Stromstoß, während sich sein Verstand in einer rosafarbenen Wolke aufzulösen schien. Einen Augenblick lang spielte er mit dem Gedanken, sie auf den Mund zu küssen, doch er ließ es bleiben. Stattdessen tastete er nach ihrer Hand und drückte sie sanft. Sein Herz schlug wie eine Pauke in seinen Ohren.

»Ich hätte auf dich hören sollen, als du mit dem *Tork* in unsere Welt zurückkehren wolltest«, sagte er.

»Nein, sag so etwas nicht«, gab sie zurück. »Auch wenn unser Vorhaben schiefgegangen ist, war es doch richtig das Wagnis einzugehen.«

»Nur, dass unsere Dummheit dem Sammler den *Tork* und auch mich in die Hände gespielt hat«, sagte er düster.

Plötzlich ließ sich Gantar mit einem Räuspern vernehmen.

»Der *Tork* ist für den Sammler bald bedeutungslos«, sagte der Ingenieur. »Er wird seine Maschine in Kürze perfektioniert haben, dann wird er ihn vermutlich sowieso vernichten, damit er nicht noch einmal jemand anderem in die Hände fällt.«

»Da ist was dran«, bemerkte Liam.

»Etwas verstehe ich nicht«, sagte Gantar. »Warum war der Sammler so versessen darauf, Liam in seine Gewalt zu bekommen? Ja, er hält ihn für den *Olandir*, aber was hat er davon? Das ist doch nur eine Legende.«

»Eine Legende, die auf Wahrheit beruht«, versetzte Inari. »Den Überlieferungen aus der Gründungszeit des Ordens zufolge soll eines Tages ein Halbblut, der *Olandir*, in unsere Welt treten. Sein äußeres Merkmal sind seine unterschiedlich

gefärbten Augen. Er soll in der Lage sein, ohne fremde Hilfsmittel zwischen den Welten zu reisen. Vielleicht erhofft er
sich deine Fähigkeiten zu übernehmen, wie er es bei all den
anderen getan hat, dann bräuchte er nicht einmal mehr seine
Maschine.«

»Aber ich kann das doch gar nicht«, bemerkte Liam.

»Der Sammler glaubt es«, sagte Inari.

»Und was ist mit dir?«, fragte Liam.

Inari zögerte.

»Ich bin mir nicht sicher. Das mit den Augen trifft bei dir ja
zu, aber wie du selbst sagst, hast du nie auch nur den Ansatz
einer magischen Kraft in dir gespürt. Von daher ...«

»Hmm ...«, machte Liam und ließ den Kopf zurück gegen
die Wand sinken. Er starrte in die Finsternis und zupfte sich
gedankenverloren am Ohrläppchen. War das wirklich so? Hatte
er tatsächlich nie irgendeine besondere Gabe bei sich gespürt.
Nichts Sonderbares? Doch, da waren immer mal wieder
merkwürdige Träume gewesen, die sich in letzter Zeit gehäuft
hatten. Und er hatte in den vergangenen Monaten mehrere
Male die Stimme seiner Mutter gehört. Aber das war alles
nichts Außergewöhnliches ... oder etwa doch?

»Beschreibt die Legende auch, wie der *Olandir* es schafft,
in eine andere Welt zu gelangen?«, fragte er.

»Angeblich alleine durch seine Vorstellungskraft«, versetzte
Inari. »Aber es handelt sich wie gesagt um eine uralte Überlieferung.«

»Ich frag ja nur«, gab Liam zurück.

Er schloss die Augen. Ja, natürlich war es albern auch nur
zu glauben, er könnte tatsächlich diese Gabe besitzen. Aber
alleine in den vergangenen Stunden hatte er so vieles gesehen,
dass ihm noch vor Tagen völlig aberwitzig vorgekommen

wäre. Und was hatte er zu verlieren? Ein Versuch war es allemal wert.

Er atmete tief ein und fokussierte all seine Gedanken auf seine Mutter. Dabei verscheuchte er jedes Bild, das sich wie ein ungebetener Gast einzuschleichen versuchte. Nach einer Weile sah er nur noch ihre Erscheinung vor seinem geistigen Auge, so wie er sie in Erinnerung hatte, wenn sie im Garten im Liegestuhl saß und ein Buch las. Doch es geschah nichts. Er versuchte es noch einmal und zu seinem Erstaunen, kam es ihm diesmal vor, als würde sich ein Schalter in seinem Gehirn umlegen.

Schlagartig wurde die verschwommene Projektion seiner Mutter von einem Bild verdrängt, auf dem sie so real erschien, als sähe er sie wirklich. Im nächsten Moment traf ihn die Erkenntnis wie ein Blitz: Es kam ihm nicht nur so vor, als sähe er sie, nein, er *sah* sie tatsächlich. Sein Puls begann zu rasen.

Sie stand in einiger Entfernung vor ihm, nach rechts gewandt und trug wie die Ratsmitglieder ihres Ordens einen Gold schimmernden Rock. Ihre weißen Rastazöpfe waren mit unzähligen Perlen durchsetzt, die wie Regentropfen im kupfernen Licht einer tiefstehenden Sonne schimmerten. Der Anblick irritierte ihn, den er hatte seine Mutter noch nie so gesehen. Zugleich zeigte es ihm, dass diese Vision nicht das Produkt seiner Fantasie war.

Plötzlich erweiterte sich sein Blickfeld, wie bei einem Film, der langsam in die Totale überging.

Gerippte Wolkenbänke erstreckten sich über einen stahlblauen Himmel, rot leuchtend wie die blutigen Skelette gestrandeter Wale.

Seine Mutter stand an der Abbruchkante einer Steilküste und schaute auf ein Meer hinaus, dessen Wassermassen sich

unter einem Sturm zu einem schaumgekrönten Gebirge auf-
türmten. Ihre Zöpfe wirbelten ihr um den Kopf und sie
musste sie immer wieder aus dem Gesicht streichen. Im Hintergrund konnte er erkennen, wie die See ihre Brecher gegen
den Fuß der zerklüfteten Klippen branden ließ.

Hinter seiner Mutter breitete sich eine Fläche mit knieho-
hem Gras aus, in das der Wind wellige Muster zeichnete. Vereinzelt wuchsen dichte Büsche wie die Schädel vergrabener
Riesen daraus hervor.

Ganz links schloss sich ein wogender Nadelwald an, der sich
den steilen Hang eines Berges hinaufschwang und auf dessen
Gipfel die Überreste einer Burg aufragten. Ihrem Zustand
nach musste sie uralt sein, ein Haufen Steine, aus dem die
Stümpfe von Türmen wie hohle Zähne wuchsen.

Plötzlich blickte seine Mutter in seine Richtung, so als könne
sie ihn sehen. Sie lächelte ihm zu und er spürte, wie sich sein
Herz vor Sehnsucht zusammenkrampfte. Tränen sickerten
zwischen seinen geschlossenen Lidern hervor und er wollte
sie mit dem Handrücken wegwischen, als ihn eine neue Veränderung davon abhielt.

Gerade noch hatte er die Felszacken der Wand in seinem
Rücken gespürt, doch nun schienen sie verschwunden zu sein.
Er empfand keine Schwerkraft mehr, es war, als schwebe er
durch den Raum. Gleichzeitig dröhnte ein monotones Brummen, wie aus einer Bassbox in seinen Ohren und eine Kälte,
die sich bis ins Mark seiner Knochen fraß, ließ ihn schaudern.

Obwohl ein Anflug von Panik nach ihm griff, widerstand er
dem Drang die Augen zu öffnen. Das Bild in seinem Kopf
wurde nicht nur immer klarer, sondern er glaubte sogar sich
auf seine Mutter zuzubewegen, langsam aber unaufhaltsam.

Mit einem Mal roch er Meerwasser und spürte, wie feine

Gischt sein Gesicht benetzte. Er leckte sich über die Lippen und schmeckte Salz. Das kreischen von Seevögeln, das Rauschen von Baumwipfeln, die sich im Wind bogen und das ferne Tosen von Wellen, die gegen eine Steilküste donnerten, drangen als Kakophonie in seine Ohren. Darunter glaubte er Inari zu hören, wie sie seinen Namen rief, doch mit jeder Sekunde wurde sie schwächer.

Dann waren das Brummen und die Kälte verschwunden, und er spürte, ja er wusste, dass er sich nicht mehr in der Zelle befand. Langsam öffnete er die Augen. Vor ihm stand seine Mutter, genauso, wie er es zuvor gesehen hatte. Sekundenlang starrte er sie nur an, während in ihrem Blick Fassungslosigkeit und Freude miteinander rangen. Dann brach sie das Schweigen.

»Liam?!« Ihre Stimme bebte.

Er nickte, stapfte die letzten Meter, die sie noch voneinander trennten, durch das Gras und stellte sich direkt vor sie. Erst jetzt erkannte er, wie mitgenommen sie aussah und nun kamen auch ihm die Tränen.

Dunkle Schlieren zogen sich über ihr Gesicht, in das sich tiefe Augenringe eingegraben hatten und ihre Haare wirkten aus dieser Nähe fettig und verdreckt. Ihr Rock war übersäht mit Schmutzflecken und an ihrem rechten Knie klaffte ein Loch in der Hose. Die monatelange Kerkerhaft hatte deutliche Spuren hinterlassen. Er wollte die Hand heben und sie berühren, aber er wagte es nicht. Die Angst dies alles könne sich als Trugbild erweisen und sich in Luft auflösen lähmte ihn.

Ein Lächeln huschte über ihr Gesicht, doch im nächsten Moment wurden ihre Augen schmal und sie wich zwei Schritte zurück. Er sah, wie sich ihr ganzer Körper in einer leicht abwehrenden Haltung anspannte.

»Wer bist du?«, fragte sie kühl.

Liam war irritiert, doch dann begriff er.

»Ich bin nicht der Sammler oder irgendein anderer Gestaltenwandler. Ich bin es wirklich, Liam!«

Sie schien nicht überzeugt.

»Wie heißen deine Großmutter und dein Vater?«

»Mein Vater heißt Doktor Andreas Deckert. Er ist Geophysiker und lebt wieder in meiner, also in unserer Welt. Meine Großmutter Dora Deckert wohnt am Oberhofer Platz in Berlin Lichterfelde. Du hast mir eine Katze geschenkt, Inari, die aber keine Katze ist. Soll ich weitermachen?!«

Ein Strahlen erhellte ihr Gesicht, wie der erste Sonnenschein nach einem Gewitter. Im nächsten Moment eilte sie auf ihn zu und umarmte ihn so fest, dass ihm für einen Moment die Luft wegblieb. Auch er schlang die Arme um sie, und als er nun ihren Geruch wahrnahm und ihren Herzschlag spürte, wusste er endgültig, dass dies alles real war. Er hatte seine Mutter gefunden. Er hatte das Gefühl, als würde eine Stahlklammer, die sich seit Monaten um seine Brust gelegt hatte, mit einem Scheppern abfallen. Er presste sich an sie und spürte, wie sie unter einem Weinkrampf erbebte. Beide schluchzten sie jetzt und ihre Tränen vermischten sich zu einem warmen Film auf ihren Wangen.

Schließlich machte sie sich von ihm los, wischte sich mit dem Ärmel über das Gesicht und schaute ihm unverwandt in die Augen.

»Wie geht es den deinem Vater und deiner Großmutter?«, fragte sie.

Liam blinzelte die Tränen fort und biss die Zähne zusammen. Wenn er ihr vom Zustand seines Vaters berichtete, würde ihr das unglaublich wehtun. Anlügen wollte er sie aber auch nicht, daher überlegte er, wie er ihr die Wahrheit möglichst schonend beibringen konnte. Doch wie sollte er den geistigen Verfall des angesehenen Wissenschaftlers auf das Niveau eines Sechsjährigen verpacken? Schließlich entschied er sich dazu, ihr geradeheraus die Wahrheit zu sagen.

Er hatte einen Kloß im Hals und räusperte sich.

»Was ich dir jetzt sagen werde, wird dich sehr traurig machen«, begann er.

Sie zog die Augenbrauen zusammen und die verbliebene Farbe wich aus ihrem Gesicht.

»Was ist passiert?«

»Na ja, ich lebe momentan bei Großmutter. Pa hat versucht dich zu befreien und ist dem Sammler in die Arme gelaufen. Er konnte zwar in unsere Welt entkommen, aber der Sammler hat ihm fast sein gesamtes Wissen geraubt, so dass er ...«

Die letzten Worte weigerten sich, seine Lippen zu überqueren. Mit vor Entsetzen geweiteten Augen starrte seine Mutter ihn an.

»So dass er was?!« Ihre Stimme überschlug sich.

Liam schluckte und stieß einen Seufzer aus.

»Er ist geistig auf den Stand eines Sechsjährigen zurückgefallen und befindet sich jetzt in einem Pflegeheim. Bisher hat Großmutter sich um ihn gekümmert, aber sie kann es nicht mehr, weil sie seit einem Schwächeanfall im Krankenhaus liegt.«

Nun war es heraus und er spürte, wie die Anspannung aus ihm wich. Seine Mutter jedoch riss die Hand vor den Mund und stöhnte auf.

»Es tut mir so leid«, sagte er. »Ich glaube aber, ich weiß, wie ...«

Sie unterbrach ihn mit einem Wink, drückte die Zeigefinger

gegen die Schläfen und schloss die Augen. Mit vor Schmerz verzerrtem Gesicht verharrte sie mehrere Sekunden lang. Zu Liams Erleichterung entspannten sich ihre Züge allmählich wieder. Schließlich sah sie ihn an und streckte ihm die Hände entgegen.

»Du bist der Letzte, dem etwas leidtun muss. Es ist ganz allein meine Schuld.« Sie rang sich ein Lächeln ab. »Bevor ich mit den anderen Magiern zum Schloss des Sammlers aufgebrochen bin, gab ich deinem Vater den *Tork*. Ich traute dem Ordensrat nicht, vor allem Caluna und Fenrir schienen ein falsches Spiel zu spielen. Da er sich zur selben Zeit auf eine Expedition in das *Nabib-Gebirge* im Norden begab, ging ich davon aus, dass der *Tork* bei ihm besser aufgehoben sei. Ich hatte ihm eingeschärft nicht nach mir zu suchen, egal was passiert ... Hätte er doch bloß auf mich gehört.«

Sie wischte sich mit dem Ärmel eine glitzernde Träne aus dem Augenwinkel.

»Und jetzt bist du hier. Obwohl es Wahnsinn von dir war, hierher zu kommen, bin ich doch froh, dass du es getan hast.«

Ihr Gesicht wurde ernst und sie schaute ihn durchdringend an.

»Wie konntest du überhaupt hierher springen? Hast du etwa den *Tork* bei dir?«

»Nein, der ist nicht hier«, sagte er. »Ehrlich gesagt weiß ich auch nicht, wie ich das angestellt habe.«

Sie sah ihn irritiert an, schien aber vorerst nicht weiter darauf eingehen zu wollen. Stattdessen fragte sie:

»Woher weißt du, dass ich hier bin?«

Liam begann in kurzen Zügen von Inari, Gantar und Alderim zu berichten, vom Verrat durch Fenrir und Caluna, vom Angriff auf die Stadt, dem Tod der Krähe während ihrer

Flucht und von der Falle, die der Sammler ihnen gestellt hatte. Schließlich beschrieb er, wie Inari es gelungen war, den Sammler mit dem gefälschten *Tork* zu täuschen.«

Als er fertig war, zeichnete sich eine ganze Flut von Gefühlen im Gesicht seiner Mutter ab.

»Aber wie hast du es geschafft aus dem Verlies des Sammlers zu entkommen?«

Liam lächelte.

»Ich habe mich auf dich konzentriert, dann habe ich dich ganz real vor mir gesehen und im nächsten Moment war ich hier bei dir.«

Sie hielt inne und ihr Erstaunen, wich einem Ausdruck von Erkenntnis und noch etwas anderem, das Liam zunächst nicht greifen konnte. Es kam ihm vor wie eine Mischung aus Ehrfurcht und Schrecken.

»Die Legende!«, stieß sie hervor. »Dann bist du tatsächlich der *Olandir*!« Plötzlich zuckte ein Lächeln um ihre Mundwinkel und leise sagte sie: »Irgendwie habe ich es immer gewusst!«

»Inari hat mir von der Legende erzählt«, sagte Liam. »Wie es aussieht, ist es kein Märchen.«

Sie trat auf ihn zu und legte ihm eine Hand auf den Arm.

»Wenn du es wirklich bist, dann kannst du womöglich noch mehr. Der Überlieferung zufolge ist der *Olandir* auch in der Lage, an jeden beliebigen Ort innerhalb nur *einer* Welt zu springen.«

Liam rieb sich das Kinn und konnte sich ein Grinsen nicht verkneifen.

»Hmm, das muss ich bald mal ausprobieren.«

Sie warf ihm einen tadelnden Blick zu.

»Ganz so lustig ist das nicht, denn die Legende berichtet noch von etwas anderem«, sagte sie.

Liams Laune verdüsterte sich schlagartig.

»Und das wäre?«

»Der Überlieferung zufolge, die auf einer uralten Prophezeiung beruht, bringt der *Olandir* den Sammler zu Fall.«

»Davon hat mir Inari nichts erzählt«, bemerkte er.

Jetzt musste sie lächeln.

»Schlaues Mädchen.«

Du meinst ...?«

Sie nickte.

»Ich fürchte, du wirst dich ihm noch einmal stellen müssen«, sagte sie.

Nur langsam sickerte die volle Bedeutung ihrer Worte in seinen Verstand und ihm schauderte. Die Freude über das Wiedersehen mit seiner Mutter hatte für kurze Zeit sämtliche Probleme und Gefahren aus seinem Kopf verbannt. Doch nichts davon war in irgendeiner Weise gelöst oder abgewendet. Inari und Gantar hockten noch im Kerker des Schlosses und der Sammler war kurz davor nicht nur für Inaris, sondern alle existierenden Welten eine ernste Bedrohung zu werden. Bei aller Freude hatte er mit dem Auffinden seiner Mutter lediglich einen Etappensieg errungen, das Spiel aber ging weiter und es würde erst mit der endgültigen Niederlage des Sammlers enden. Insgeheim hatte er zwar gehofft, dem irgendwie entgehen zu können, doch er begriff nun, dass er keine andere Wahl hatte, als zu handeln.

»Gut! Ich werde es tun. Aber zuerst muss ich Inari und Gantar befreien und dazu bleibt mir nicht viel Zeit.«

»Ich und meine Gefährten werden mit dir gehen ... wenn das überhaupt möglich ist.«

»Ich denke schon«, sagte Liam. »Irgendwie spüre ich, dass ich dazu in der Lage bin. Wo sind die anderen Magier?«

Seine Mutter deutete zum Wald hinüber.

»Unser Lager befindet sich in einer Höhle am Fuß des Ruinenberges knapp einen halben Kilometer von hier. Wir sind nur noch zu sechst, zwei sind leider umgekommen.«

»Was ist passiert?«

»Vor einigen Tagen haben sie gegen meinen Rat die Ruinen erkundet und kamen nicht zurück. Doch wir hörten ihre Schreie, sie hallen immer noch in meinen Ohren nach.«

Liam schaute sich um und begriff, dass sie sich auf einer Insel befanden, die wie ein bewaldeter Felsen aus dem Meer ragte. Ihre Grundfläche betrug höchstens zwei Quadratkilometer und ihre Klippen ragten zumindest dort, wo er sie überblicken konnte, über hundert Meter aus der tosenden Brandung auf. Sein Blick wanderte zur Spitze des Berges empor, der das Eiland beherrschte, wo die verfallenen Mauern einer einst gewaltigen Festungsanlage thronten. Er erkannte sie als die Burg aus seinem Traum wieder. Merkwürdige Vögel mit blaurotem Gefieder und langen nackten Hälsen kreisten um die Reste uralter Türme. Ihr Anblick löste einen Schauder bei ihm aus.

»Lass uns gehen«, sagte seine Mutter und ging durch das kniehohe Gras auf den Wald zu. Er lief neben ihr her und spürte ihren Blick von der Seite.

»Du bist erwachsener geworden«, sagte sie unvermittelt.

Ihre Bemerkung berührte ihn irgendwie unangenehm. In diesem Moment war sie nicht mehr die mächtige Magierin, sondern ganz seine Mutter. Er wusste nicht, was er darauf antworten sollte und schwieg daher, um die Situation für ihn nicht noch peinlicher werden zu lassen.

Nach rund hundert Metern erreichten sie den von mannshohen Sträuchern gesäumten Waldrand. Tabania steuerte auf eine kaum sichtbare Lücke zwischen dem Blattwerk zu und verschwand darin. Liam folgte ihr und stellte verärgert fest, dass es sich um Dornenbüsche handelte, die ihm die Arme zerkratzten. Als er sich endlich durch das Geäst gezwängt hatte, fand er sich inmitten von Nadelbäumen wieder, durch deren Kronen nur wenige Lichtstrahlen zum Boden gelangten. Graue Stämme ragten wie stumme Wächter aus einem undurchdringlichen Moosteppich empor. Vereinzelt wuchsen Farnbüschel und Sträucher, an denen Trauben orangenfarbener Beeren hingen, die Liam noch nie zuvor gesehen hatte. Auch die anderen Pflanzen, einschließlich der Bäume, entsprachen nichts, was er von der Flora seiner Welt, kannte, obwohl sich einiges ähnelte. Er wollte sich im Vorübergehen ein paar der Beeren pflücken, als seine Mutter rief:

»Iss die ja nicht! Einer von uns hat sie probiert und hätte es beinahe mit dem Leben bezahlt.«

Liam fiel es schwer, ihren Rat zu befolgen, denn in seinem Magen schien sich ein schwarzes Loch aufgetan zu haben.

»Im Lager kannst du etwas essen«, sagte sie. »Einer meiner Gefährten hat heute Morgen ein paar Tiere gefangen. Sie sahen aus wie große Eichhörnchen, allerdings waren sie blau-weiß gestreift. Zumindest schmecken sie.«

»Nein, danke ich werde woanders etwas finden«, erwiderte Liam. Seit sie losmarschiert waren, überlegte er, wie er die neue Situation und vor allem seine Gabe dazu nutzen konnte, den Dingen eine positive Wendung zu geben. Und allmählich kristallisierte sich in seinem Kopf ein Plan heraus, der ihm von Minute zu Minute besser gefiel. Nicht lange und er gefiel ihm sogar außerordentlich gut.

KAPITEL 22

Als sie wenige Minuten später das Lager erreichten, war die Verwunderung in den Gesichtern der anderen Magier nicht zu übersehen. Die Gruppe bestand aus zwei Frauen und drei Männern, die alle genauso von der Kerkerhaft gezeichnet waren wie Liams Mutter. Ihre geflochtenen Haare waren grau vom Schmutz, der sich in den vielen Wochen darin festgesetzt hatte und ihre Wangen wirkten eingefallen. Auch ihre blauen Röcke starrten vor Dreck, waren an einigen Stellen eingerissen und hatten den einen oder anderen Knopf eingebüßt. Den Männern waren zudem Bärte gewachsen, die ihnen fast bis zur Brust reichten. Sie hockten auf einer Lichtung vor einem Höhleneingang, nicht mehr als ein Spalt in der Felswand, der sich nach oben hin verjüngte. Als sie Liam mit seiner Mutter kommen sahen, erhoben sie sich wie auf ein unsichtbares Zeichen hin.

»Wer ist das, den du da mitgebracht hast, Tabania? Und wie ist er hierhergekommen?«, fragte einer der Männer, den Liam aufgrund des faltigen Gesichtes für den ältesten der Gruppe hielt. Die Tätowierung auf seiner Stirn wies ihn als Wolfsmagier aus. Er kam auf die beiden zu und musterte Liam eindringlich.

»Hat der Sammler ihn auch hierher verbannt?«

»Uns bleibt nicht viel Zeit für Erklärungen, Halrun«, erwiderte Tabania. »Nur soviel: Dies ist mein Sohn Liam, ich habe euch von ihm erzählt. Er ist aus seiner Welt hierhergekommen, um uns von hier fortzubringen.«

Halrun runzelte die Stirn.

»Wie ist das möglich? Hat er den *Tork?* Aber das ist nicht
...«

»Er hat es ohne den Tork und nur mit Hilfe seiner Vorstellungskraft geschafft«, versetzte Tabania mit einem Anflug
von Stolz in der Stimme.

Ihre Worte lösten ein Raunen bei den Magiern aus, die sich
Blicke zuwarfen, in denen Erstaunen und Hoffnung lagen.

Halrun nickte und seine Miene spiegelte Ehrfurcht wider,
als er Liam ansah.

»Dann ist die Legende also wahr?«

»Offenbar«, sagte Tabania. »Seine Augen, seine Abstam-
mung und die Tatsache, dass er durch bloße Willenskraft
hierhergelangt ist, sind Beweis genug.«

»Es ist mir eine Ehre, *Olandir*«, sagte Halrun und verneigte
sich vor Liam. Die anderen Magier bis auf Tabania schlossen
sich an.

»Dafür haben wir jetzt keine Zeit«, sagte Tabania. »Wir
müssen von hier verschwinden. Zwei Gefährten meines
Sohnes befinden sich noch in der Gewalt des Sammlers.«

Wieder tauschten die Magier Blicke aus.

»Aber Meisterin«, meldete sich eine junge Frau zu Wort, die
nicht viel älter als Inari zu sein schien. »Ist der *Olandir* dazu
überhaupt in der Lage, uns von hier wegzubringen?«

»Ich glaube schon«, sagte Liam. »Entweder einzeln oder die
ganze Gruppe. Wir werden es ausprobieren.«

»Dann lasst uns schnell handeln«, sagte Halrun. »Wir werden zum Schloss des Sammlers springen und Eure Gefährten
befreien.«

»Nein!«, gab Liam zurück.

Seine Mutter sah ihn mit zusammengezogenen Augenbrauen
an.

»Nein?!«

»Versteh mich nicht falsch«, erwiderte er. »Ich hab einen Plan, wie ich meine Freunde befreien und gleichzeitig den Sammler überlisten kann, aber das muss ich alleine machen.«

Tabania schaute ihm durchdringend in die Augen und ein paar Sekunden lang fühlte er sich wieder wie der kleine Junge, den sie beim Aushecken irgendwelchen Blödsinns ertappt hatte. Ihre angespannte Miene verriet ihm, dass sie mit sich rang, doch schließlich entspannten sich ihre Züge.

»In Ordnung, was hast du vor?«

»Zuerst bringe ich Euch an einen sicheren Ort«, sagte er und konnte sich ein verschmitztes Lächeln nicht verkneifen. »Ihr solltet Euch dort nur ein wenig ... unauffällig verhalten.«

»Aber Meisterin, wie könnt Ihr das gutheißen?«, rief die junge Magierin. »Wir müssen ihm helfen, er alleine wird den Sammler niemals bezwingen können.«

»Doch, Silvain, ich glaube, dass er dass schaffen kann«, erwiderte Tabania bestimmt. Sie schenkte Liam ein aufmunterndes Lächeln und wandte sich wieder der Magierin zu: »Wir müssen dem *Olandir* vertrauen. Er verfügt über eine Gabe, durch die er sich im Notfall dem Sammler und seinen Techern entziehen kann.«

Die Magierin sah hilfesuchend zu Halrun, doch der erwiderte ihren Blick mit einem Kopfschütteln.

»Wir waren immer gut beraten, wenn wir Meisterin Tabanias Entscheidungen gefolgt sind«, sagte er. »Ich denke, wir sollten es auch diesmal tun. Denkt an die Weissagung der Legende!«

Liam räusperte sich verlegen. Einerseits gefielen ihm die Ehrerbietungen der Magier, doch andererseits waren sie ihm auch zutiefst peinlich.

»Wir müssen los«, sagte er. »Jede Sekunde kann der Sammler Inaris List mit dem *Tork* durchschauen.«

»Was für eine List?«, erkundigte sich Halrun.

»Das erkläre ich Euch später«, mischte Tabania sich ein.

Plötzlich durchzuckte ein Gedanke Liam und ließ ihn einen Moment lang innehalten. Alle Eile konnte vergeben sein, wenn bei seinen Sprüngen ebenso viel Zeit in der anderen Welt verstrich, wie bei den Übergängen mit dem *Tork*. An dieses Problem hatte er noch gar nicht gedacht. Vielleicht waren bei seinen Freunden in der Zwischenzeit schon mehrere Tage vergangen. War es dann nicht wahrscheinlich, dass der Sammler den Schwindel längst bemerkt hatte und sein Plan nichts mehr wert war. Er wollte sich nicht ausmalen, was in der Zwischenzeit mit Inari und Gantar alles geschehen sein konnte. Doch was nützte es, wenn er sich jetzt den Kopf darüber zerbrach, es gab keine Alternative. Allerdings verursachte der Zeitdruck nun eine nagende Nervosität in ihm. Die Anderen hatten sein Zögern bemerkt und blickten ihn bereits fragend an, daher setzte er ein Lächeln auf, um sie nicht zu beunruhigen.

»Ich schlage vor, wir versuchen zuerst alle zusammen zu springen und halten uns dabei an den Händen«, sagte er.

Keiner der Magier widersprach und als sich alle vor dem Höhleneingang in einem engen Kreis aufgestellt hatten, begann Liam sich auf den Übergang zu konzentrieren.

Zuerst hatte er überlegt, sie nach Nindal zu bringen, doch da er nicht wusste, ob die Armee des Sammlers bereits in die Stadt eingedrungen war und darüber hinaus die Verräter im Orden offenbar die Oberhand gewonnen hatten, entschied er sich für ein anderes Ziel.

Er schloss die Augen und konzentrierte sich mit aller Macht

auf den Ort seiner Wahl, bis jede Zelle seines Körpers darauf ausgerichtet war. Er spürte den Händedruck seiner Mutter links und den eines der Magier auf der anderen Seite. Wieder ertönte das Brummen, das nun das gesamte Universum auszufüllen schien und auch die Eiseskälte ließ nicht lange auf sich warten. Er hielt den Atem an. Würde es funktionieren? Nach einigen Sekunden verebbte der Basston ebenso wie die Kälte und er öffnete die Augen.

Zuerst sah er die Magier, die sich immer noch an den Händen hielten, und atmete erleichtert auf. Sie waren also nicht verloren gegangen. Dann erblickte er hinter ihnen den Magnolienbaum, der vor seinem Zimmer im Haus seiner Großmutter wuchs. Die Strahlen der Morgensonne stießen wie Speere durch die Krone und erfüllten den Raum mit goldenem Licht. Er schaute zum Schreibtisch, zur Couch und zu seinem Übungsschwert an der Wand und der Anblick erfüllte ihn mit einem tiefen Gefühl der Genugtuung. Sie waren alle wohlbehalten an dem Ort angekommen, auf den er sich konzentriert hatte.

Er lächelte seiner Mutter zu und wollte etwas sagen, doch dazu kam er nicht, denn sie nahm ihn schon in die Arme, drückte ihn an sich und begann hemmungslos zu weinen. Auch ihm stiegen Tränen in die Augen, und obwohl sie nicht alleine waren, schämte sich deswegen nicht. Er spähte zu den anderen, die sich verstohlen abwandten und sich ihrerseits mit einer Mischung aus Erstaunen und Erleichterung umschauten. Endlich entließ ihn seine Mutter aus der Umarmung und er bekam wieder richtig Luft.

Die Magier traten vor ihn und verneigten sich. Halrun ergriff das Wort:

»Ich möchte mich im Namen meiner Gefährten für unsere

Rettung bedanken, *Olandir*, und ich hoffe, Ihr verzeiht unsere Zweifel.«

Liam fühlte sich geschmeichelt und auch ein wenig stolz, doch er hatte keine Zeit diesen Moment und den Respekt dieser erfahrenen Magier weiter auszukosten.

»Ich muss gehen«, sagte er. »Jetzt warten noch meine Freunde auf ihre Rettung.«

Unvermittelt fasste seine Mutter ihn am Arm und schaute ihn unverwandt an. Obwohl sie nichts sagte, las er aus ihren Augen eine tiefe Besorgnis um ihn, aber zugleich auch den innigen Wunsch, dass seinen Plan gelingen möge.

»Keine Angst, wenn es eng wird, verschwinde ich einfach«, sagte er und an die anderen gewandt fügte er hinzu: »Wünscht mir Erfolg!«

Er löste sich von Tabania und wollte schon den nächsten Sprung einleiten, als ihm noch etwas einfiel.

»Wie gesagt, verhaltet Euch möglichst unauffällig, meine Mutter, Tabania, wird Euch erklären, wie das zu verstehen ist. Ihr seid hier in meiner Welt und da laufen die Dinge ein wenig anders. Und noch etwas!« Er sah seine Mutter an. »Onkel Peter und eine gewisse Gabi kümmern sich um das Haus und können jederzeit hier auftauchen. Vielleicht sind sie sogar in diesem Moment da. Erschreckt sie bitte nicht zu Tode.«

Er verabschiedete sich mit einem angedeuteten Winken, dann schloss er die Augen, atmete einmal tief durch und begann sich auf den Kerker zu konzentrieren, in dem Inari und Gantar hoffentlich immer noch mit dem *Tork* auf ihn warteten. Er wischte einen Anflug von Angst beiseite und fixierte seine Gedanken auf dieses Ziel.

Sofort begann das Verlies in seinem Kopf Gestalt anzunehmen, Stück für Stück bildete es sich aus einem Nebel heraus: seine beiden Freunde, die Tür, der Lichtschacht, selbst der Eimer. Und als er dessen Gestank zu riechen glaubte, ertönte der Basston und erneut spürte er, wie die tödliche Kälte in seinen Körper fuhr. Als beides endlich verebbt war, öffnete er die Augen und sah im ersten Moment nichts als Dunkelheit. Doch als ihm die Ausdünstungen des Eimers tatsächlich in die Nase stiegen, wusste er, dass der Übergang geklappt hatte. Aber waren seine Freunde überhaupt noch hier?

»Inari? Gantar?«, sagte er leise.

»Liam? Liam!«, antworte ihm Inaris Stimme und sein Herz hüpfte vor Freude.

Allmählich schälten sich die Umrisse seiner Gefährten aus der Finsternis heraus. Sie saßen immer noch dort, wo er sie verlassen hatte. Eine Woge der Erleichterung durchströmte ihn bei ihrem Anblick. Doch wie viel Zeit war inzwischen vergangen? Tage? Eine ganze Woche?

»Ja, ich bin's«, gab er zurück.

Im nächsten Moment sprang einer der Schemen auf und kam auf ihn zu. Bevor er noch etwas sagen konnte, umschlangen ihn Inaris Arme und er drückte sie an sich. Eine Woge des Glücks brandete warm durch seinen Brustkorb und er hätte am liebsten laut gejubelt. Selbst wenn es ihm nicht gelänge, den Sammler zu überlisten, so waren seine Freunde gerettet, denn er konnte sie zu jeder Zeit von hier fortbringen. Er spürte Inaris Herzschlag und in diesem Moment löste sich die Hemmung, die ihm bisher im Weg gestanden hatte: Behutsam schob er sie ein Stück von sich und hauchte ihr einen Kuss auf den Mund. Es war, als würde sich der Boden unter seinen Füßen auflösen, doch er hatte nicht das Gefühl zu fallen, im Gegenteil. Er kam sich vor wie ein Heliumballon, ein kugelrunder, rosaroter Ballon, der unaufhaltsam zur

Decke, durch sie hindurch und hinauf zu den Sternen schwebte. Es war Gantar, der ihn auf den Boden der Zelle zurückholte.

»Keine Sekunde zu früh würde ich meinen«, sagte der Ingenieur. »Ich glaube, draußen tut sich was.«

Liam löste sich widerwillig aus Inaris Umarmung und horchte in die Dunkelheit hinein. Gantar hatte recht. Ein schwaches Piepen drang durch die Tür und gleich drauf meinte er, das Scharren von metallischen Füßen auf Stein zu hören. Es war noch sehr leise, aber die Geräusche kamen näher. Viel Zeit hatten sie nicht, um die wichtigsten Dinge zu klären.

»Wie lange war ich weg?«, fragte er.

»Eine Stunde vielleicht, wenn überhaupt«, sagte Inari.

Er dachte, sich verhört zu haben.

»Was?! Nicht länger.«

»Nein, aber hier drin ist es natürlich schwer die Zeit ...«

»Egal«, unterbrach er sie. »Dann besteht also noch Hoffnung, dass der Sammler den Schwindel mit dem *Tork* noch nicht bemerkt hat.«

»Ich denke schon.«

Er atmete erleichtert aus. Dann konnte sein Plan noch gelingen.

»Wo bist du gewesen?«, fragte sie.

»Halt dich fest«, erwiderte er. »Ich habe meine Mutter gesehen und bin zu ihr gesprungen. Sie und die überlebenden Magier sind jetzt in Sicherheit.«

»Das ist ja wunderbar«, versetzte sie. »Aber wie hast du das geschafft?«

»Du hast es selbst beschrieben. Durch pure Konzentration meiner Gedanken auf das Ziel. Offenbar verfüge ich tatsächlich über die Gabe aus der Legende.«

»Das ist unglaublich!«

Obwohl Inari leise sprach, war ihre Stimme voller Überschwang.

»Großartig«, ließ sich Gantar vernehmen. »Dann lass uns jetzt auch dorthin verschwinden, wo du die anderen hingebracht hast.«

»Nein, noch nicht«, sagte Liam.

»Und wieso nicht?« Gantar klang gereizt.

Liam spürte, wie Inari sanft seine Hand drückte.

»Weil seine Aufgabe hier noch nicht beendet ist«, erwiderte sie. »Zuerst muss der Sammler mitsamt seiner Maschine unschädlich gemacht werden und ich werde ihm dabei helfen.«

Liam küsste sie sanft auf die Stirn und wandte sich dann dem Ingenieur zu.

»Wenn du willst, bringe ich dich zuerst in Sicherheit. Aber Inari und ich werden auf jeden Fall wieder hierher zurückkehren. Du hast die Wahl, aber entscheide dich schnell!«

Draußen im Gang waren jetzt deutlich Schritte von zwei bis drei Techern zu hören, die immer näherkamen. Liam schätzte, dass ihnen kaum mehr als eine Minute blieb. Er hatte sich schon fast damit abgefunden, zuerst Gantar von hier fortzuschaffen, als dieser schließlich sagte:

»In Ordnung. Ihr habt so viel für mich getan, da werde ich euch jetzt nicht im Stich lassen. Ich bin dabei und es wird mir eine Freude sein, diesem Mistkerl endgültig den Garaus zu machen.«

Liam erfüllte in diesem Moment ein Gefühl, wie er es seit langem nicht empfunden hatte, vielleicht sogar noch nie. Es war mehr als bloße Dankbarkeit oder die Erleichterung, dass er nun einen zusätzlichen Mitstreiter beim entscheidenden

Kampf an seiner Seite wusste. Nein, ihm wurde zum ersten Mal bewusst, dass er zwei echte Freunde gefunden hatte. Nicht die Sorte, die man allenthalben in der Schule oder beim Sportverein antraf und die sich mit einem nur oberflächlich befassten, sondern Freunde, die bereit waren sich mit ihm zusammen in allergrößte Gefahr zu begeben, ohne dass er sie darum gebeten hätte. Inari und Gantar hätten ihn jederzeit bitten können, sie in die andere Welt in Sicherheit zu bringen und er hätte es sofort getan. Doch sie wollten bei ihm bleiben und ihm bei seiner schwierigen Aufgabe helfen. Solange er zurückdenken konnte, war er ein Einzelgänger gewesen und hatte geglaubt, damit glücklich zu sein. Nun war das vorbei und es fühlte sich verdammt gut an.

»Danke Gantar!«, sagte er. »Jetzt schulde ich *dir* etwas.«

Der Ingenieur winkte ab, wie es seine Art war.

»Wohin bringst du uns?«, fragte Inari.

»Zur *Eurypion*.«

»Ist das eine gute Idee?«, warf Gantar ein. »Dort wimmelt es jetzt bestimmt vor Techern.«

»Das hoffe ich sogar«, gab Liam zurück. »Schnell, gleich werden sie die Zellentür öffnen. Gebt mir eure Hände.«

Sie stellten sich in einem Dreieck auf und taten wie Liam geheißen. Er schloss die Augen und konzentrierte sich auf den Kontrollraum, in dem die *Eurypion* stand. Bei diesem Übergang verspürte er zum ersten Mal Kopfschmerzen. Sie pochten direkt hinter seinen Augen, waren aber noch auszuhalten. Er durfte jetzt nicht nachlassen. Noch zwei Sprünge, dann hatten sie es mit etwas Glück geschafft.

Nachdem der Übergang mit den üblichen Begleiterscheinungen vollendet war, standen sie auf dem Podest inmitten des Kontrollraums, so wie er es gewollt hatte. Gantar hatte recht behalten: Der Raum war voller Techer, die ringsum an den Konsolen arbeiteten.

Die Maschinen hatten sie noch nicht bemerkt, doch das würde er ändern. Er stampfte zweimal mit dem Fuß auf und rief:

»He, Blechköpfe! Schaut mal, wer hier ist!«

Die Techer fuhren herum und starrten die Eindringlinge aus ihren glänzenden Obsidianaugen an.

»Sagt eurem Erbauer, dass wir aus dem Verlies entkommen sind und wir mit ihm sprechen wollen.«

»Was genau hast du vor?«, raunte Gantar.

»Was ich gesagt habe. Ich will, dass sie den Sammler herbringen«, flüsterte Liam.

»Und wenn sie uns vorher angreifen?«

»Dann werden wir sie zu Schrott verarbeiten.«

Gantar sah ihn entgeistert an.

»Wir?! Du hast nicht mal dein Schwert!«

Liam warf Inari einen Blick zu.

»Na ja, ich dachte dabei in erster Linie an unsere Raubkatze«, sagte er leise.

»Was würdet ihr ohne mich nur tun?«, gab Inari mit einem diebischen Grinsen zurück.

Plötzlich sandte einer der Techer eine Folge von schrillen Pieptönen aus, die nicht mehr aufhörte. Liams Anflug von Galgenhumor verflüchtigte sich augenblicklich.

»Sehr schön«, sagte er, wobei seine Worte in dem Lärm fast untergingen. »Für Aufmerksamkeit haben wir jedenfalls gesorgt.«

Er hatte kaum zu Ende gesprochen, als sich zwei der Techer in Bewegung setzten und auf sie zuschritten. Liam sah Inari an.

»Bist du bereit?«

»Kein Problem«, erwiderte sie kühl.

Er wandte sich von ihr ab, um nicht vom Lichtblitz ihrer Verwandlung geblendet zu werden. Als er wieder zu ihr schaute, hatte sie sich wie bei ihrem Kampf beim Orden in den weißgestreiften Säbelzahntiger verwandelt und sprang mit einem Satz auf die beiden Angreifer zu. Bevor die Techer reagieren konnten, flogen bereits der Metallkopf des einen und ein Bein des anderen durch die Luft. Während der geköpfte Roboter wie eine Marionette mit durchschnittenen Fäden in sich zusammenfiel, kippte sein Kollege um und versuchte mit den Armen weiter zum Podest zu kriechen. Aber seine Bemühungen fanden ein jähes Ende, als Inari ihm den Hals durchbiss, wobei ein blauer Lichtbogen über ihre Reißzähne tanzte.

Die Maschine zuckte noch, während Inari schon wieder zurück zu ihren Gefährten auf das Podest sprang. Liam hatte immer gedacht, Katzen könnten nicht lächeln, doch als er nun zu Inari hinabschaute und sie seinen Blick erwiderte, erkannte er, dass das nicht stimmte. Sie behielt ihre tierische Gestalt bei und schaute sich mit aufgestellten Ohren und vorgestreckten Barthaaren um, aber die übrigen Techer rührten sich nicht.

Plötzlich drang ein neues Geräusch aus den Gängen zu ihnen, ein quäkender Ton, der sich in regelmäßigen Abständen wiederholte.

»Das hört sich wie ein Alarm an«, bemerkte Gantar.

Liam nickte.

»Mal sehen, wie lange es dauert, bis wir Besuch bekommen«, sagte er.

»Lasst uns hoffen, dass der Sammler höchstpersönlich erscheint.«

»Und wenn er nicht kommt«, fragte Gantar.

Liam sah ihn schulterzuckend an.

»Dann verschwinden wir von hier«, sagte er. »Aber für den Fall, dass er auftaucht, sollten wir vorbereitet sein.«

Gantar runzelte die Stirn.

»Wie meinst du das?«

»Wir müssen dem Sammler etwas vorspielen, damit er auf die kleine Täuschung hereinfällt, die ich mit ihm vorhabe«, sagte er gerade so laut, dass Gantar ihn über den Alarm hinweg verstehen konnte, denn die Techer sollten nichts davon mitbekommen.

»Also gut was sollen wir machen?«, sagte der Ingenieur.

»Wir bleiben hier auf dem Podest stehen, egal was passiert«, erklärte Liam. »Sicherheitshalber fassen wir uns an den Händen, falls ich schnell einen Sprung einleiten muss.«

»Und dann?«

»Du legst deine freie Hand auf das Steuerpult, und zwar möglichst auf einen der Schalter. Es muss so aussehen, als wolltest du mit der Maschine einen Übergang auslösen.«

Gantar begutachtete die Konsole und schürzte die Lippen.

»Da sind zwar einige Knöpfe auf dem Pult, aber ich könnte wetten, dass der rote Umschalthebel in der Mitte, der wichtigste davon ist.«

»Wenn du meinst, dann nimm den«, sagte Liam.

Er begann sich auf einen möglichen Sprung zu konzentrieren und inzwischen beschlichen ihn erste Zweifel ob der Sammler tatsächlich kam. Diese verstärkten sich noch, als aus allen vier Gängen dutzende von Techern in die Halle strömten und sich entlang der Wand in einem Kreis aufstellten. Vom Sammler war immer noch nichts zu sehen und der quäkende Alarmton begann, an Liams Nerven zu zerren. Vor lauter Anspannung presste er die Kiefer aufeinander. Dieser

Mistkerl musste einfach auftauchen, sein ganzer Plan hing davon ab. Und dann endlich sah er ihn, aus dem Korridor links von ihnen trat er in die Halle. Liam atmete erleichtert auf. Die Kreatur hatte wieder die grausige Gestalt angenommen, mit der er sie vor ihrer Gefangennahme überrascht hatte. Auch die Rüstung trug er wieder, erneut ohne Helm, und obwohl Liam den Sammler in dieser Erscheinung schon einmal gesehen und er dessen Kommen herbeigesehnt hatte, schickte ihm der Anblick einen Schauer über den Rücken.

»Haltet euch bereit«, presste er hervor.

KAPITEL 23

Ich habe euch offensichtlich unterschätzt«, sagte der Sammler. »So raffiniert es von Euch war zu entkommen, so falsch war es hierher zurückzukommen.«

»Wenn jemand einen Fehler begangen hat, dann ward Ihr es, als Ihr Gantar sein Wissen zurückgegeben habt«, rief Liam. »Er kann die *Eurypion* bedienen und jetzt werden wir zu meiner Mutter springen. Ihr besitzt dann zwar den *Tork*, aber mich werdet ihr nicht in die Finger kriegen. Niemals!«

Die Miene des Sammlers wirkte abschätzig, doch darunter glaubte Liam, Anzeichen von Verunsicherung zu erkennen.

»Das sind doch nur Spielchen«, tönte die Kreatur. »Dieser mittelmäßige Ingenieur ist unmöglich in der Lage, die Komplexität meiner Erfindung zu erfassen. Soll er es doch versuchen.«

Das Wesen vollführte eine einladende Geste.

»Na dann schauen wir doch mal, ob unser Ingenieur wirklich so mittelmäßig ist«, versetzte Liam.

Er gab Gantar ein Handzeichen und der legte sogleich den Hebel auf dem Pult um. Dann schloss Liam die Augen und konzentrierte sich auf die Wiese in der anderen Welt, wo er seine Mutter wiedergefunden hatte, oberhalb der Klippen des namenlosen Eilands. Das Herz schlug ihm bis in den Hals, denn dieser Sprung musste sofort klappen. Doch als das Brummen erklang und ihn die eisige Kälte erfasst, hatte er die Gewissheit, den Übergang auch diesmal zu meistern.

Als er die Augen öffnete, standen sie zu dritt genau an der Stelle, wo er seine Mutter in die Arme geschlossen hatte.

Obwohl die Sonne bereits aufgegangen sein musste, war es dunkler als bei seinem ersten Besuch, weil sich in der Zwischenzeit eine bleigraue Wolkendecke vor den Himmel geschoben hatte.

Ein Blitz brannte Liam in der Netzhaut und zuerst dachte er, der Sammler sei ihnen bereits gefolgt, doch als er sich umschaute, stellte er lediglich fest, dass Inari sich in ihre menschliche Gestalt zurückverwandelt hatte. Bis hierhin war sein Plan aufgegangen, doch was passierte, wenn die Einstellungen an der *Eurypion* gar nicht mehr zu dieser Welt führten? Und was, wenn die Maschine doch noch nicht so einwandfrei funktionierte, wie der Sammler ihnen hatte glauben machen wollen? Das waren berechtigte Sorgen, aber er kam zu dem Schluss, dass es zu diesem Zeitpunkt keinen Sinn mehr machte, sich den Kopf deswegen zu zerbrechen. Sie konnte jetzt nichts weiter tun als warten. Aus den Augenwinkeln fing er Inaris Blick auf, die seine Gedanken gelesen zu haben schien.

»Glaubst du, er wird kommen?«, fragte sie.

Liam kam nicht mehr dazu, ihr zu antworten. Ein Zischen zerschnitt die Luft und keine fünfzig Meter entfernt, brannte sich ein gleißender Punkt zwischen ihnen und dem Wald in diese Welt. Liam hielt den Atem an. Ein paar Augenblicke später wuchs der Punkt zu einem senkrecht stehenden, glühenden Ring an, der doppelt so hoch war wie eine Tür. Lichtbögen züngelten vom Rand zum Boden herab, wogegen im Inneren eine bodenlose Schwärze gähnte. Und dann sprang der erste Techer daraus hervor.

Die Maschine landete im Gras, schaute sich in alle Richtungen um und fixierte die Gruppe. Gleich darauf machte sie einen Schritt zur Seite, um einem nachdrängenden Techer Platz zu machen. Dieser Vorgang wiederholte sich mehrmals und Liam fürchtete schon, dass der Sammler nur seine Soldaten geschickt hatte. Doch nachdem der zehnte Techer aus dem Portal getreten war, erschien die Kreatur endlich selbst.

Zu seiner Rüstung hatte er sich einen Ledergürtel um die Hüfte gebunden, an dem mehrere Taschen befestigt waren. Liam vermutete, dass sich in einer davon der falsche *Tork* befand. Derweil hatten sich die Techer rechts vom Portal in einer Reihe aufgestellt. Begleitet von einem Zischen, als wenn Luft aus einem Ventil strömte, schrumpfte der Kreis wieder auf einen Punkt zusammen und verschwand.

Liam machte Inari ein Zeichen, den *Tork* hervorzuholen. Nach kurzem Zögern nickte sie, griff in ihre Rocktasche, zog den Schlüssel heraus und hielt ihn in einer aufreizend selbstbewussten Pose in die Höhe.

Als der Sammler den *Tork* gewahrte, weiteten sich seine Augen. Für Liam war dies ein sicheres Zeichen, dass er den Schwindel erahnte und damit das Schicksal, das ihm nun drohte. Ein Gefühl des Triumphes überstrahlte für einen Moment seine Nervosität.

»Was ist das da in deiner Hand?«, rief der Sammler.

Liam musterte den *Tork*, als würde er ihn erst jetzt bemerken.

»Das? Oh, ach das!«, versetzte er und schaute wieder zu der Kreatur hinüber. »Das ist der *Tork*. Und zwar der echte!«

»Was soll das heißen, der *echte*?!«

Trotz seiner Anspannung musste Liam grinsen.

»Sollen wir es ihm sagen?«, fragte er seine Gefährten.

»Ich denke schon«, gab Inari zurück.

Liam hob die Stimme.

»Nun, ich bedaure Euch mitteilen zu müssen, dass es sich bei Eurem Exemplar lediglich um ein Imitat handelt, eine

Kopie, die meine Mutter einst anfertigen ließ, um Mistkerle wie Euch zu täuschen.«

Liam glaubte, ein wenig Farbe aus dem Gesicht des Sammlers weichen zu sehen.

»Das kann nicht sein!«, rief der.

Seine Hand fuhr in eine der Gürteltaschen und fingerte den falschen *Tork* heraus. Er hob den Schlüssel vor seine kohleschwarzen Augen und fixierte ihn mit einer Mischung aus Unglaube und Erschrecken, wenn Liam die Physiognomie der Kreatur richtig interpretierte. Im nächsten Moment warf sie ihm einen Blick zu, der ihn unwillkürlich erschauern ließ. Blanke Mordlust war über alle Welten hinweg nicht misszuverstehen.

»Das werdet ihr bereuen«, zischte der Sammler. »Ihr dachtet, ihr könntet mich überlisten, in dem ihr mich hier stranden lasst, aber ihr werdet keine Zeit mehr haben, euren kleinen Triumph auszukosten. Bevor ihr nämlich den *Tork* benutzen könnt, seid ihr tot.«

Er warf den wertlosen Schlüssel ins Gras, wandte sich seinen Techern zu und deutete auf die drei Freunde.

»Schnappt euch den *Tork*! Schnell!«, schrie er. Sofort ging ein Ruck durch die Techer, die sich jetzt in einer Linie auf die Gefährten zubewegten.

»Reicht mir eure Hände«, sagte Liam.

»Wohin willst du springen?«, fragte Inari und ließ den *Tork* wieder in der Rocktasche verschwinden.

»Zum Schloss«, gab Liam zurück. »Die *Eurypion* zerstören und den Gedächtnisspeicher meines Vaters finden.«

»Dann einen Moment noch«, sagte Gantar, hob einen handballgroßen Stein vor seinen Füßen auf und klemmte ihn mit einem Arm gegen die Hüfte.

»Denn werden wir noch gut gebrauchen können«, beantwortete der Ingenieur Liams fragenden Blick.

Sie hatten sich gerade zu einem Dreieck aufgestellt und an den Händen gefasst, als sich ein leuchtender Nebel um den Sammler bildete. Die Schwaden verdichteten sich zu einer wabernden Wolke, die sich nun mit großer Geschwindigkeit auf sie zubewegte: die Nanoroboter, aus denen die Kreatur bestand. Es war höchste Zeit zu verschwinden.

Liam schloss die Augen und versuchte sich auf den Sprung zu konzentrieren, merkte aber, dass Aufregung und Nervosität ihn lähmten.

Gantar räusperte sich.

»Also, so langsam könnten wir mal, Junge!«

»Liiaaaam«, drängte Inari.

»Ruhe! Ihr seid gerade keine Hilfe!«, presste er hervor.

Erneut versuchte er, seine Gedanken auf den Übergang zu fokussieren. Schweiß durchtränkte ihm das T-Shirt und er hörte seinen Herzschlag in den Ohren hämmern. Gleichzeitig kamen die Schritte der Techer immer näher. Er wusste, dass ihnen nur noch Sekunden blieben. Dann endlich spürte er die typischen Symptome des Übergangs. Das Letzte, was er aus dieser Welt vernahm, war ein langgezogener Schrei des Sammlers, der zwischen den Dimensionen verhallte.

Als er schließlich die Augen öffnete, stand er mit seinen Freunden wieder auf der Plattform der *Eurypion*, von der sie Minuten zuvor gesprungen waren. Leider hielten sich noch ein halbes Dutzend Techer in dem Raum auf, ein paar weniger hätte er sich schon gewünscht. Bevor er etwas sagen konnte, hatte Inari sich links von ihm bereits in die weiß getigerte Raubkatze verwandelt und sprang auf zwei Maschinen vor einer der Konsolen am Rand zu. Rechter Hand rannte Gantar unter Wutgebrüll, den Stein mit beiden Händen über den Kopf gehoben, auf den nächstbesten Techer zu und schlug ihm mit einem kräftigen Hieb den Metallschädel ein. Derweil fuhr Liams Hand instinktiv zur Hüfte, doch sein Griff ging ins Leere. Richtig, das Schwert hatte man ihm ja abgenommen. Ihm blieb somit nur die Zuschauerrolle, doch vielleicht war das sogar besser so, denn nach dem letzten Sprung war ihm ein wenig schwindelig und die Kopfschmerzen waren auf ein kaum erträgliches Maß angestiegen.

Gantar hatte sich bereits dem nächsten Gegner zugewandt, der allerdings hielt den Ingenieur mit seinen Stahlarmen auf Distanz. Doch er bekam Hilfe, denn auf der anderen Seite hatte Inari mittlerweile vier Techer in ihre Einzelteile zerlegt und eilte nun zu ihm. Ein Prankenhieb und der Kopf der Maschine flog durch den Raum und krachte auf eine Konsole, während sein ehemaliger Besitzer wie ein gefällter Baum umkippte. Damit waren sämtliche Techer in der Halle ausgeschaltet, ohne dass es einen Alarm gegeben hatte. Außerdem ebbte der reißende Schmerz in seinem Kopf allmählich ab.

»Gut gemacht«, rief er.

Ein Blitz durchzuckte die Halle, als Inari sich wieder zurückverwandelte.

»Das war nicht besonders schwer«, bemerkte sie. »Die Techer haben sich erst gewehrt, als wir sie angriffen. Offenbar haben sie uns gar nicht als Bedrohung wahrgenommen.«

»Das kann gut sein«, sagte Gantar und strich sich über den Schnurrbart. »Vielleicht sind sie so programmiert, dass sie erst auf Befehl des Sammlers aggressiv handeln. Der allerdings ist nicht mehr hier und somit ...«

»Schön, das vereinfacht unsere restliche Arbeit hier enorm«, sagte Liam.

Einen Moment lang kroch die Angst in ihm empor, der Sammler könne doch noch irgendeinen Weg zurück in diese Welt finden, aber dann brach sich in seinem Kopf allmählich die Gewissheit Bahn, dass sie ihren Gegner besiegt hatten.

Er wandte sich Inari zu, die ihm ein strahlendes Lächeln zuwarf.

»Du hast es geschafft, Liam! Du hast diesen Dreckskerl überlistet!«, rief sie. Voller Begeisterung kam sie auf das Podest gestürmt und fiel ihm in die Arme.

Er drückte sie fest an sich und sog den Duft ihrer Haare ein. Unvermittelt schlug Gantar ihm mit der flachen Hand so heftig auf den Rücken, dass es ihn und Inari beinahe umgeworfen hätte.

»Großartig, Junge! Wirklich großartig!«

Liam löste sich von Inari und sah erst sie und dann Gantar an. Ein Gefühl der Dankbarkeit und Zuneigung erfüllte ihn und er kämpfte, da die Anspannung sich bei ihm nun legte, gegen aufsteigende Tränen an.

»Wir haben es zusammen geschafft«, sagte er. »Ohne euch wäre ich nie so weit gekommen.«

Dann besann er sich auf die beiden Aufgaben, die noch zu erledigen waren.

»Wir sind hier aber noch nicht fertig«, sagte er.

Er warf einen Blick auf den Stein, den Gantar mit beiden Händen festhielt, und reckte das Kinn in Richtung Steuerpult der *Eurypion*.

»Ich vermute mal, der ist dafür gedacht.«

Der Ingenieur nickte.

»Geht schneller, als wenn ich hier erst noch nach meiner Werkzeugtasche suche, um dann an der Apparatur herumzuschrauben. Die Konsolen ringsum nehme ich mir auch gleich vor.«

Er blickte sich um und ein Ausdruck des Bedauerns legte sich auf sein Gesicht.

»Was für ein Jammer«, sagte er. »So viel Wissen, so viel Technik. Wahrscheinlich werden wir niemals in der Lage sein so etwas auch nur in Ansätzen nachzubauen.«

»Ist vielleicht auch besser so!«, sagte Inari. »Selbst wenn der Sammler für immer in der anderen Welt festsitzen sollte, möchte ich nicht, dass meinem Orden unter der Führung von Fenrir und Caluna diese Macht in die Hände fällt. Nicht auszudenken, was sie mit einer solchen Maschine anstellen könnten.«

Gantar seufzte.

»Du hast recht«, sagte er. »Ich fang dann mal an.«

Er hob den Stein und hieb damit so lange auf die Knöpfe, Skalen und Hebel des Pultes ein, bis sie unter einem Regen von Glassplitter und Metallstückchen zermalmt waren. Nachdem der Ingenieur sein Werk mit einem Kopfnicken bedacht hatte, ging er zu einer der Konsolen an der Wand und bearbeitete diese auf die gleiche Weise.

Bei der Zweiten schien bei ihm jedoch die Kraft zu schwinden und Liam übernahm. So lösten sich beide ab und auch Inari beteiligte sich, bis nur noch ein Haufen Schrott in dem Kontrollraum stand.

»Was jetzt?«, fragte Inari und hielt Liams Hand gedrückt, die von der Anstrengung schmerzte.

»Wir müssen die Quelle finden, die die Bilder des Sammlers mit Energie versorgt«, erklärte er. »Wenn wir sie abschalten oder zerstören, werden sämtliche Gedanken freigesetzt, die in ihnen aufbewahrt sind. Jedenfalls hoffe ich das. Dann bekommen eure Ingeniere und all die anderen Opfer ihr Wissen zurück, genau wie Gantar.«

»Und auch dein Vater«, fügte sie mit einem Lächeln hinzu.

Gantar schüttelte den Kopf.

»Ich fürchte, das wird nicht so leicht funktionieren«, warf der Ingenieur ein.

Liam schaute ihn fragend an.

»Wieso?«

»Bevor wir die Energiezufuhr abstellen, müssen wir für das Bild deines Vaters eine andere Lösung finden. Ich bezweifle nämlich, dass diese Minitecher oder was immer das Wissen der Menschen transportiert, in eine andere Welt springen können. Wir dürfen uns dabei keinen Fehler erlauben. Schalten wir die Energie ab und stellen dann fest, dass meine Befürchtung zutrifft, ist das Wissen deines Vaters für immer verloren.«

Liam kratzte sich hinter dem Ohr.

»Daran habe ich gar nicht gedacht, aber du hast Recht«, sagte er. »Und was sollen wir nun tun?«

Gantar setzte ein verschmitztes Lächeln auf.

»Na ja, ich dachte mir, jetzt, da ihr wieder einen erfahrenen Ingenieur an eurer Seite habt, kann der mal zeigen, was so alles in ihm steckt.«

Liam erwiderte Gantars Lächeln.

»Lass mich raten«, sagte er. »Wie der Zufall es will, hast du auch schon eine Idee.«

»So ist es! Aber um sie umzusetzen, benötigen wir ein paar technische Teile«, sagte Gantar und sah sich bereits um.

»Dann lasst uns mit der Suche beginnen«, sagte Inari. »Aber wir sollten zusammenbleiben, ich weiß nicht, ob wir uns in diesem Irrgarten sonst gegenseitig wiederfinden.«

»Einverstanden. Fragt sich nur, wo wir anfangen sollen«, sagte Liam. Dann fiel sein Blick auf den Korridor, durch den der Sammler kurz zuvor erschienen war und einer Eingebung folgend, ging er darauf zu.

»Kommt mit«, sagte er und die Anderen folgten ihm.

Auch dieser Gang hing voller Gedankenbilder. Liam ließ seinen Blick abwechselnd zu beiden Seiten springen, in der Hoffnung den Namen seines Vaters endlich zu entdecken. Der aber tauchte nicht auf und ihm schwante, welch langwierige Suche auf sie wartete.

Nach rund fünfzig Metern ging rechter Hand ein weiterer Korridor ab. Als er um die Ecke spähte, sah er dort mehrere Türen.

Er ging zur Ersten, öffnete sie und spähte vorsichtig in den Raum dahinter, der von mehreren Lichtkugeln an der Decke erhellt wurde. In der Mitte standen drei Werkbänke nebeneinander, auf denen diverse Geräte verstreut lagen, die den Werkzeugen glichen, die Gantar in seiner Tasche verstaut hatte. Links entdeckte Liam eine Maschine, die einer Fräse ähnelte, während die komplette rechte Wand von einem Regal eingenommen wurde, in dem sich außer diversen Metallteilen, Kisten und Werkzeugen auch mehrere schwarze Zylinder von der Größe einer Mineralwasserflasche fanden. Liam schob die Tür ganz auf und trat näher an das Regal heran. Die Zahlenskalen mit einem Strich in der Mitte, die sich an den Längsseiten der Zylinder befanden, erinnerte Liam an das alte Thermometer seiner Großmutter.

»Energiespeicher!«, rief Gantar entzückt.

Der Ingenieur trat neben Liam, nahm einen der Speicher mit beiden Händen aus dem Regal und begutachtete ihn aus der Nähe. Dann schürzte er die Lippen und nickte anerkennend.

»Hiermit sind wir der Lösung des Problems mit dem Bild deines Vaters einen entscheidenden Schritt weitergekommen. Sollte es mir gelingen, einen Zwischenspeicher zu konstruieren.«

Neue Zuversicht ließ Liam seine Erschöpfung vergessen.

»Wenn du das hinbekommst, bin ich der glücklichste Mensch auf der Welt und dir zu ewigem Dank verpflichtet«, gab er zurück.

Gantar schüttelte den Kopf.

»Ich revanchiere mich nur für deine Hilfe, Junge. *Ich* stehe in *deiner* Schuld.«

Inari stand nun auch neben ihnen.

»Ich werde in der Zwischenzeit nach dem Bild von Liams Vater suchen«, sagte sie.

»Aber sollten wir nicht lieber zusammenbleiben?«, erwiderte Liam.

»Nein, da ich über den Orientierungssinn einer Katze verfüge, finde ich mich in dem Labyrinth auch alleine zurecht. Und mit den Techern komme ich schon klar«, sagte sie.

Liam hatte da keine Zweifel. Er wandte den Blick ab, als sie sich unter einem Lichtblitz in einen pechschwarzen Panter mit übergroßen Augen verwandelte, und schaute ihr nach, wie sie aus der Werkstatt glitt.

»Ich mach mich dann mal an die Arbeit«, sagte Gantar und stellte den Zylinder auf die vorderste Werkbank. »Wenn du willst, kannst du mir gerne behilflich sein.«

Fast hätte Liam eingewilligt, doch er widerstand der Versuchung.

»Nein«, erwiderte er. »Ich glaube, jetzt, da du dein Wissen zurückhast, würde ich dich bei der Arbeit nur behindern und je eher wir hier fertig werden, um so besser. Ich schaue mir mal an, was hinter den anderen Türen hier im Gang liegt.«

»Sei aber vorsichtig«, mahnte Gantar.

Liam nickte.

Während der Ingenieur sich daran machte, verschiedene Werkzeuge und Bauteile aus dem Regal zusammenzusuchen, verließ er den Raum. Hinter der nächsten Tür fand er nur einen Lagerraum, der mit Regalen vollgestellt war, deren Bretter sich unter der Last der dort aufbewahrten Metallteile bogen. Bei den meisten davon handelte es sich offensichtlich um Ersatzteile für Techer: Arme, Beine, Rümpfe und Köpfe ohne Augen; ein Panoptikum stählerner Wesen. Bei den übrigen Räumen war es das Gleiche und er kehrte ein wenig enttäuscht zu Gantar zurück. Eigentlich hatte er gehofft dessen Werkzeugtasche und sein Schwert wiederzufinden, aber beides blieb verschwunden.

Als er wieder zu Gantar zurückkehrte, war der dabei, aus der Energiezelle und diversen anderen Teilen, eine Apparatur zusammenzubauen, deren Prinzip sich ihm nicht erschloss. Er verkniff sich irgendwelche Fragen und schaute seinem Freund gebannt dabei zu, wie der mit blitzschnellen und ungemein routinierten Handgriffen das Gerät Stück für Stück weiter zusammensetzte.

Nach einer Weile - Liam hätte nicht sagen können, wie viel Zeit vergangen war, - kam Inari zurück. Sie hatte ihre menschliche Gestalt angenommen und auf ihrem Gesicht lag ein Strahlen.

»Ich habe das Bild deines Vaters gefunden«, sagte sie.

»Super, Inari!«, rief Liam und umarmte sie.

Gantar ließ ein Räuspern vernehmen.

»Auch ich habe eine frohe Kunde zu vermelden.«

Liam löste sich von Inari und drehte sich zu ihm um. Gantar deutete auf die Apparatur neben sich.

»Ich bin fertig! Wir können jetzt das Bild deines Vaters unabhängig mit Energie versorgen.«

»Für wie lange?«, fragte Liam.

»Genau kann ich das nicht sagen. Diese Art von Energiezelle ist mir fremd, aber zumindest scheint sie voll aufgeladen zu sein.«

Liam kratzte sich am Kopf.

»Was soll's. Wir haben ohnehin nur diese eine Chance«, sagte er. »Lasst uns Gantars Apparat an das Bild meines Vaters anschließen und danach suchen wir die Energiequelle.«

»Oh, das brauchen wir nicht«, sagte Inari mit einem triumphierenden Lächeln. »Ich glaube, ich habe sie schon gefunden.«

Liam sah sie mit großen Augen an.

»Was?! Wo?«

»Im unteren Geschoss«, erwiderte sie. »Ich wollte nachschauen, ob der Sammler noch weitere Gefangene dort eingesperrt hat, aber die anderen Zellen waren leer. Dafür fand ich eine Halle mit einer Anlage, die meiner Meinung nach für die Energieversorgung dieses Komplexes zuständig ist.«

»Dann sollten wir keine Zeit mehr verlieren«, sagte Liam. »Ich will endlich nach Hause. «

Inari führte sie durch unzählige Korridore bis zu einem Gang, der wie Liam schätzte, am Rand des Labyrinthes lag. Gantar schleppte eine Kiste mit sich, die er in dem Technikraum mit allerlei Werkzeug gefüllt hatte und Liam trug den Energiespeicher. Ab und zu kreuzten Techer ihren Weg, doch keiner von ihnen interessierte sich für sie. Endlich zeigte sie auf ein Bild, das in einer endlos langen Reihe hing. Liams schlug das Herz bis in den Hals, als er näher an den Rahmen herantrat und den Namen las, der darauf stand: Doktor Andreas Deckert. Er betrachtete den Inhalt des Bildes und erkannte geologische Strukturen, mit Zahnkränzen besetzte Bohrköpfe, aber auch Autos, Flugzeuge sowie Waffen aller Art, bis hin zu Stealthbombern und Raketen. Auf einer der unteren Ebenen, überlagert von anderen Formen und dadurch nur zu erahnen, sah er einen Atompilz und ihm lief ein Schauer über den Rücken. Er wollte sich gar nicht ausmalen, auf welche Ideen das Wissen seines Vaters den Sammler noch gebracht hätte.

»Fangen wir an«, sagte Gantar und setzte die Kiste ab. Er ließ sich die Zelle reichen und begann diese über mehrere Leitungen mit dem Rahmen zu verbinden, wobei ihm Liam gelegentlich assistierte. Schließlich drückte er einen grünen Knopf an der Seite seiner Apparatur, worauf ein leises Summen ertönte.

Liam sah die Anspannung im Gesicht des Ingenieurs, als der ihn anschaute.

»Wollen wir es wagen?«, fragte Gantar.

Liam starrte auf das Bild und atmete tief durch. Fast das gesamte Wissen und somit die Persönlichkeit seines Vaters war darin gespeichert und nun hing es von einer Batterie und ein paar Leitungen ab, ob er sie zurückbekäme.

»Es hinauszuzögern macht wenig Sinn«, bemerkte er und wischte seine feuchten Hände an der Hose ab.

»Nein«, erwiderte Gantar.

»Dann lass es uns tun«, versetzte Liam.

Jeder packten den Rahmen an einer Seite und auf ein Nicken von Liam hin rissen sie das Bild mit aller Kraft aus seiner Verankerung. Funken sprühten aus den Leitungsenden, die aus der Wand ragten und regneten zum Boden herab. Liam hielt die Luft an, doch das Bild löst sich nicht auf. Gantars Apparatur funktionierte!

»Bravo, ihr habt es geschafft«, jubelte Inari und schlug dem Ingenieur auf die Schulter.

Liam spürte im ersten Moment eine Welle der Erleichterung, aber als sein Blick auf die Energieanzeige der Zelle fiel, verflog diese gleich wieder. Der Balken war in der kurzen Zeit bereits um mehrere Millimeter geschrumpft.

»Wie lange reicht die Energie in der Zelle?«, fragte er Gantar.

Der Ingenieur warf ebenfalls einen Blick auf die Skala.
»Mehrere Stunden.«

Liam nickte und seine Anspannung legte sich wieder ein wenig.

»Trotzdem sollten wir uns beeilen, die Hauptenergieversorgung abzuschalten. Wir könnten zwar gleich mit dem Bild meines Vaters verschwinden, doch ehrlich gesagt habe ich keine Lust noch einmal hierher zurückzukommen.«

»Geht mir genauso«, bemerkte Gantar.

»Dann schnell«, sagte Inari. »Folgt mir, es ist nicht allzu weit.«

Sie liefen los. Liam und Gantar trugen das Bild samt Apparatur und Inari den Werkzeugkasten. Schließlich standen sie an einer schmalen Treppe, die von Deckenlichtern beleuchtet in die Tiefe führte. Gemeinsam stiegen sie die Stufen hinab zu einem Gang, den Liam noch in unangenehmer Erinnerung hatte. Hier entlang hatten die Techer sie zu ihrer Zelle gebracht. Die Wände und die Decke des in den Fels gehauenen Korridors waren von unzähligen Meißelschlägen mit Rillen überzogen.

Nach rund hundert Metern kamen sie zu einer Kreuzung. Beim ersten Mal waren sie nach rechts abgebogen, doch diesmal ging Inari geradeaus. Nach weiteren fünfzig Schritten machte der Gang einen Knick und endete in einer gewaltigen sechseckigen Halle, deren Deckengewölbe sich im Zwielicht verlor. Die Mitte der Kaverne nahm ein mannshoher Metallzylinder mit einem Durchmesser von rund fünf Metern ein. Eine Vielzahl von Lämpchen blinke in allen Farben auf der Außenwand und den oberen Abschluss bildete eine durchsichtige Halbkugel, in deren Innerem ein blau leuchtender Nebel waberte. Wie beim Ziffernblatt einer Uhr gingen von dem Zylinder ein Dutzend Rohre ab, die nach unten abknickten und in der Erde verschwanden. Eine weitere Leitung ging von der Halbkugel nach oben ab und durchstieß die Decke. In allen Rohren glühte der gleiche blaue Dunst, wie in dem Hauptbehälter. Ein stetes Summen wie von einem Bienenschwarm, erfüllte die Halle.

Liam und Gantar stellten das Bild neben dem Eingang ab und gingen zu der Maschine. Inari stellte die Werkzeugkiste ab und folgte ihnen.

»Was ist das für ein blaues Zeug?«, fragte Liam.

»Das ist pure Energie«, stellte Inari mit einer Mischung aus Überraschung und Fassungslosigkeit fest.

»Die gleiche Energie, wie in deinem Orden?«, fragte Liam.

»Sieht ganz danach aus«, sagte Inari. »Es handelt sich offenbar um die Quelle, von der Talandur erzählt hatte. Also ist es wahr. Und der Sammler hat damit das Erz aufgeladen, dass er Nindal gestohlen hat.«

»Das erklärt auch, wie der Sammler den ganzen Betrieb hier aufrechterhalten konnte«, bemerkte Gantar. »Ich hatte mich schon gewundert.«

»Ja, nur während hier damit Kriegsgeräte gebaut wurden, gibt es für die Menschen in *Nindal* bald nicht einmal mehr genug Trinkwasser«, versetzte Inari, deren Wut ihr eine senkrechte Falte in die Stirn grub.

»Um so wichtiger ist es, dass wir dem Spuk hier ein rasches Ende bereiten«, sagte Liam.

Er kratzte sich am Kopf.

»Nur wie lässt sich dieses Ding abschalten?«

»Lass mich nur machen, Junge«, sagte Gantar und machte sich auf den Weg, um die Werkzeugkiste zu holen.

Nach kurzem Suchen fand er eine kreisrunde Luke, die mit mehreren Schrauben an dem Metallsockel befestigt war. Liam half ihm sie zu lösen, überließ dann aber dem Ingenieur das Feld. Gebannt schaute er Gantar über die Schulter zu, als der sich im Inneren der Apparatur durch ein Gewirr aus Leitungen, schwarzen Kästen und Platinen mit goldschimmernden Schaltkreisen tastete. Mit flinken Fingern, denen Liams Augen kaum folgen konnten, steckte er Leitungen um und schraubte an vielen Stellen herum.

»Das sollte es gewesen sein!«, sagte der Ingenieur unvermittelt und erhob sich.

Ein metallisches Klicken drang aus den Tiefen der Apparatur. Liam sah auf und beobachtete, wie das blaue Leuchten in den Leitungen zunächst verblasste und schließlich ganz erlosch.

»Lasst uns nachschauen gehen, was mit den Bildern passiert«, sagte Inari.

Sie liefen zum Ausgang, Liam und Gantar schnappten sich das Bild, hasteten zurück durch den Gang und die Treppe hinauf, wo sie auf dem Absatz wie angewurzelt stehen blieben. Liam klappte der Mund auf.

Ein Gestöber aus Milliarden leuchtender Punkte erfüllte den Flur. Die glühenden Pünktchen tanzten zunächst wie Schneeflocken in einem Wintersturm wild durcheinander und versuchten dann in die Nasen und die Ohren der Drei einzudringen.

Doch nach wenigen Sekunden ließen sie von ihnen ab und entfernten sich, als hätten sie sich im Weg geirrt. Die Berührung mit ihnen hatte nicht wehgetan, Liam hatte lediglich ein leichtes Prickeln auf der Haut gespürt. Er schaute sich um, die meisten vormals an den Wänden hängenden Rahmen hatten sich aufgelöst. Ein Paar hingen noch an ihren Plätzen, doch auch sie begannen, allmählich in einen Funkenregen zu zerfließen.

»Das ist wunderschön«, sagte Inari und spuckte plötzlich aus, weil ihr einige der Pünktchen in den Mund geflogen waren.

»Unglaublich«, murmelte Liam. »Diese Partikel scheinen von alleine den Weg zu den Besitzern der Erinnerungen zu finden.«

»Sieht ganz danach aus«, sagte Gantar. »Wahrscheinlich wird es einige Zeit dauern, bis alle Opfer ihr Gedächtnis zurückerlangt haben, aber die Hauptsache ist, *dass* es geschieht. Die

Einwohner aus Nindal und wer weiß von woher sonst noch, sind dir zu großem Dank verpflichtet.«

»Mir?!«, versetzte Liam und schenkte dem Ingenieur ein schelmisches Grinsen. »Doch wohl eher dir. Schließlich hast du den Energieverteiler lahmgelegt.«

»Aber ohne dich und Inari hätte ich mein Wissen nie zurückerlangt und hätte das hier nicht machen können«, erwiderte Gantar. »Daher ist es eher euer Verdienst, dass ...«

Inari ließ ein Räuspern vernehmen.

»Ich bin dafür hier endlich zu verschwinden, wer noch?«

Liam und Gantar starrten sie einen Moment lang an, dann lachten alle drauflos. Es war ein befreites Lachen, von dem die ganze Anspannung der letzten Stunden und Tage abgefallen war.

»Gut, lasst uns verschwinden«, sagte Liam, als sich alle wieder beruhigt hatten.

Liam machte Gantar ein Zeichen das Bild von seinem Vater abzusetzen und hielt es dann mit beiden Händen am Rahmen fest.

»Legt eure Hände auf meine Unterarme«, sagte er.

Er schloss die Augen, und sobald er die Berührungen der beiden spürte, richtete er sein Bewusstsein auf die Gasse vor Gantars Haus. Einen Moment lang grauste es ihm davor, was der Übergang diesmal in seinem Kopf anrichten würde, doch als sie kurz darauf vor der Werkstatt des Ingenieurs in Nindal standen, waren die Schmerzen bei weitem nicht so stark, wie er es erwartet hatte. Vielleicht gewöhnte sich sein Körper ja allmählich an die Springerei. Noch bevor er richtig erfasst hatte, dass sie angekommen waren, drang ihm der Geruch von verbranntem Holz in die Nase.

Er befürchtete schon das Schlimmste, aber als er sich umschaute, stellte er zu seiner Überraschung fest, dass die Straße im Gegensatz zu ihrem letzten Besuch nicht mehr verlassen dalag. Sie war voller Menschen, die so ausgelassen feierten, dass offensichtlich niemand bemerkt hatte, dass die drei bis vor wenigen Augenblicken noch gar nicht da gewesen waren. Die späte Nachmittagssonne brach über die Häuserdächer und überzog die Szenerie mit ihrem goldenen Glanz. Jung und Alt tanzten miteinander, lachende Männer prosteten sich mit Gläsern und Flaschen zu, während Frauen und Mädchen Blumen verteilten oder sie, wie bei einer Hochzeit, einfach auf das Pflaster warfen. Zwei Männer kamen vorbei, einen defekten Techer auf ihren Schultern tragend, dem jemand ein Grinsen und zwei Augen oberhalb der eigentlichen Optik aufgemalt hatte, so dass er jetzt aussah wie eine Comicfigur. Liam stolperte einen Schritt nach vorne, als ihm ein vorüberkommender Soldat heftig auf die Schulter schlug.

»Offenbar ist die Belagerung vorbei«, bemerkte er.

»Sieht ganz danach aus«, sagte Gantar. »So wie sich die Techer im Schloss nach dem Verschwinden ihres Herren benommen haben, dürfte der Angriff auch hier sehr schnell beendet gewesen sein. Schade, dass ihr nicht mitfeiern könnt, ich werde es jedenfalls tun.«

Bei Gantars Worten überkam Liam Wehmut. Der Moment war gekommen, sie mussten Abschied voneinander nehmen. Der Ingenieur schien seine Gedanken erraten zu haben, denn plötzlich huschte ein Schatten über dessen Gesicht.

»Ihr werdet mich doch besuchen kommen?«

In diesem Augenblick wurde Liam bewusst, dass dies ja gar kein Abschied für immer war und seine Laune hellte sich schlagartig auf.

»Was für eine dumme Frage«, gab er zurück. »Natürlich

werden wir so oft es geht hierherkommen. Wir nehmen dich auch gerne mal mit in unsere Welt, damit du dir wirklich fortschrittliche Technik anschauen kannst.«

»Angeber!«, erwiderte Gantar und grinste.

Liam reichte ihm die Hand.

»Danke für alles«, sagte er.

Gantar zog ihn an sich und umarmte ihn kurz aber kräftig.

»Ich habe *dir* zu danken, Junge«, sagte er mit einem verräterischen Glitzern in den Augen. »Durch eure Hilfe bin ich wieder ein richtiger Ingenieur.«

Er löste sich von Liam und wischte sich mit dem Ärmel über das Gesicht. Dann nahm er Inari in die Arme, trat anschließend einen Schritt zurück und verneigte sich vor ihr.

»Auch dir, meinen Dank, Magierin«, sagte er. »Du verdienst meine Hochachtung.«

Liam sah, wie Inaris Wangen erröteten, während Gantar zu grinsen begann.

»Und jetzt verschwindet, ich möchte endlich mit den anderen feiern«, sagte er.

»Ich wünsch dir viel Spaß«, sagte Liam mit einem Augenzwinkern.

Gantar hob die Hand und wandte sich Liam zu.

»Eine Sache habe ich noch vergessen«, sagte er und deutete auf das schwarze Kästchen neben der Energiezelle am Bilderrahmen. Zwei in das Metall versenkte Knöpfe leuchteten rot darauf und Liam hatte sich schon von Anfang an gefragt, was sie zu bedeuten hatten.

»Wenn du die Energiezufuhr stoppen willst ...«, fuhr der Ingenieur fort. »Dann musst du die beiden Knöpfe gleichzeitig drücken. Diese Vorkehrung soll verhindern, dass es aus Versehen geschieht.«

»Danke für den Hinweis«, sagte Liam.

»Eine letzte Sache noch!«, versetzte Gantar und schaute jetzt Inari an, wobei sein Gesicht traurige Züge annahm. Er holte eine schwarze Feder aus der Tasche seines Rocks hervor und reichte sie Inari. »Die gehörte Alderim. Ich fand sie nach der Explosion an Deck des Ballons. Nimm sie mit, als Erinnerung an unseren Freund.«

Liam sah beklommen zu, wie Inari Tränen in die Augen traten. Sie nahm die Feder, betrachtete sie mit einem Lächeln und steckte sie dann behutsam in eine Tasche ihres Rocks.

»Ich danke dir!«, sagte sie. »Dafür und für alles andere.«

Sie umarmte ihn noch einmal kurz, wischte sich nun ihrerseits mit dem Ärmel übers Gesicht und wandte sich dann Liam zu.

»Wir müssen gehen«, sagte sie.

Liam nickte, berührte das Bild und reichte Inari die freie Hand.

»Bis bald, Gantar«, sagte er und riskierte einen letzten Blick auf die Energieanzeige. Der Balken war nur noch wenige Millimeter lang, doch wenn jetzt nichts mehr schiefging, sollte es reichen.

Dann schloss er die Augen, um sich auf den Übergang zu konzentrieren, wobei auch ihm ein paar Tränen unter den Liedern hervorquollen, als wollten sie unbedingt in dieser Welt bleiben.

Er fokussierte seinen Verstand erneut auf Doras Haus und sofort setzte der Sprung ein. Er hörte noch Gantars Abschiedsgruß nachhallen, dann umfing ihn die Zwischenwelt mit ihrem Basston und der Kälte.

Als er die Augen wieder öffnete, stand er in seinem Zimmer, neben ihm Inari und vor ihm lehnte das Bild an seinen Beinen. Die Mittagssonne warf ein Strahlenbündel durch das Blattwerk der Magnolie und bildete ein lebendiges Muster auf dem Boden. Er wollte einem unwiderstehlichen Drang nachgeben und Inari in die Arme nehmen und küssen, ließ es aber im letzten Moment bleiben. Sie waren nicht alleine. Genau genommen war der Raum voller Leute. Es glich einem Wunder, dass sie sich beim Eintritt in diese Welt in keinem davon materialisiert hatten.

Er sah Dora neben seinem Vater auf dem Sofa sitzen und dessen Hand halten. In der Tür lehnte Gabi und vor dem Schreibtisch standen sein Onkel Peter und seine Mutter. Alle starrten ihn an, außer seine Mutter, die ihn über das ganze Gesicht anstrahlte. Sie hatte wieder das unauffällige Aussehen von Tabita, der Tierärztin, angenommen: lange braune Haare, Jeans und T-Shirt.

»Liam!«, riefen alle gleichzeitig aus.

»Ein Familienrat? Wieso hat uns niemand Bescheid gesagt?«, rief er und konnte sich ein Grinsen nicht verkneifen.

»Wo kommst du denn jetzt her?«, versetzte sein Onkel, zu gleichen Teilen Ärger und Freude ausdrückend. »Und wer ist dieses Mädchen?«

Liam schaute Inari an, deren Wangen einen zarten Rotton angenommen hatten. Auch sein Gesicht schien zu glühen.

»Das ist Inari«, sagte er. »Dir, Ma, brauche ich sie ja nicht mehr vorzustellen.«

»Weißt du eigentlich, was wir uns für Sorgen gemacht haben?«, brach es nun aus seinem Onkel heraus. »Ich kann echt nicht verstehen wie du ...«

Tabita brachte ihn mit einem strengen Blick zum Schweigen.

»Habt ihr es geschafft?«, fragte sie Liam mit bebender Stimme und hoffnungsvollem Blick. »Habt ihr ihn ...?«

»Der Sammler ist Geschichte«, sagte Liam. »Nindal ist in Sicherheit.«

Tabita schloss kurz die Augen und atmete hörbar aus. Als sie ihn wieder ansah, glitzerten Tränen darin. Dann fiel ihr Blick auf das Bild.

»Was ist das?«, fragte sie irritiert. »Das ist doch nicht etwa ...«

»Doch, ein Gedächtnisspeicher des Sammlers, und zwar ein ganz besonderer«, erklärte Liam. Er drehte es so, dass sein Vater es von vorne betrachten konnte, und sah ihm direkt in die Augen.

»Erkennst du etwas davon wieder?«

Sein Vater beäugte das Bild und zuckte dann die Achseln.

»Nö!«

»Das wird sich hoffentlich gleich ändern«, versetzte Liam, kniete sich neben den Rahmen und drückte gleichzeitig die beiden Knöpfe auf dem Metallkästchen an der Energiezelle, wie Gantar es ihm gesagt hatte. Ein Klicken ertönte, gefolgt von einem leisen Zischen und dann begann das gleiche Schauspiel, wie kurz zuvor im Labyrinth des Sammlers. Diesmal kam es ihm jedoch noch schöner vor.

Das Bild und der Rahmen lösten sich in Millionen glühender Pünktchen auf und wirbelten wie ein Schwarm aufgescheuchter Stare durch die Luft. Nach wenigen Sekunden polterte Gantars Apparatur seitlich auf den Boden, weil ihr der Halt verloren gegangen war. Die Funken erfüllten nun das ganze Zimmer und Liam sah, wie sie sich in den staunenden Augen der Anwesenden spiegelten.

Plötzlich strebten die Partikel auf einen Punkt über dem Kopf seines Vaters zu und begannen dort einen Wirbel zu bilden. Immer tiefer sanken sie auf ihn herab, wobei sich ein

Anflug von Angst in seinem Gesicht zeigte. Er wollte vom Sofa aufstehen, doch Liam drückte ihn sanft an den Schultern herunter.

»Es wird alles gut«, sagte er.

Im nächsten Moment begannen die Funken, wie auch schon bei Gantar, durch Nase, Ohren und Mund in ihn einzudringen. Er fing an zu zucken und wurde von einem trockenen Husten gepackt.

»Was hast du getan, Liam? Was passiert mit ihm?«, rief Dora und wollte ihren Sohn an sich ziehen.

»Lass ihn!«, rief Liam und schaute sie dabei so eindringlich an, dass sie sich erschrocken zurückzog.

Nach wenigen Sekunden waren sämtliche Funken verschwunden. Liam presste die Kiefer zusammen und hoffte inständig, dass sich die Rückführung bei seinem Vater ebenso unkompliziert gestaltete, wie bei Gantar. Erste Zweifel begannen sich in ihm zu regen, doch dann beobachtete er voller Erleichterung, wie sich dessen Blick langsam veränderte. Wie ein zuvor leeres Glas schien sich sein Kopf mit Wissen zu füllen. Liam kniete sich vor ihn hin und hielt seine Hand.

»Wie fühlst du dich?«

Sein Vater schüttelte den Kopf, als würde er einen Schwindel abschütteln. Dann sah er Liam durchdringend in die Augen.

»Liam?«

Liam nickte lächelnd, brachte aber kein Wort heraus.

»Du siehst so anders aus, so ... erwachsen. Was ist passiert?«, stammelte sein Vater.

»Das ist eine lange Geschichte«, brachte Liam jetzt doch hervor und spürte, wie ihm jemand eine Hand auf die Schulter legte. Es war Inari.

»Eine wirklich sehr lange Geschichte«, bestätigte sie.

Tabita kam eilig herbei und hockte sich neben Liam. Sie fasste seinen Vater am Handgelenk und sah ihm unverwandt in die Augen, wobei Tränen über ihre Wangen rollten.

»Hat es funktioniert, Schatz? Bist du wieder ...?«, fragte sie mit brüchiger Stimme.

Liams Vater runzelte die Stirn, als würde es ihn einige Anstrengung kosten, das wiedererlangte Wissen einzusortieren. Dann hellte sich seine Miene schlagartig auf und er sah Liams Mutter mehrere Sekunden lang tief in die Augen.

»Wann habe ich dir eigentlich das letzte Mal gesagt, wie umwerfend hübsch du bist?«

Tabita schluchzte einmal auf.

»Das ist ziemlich lange her.«

Im nächsten Moment schlossen sie sich in die Arme und küssten sich innig.

Liam schaute verlegen zur Seite. Niemand wagte es diesen Augenblick zu unterbrechen, bis Dora sich schließlich räusperte und sagte:

»Ich glaube, er ist wieder ganz der Alte.«

Alle lachten.

»Eine Sache müssen wir noch klären«, meldete sich Inari inmitten der Freude zu Wort. »Meisterin Tabania... Äh, ich meine ...«

Tabita erhob sie und schenkte ihr ein nachsichtiges Lächeln.

»Du bist nicht mehr meine Schülerin, Inari«, sagte sie. »Was ist?«

Inari zog den *Tork* aus einer ihrer Rocktaschen hervor und hielt ihn Tabita hin.

»Ich gebe ihn Euch zurück, denn nun seid Ihr wieder die Hüterin.«

Tabita nahm den *Tork* mit ernstem Ausdruck entgegen.

»Danke, dass du ihn bewacht hast«, sagte sie. »Du hast dich als meine Vertreterin mehr als würdig erwiesen.«

»Es war mir eine Ehre«, sagte Inari und verbeugte sich kurz. »Was wollt Ihr jetzt damit tun?«

»Lass uns später darüber nachdenken«, gab Tabita zurück. »Hier ist er zunächst einmal sicher. Wir haben später ohnehin noch viel zu bereden.«

Liams Vater stand auf und musterte Inari mit fragendem Blick.

»Und du bist ...?«

Liam wollte darauf antworten, doch Inari kam ihm zuvor.

»Liams Freundin«, sagte sie.

Bei diesen Worten spürte Liam einen wohligen Schauer über den Rücken rieseln. Er nahm ihre Hände und wollte sie fragen, wie sie das gemeint hatte, doch in ihrem Blick lag bereits die Antwort.

»Also ich verstehe das alles nicht«, vermeldete Liams Onkel. »Könnte mich vielleicht mal jemand aufklären?«

»Und ich wüsste auch gerne etwas«, merkte Gabi an. »Wer sind diese merkwürdig gekleideten Gestalten, die seit heute Morgen unten im Garten campieren? Ist das irgend so ein Kostümverein? Was machen die den hier?«

Liam und Inari warfen Tabita Blicke zu. Es entstand eine kurze Pause, dann brachen alle drei in Gelächter aus.

Tabita fing sich als Erste.

»Ja, Gabi, wenn du so willst, gehören sie zu einer Art Verein«, sagte sie immer noch nach Atem ringend. »Aber das zu erklären würde jetzt zu lange dauern, das ist nämlich ...«

»Eine sehr lange Geschichte!«, führte Liam den Satz zu Ende und grinste. »Inari und ich werden sie nach Hause bringen. Ihr könnt euch schon mal überlegen, wohin wir essen gehen, wenn ich zurück bin. Ich habe nämlich einen Mordshunger.«

»Ich denke, meine Gefährten haben nichts dagegen zusammen mit uns zu feiern, bevor sie uns wieder verlassen«, sagte Tabita.

Liam wiegte den Kopf hin und her.

»Ich werde sie fragen.«

Er legte Inari einen Arm um die Hüfte, gab ihr einen Kuss auf die Wange und gemeinsam gingen sie an der verdutzt dreinschauenden Gabi vorbei in den Flur und machten sich auf den Weg in den Garten.